猎妖阁

谭以牧／著

CNS PUBLISHING & MEDIA 中南出版传媒
湖南文艺出版社
HUNAN LITERATURE AND ART PUBLISHING HOUSE

图书在版编目（CIP）数据

猎妖阁 / 谭以牧著. -- 长沙 : 湖南文艺出版社,
2020.8
ISBN 978-7-5404-9627-2

Ⅰ. ①猎… Ⅱ. ①谭… Ⅲ. ①长篇小说－中国－当代
Ⅳ. ①I247.5

中国版本图书馆CIP数据核字(2020)第061340号

猎妖阁

Lie Yao Ge

作　　者：谭以牧
出 版 人：曾赛丰
责任编辑：李　阔
监　　制：邓　理
策划编辑：彭朝霞
封面设计：杨　平
封面绘制：鹿溟山
版式设计：杨　露
出版发行：湖南文艺出版社
（长沙市雨花区东二环一段508号　邮编：410014）
网　　址：www.hnwy.net
印　　刷：湖南天闻新华印务有限公司
经　　销：新华书店
开　　本：150㎜×210㎜　1/32
字　　数：265千字
印　　张：10.75
版　　次：2020年8月第1版
印　　次：2020年8月第1次印刷
书　　号：ISBN 978-7-5404-9627-2
定　　价：36.80元

目录

序幕

柳氏妖宅

— 1 —

腊月初九，寒风吹，游人不出。

在疾风寒雪之中，偏偏有一抹鲜红在茫茫素洁之中缓缓前行。赶着牛车向临安城跋涉的商贩看到他，不免摇头叹息。

好瘦好高的一位公子，穿得如此单薄，怕是要冻死在这冰天雪地之中。

有人看不过去了，把牛车赶到他身边："公子，上来吧，看你也是去临安吧？"

那男子抬眸，一张脸白皙清秀，唇心微微发红，似有热疾，眼眸漆黑似炭，俊朗之中又给人一种凛冽感。

赶车人微微惊讶，却见那男子忽然又笑了，快步走过来，搓搓手，道："人间竟然还有如此热心肠之人，谢啦！"

主人没有招呼，他已经钻进了牛车上的货堆中。

红衣男人惬意地躺下，手垫在脑后，右脚放到左膝盖上，一晃一晃的。

车里还有两三个人，老人睁开了双眼，妇人抱紧了孩子。

"小伙子也去临安？"老人问他。

"不错，我听说临安的南曲汇聚着全天下最美丽的姑娘，不知道是真是假。"

老人和妇人对视一眼。南曲，自然是雅妓长居之地，敢情这公子冒雪赶路是为了逛青楼。

“喀喀，”老人咳嗽了一声，“我们也是第一次去临安，那里人多，好做买卖。”

“卖药材？”红衣男人瞟了眼身后的货物——茯苓、木香、党参、黄芪……

老人的脸被醪糟熏得红扑扑的：“嘿嘿，小本生意，都是从山上采的上好的药材。”

“可是临安人这么有钱，怎么肯出价买私人药材？”

“不，我们是要把药材卖给柳家。”

柳白银，临安赫赫有名的阔少爷，有一整条街的商铺都是柳家的铺子。

红衣男人微微眯眼，似乎想到了什么，幽幽地说：“正好在临安没有落脚的地方，买柳家的宅子或许也不错。”

“公子怕不是在说笑话，”老人哂笑，“柳家出售的宅院岂是一般人买得起的？”

临安寸土寸金，进京赶考的秀才都只能挤在相国寺的澡堂里，只因为那里的花销稍小。

红衣男人乍一看不似考究之人，一进来，竟馨香扑鼻，却也是怪事。

只见他从怀里摸出一张鎏金派令，自己细细读起来，老人和妇人感到好奇，但也不好问。

一车人闷闷地朝临安城而去。

到了临安，红衣男人招呼也不打就消失了，几人卸货的时候，发现车上多了两锭金子。

许是那男人落下的，于是他们捡了起来，笑嘻嘻地收好。

这是不可能还的，一锭金子够他们吃半年了。

红衣男人沿着南熏门往北，路过一汪清池，弯腰洗手时吓了一跳。来人间一趟，要低调行事，可这般低调还是影响了他的帅气与光芒。一息之间，净身术让他恢复了本来的面貌，他这才继续前行，走走停停间，还时不时看一眼自己的派令。

“……现派魔城城主时缨前往临安主持平定妖乱事宜，钦此……”落款签名处印着妖王池绣的王印。

时缨是上次舒墨事件中的功臣。

舒墨曾被玲珑珠困住，不过三五年竟然又生龙活虎了，这会儿正在与自家的小娘子许然亭举行婚礼。

地点定在奢香茶铺。

时缨找了很久才看到张灯结彩的茶铺，几个庸俗不堪的双喜大字已经快被大雪打下来了。

奢香茶铺内客人颇多，多为女子。

好些女子议论纷纷，说那茶铺的老板是个多么多么俊美的男子，可惜眼光差，忽然就娶了一个又矮又丑的主儿，连妆都不会化，整日里素面朝天，像个男人一样。

时缨好不容易挤进去，身边的女子瞟了他一眼。见他红衣青丝，腰系金绫长穗绦，姿态娴雅，一身贵气，细望过去，面如芙蓉月，眉似墨画，双眼钟天地之灵秀，目光清朗，她顿生好感，心若小鹿乱撞，当即不经意地将身子凑了过去。

先知望岁木巫咸也换了一身喜庆的红袍，笑呵呵地坐在高堂上。

旁边的高朋席位上，九头蛇相柳在那儿疯狂地……啃猪蹄。

相柳在数年前曾帮妖王平乱，是下任妖王的重要人选，但这厮不仅不思进取，还整天屁颠屁颠地跟在舒墨身后，丢尽了鬼城的颜面。

时缨偷偷溜到了相柳身边，问：“可还记得我？”

“你？不就是那抓了主人的不知好歹的城主？”

“我今日新官上任，好歹给点面子，”时缨压低声音，“其实我手上现有一张缉妖榜，榜首竟然是个女娃娃，还是个长相甜美的女娃娃。”

“知人知面不知心，”相柳也不自觉压低了声音，“你看看我们老板娘，以前不都是一直用一张男人脸骗人吗？”

时缨想了想，觉得十分有理。

他低头看了一下榜单，榜首是一只名为叶蓁的双身蛇妖，也就是鼎鼎有名的凶兽肥遗。

古籍有云：浑夕之山有蛇，一首两身，六足四翼，出则天下大旱。

不知道为什么她走了歪门邪道，专门靠吸食同伴与人类的精魂修炼，如今修为高深，已经能完全收敛自身气息，让人无法察觉她的动向了。

妖界便是这样，妖修为越高，人们越难发觉那是一只妖，若实力差距明显，又易于分辨了。于是，时时有觊觎时缨内丹的小妖上门挑衅，弄得他烦不胜烦。

正因如此，才会有两只妖精对面不相识的情况。总而言之，有利有弊。

叶蓁是一只娃娃脸小妖，脸粉粉的，圆嘟嘟的，眼睛又大又水灵，但凡她眨眨眼睛撇撇小嘴，是个男人都要丢盔弃甲。

不过那一定不是时缨，他把榜单收起——他可不是见色起意的家伙。

很快到了吉时，新郎新娘拜天地。

“对了，”时缨又压低声音，“人与妖在一起，为妖的不是会死？书上不是写‘为妖者白天不得见日，否则即刻灰飞烟灭’吗？舒墨好不容易逃过魔障，现在怎么又往火坑里跳？”

“那有什么！”相柳啃着猪蹄，“山人自有妙计，船到桥头自然直嘛。以舒墨大人的本事，肯定撑得过百日。”

“那新娘子知不知道舒墨为她如此付出？”

“现在人家高兴还来不及，舒墨大人怎么会说这么扫兴的话？”

“那便是了，人妖殊途。如果我找新娘子，一定找一只妖，省去许多麻烦。”

“妖也有危险，万一你爱上的是像肥遗那样的恶妖呢？”

“笑话，本君哪有这么蠢！”

等到了新郎敬酒的环节，那些喝醉的妖都现出了原形，一只只都露出了尾巴，生出了耳朵、鳞片，整个奢香茶铺变得乌烟瘴气。

新郎舒墨想着，可惜没有凡人，本来应该在凡间办一场，然后在妖界再办一场，如此才算圆满。

夜色深了，他也管不了许多，抱着自家小娘子入了洞房。

时缨和相柳勾肩搭背，一人拎着一坛酒往南曲的方向醉醺醺地前行。

“既有好酒，如何能无美人？”

南曲并非地名，只是对南部曲院街的简称。曲院街上青楼楚馆鳞次栉比，色艺双绝的女子比比皆是，时缨早就有所耳闻。他来人间一趟，自要领略人间风情。

两人跌跌撞撞地入了这烟花柳巷，四周暖香之风不绝，到处都停着华贵的马车，拉车的马都是上等好马。街上并没有揽客的歌女，但是到处都可以听到楼宇内传出的丝竹管弦之声。

“去哪儿？”相柳醉醺醺地问。

“随意找个去处。”时缨一边饮酒，一边无所谓地说。

门前停满马车的，他们也不进去，这么走走停停的，竟然到了金丝巷。

“金丝巷？什么地方？”时缨不解。

“你有所不知，这里的姑娘与曲院街的艺妓比起来差远了，混得惨的或是卖相不好的都会被送到这里卖掉。做生意的都是以前的老油条，人脉广势力大。”

“听你的口气，倒像根老油条。”时缨笑。

“怎么说也跟舒墨大人办了这么多案子，临安的大街小巷、家长里短，没有我相柳不知道的。”

相柳说着转身要走，时缨拉着他：“你干什么？”

“都是残次品，难道不走？”

“残次品才有得看，都包装好了就没有意思了。”时缨搓了搓鼻子，“说不定今晚能碰到上乘货色。”

“捡漏？”相柳摇摇头，“我不去，我多半是给你灌晕了，不然怎么会来这种地方。大人那边还等着我去料理琐事，先走了。”他话音一落，“嗖”的一下没了影子。

时缨嗤笑，相柳斗大的字不识一升，作风倒是正派。他又搓了搓鼻子，酒醒了，将手背在身后进了金丝巷。

金丝巷内四下无人，两旁的屋舍灯火通明。时缨随意挑了一家走进去，好巧不巧，那儿正在做人口买卖的生意。

他发现大多数来这里的人挑的大多是丫鬟，或许是想找两个烧饭丫头。也有来这里寻找漏网之鱼的老鸨，女子被这样转卖是稀松平常的事。

前方，麻袋已经被解开，几个女子低着头缩在一边，脸色都不太好；另外有几个却是气质清丽，平静地站在那儿一言不发；更有甚者昂着头，一脸骄傲，仿佛买主才是货物。

时缨和一个人碰了一下肩膀，说了句“不好意思”，只见那人回眸，是一个身披银色狐裘的贵公子。

他身长八尺，生得十分俊秀，皮肤瓷白无瑕，薄唇艳红，身戴朱缨宝饰，腰佩白玉之环，真的是气派极了。

“无妨。”传来的声音淡淡的。

时缨转头继续打量被卖的女子，其中有几个脸色蜡黄，想必身患恶疾。他皱眉，为什么同是人却要自相伤害?

他有心想救，却按兵不动。

忽然，他的视线停留在一个少女身上。

她缩在角落里，小小的一团，仿佛是想尽力让自己显得不起眼。然而她秀气的五官让人无法忽视，尤其是那一双楚楚可怜的大眼睛，仿佛随时都会滴出水来。

时缨差点惊叫出声，拿出自己身上的榜单核对再三，才真的吓着了——此女与肥遗生得一模一样。

“那谁，那谁本君要了！”他大喊一声，众人的目光集中在他身上。

狐裘公子正与老板讨价还价，此时也转过头。

“公子，您要哪个？”

“她！我要她！”时缨指着角落里的少女，“出多少钱我都愿意。”

少女吃了一惊，睁大眼睛往墙角里缩，颤抖得更加厉害。

“不好意思。”狐裘公子微微一笑，走过来，“我不知道公子出多少钱，但是买卖讲究先来后到，那女子刚刚被我买下了。”

“我不管，本君就是要她，她是妖！”

众人不免面面相觑，老鸨怕生意不好做，脸色不悦：“就算我们的姑娘是南曲挑剩下的，比起金莲棚倒贴的货色也好了不止千万倍，你既然不是来做生意的，就赶紧给我滚。”

时缨第一次被人指着鼻子骂，一时恼怒，祭出玲珑珠。玲珑珠浮在半空，越来越大，光芒笼罩着整个屋子。

老鸨与客人都没见过这架势，吃惊得说不出话。

“肥遗，别藏了，既然我都找到了这里，你还打算扮猪吃虎吗？”时缨朝那少女走去。

少女睁大眼睛，嘴巴“呜哇呜哇”的，想说什么却发不出声。

“哑巴？”时缨揪起她的领口，“你跟我装哑巴？”

玲珑珠在手，照得少女的脸纤毫毕现。她睁着大眼睛，忽然豆大的泪珠从眼角滚了下来。

“不、不是，我不是……”

时缨探了探她的脉搏，眉头一皱：“还说不是，你连心跳都没有！”

女子只是哭，一直等到时缨把她掐晕了，也没有反抗。

“嗯？”时缨一见女子晕了便松了手。

她软软地倒在他怀中，香气扑鼻，眼角还有泪痕。

“虽然我不知道你是何方神圣，”他身后传来狐裘公子义愤填膺的声音，“但是你如此强抢民女，胡作非为，我柳白银就不能坐视不理！”

随后，他手一挥：“来人啊！”

柳白银？时缨觉着耳熟，把少女放了，转身道：“如果我没有记错，你就是临安柳家的大公子柳白银？”

柳白银听说他认识自己，登时露出一种理所当然的骄傲神情，却还是保持着自己的风度微微一笑：“不错，正是在下。”

“富家子弟即便是去金钱巷、朱雀街南北部或是曲院街，我都可以理解，你却来这里捡漏，我倒是好奇了。”时缨搓了搓鼻子，戏谑道。

柳白银闻言，没有发怒，竟是笑了：“我就是要来此，南曲、金钱巷又如何？朱雀街南北部又如何？去那些地方不过是图个风流快活罢了，来这里却是救人命的。”

“想不到公子竟有此仁义之心。”时缨搓了搓鼻子，“只可惜开门做买卖，钱多者得。论财富，你是比不过我的。”

老鸨欣喜抬头，眼中放光，顿觉时缨一身贵气，模样帅极，如果真如此多金……她心里美得直冒泡泡，好久没这么不淡定过了。

柳白银脸上露出更为倨傲的神色：“哦？世上与我柳家齐名的不过北财神，难道阁下是北财神之子？”

时缨摇摇头：“东西南北各路财神与我无关，只是我时缨看上的人，多少钱都买得起。”

柳白银倔脾气上来，冷冷一笑：“纹银一万两，如何？”

众人倒吸一口凉气，不过一个粗使丫头，何值一万两？穷苦人家十两也卖得。

“我出一百金。”时缨竖起一根手指。

议论声更大了，大家都觉得时缨像个傻子。老鸨嘴巴已经咧上了天，笑得眼角的褶子都多了三道。

柳白银环顾四周，青筋暴突：“一百零一金。”

“二百。”时缨的语气依然淡淡的。

柳白银没想到他这么不识抬举，碍于情面又加价：“三……三百金！”

“五百。”时缨依然气定神闲。

柳白银还要开口，一边的小厮拉着他到边上低语：“少爷，谁会用三百金买一个丫头呢，就算您赢了也没什么好处。”

“可我柳家不能输了颜面。”

“小的的意思是，让这傻子买了去，回头找两个人料理他，让他巴巴地给咱送回来不是更好？”

“你是说……”柳白银很快会意，嘴角浮现出阴险的笑容。

他转过身，昂首道：“既然这位公子执意想要这位姑娘，我自然要成人之美。但若是日后被我发现你是个人面兽心的家伙，别怪我不讲情面。”

时缨搓了搓鼻子，大抵明白了柳白银背后有人，回头要打他一顿或是陷害他都易如反掌。

时缨转了转眼珠，问那柳白银：“公子当真不与我争了？”

柳白银笑：“不争了。”

时缨又环顾四周，大声问：“在场的还有谁要买这位姑娘吗？”

大家哪敢出声，一个个闷葫芦般。

“没有人？”时缨确认了一遍，从兜里摸出十两银子，交给老鸨：“好了，人我带走了。”

老鸨看着那十两银子，脸色骤变：“不对呀，公子，你不是说出五百金……”

“有人买，我与他竞价，现在你家货物都没人要，你只有我一个买主，我出多出少你不都得卖？难不成你想带回去供着？她饭量或许不大，但若天天吃着，花费倒也不少。”

老鸨从来没有听过这等歪理，抱怨道：“就算是入手价都没这么低的，她不过是因为拘谨、不爱说话才被卖掉，其他的你看看，模样、身材、年纪哪一点不是上乘的……”

时缨转脸瞟了眼，缩在墙角的少女果然楚楚可怜。

“那再加一文钱吧。”他又摸出一文钱，码在老鸨掌心。

老鸨脸色更臭了，暗自思忖，他是故意挑衅来的吧？

时缨似乎察觉到了她的不悦，抬眸凝视她的眼睛。

那一瞬，老鸨只觉如芒在背，冷汗直流。她“啊”一声，银钱落于地上。她有一瞬间失神，方才那珠子不似凡物，此人又敢跟柳白银叫板，想必有所倚仗。人在江湖混，做这皮肉生意，能苟活至今，只因察言观色是她的强项。她暗叹一声，罢了罢了，左右当初买下这姑娘花费不足二两。

时缨微微一笑：“这么高兴吗？连钱都掉了。”

他的声音平淡得好似没有任何感情色彩，可在老鸨听来，这种主儿喜怒不形于色，背后阴招防不胜防，是最难对付的角色，若有丝毫违逆，令其不快，那后果……念及于此，她吓得面无人色，只是颤抖道：“谢、谢谢这位公子。”然后，她双手接过时缨弯腰捡起的银钱。

时缨这才一步一步走向那不知何时苏醒了的瑟缩的少女，猫腰问她：“你……不是肥遗叶蓁？”

少女摇头，眼里溢满泪水。

时缨想了想，不管怎么样，先把这少女带在身边吧，如果她真的是叶蓁，也算是踏破铁鞋无觅处，得来全不费工夫了。

他拉着她的手，软软的，暖暖的，昂首阔步地离开了金丝巷。

他们走在寂静的夜色里，少女低头跟着他，像一只受惊的猫，但凡身边有点风吹草动，都要警觉地四顾张望。

半晌，他停下，少女差点撞上来，发出“呀”的一声，睁大眼睛望着他。

“你不是肥遗？”时缨还是耿耿于怀，“那你姓甚名谁，家住何方？”

少女张嘴，好像哑了一样。

时缨揉了揉额角，转身继续走，走了一段路程，才听到少女低低的声音：“将、将芜……将军的将，荒芜的芜……没有家……”

时缨问：“没有家？难道没有父母吗？”

“没、没有，生下来就在、在金丝巷打杂。”

“呵，竟是个苦命孩子。”

时缨又一次转身，低头看着她。虽然她清秀美丽，但脸脏兮兮的，身材瘦小，显然吃得不好。他忽然伸手抱住她的腰部，她瞪大眼睛。

“怕我？”

少女噙着泪，摇摇头：“没、没有经验……”

“我又不会吃了你，”时缨失笑，“不过看看你多重罢了。”

他掂了掂，发现她轻得可怕。

时缨叹了一口气，难道自己真是白白捡了一张吃饭的嘴？他郑重其事地说：“现在你记住了，我是一只妖，从妖界来的。以后你只管称呼我为大人，不许叫别的。还有，本君无姓，名时缨，知道了吗？”

少女猛点头。

时缨拉着她的手往前走，那手骨头酥软得跟棉花似的。

但没有落脚的地方呢。他初来临安，连个住处都没有，见过如此寒酸的办事员吗?

据说当初舒墨的工钱还是他抠门的娘子按月发放的。

时缨搓了搓鼻子。他不一样，他要立刻、马上找到一所大房子。

立刻！马上！

只是这么晚了，去哪里找房子买?

时缨上下打量脏兮兮的少女将芜：“这样吧，本君姑且先与你在客栈委屈一晚上。”

— 2 —

第二日，时缨总算找到了一个幽僻处，门前一棵老槐树，三进三出的院落，远离御街，无人打扰。

“这院子怎么卖呢？”

卖房人道：“这个价。”

他伸出一根手指。

"一百两，好说。"时缨正要掏钱，却见那卖家嫌弃不已："您唬我呢？现在一个茅厕都卖几千两，您想一百两买下我这院落，不如赶紧找个坑躺下去做梦吧！"

不懂行情就是麻烦，时缨搓了搓鼻子，问："那要多少？"

"这是柳家的院子，最少也要一万两银子，若是包装修，要一万六千两。"

"柳家？临安首富柳家？"

"自然。临安除了柳白银柳少爷的柳家，再没别的柳家了。"

时缨想起那张笑脸，想起藏在笑意背后的阴险目光。

"原来是他。"时缨取出一沓银票，"好了，这院子我要了。"

是汇通钱庄的票子。卖房的看了半日，才转了态度："好嘞，我这就将地契、房契交给您。"

办好了手续，偌大的院子就是时缨一人的了。

将芜抬头看着这大院子，惊讶地睁着大眼睛，难以置信："真、真的吗？"

"什么真的假的？"时缨不解。

"这座宅院已经是公子的了？"

"叫大人。"时缨纠正，"有什么奇怪的，本君积攒了上万年的财富，区区一座宅院算什么，就是这个国家，本君都买得起。"

将芜的眼睛睁得更大了，嘴巴也张得溜圆，仿佛能塞下一个桃子。

时缨与将芜就这样搬进了新家之中。

将芜是个十分勤快的姑娘，洒扫庭院的事情不在话下。

渐渐地，将芜便发现时缨其实没有她想象中那么可怕，相反，他是个极易相处的主，整日只喜欢吊儿郎当地在屋顶上或院子里晒太阳，又或者泡澡，美其名曰去去火。

他是属火的火龙，尤其喜欢冬天，可以穿稍微厚一点的衣衫。夏天挂一件丝绸制的长衫他都嫌热。他有点自恋，死不正经，做事却极有原则，古道热肠——总而言之，没架子。

两人在偌大的宅院中安家落户了。慢慢地，似乎有些奇怪的客人住进了隔壁，宅院的位置本就偏僻，现下更无端冒出寒气来。

那日，天朗气清，惠风和畅，两人在院子里喝茶，却听到有人在隔壁唱着小曲儿，“咿咿呀呀”，让人不胜其烦。

时缨想也不想就爬到了院墙上，做猴子窥月的动作，窥探声音出处。

将芜觉得好奇，也找了一架松木梯子爬上来，问：“大人，你在看什么？”

“隔壁有一只喜欢吵嚷的鹦鹉，吵得本君没有办法好好休息了。”

“鹦鹉？”

将芜只看到对面院落里的一棵合欢树。

“不错，”时缨搓了搓鼻子，“那柳公子前脚刚得罪本君，后脚就惹祸上身，我对此还是喜闻乐见的。”

一番话说得将芜云里雾里。

时缨从墙上跳下去，又搓了搓鼻子。他在想是应该管呢，还是不该管呢，左不过是一件小事。忽然，他扭头望向将芜：“小妮子，你有任务了。”

半个时辰后，将芜战战兢兢地提着刚刚准备好的熟鸡蛋走到柳氏宅院旁边的小院子前，叩了叩门。

那院子比起时缨买下的院子小多了，冷冷清清的。

不一会儿，便有人来开门。

是那身披狐裘的柳白银。

“公、公子？”将芜刚刚开口，就吓得将鸡蛋和篮子一起掉在了地上。

“是你？”柳白银显然还记得她。

将芜舌头打结：“我、我家主人说，碰到第一个开门的人，就告诉他屋里有妖。”

“妖？”柳白银回头看了眼，哂笑，“我知道了，你家主人不就是那日以十两一文买下你的怪人？他说你也是妖，你信吗？如果只是为了骗钱，不用来找我了。”

说罢，他“砰”的一声关了门，好像生怕被人发现他在里面。

将芜低头一看，篮子里的熟鸡蛋“咕噜咕噜”滚了出来，她还得弯腰一个一个捡回去。

将芜把自己的遭遇和时缨说了一遍，看起来可怜巴巴的。时缨冷笑——算了，谁让他得罪本君，且让他遭罪去，等他发现不行了的时候，自然会求我。

晦气。

柳白银一整天的心情都被送鸡蛋的将芜毁了。

哪个临安的有钱人不喜欢在外面养两朵野花？他作为首富少爷，家中不仅有一房正妻三房小妾，前些日子还在采办商货途中遇到了一个十分美丽的女子。

那女子与他家中的庸脂俗粉全然不同，气质超然，宛如空谷幽兰，安安静静地坐在那里，就吸引了他全部的注意力。

女子称自己为白鹤，是来报恩的。

柳白银年少的时候的确在狩猎时放生了一只白鹤，他没想到世上竟有如此奇妙的事情。

将芜说得不错，此刻坐在他家客厅里的就是那只报恩的白鹤。她着一身曳地的长裙，裙角绣着繁复的云纹、水纹，上面还有一轮太阳正要东升。她的头发、眉毛、睫毛与指甲全部是白色的，唯独眉心与嘴唇殷红似血。她不喜笑，口吻也清清冷冷。

柳白银曾问她要如何报恩，她说，天机不可泄露。于是柳白银将她安置于此，只要有空，便来看望她。

他并无子嗣，但白鹤出现以后，正妻孔惠便怀上了，他以为，白鹤是来为他开枝散叶的。

一盏香茶热气袅袅。柳白银进屋的时候，白鹤正在翻看书卷。

袅袅轻烟与她一身的清雅装扮相得益彰，柳白银不自觉停住脚步。

他的目光从上往下，看她光洁的额、纤长的睫、高挺的鼻与姣好的下颌线，看她没有任何装饰的伶仃腕骨，与她披散在背后的长发。

“公子有话想问我？”白鹤头也不抬，问他。

柳白银一怔：“没……没有。”

“方才来了什么人？”

“对面宅院刚被人买了去，屋主差人送鸡蛋，我给推辞了。”

白鹤翻书：“既然是好意，为什么不领了？”

“不想与他们过多来往，怕打扰你读书。”

“是吗？”白鹤的语气依然淡淡的，半晌，她放下书，抬眸，“公子，我有言在先，万万不可对我动邪念，否则好事将成坏事。”

“到底是什么事？”柳白银微微不悦。

白鹤抿唇不语——还是那句话，天机不可泄露。柳白银颇为心焦，因着他觉得白鹤似有某种魔力，多接触一日，他便多迷失一日心智。

他自问把持不住。

他更担心自己会把持不住。

白鹤起身，把外袍褪下，旁若无人地往屋内走去。她身上只剩下薄薄的单衫，包裹着高挑婀娜的背影。

柳白银一眼就定在她的股沟处，一阵邪火冒出来，仿佛要把他烫熟了。

那一瞬，他觉得如果自己还是男人，就不能无所作为。

柳白银往浴室的方向走去。

白鹤的衣衫搭在屏风上，薄纱制成的屏风后水汽蒸腾，白鹤曼妙的身姿若隐若现。

柳白银躲在珠帘后窥视，看得口水流了下来也不知道。他幻想着与白鹤发生肌肤之亲的情景，幻想自己与白鹤在床上翻云覆雨的情景，脸颊越来越红，仿佛被蒸腾的水蒸气蒸熟了。

一个不小心，他把珠帘从挂钩上拽了下来。

白鹤闻声，迅速扯过裙子裹在身上，低喝一声："谁？"

柳白银慌忙转身，靴子却踏上珍珠粒，他"哎哟"一声，把门牙磕在了门槛上，顿时血流如注，柳白银捂着嘴巴嗷嗷叫唤。

白鹤已经穿戴整齐，走到他面前，眸光甚冷："早让你断了邪念，你却冥顽不灵。"

柳白银恨恨站起来："让我断了念想，何必故意勾引我？这世上有什么东西是我柳白银得不到的？就算是护城的墙也有我柳家一份功劳，你算什么？"

他上前一把擒住白鹤的手腕。

白鹤拧眉，反手给了他一巴掌，拂袖，把他甩开两丈之远。

"无知无耻，枉我念在你祖上阴德，想救你一命。如今你便好自为之吧。"说着，她化作一翩翩白鹤，腾云驾雾而去。

柳白银看着她离去，方才相信她真的是一只白鹤精。

一连听到两个令人不快的消息，柳白银倍感愤懑，冷哼一声，离开了别院。

他的家宅在最繁华的御街附近，家中有四位贤妻。正妻便是御史台的嫡女孔惠，如今她已怀胎三月，圆圆的脸越发有福相了。

三位妾室中最得宠的当属户部尚书的庶女苏凤娇，远山眉，狐狸眼，下巴尖尖，一副红颜祸水相。剩下的两位，一位是下等人家卖进来的，一位家里也没什么权势，不过攀个亲戚，皆不入柳白银的眼。

柳家虽是行商起家，但柳父和柳白银的叔叔伯伯们大多已经入朝谋了职务，也算是半个官宦之家。总而言之，柳白银是个含着金汤匙出生的贵公子。

当他离开别院回到家宅时，顿觉神清气爽。

贴身婢女正陪着孔惠在院子里散步，午后的阳光温暖，她团团和气的面容也平添一份洁净与温柔。

柳白银不免想，山珍海味吃多了，他才会认为清高的白鹤是人间极品。

其实比起孔惠，白鹤不过是山野妖精，孔惠才是正儿八经的名门闺秀，举手投足规规矩矩。

“官人？”孔惠发现了柳白银，正要行礼，柳白银连忙走过去：“不妨事，这种特殊时候就不必和我客套了，都是一家人。”

“就算是一家人也要讲尊卑礼仪，”孔惠温柔，骨子里很传统，“妻子见丈夫理应如此。”

柳白银笑：“我和他们不一样，我只要你和肚子里的孩子都平安。”他半跪下来，附耳在她的肚子上，欢喜道，“想来应该是个极其活泼的男婴。”

孔惠微微笑：“一定是男婴。”

她正要靠此男在柳家立足，此事不容有失。

又过了些日子，下了两场雪，整个柳宅的屋子到处都是飘散的炭火味。

丫鬟借着火炉烤东西吃，柳白银在外逍遥快活，孔惠躺在家中的床上安胎。

因为穿得多，盖得厚，她感觉闷热烦躁。辗转反侧半日，腹部一阵绞痛袭来，吓得她冷汗直流，却也只是压低声音叫来自己的贴身婢女去悄悄找大夫。

不足四月就出现此种情况，八成是要小产。

她怕落人口实，不敢声张。第一胎若是没了，往后更不好办，她这么想，小腹更痛了。

她又忍不住想，若是自己的没了，西厢房苏凤娇的肚子争气了怎么办？她一直胡思乱想到整个人都迷迷糊糊的。

大夫终于紧赶慢赶地从角门溜了进来，才进屋子就吓了一跳——孔惠的肚子鼓得溜圆，随时要炸似的。

大夫双腿发软便要逃命，被贴身婢女死死拽着：“若是今日我们夫人出了事，你会有什么好果子吃，你不会不知道吧！”

大夫叫苦不迭：“怕是要生了，还是找稳婆吧。”

很快，稳婆也来了。端水的婢女进进出出，孔惠的喊声有一阵没一阵，整个院子都知道主母出事了。

柳白银被人匆匆叫回家，一路上心跳如鼓。

他原不在意白鹤临走时说的话，现在却莫名恐慌。难道孔惠三月生子真的是报应?

他下了轿子，提着衣衫一角飞快地跑进院子，孔惠还在生。

一直等到次日清晨，稳婆终于把孔惠肚子里的玩意儿给接了出来，竟然是一个光滑的蛋。

众人面面相觑，大夫已经抱着医药箱跑了，口中乱叫：“妖怪啊！”

他与柳白银擦肩而过，柳白银只听到“妖怪啊”三个字，心凉了半截，更急着往屋子里走了。

一旁的孔惠面白如纸，却支撑着身子说：“给我看看，快给我看看，我的儿子！”

婢女把那个米黄色的巨蛋抱过来，为难地说：“夫人……”

孔惠瞬间患了失心疯似的尖叫一声。

柳白银已经进来了，看到那个蛋，大惊失色，一时间热血涌上头。他三步并作两步，上前抓过蛋就往地上砸。

“啪！”蛋碎了。

里面蜷缩着一个小婴儿，双臂退化成了翅膀，受到惊扰后缓缓睁开眼睛。他的眼睛又黑又冷，没有眼白，怪瘆人的。

很快，他站了起来，清理了身上的黏液，舒展翅膀，在耀目的白光之中慢慢变高，变大，变成成年男子的模样。那张脸真的是诡异，两颗牙齿破出上唇，往下滴血。

柳白银吓得一屁股坐在地上，声音嘶哑地问：“你……你究竟是何方妖物?”

“父亲真是贵人多忘事，”那妖微微一笑，“这么快就把我忘记了。”

他一步一步朝柳白银走去：“柳家的药铺是你一手经营的，为了制成那些延年益寿、驻容养颜的药丸，你也是煞费苦心了。”

“药？”柳白银睁大眼睛望着那妖，思绪不禁回到了数年前。

那时候，柳白银刚接手柳家的药铺，柳家偌多商铺，唯有药铺在做亏本买卖。他想，身为大少爷，自然应该趁着年轻建功立业，这次接手，哪怕使用非常手段，也必须在临安打响名气。

商场上的竞争手段自不必说，他为了发横财，到处想办法宣传自己的药材。

那时候他也曾亲自上山，在药材原产处四处挖掘，当真让他发现了——在南海之外的某座无名山上，栖息着无数奇禽异兽。

他见过一种鸟儿，由三只鸟粘连在一起，仿佛连体婴儿。

那时候他财迷心窍，把这只鸟捉了回去，广而告之，此鸟乃神鸟，食其肉能够延年益寿。

也许是误打误撞，吃了此鸟的肉，许多身患重病的人竟然不药而愈。于是不仅柳家在找此鸟的同伴，天下人都开始争相寻找。很快，怪鸟绝了踪迹，柳白银的药铺生意越来越红火。自然，父亲分到他手底下的商行产业也越来越多。

“在人的眼里，你是救苦救难的活菩萨，但在我眼里，你是十恶不赦的魔鬼。”

诡异的男子一睁眼化成三人，便是一人三身的连体婴。

“我们双双鸟从数百只直到绝迹，我的父母、兄弟、姐妹、朋友都死在了你的手中。我借你娘子的腹重新回到人世，让你家破人亡、妻离子散，是不是已经仁至义尽？”

柳白银吓得跪在地上：“我那时没有想那么多，求求你饶了我们……”

那双双鸟没有回答，一脚踩在他的背部。

柳白银顿时感觉像有一座山压了上来，“咔嚓咔嚓”的骨头碎裂声不绝于耳。

“啊啊啊啊——”柳白银撕心裂肺地叫起来。

“白鹤！白鹤救我！”他这时想起那只说要报恩的白鹤来了。

“太迟了。若非那白鹤精守着你，我早就出来了。”双双鸟冷笑，“可你非要动邪念，坏了她的修行。天作孽，犹可违；自作孽，不可活。”

双双鸟又是一脚。

在孔惠与柳白银悲痛而惊悚的喊声中，柳白银气息全无。

双双鸟很快把目光转向了床上的孔惠。孔惠哆嗦着，把头和身体埋入被子中。

从双双鸟的角度看过去，她就像一个在蒸笼里瑟瑟发抖的窝窝头。

他的嘴角微微挑起，一步一步朝她走去……

次日，时缨与将芜上街采买，远远地便见本该熙熙攘攘的景荣街一片死寂，过往行人聚在牌坊外望着巷口处议论纷纷。公差进进出出，往外抬着担架。

“景荣街，这不是柳家所在吗？”时缨记得，柳家的一个院落占了整整一条街道，景荣街实际上是柳家的代称。

“死啦，柳家的人一夜之间全都死了！”

将芜脸色大变：“大人，怎么回事……”

前些日子，时缨还让她给柳白银送鸡蛋。这会儿她看见两个公差匆匆而过，只是提着一个包裹。

耳边有人低语：“听说柳公子被碾成了肉泥，贼人太可怕了。”

“什么公子，分明是恶少。”有人嘀咕，“这些年柳家行径之恶劣，尽人皆知。只是柳家权势滔天，别人奈何不得而已。如今有此报应，也算天意。”

“嘘。”另一人来回扫视一番，示意方才那大嘴巴及早噤声，“难保柳家余孽仍在，小心隔墙有耳。”

众人四散，将芜一时间缓不过神来。

甫一回神，她又差点惊叫出声，连忙捂着嘴。一瞥间，她的余光真真看见包裹向下滴血。一时间，她惊恐道：“大、大人，究竟怎么回事？”

“怪哉怪哉，”时缨捏着下巴思忖，“本君原以为那白鹤对他有敌意，不承想没多久就走了。现在又是谁杀了他？”

“双双鸟。”

背后忽然响起一个清冷的男声。

将芜转过头，只见一个与时缨差不多高，肤白似雪，右眼眼角下坠着一颗欲滴的泪痣的略显忧郁的男子。

他揽着一个身材微胖、相貌清秀的女子。

“舒墨大人？”

舒墨莞尔：“你那日既然出席了我与然亭的婚礼，为何不送彩礼，悄悄离去？”

时缨搓了搓鼻子，痞气外露：“我……我这不是赶任务，两手空空没有准备嘛。”

“为何等你在临安买下私宅，又购得女佣，还不还礼？”

时缨没话说了，目光落在别处。

“便知道你没这份心。”舒墨捏了捏夫人许然亭的脸，笑。

“你以为会伤害柳白银的是白鹤，其实是与柳白银有仇的双双鸟。是不是很意外？”

时缨惊讶，舒墨看似局外人，竟然知晓一切。

舒墨语气淡淡的：“南海之外，赤水之西，流沙之东，出双双鸟，状如三兽相并。柳白银为了自家生意肆意捕杀双双鸟，害得双双鸟家破人亡，如今他只是为了报仇，身为临安城的治理者，你该怎么办？”

“杀人偿命，当然是收而杀之。”

舒墨目光悲悯：“你知道从前我是如何做的吗？”

“如何？”

"既捉又放。有恩报恩，有仇报仇，率直为妖。"舒墨微微一笑，"如果是我，会放了双双鸟。"

"可柳家上下死了那么多无辜的人！"时缨不敢苟同。

舒墨叹了一口气："你说得不错，只是人是人，妖难道不是妖？双双鸟会在妖界得到应有的惩罚。"

时缨搓了搓鼻子。

舒墨想告诉他，治理妖乱没有那么简单。但舒墨以为，自己的做法并不全是对的，偏私一分，对不起人，偏公一分，对不起妖。

舒墨将木管横在唇边，眼底带着笑意，只轻轻一吹，一片湿漉漉的雾气从管口溢出来。迷雾生，幻境起，时缨望见双双鸟立于柳家大厅之前，那一刻，双双鸟似铁面判官，宣判柳家的罪与孽。罪大恶极之人，无人得到宽恕。混于柳家谋生之人，统统被抹去记忆，扔到城外，往后之日，如同新生。

时缨似乎明白了什么，正想再多问些什么，人群中已经没有舒墨与许然亭的身影。他身边依然是进进出出的公差，议论纷纷的人群，以及似乎什么也没有看到的将芜。

将芜小心翼翼地拽着他的袖口，讷讷地问："大人，现在你打算怎么办？"

"算了，"时缨摆摆手，"本君亲自去收了他，将他逐回妖界。"

"不杀了？"

"妖杀了人自有天收，只要他不再伤人就好。"

"大人在徇私呀。"

"他的父母兄弟姐妹都惨遭不幸，本君不过可怜他。"

将芜还有问题要问，时缨轻摁她的嘴角："嘘。本君自会给大家一个明面上的交代。府尹那边，本君能让他无话可讲。"

将芜木讷地点头。

时缨沉默地离开了人群，将芜急忙跟上。时缨一边走一边想，还以为是来休息的，没想到事情更麻烦了。

难怪舒墨早早卸任，他若理由充分，也该早些跑路才是。

“大人现在去哪儿？”将芜又在后面追着问。

“回家。”时缨搓了搓鼻子，“买的柳家宅子，总觉得阴森森的，赶明儿找个工匠，把匾额换了吧。”

第一幕

御好篇

— 1 —

“听说了吗？临安来了一位新府尹。”

“那许大人去哪儿了？”

“许大人？许大人不是被那妖怪舒墨打死了吗？笨——”

路上的行人真是长舌头，总爱谈论一些听来的事。

“啪”一声，一个瓷杯掉在地上，茶水洒了一地。

将芜也摔倒在地，挠挠头发，一脸懊丧地看着这一地的水。时缨大老爷似的软在太师椅上，没有一点怜香惜玉的意思。

“换杯茶而已，用不着，用不着对本君五体投地。”

将芜怯怯道：“我不是故意的。”

将芜蹲下身，捡那散落的瓷片，一片一片放回案板。在捡起第三片的时候，她不小心伤到了手，轻哼一声，眉头皱起。

时缨瞟了一眼，又别过头不去看她：“毛手毛脚的，你还是去看看那做匾额的师傅好了没，别在这里碍眼了。”

前几天时缨刚刚差人请了做匾额的师傅，让那师傅把自己写的几笔烂字刻在匾额上，涂金漆描彩绘，誓要弄得不拘一格。

将芜知道他脾气不好，便不在这里待着，委屈地退了下去。

等人走后，时缨挑了挑眉，略一拂袖，那碎瓷片便化作烟尘消散了。

将芜低着头，匆匆走过回廊。朱红色的柱子上蜿蜒爬着一条青色小蛇，两只黑色的眼睛直勾勾地盯着她：“小娘子，来快活啊。”

将芜缩了一下脖子，走得更快了。

一阵香风拂过，惊起几只倒吊的蝙蝠。

如今这柳宅已经成了名副其实的妖宅，时缨身为妖界八大城主之一，对众妖疏于管教又十分仗义，众妖的生活自是其乐融融。

这可苦了完全不懂妖术的将芜，素日里被色妖调戏，被恶妖恐吓，被馋妖追逐。

好不容易走到了宅子门口，便见几个男人抬着一块蒙着红绸子的匾额喜笑颜开地走来了，将芜也笑，能见着个活人就能让她乐不可支。

“将芜姑娘，这是时缨公子让老夫做的匾额……”那姓童的工匠师傅已经两鬓斑白，做了一辈子手艺人，还没见过时缨这样出手阔绰的主儿，接了活回去走路都是飘着的，这会子他又飘过来了。

将芜笑眯眯地道：“辛苦童师傅。”

两个学徒把匾额放在边上，将芜正要揭开红绸子，时缨冷不丁出现在她面前，红色大袖一甩，把她的脸甩得都木了。

童师傅擦了擦浑浊的双眼，以为自己看错了——他不确定时缨是不是突然出现在门口的。

时缨对他笑了笑：“师傅这么快就办好了？让本君瞧瞧。”

时缨掀开红绸，只见金光闪闪的“柳氏妖宅”四个字，没来由地透着一股邪气。

童师傅眼珠子转到匾额的方向，擦了擦额上的薄汗，心道世上奇怪之人真不少，明明是人宅，偏说是妖宅，这主人当真是个怪脾气。世人以讹传讹，一如话本子所言，说这世间有妖，他一大把年纪，自是没有见过，也是不信的。他身为本分之人，只做正经营生，童叟无欺，当然不怕鬼敲门。他又观面前之人一脸和气，英气逼人，身家丰厚到能买下柳家旧宅，丫鬟秀美，断无半分为妖的可能，当即笑道：“柳公子，这匾额您还满意吧？”

时缨是宅子的主人，童师傅还以为他姓柳。

时缨也不解释，只是点点头：“满意，十分满意，没想到普天之下还有能把这四个字写得如此具有风骨的人。”

将芜小声插嘴：“那不是大人你自己写的吗？有这么夸自己的人吗？”

她话音未落，便被时缨瞪了一眼。

时缨用大红的袖口擦了擦匾额上不存在的灰尘，越看越觉得那四个邪里邪气的字顺眼。然后，他随手拿出两锭金子塞到童师傅手里：“师傅果然名不虚传，这是本君的小小心意，你且收下。”

看到钱，童师傅更乐了，嘴角都要咧到耳根了：“老朽雕虫小技，只要公子喜欢就行。”

童师傅差人把那匾额挂上去，随行的伙计架着木梯，战战兢兢地将之挂高，童师傅就在门前指导。

时缨搓了搓鼻子，自顾自欣赏那匾额，将芜忍不住拽了拽他的袖子：“大人，你一袖子就能干的事，为什么还要别人帮忙？”

“那是俗人做的事情，本君怎么能纡尊降贵？”

时缨仰着下巴，眼中仍露出自恋的目光——柳氏妖宅，得亏他想出这个好名字，比起柳宅要中听多了。

前些日子他去会了会接任许然亭的位子的新府尹闫颇，那个满身肥膘、满脸横肉的糟老头子，笑起来像波斯进贡的肉菊，一脸坏相。

时缨当场就把闫颇吓得够呛，差点没把乌纱帽双手献上。

时缨自然不要他的帽子，只是与他协商，若是临安出了什么怪案子，便命人秘密转到这柳氏妖宅来处理，也省得时缨四处奔波。

闫颇道：“瞧公子您说的，这朗朗乾坤、青天白日的，哪能有妖案？”

但没过多久的工夫，那闫颇就派衙役来来往往上门苦求，时缨被吵得几日都没睡好觉。

时缨这么想着，匾额已经挂了上去，收获极丰的童师傅带着学徒千恩万谢地走了。

看着那金光耀目、妖气冲天的四个字，时缨拇指抚过下唇，微眯眼，自得地笑了笑。他这刚要进屋，便见几个衙役脚下生风飞奔而来，跑得上气不接下气：“时……时缨公子，府尹大人有……有急事找您。”

时缨淡淡道：“怎么不让他来找我？”

话音落下，远处一顶软轿猝然停下，一个红色肉球滚了出来：“哎哟，老夫的手！”

闫颇摔得不轻，一手血，将芜有些不忍心，连忙把脸扭向别处。

时缨笑了笑：“这年头一个比一个客气，何必对本君行此大礼！”

“公……公子说笑了，老……老夫只是习惯性地向前冲。”闫颇手按着老腰，怒斥身边两个侍从：“还愣着干什么？还不快把老夫扶起来！”

费了九牛二虎之力，闫颇总算站直了身体，忽然一阵光芒刺目得很，吓得他急忙捂着眼睛。等他回过神来才发现，光源原来是那新挂上去的匾额。

“柳氏妖宅。”闫颇下意识地念出来，身上起了一阵鸡皮疙瘩，再转眼瞧站在眼前的时缨，红衣白面，红口白牙，心里生出一股惧意。

闫颇满脸堆笑，道：“本府这不有新案子来找您了吗？本来这事不归本府管辖，但闹得实在大，本府只好来找您帮忙了。”

“临安下辖八个县，你也别以为跟自己没关系。”时缨搓了搓鼻子，“有话快说有屁快放，什么鬼案子这么兴师动众的？”

闫颇觉得自己被晾在外面不合适，挤眉弄眼暗示一番。

“大人这是眼睛抽筋了？”时缨不领情。

闫颇嘴巴一缩，干干笑两声：“公子哪里的话。”他的手在空中晃了晃，又擦了擦热汗，才继续道，“这事发生在临安县依山傍水的王家村里。这可不是一句两句话能说清楚的，怎么也得一两个时辰，公子难道……”

“敢情大人是来跟本君讲故事的，成，将芜，还不快请大人进来。”

时缨先行转身，长腿一迈入了府，将芜也只好向闫颇道歉一番：“大人莫怪，我家主人就是又自恋脾气又差，里面也不是什么好地方，大人要小心点。”

时缨猛地转头，将芜差点撞到他身上，吓得眼珠子都要飞出来了：“大……大人。”

时缨低头，看了她好一会儿，淡淡道：“多嘴。”

他也不生气，和将芜、闫颇几人进了宅子。整个宅子十分安静，只是不知从哪里时不时传出女人细细的笑声，像是鼓楼里唱戏的调调，诡谲异常。

大白天宅子里也没什么阳光，阴沉沉的，闫颇方才还被三伏天的暑气蒸得厉害，这会子觉得自己皮肉都冰冷了，仿佛所有在宅子里走动的都是冰洞里的尸骸。

冷不防有几只蝙蝠和乌鸦散开，闫颇不免干干笑道：“这宅院大白天还养了蝙蝠和乌鸦，真是别有一番情趣。”

“白天不要紧，”时缨微微一笑，“晚上你若撞上了，可能骨头都会被它们吃干净。”

闫颇登时把头往下缩，像只直立行走的乌龟：“本府说完这件事马上走，马上走。”

“急什么？”时缨转身吩咐，“将芜，别愣着，给府尹大人沏茶去，先前还打碎了本君两盏汝窑瓷杯，本君宽宏大量才……”

将芜没料到时缨会突然停下来，失神的工夫又撞在时缨身上。

“啊！”她惊呼一声，揉了揉自己的额头，“大人刚才说什么？”

时缨深吸一口气：“没什么。”然后低头附耳道，“下次再走神，本君就把你扔到那群蠢物中间……”

将芜吓得脸色发白，哆嗦道：“下次不、不会了。”

时缨食指轻轻一点她的额头，算作惩罚。

闫颇尴尬地站了半天，等将芜走了，才笑眯眯地道：“公子和这婢女的感情还真不错，不知道她又是什么妖？”

时缨幽幽地看着他：“专门挖人心肝来吃的妖。”

闫颇的笑立刻冻住了。

他穿着渥丹色朝服，肚子撑得衣衫都要破了，两条小短腿跟在时缨身后一路来到了花厅。

时缨请他坐下，搓了搓鼻子："闫颇大人，说吧，我听听这件事值不值得我动腿跑一趟。"

虽然他可日行千里，去趟王家村只是须臾之间的事情。

许是故事有点长，闫颇先喝了两口冷茶润润喉才道："公子，不是老夫说，您这趟非跑不可……"

事情得从王家村说起，这是临安县偏南的一个小村落。

王家村的人大多姓王，村长名为王长生，是个三十出头、五官端正的男人。他刻板守旧，循规蹈矩，但自上任以来对村民照顾有加，颇得爱戴。

王家村依山傍水，一条河绕村而过，村里还打了几口井，水清而甜，女子被养得肤白貌美。

村里有一位闻名的女先生，名唤夏嫄。

夏嫄是个孤女，被教书先生收养，在养父故去后，便继承了养父的衣钵，在村里兴办了免费学堂，教孩子读书识字。她生得十分美貌，而且心地善良、学识渊博，爱慕她的男子不在少数。

夏嫄招呼村里的男人帮忙建了一间学堂，素日里就在学堂里教书。她的学生大多是五岁到十岁的孩子，毛都没有长齐，更觉得自己的老师是天仙下凡，温柔可亲。

这天王长生又不请自来。

夏嫄一身素色长衫，系着头巾，长发乌黑柔顺，几缕刘海垂下，在学堂内且行且停，正教孩子们读《论语》。

她的声音轻轻柔柔，宛如山间的云气："子曰：'学而时习之，不亦说乎？'"

孩子们也跟着脆生生地念："学而时习之，不亦说乎……"

王长生就站在门前，假装和管事的商量捐办新书院的事情，实际上两只眼睛不停地向学堂内瞟。

王家村地小物薄，没什么高门大户，学习这种事情对于大人而言过于奢修了。即便是送来的小孩子，也是在夏嫄百般劝说下，那些忙得没时间管孩子的父母才把人给送了来。当然，太穷的孩子是不会送来的，哪怕孩子很小也要开始帮家里干活了。他们自然不指望能够供孩子读至考取功名，对他们而言，学习可有可无，若是家里人去外面做生意发达了，也不会让孩子留在这破落小村里。

种种因素导致夏嫄提议办书院的事情一直没有下文。王长生为了能够和夏嫄亲近，这会子正为这件事积极奔走。

王长生自幼在王家村长大，与县里几位当差的交情又不差，还认得不少字，便把自己当成文化人，认为整个村只有他配得上夏嫄。

他有底气，自己受村里人敬重，有文化，身长八尺，面阔口方，鼻若悬胆，长得不像皮肤黝黑、手脚粗壮的乡下人。

何况，夏嫄每次瞧见他都巧笑倩兮，美目盼兮。

就在夏嫄教书的工夫里，王长生和管事的谈完了，便来到教室门前倚门而望，目光一直在夏嫄身上流连。

孩子们摇头晃脑地背书，背着背着，都抬头看王长生。

只有夏嫄还忘我道："'学而时习之，不亦说乎'，这句话的意思是学到的知识要常常复习，这难道不是令人愉悦的事情吗？"

孩子们木偶似的点头："哦……"

忽然一个叫作阿全的小屁孩插嘴道："老师，这句话的下一句是什么？"

夏嫄微微一笑，环视那些目光都投向门外的孩子："有谁能告诉阿全，下一句是什么？"

"有朋自远方来，"王长生迈步而入，"不亦乐乎？"

夏嫄这才转头，惊讶道："长生哥，你怎么来了？"她也不尊称他村长，而是直接唤他的名字，大抵是不把他当成有权之人。

王长生笑道："你不是一直想办个书院吗？我这几天正想办法呢，就过来看看。"

夏嫄放下书，寻了个由头让孩子们都散了。

等教室里安静下来，她才温柔道：“你费心了，读书对于这些孩子来说太奢侈，即便书院办起来了，如果要收银子请更好的老师，恐怕也很难继续做下去。”

“钱我会想办法，你无须担心。”王长生底气十足，“十年栽树，百年育人，这是利于我们子孙后代的事情，那些男人都不愿意管事，只有你一介弱质女流担起了先生之职，我身为村长，怎么能不鼎力支持？”

夏嫄目光盈盈地看着他。

此女实在美丽，柔而不从流，与世无争，即便她含情看着，王长生也一点不觉她浪荡轻浮。

“‘先生’之称是大家抬举我，我只粗浅认得几个字，知晓如何写字画画。家父也是教书先生，写了一辈子书，育了一辈子人，我能做到他万分之一就心满意足了。”

“你呀，总是太谦虚。”

王长生忍不住笑，夏嫄也笑，她右嘴角边上有一个浅浅的梨涡，更让她显得可爱秀美。

两人正聊着天，忽然听到屋外传来“哎哟哎哟”的声音，夏嫄关心学生，慌忙跑出去：“怎么了？”

是刚才调皮的阿全，这会子倒在地上捂着肚子叫个不停。

几个平时与他关系不错的孩子围在他身边，把其中一个瘦小的男孩推了出来，骂道：“王恒，阿全只是说了你一句，你就把他打成这样，你真是坏透了。”

王恒委屈道：“我就是踢了他一下，谁知道他这么没劲……”

“好了好了，都别说了，现在不是追究这件事的时候。”夏嫄把人遣开，只留了平日里伶俐的王鑫还有那始作俑者王恒。阿全还在地上打滚，捂着肚子满脸痛苦。

夏嫄心细如发，很快发现端倪：“他这样子不像是被踢，倒像是吃坏了东西，快去叫大夫来。”

王鑫和王恒连忙去请大夫，王长生也不闲着，帮着夏嫄把阿全扶到一边，为他催吐。他吐不出来，使劲叫，等到姓谢的老乡医来了，给他熬了一碗催吐的汤药，他这才终于吐了出来。

一肚子的脏东西，里面有很多细如毛发的血色小虫，在呕吐物里游动。

夏嫄忍不住转过身，捂着唇隐隐欲呕。

王长生拍了拍她的背："夏先生，你没事吧？"

她只是有些恶心，缓了缓道："没事，这到底是什么东西，阿全怎么会吃这些红红的虫子？"

谢大夫也看傻了眼，这种虫子他闻所未闻，这一碗汤药也不一定能让阿全把东西全部吐出来。但他又不好意思承认自己医术不精，找了借口道："老夫略有印象，但具体情况还得回去查证一番，我再给阿全开一副温补的方子，让他先安心睡上一夜。"

"有劳谢大夫。"夏嫄正要自掏腰包，王长生连忙拦着："这种事情让我来就可以了。"他不由分说给了谢大夫几个铜子，谢大夫心知肚明，也不管夏嫄怎么说，反正收下了。

夏嫄不好意思道："长生哥，让你破费了。"

"哪里的话，我是村里掌事的，你们的事情就是我的事情，我怎么可能高高挂起。"

夏嫄还是再三替学生阿全向王长生道了谢，才将目光落到昏迷的阿全身上。一盏煤油灯亮着，映出他不健康的脸色，红得诡异的双颊和嘴唇，以及紧锁的眉头和颤抖的眼睫。夏嫄探了探他的额头，冷得厉害。

"究竟是什么怪病，好好的孩子成了这副模样？"

为师者也有父母之心，夏嫄面带不忍，好似自己的孩子受到煎熬一般。王长生看在眼里，对夏嫄越发欣赏起来。

晚上夏嫄和王长生把阿全的父母和几个跟阿全要好的孩子都叫了来，一一询问阿全最近的异状。除了王恒踢了他一脚外，实在没有什么稀奇之事，但那一脚不可能让他生出那么多红色虫子，所以王长生断定此事与王恒没有关系。

事情陷入了僵局，夏嫄和王长生也只好作罢。

家里人把阿全接走了，大有不必再请谢大夫诊治，只让这孩子自生自灭的意思。一天才能挣几文钱的老头老太太怎么舍得一次给谢大夫好几个铜子。

夏嫄嘴上不说，心里却焦急。然而没有等她着急太久，第二天便传来了阿全突然发病死亡的消息。

阿全呕了一口血，血中仍旧游动着许多红色的小虫子，细如发丝，难以觉察。阿全的家人觉得这个孩子十分不祥，就悄悄把他的尸体扔在了后山上，也就是当地人所称的南山。

而后天灾便来了，席卷整个王家村，粮食颗粒无收，瘟疫肆虐，到处都是饿殍和病患，许多人携家带口逃亡，剩下的都是病弱之人，无法承受长途跋涉的辛苦。

王长生认为一切都因阿全而起，许是这孩子的怨气在王家村缭绕不散，王家村才会招来祸端。于是他命人去寻找阿全的尸体，等找到的时候，众人发现那尸体已经没有完好的皮囊了。

众人吓得封锁了南山，并放了一把大火，把虫子和阿全烧得干干净净。

瘟疫还是没有散去，村里死人也越来越多，身为村长的王长生虽然还没有染疾，但逃跑的心思一天比一天重。

他之所以没有走，完全是因为夏嫄。

夏嫄道，父亲将她养大，让她扎根于此，她不忍心看着王家村就此没落。她前去求慈恩寺的老主持把以前搜集的大户人家不要的晒干的陈米取出来，给村民做粥。老主持菩萨心肠，即便她不说，也早有此意。

过了不久，临时的善堂搭建起来了，夏嫄便在学堂附近帮小和尚们布施米粥。

便是在那时候，村里又来了许多男丁，除了那些生得眉清目秀的和尚，还有一个给慈恩寺捐了不少功德钱的小少爷御好。

— 2 —

御好身形修长，白面红唇，眸若点星，美如妇人，而且穿的是绫罗绸缎，佩戴的也是玉石珠宝，往这村里一站，灿然若神人。

御好看起来只有十五六岁的年纪，顽皮可爱，喜欢躲在粥棚的柱子后面偷偷看夏嫄布施。

虽然村里病人比饿死的人多，但因为生病，许多人没法劳作，颗粒无收，因此一碗米粥对他们而言已经是极大的恩赐。

夏嫄的名声极好，穷途末路的众人也不忍为了一己之私哄抢米粥，加之有人自发帮着维持秩序，因此这么多天也没有人闹事。

夏嫄面前排了很长的队伍，灾民个个衣衫褴褛、面黄肌瘦，有些老人佝偻着身子，还不如十来岁的孩子高，夏嫄每次总是想多盛点米粥给他们，但是又担心前面的施舍太多，后面的便没有了。

忙了一个早上，夏嫄擦了擦汗，走到一旁休息，忽然眼前一黑，原来是被一双冰凉又细腻的手蒙住了眼睛。

“猜猜我是谁？”传过来的是非常悦耳的男声。

夏嫄想把他的手打开，拍了他一下。那手骨节分明，她的手碰到他的手，发出响亮的声音。她又担心把他拍疼了，佯装生气道：“御好，快把手放开。”

“哎呀，不好玩。”御好撇撇嘴，转到夏嫄面前，蹲下来仰着脸问她，“先生怎么知道是我？御好明明藏得好好的。”

夏嫄笑道：“小少爷，你身上尽是环佩碰撞之声，一步一响，身上也是我们这儿从来没有出现过的好闻味儿，我想猜不出来都难。”

“原来都是这些身外之物搞的鬼，”御好嫌弃地把一块羊脂玉佩拽下来，扔在地上，“害我连玩都不能玩，扔了扔了。”

“唉，”夏嫄见他如此暴殄天物，又好气又好笑，“怎么能怪死物呢，美玉养人，它一点错也没有，而且这么金贵的东西，别人一辈子都见不着一块，你说扔了就扔了，又让他们如何自处？”

御好忙把玉佩捡起来，笑眯眯道：“先生，你真好，什么都说得头头是道。既然这玉佩珍贵，先生又合我眼缘，我便将它送予先生如何？”

也不知道御好是诚心的还是假意，他只是仰脸看着夏嫄，一副天真无邪的模样。夏嫄微微一愣。

“夏先生。”王长生的声音打断了夏嫄的思绪。

夏嫄如梦方醒，回眸一笑：“长生哥，怎么了？”

王长生方才便来了，站在远处看了好一会儿。这御好一脸媚相，和常人极为不同，他越看越觉得御好有问题。

王长生走过来，瞟了一眼御好，淡淡道：“先生忙了一个上午，这几天也没好好休息，我让几个还能干活的来帮忙，还叫人给你做了点好吃的，先跟我去吃点东西吧。”

“不麻烦了，我还行，”夏嫄客气道，“我若随你吃山珍海味，却给他们施舍清粥小菜、白面馒头，他们会怎么看待我？”

王长生微微皱眉。

夏嫄这句话没什么问题，却让他觉得脸颊发烫。

御好忽然插嘴道：“王村长，你给夏先生准备了什么好吃的啊？”

御好直接称呼王长生为村长，把他白白叫老了几十岁。他更来气了，阴阳怪气地道：“‘朱门酒肉臭，路有冻死骨’，又岂是你能体会的？我们这里地小物薄，当然比不上小少爷高门大户。”

“那就是算不上什么山珍海味了？先生，古人有云，能者多劳，多劳多得，你为灾民布施那么辛苦，如果不养好身体，病倒了怎么办？”

“你——”王长生高兴也不是骂人也不是，半句话堵在喉咙里说不出来。

御好瞥了他一眼，笑意狡黠，而后又佯装无辜地看着夏嫄。

夏嫄只觉得他人小鬼大，语气还是宠溺：“这都是哪里学来的歪理，小孩子家家心眼儿那么多。”

说完，她用帕子擦了擦手，站起来：“罢了，长生哥，不好意思又让你破费了。”

“我做的不及先生万一，先生不必和我客气。”王长生瞧见夏嫄的笑容，脸色才微微好了些。

夏嫄正要走，又想起御好，转头问道：“小少爷家里人呢？怎么来了这么多日也不见你的仆从？”

御好目光幽幽的，蓦地嘴角上扬道：“我把他们都赶走了，整天说要保护我，烦死了。但我想他们现在肯定还在周围埋伏着，只是不让我瞧见而已。”

“小少爷的午饭是谁准备的呢？”

御好咧嘴笑道：“我饿了就去县里吃。”

“胡闹，”夏嫄皱了皱眉，“从王家村到临安县要一天脚程，你若饿了，哪有力气走到县里。你一定在骗先生，来吧，跟先生一起吃午饭去。”

王长生不满道：“夏先生，像他这样的小少爷怎么吃得下我们穷乡僻壤的饭菜，到时候怕是要弄得大家都不愉快。”

夏嫄道：“长生哥，他还是个孩子。”

御好脑袋歪向一侧，眼底露出几分狡黠的光芒。

“夏先生吃得，我自然也吃得，但本少爷现在不饿，就不去蹭饭了。”

夏嫄道：“你真的不饿？”

御好点头道：“真的。”

王长生气极：“既然少爷不想吃，先生又何必强人所难。”王长生转身便走，夏嫄不得不跟上，却又被御好叫住。

“先生，山上的竹花开了，等得空了，你可以陪御好去看看吗？”

那座山已经被众人一把大火烧了个通透，夏嫄也许久没有再去，这会子御好又说起那座山，她莫名便想起阿全来。

王长生怒道：“那是不祥之地，已经封起来了，别说先生不许去，小少爷你虽是外乡人，但入乡随俗的道理总该懂吧？”

御好只是歪着头等夏嫄回答。夏嫄抿了抿唇，没说话，跟着王长生离开了。

鬼使神差地，夏嫄竟然私底下约见了御好。对于阿全的死，她一直无法释怀。

那是她的学生，但因为家里太穷，加上乡里没什么有本事的大夫，不明不白地死了，死了还不得安生，无法下葬不说，还被大火烧得灰也不剩。

夏嫄认为，御好骤然提出这个请求，也许能给她带来新的启发，让她更好地回忆这件事情，找出谋害阿全的凶手。顺便，她也想来这里祭奠一下阿全。

夏嫄来到南山的时候，御好正半跪在一个小山坡上等她。他穿着朱红色的圆领袍，乌黑的及腰长发散落，像是在黄土地上振翅欲飞的凤凰鸟。

也不知道是出于什么默契，夏嫄刚到，御好就站起来，仿佛早已经知道了似的。

他转身对夏嫄灿烂地笑，像不谙世事的孩子：“先生，你看。”

夏嫄顺着他手指的方向瞧去，才惊觉不知何时那些没有在大火中丧生的竹子都开了花，雪白的一片，微风过境，发出“沙沙”的声音。她站在远处，风也扬起她的青丝和长衫，仿佛她也化作了万千青竹中的一根，迎风而立，英姿飒爽。

“先生，死过人的地方生长出那么多漂亮的花，是不是很可笑？”御好忽然问她。

夏嫄站在清香的风中，听着风与竹花的吟唱声，一时沉默。她没想到，时间竟然如此残忍。

御好好像觉得自己多言了，又笑起来：“但那些竹花真漂亮，我只是觉得这么好的一个地方被封起来，实在是荒谬。”

“竹一生都不开花，若开花必有灾难。”夏嫄叹道，“是不是它们也觉得阿全的死是冤枉的，所以来报复乡民了？但是王家村人只是穷和愚昧，何错之有？”

御好快步走过来，拉着夏嫄的手：“先生乱抒什么情，快随我进去看一看，我长这么大还没见过竹子开花呢。”

夏嫄没想到御好会这么自然地触碰她，但她是个规行矩步的女子，连忙松手道：“小少爷，你太激动了。”

御好拉了把空气，悻悻地道：“真麻烦。”

他张开双臂笑着从山坡上飞奔而下，像一只飘逸自由的鸟儿，奔向那花丛里。午后的光芒，静谧的竹林，洁白的花朵，还有天真漂亮的少年，夏嫄站在山坡上，一时看得痴了。

她脸颊微微发烫，念及自己是重义知耻的先生，不能对一个小小少年有过分的想法，才掐了掐手心，慢慢走下坡去。

那是一个十分美好的午后，御好带着夏嫄到处找花。仿佛这里不曾流血，不曾有尸骸。

御好仰躺在树荫下，用一片叶子遮着眼睛。

夏嫄担心地上脏，用手把身后的裙子拢了拢才蹲下来：“小少爷，虽然这里已经有了新气象，但是我的学生曾葬身于此，那些细如发丝的血色小虫子也许还在泥土之中藏匿，你还是听我的话，早些离开。”

御好把叶子挪开，笑吟吟道：“先生是在关心御好吗？”

夏嫄点头：“你还年轻，我不希望你再出事。”

“那先生……我一个人在家很无聊，你能不能当我的老师，当我的先生，我想跟着那些孩子一起读书识字。”

御好的话戳中夏嫄的痛处，因为瘟疫，学堂已经荒废许久，那些稚嫩的声音也不再响起。每夜入梦的，只有无数人的呻吟、号哭、悲泣……

夏嫄黯然道：“小少爷生于高门大户，你的父母一定会为你安排最好的先生，助你考取功名，鱼跃龙门，我这儿庙小，怎么供得起大佛。”

“他们不会管我的，”御好仍是笑吟吟的，“我喜欢听先生教书，喜欢每天都见到先生，你就让我当你的学生，好不好嘛？”

若不是御好只有十几岁，他说“喜欢”二字的时候，夏嫄一定会胡思乱想。

御好又摇了摇她的肩膀：“好不好嘛。”

夏嫄回过神，把他推开：“不是我不答应，但现在王家村瘟疫肆虐，庄稼颗粒无收，活着尚且艰难，谁还有心思把孩子送来学堂读书？”

御好眼睛一眨不眨，凝视她：“那先生可以只招我一个学生。”

夏嫄吓了一跳，嘴唇动了动，半天没有说出一个字。御好的眼神太纯洁，说的话却那么惊人，她几乎要怀疑他到底在想什么。

“不可以。”夏嫄最终还是拒绝道，“我只教无书可读之人读书，养不起小少爷这样金贵的鸟儿。”

夏嫄觉得天色已晚，不便再在南山流连，起身要走。御好也起身，拍了拍身上的灰尘。他撒娇似的道：“先生不必生气，我不再提这件事就好了。”

夏嫄淡淡道：“山里奇怪的牲畜很多，小少爷还是早些回去吧。”

“我跟你走。”御好跑过来，和夏嫄站在一处。夏嫄瞪了他一眼，不再训斥，两个人离开了那满是花树的南山。

王家村里灯火幽微，远远地，夏嫄瞧见一个人举着火把守在村口。

王长生看到夏嫄，又看到她身边的御好，脸色由晴转阴，不等她开口说话，一把把她拉到身边，附耳道：“夏先生，以后少跟御好来往，这个人邪乎得很。”

夏嫄道：“只是富贵人家的小少爷，长生哥你说什么呢？”

“现在不好说。”王长生欲言又止，放开夏嫄。夏嫄转身，见御好目光幽幽的，但一瞬间又变成无辜单纯的模样。

“夏先生，出什么事了？”

他的变化，夏嫄明明白白看在眼里，摇摇头，夏嫄道：“天色这么晚了，小少爷今晚要住在这里吗？”

“我回县里好了。”御好无所谓地道。

“但从这里到县里要一天的脚程，路上指不定有穷途末路的贼寇……”夏嫄这会子也觉得不对劲了，似乎从他出现到现在，御好一直都是孤零零的一个人。

他所谓的随从从不曾出现，还总说回县里，除非他能日行千里。

御好歪了歪脑袋，笑眯眯道：“我不走，难道夏先生收留我一晚吗？”

“不可以。”不等夏嫄说话，王长生斩钉截铁地拒绝道。

御好歪着脑袋，笑吟吟地看着他：“为什么？不是担心我回县里的路上会遇到山匪贼寇吗？”

“男女授受不亲，”王长生阴阳怪气地道，“虽然你年纪不大，但留宿于夏先生的家中，有损她的名节。”

“有损先生名节？”御好无辜地道，“什么样的男人出现在先生家中，才不会有损她的名节？”

夏嫄沉默了一会儿，接话道：“除非我已经许配了人，否则把男子留在家中是不合规矩的。”顿了顿，她又补充，“但是在学堂旁边还有一间空屋子，我本来是留给家离得远的孩子住的，现在没什么人上课，屋子自然也空着了。如果小少爷不嫌弃，可以……”

王长生连忙制止：“不可以！”

“可以。”御好抖了抖宽大的袖口，环佩玲玲，悦耳动听，“我其实是个粗人，先生肯收留我，免我奔波之苦，我感激还来不及呢。”

御好细皮嫩肉的，没有半点受过苦的样子，却说自己是“粗人”，王长生本还想说他，现在也不知道该说什么了。

“好了，长生哥，”夏嫄再笨也听得出王长生在针对御好，便充当起和事佬，“他虽是小少爷，到底还是个孩子。”

御好笑眯眯的：“就是就是，王村长，我好歹捐了那么多功德钱，若是没有我，去哪里弄这么多大米给王家村的人吃。”

王长生幽幽道：“还不知道是什么钱什么米呢。”

夏嫄假装不曾听清楚——她不得不承认，自己是有私心的。

把王长生支开后，夏嫄带着御好去学堂，夜风吹来呜咽的声音，还有淡淡的臭味。

学堂门前有一棵老槐树，叶子都掉了，两人踩在枯叶上，发出“沙沙”的响声。御好四顾，发觉学堂这一片十分荒凉，一盏豆灯也没有。

“先生，这儿好生僻静啊。”

“你随我来。”夏嫄带着御好来到学堂旁边的一间茅屋前，门上的铁锁只是一个摆设，夏嫄用头上的簪子一插，“咔嗒”一声，锁就开了。

夏嫄推门而入，屋子里一股霉味儿，空间逼仄，只有一张铺着草席的木床和一张糙木桌子。

夏嫄从桌子的抽屉里取出一根蜡烛，擦了半日火石才点亮。蜡烛的味道熏人，微凉的夜也被火光照得闷热。她把蜡烛固定在桌子上，转头，御好正定定地看着她。

他默默地看了她好一会儿，两只眼睛流转着诡异的光芒，只是一瞬，又暗淡下去。夏嫄念及先前王长生悄声对自己说的话，心“咯噔”一下。

“先生，你怎么了？”御好悦耳的声音拉回了夏嫄的思绪。

“啊。”夏嫄轻呼一声，抱歉道，“忽然想起什么，不好意思。”

御好似乎什么也没觉察，一屁股坐到那张摇摇欲坠的硬木床上，还撒欢似的晃了晃，玉佩清脆作响。

“先生，之前你的学生都住这里吗？”

夏嫄脸微微一红：“只是有些学生家住得远，若是天气不好或是天色晚了，便会让他们暂时住这里。我知道这儿比不上小少爷家里，若是你不习惯，我再去别家问问有没有可以让小少爷留宿的地方。”

“不用了，”御好忽然张开双臂，仰倒在床上，笑嘻嘻道，“我觉得这儿挺好的，离先生的屋子近。”

他睁着漂亮的大眼睛，薄薄的红唇嘴角上扬，在暖色的光芒之中，显出别样的旖旎风情。

夏嫄好似在怪味重重的小屋之中嗅到一丝檀香，如此安逸宁谧的香气，源于这个小小少年。她顾左右而言他：“入秋了，这里被子不够，我去给小少爷拿几床被子来垫垫。”

御好也不拦她：“去吧。”

等忙完这一切，已经是子时了，夏嫄怀揣心事离开茅屋，大风刮起，吹得槐树落叶纷纷，她不知不觉便站在落叶堆中，入了神。

王长生还未休息，提着一盏灯笼远远而来，看夏嫄在那儿发呆，连忙把她拽到一个隐秘角落。

“长生哥？”

“嘘——”王长生警惕地看了看四周，确定“隔墙无耳”，才压低声音道，“夏先生，虽说私下妄议他人不是君子所为，但有件事，我必须说与你听。”

夏嫄隐约觉得与御好有关，皱了皱眉。

王长生幽幽道：“我差人去临安县里问了一下，根本没有姓苏的大户人家，哪怕有姓苏的，也没人听说过苏御好这个人，可见这个人古怪得很，有许多秘密瞒着我们。”

夏嫄辩解道：“临安县这样大，短短一个月的时间，你怎么问得过来？”

“但他给慈恩寺捐过善款，行事如此招摇，我实在想不通他小小年纪为何向佛，又是如何在没有父母恩准的情况下得到这许多财物的。”

王长生还是狐疑，他的猜测让夏嫄也举棋不定起来。

御好，漂亮潇洒的少年郎，行事却乖张顽劣、不守礼节。夏嫄还记得他奔向南山的情景，像一只向往林中自由的凤凰鸟儿，又像长年生于那里的花草竹树。

王长生这一说，夏嫄竟也不觉得怕，只是生出了了解御好的想法。也许为人师者，总想拉陷入泥淖的后辈一把。

两人正商量着，茅屋的方向忽然传来惨叫声。

夏嫄一惊，下意识跑了过去。她跑得太着急，以至于王长生来不及拉着她。

王长生看着自己抓空的手，他还有一句话不曾说出口——他是因为关心她，才调查御好的。来不及细想，他跟在她背后也向茅屋走去。

远远地，王长生看见了打开的门，还有一个人向外爬着，正一手抓着门槛，一手伸向前方，仿佛想抓着什么救命稻草，但他瞪大的眼睛里毫无生气，可见前面没有他渴望的一线生机。

空气中弥漫着浓郁的血腥气。

夏嫄吓得“啊”了一声，呆立在原地。虽然月色朦胧，但她还是看到了，她看到那个抓着门槛的男人只剩下半截身体。

那男人生得贼眉鼠眼，脸上全是血，在某一个瞬间，他的身体僵成了求救的姿势。

“先生，救我！”

屋子里忽然传出了御好惊慌的声音。夏嫄心头一紧，避开那死尸冲进了茅屋中。

— 3 —

屋中一灯如豆，御好苍白着脸，一身血污。他手中有一把打柴的刀，身边还有男人的下半截身子。看到夏嫄，他慌忙丢了刀抱住夏嫄：“先生，那贼人看上我身上的宝物，要杀我……”

温软的御好贴紧了夏嫄的身体，夏嫄的心软作一摊春水。

三言两语间她便明白发生了什么事情，原来是大半夜有人惦念着家资丰厚的御好，趁他留宿在此的工夫杀人夺财来了。

王长生也走了进来，看到二人相拥，脸色大变。

夏嫄连忙推开御好，解释道：“小少爷受惊过度了。”顿了顿，她补充道，“长生哥，这是歹人要作恶，御好不得已才做了这种事，这件事最好不要声张出去。”

王长生神色复杂地看着夏嫄和脸色惨白的御好，动了动唇，最后只道：“你们先走，这件事我自会处理。”

夏嫄不放心道：“长生哥……”

王长生知道她要说什么，安慰道：“没事，处理好了我再找你们。”

夏嫄只好带着御好离开了茅屋。

也不知道王长生如何埋了那尸体，只是他埋完以后一连病了好几天。他虽是男人，但也是个正常人，这件事对他的打击不亚于对夏嫄的。

夏嫄事后核实了一下，那男人的确是前阵子逃出瘟疫村的恶霸，死有余辜。但御好一个文弱公子竟然能夺过男人手中的刀，一刀将之腰斩……夏嫄不敢深思。

御好似乎是觉得自己做的事情过分了，又给慈恩寺捐了一大笔功德钱，买了许多大米，还请了专门的大夫来村里看病。

夏嫄不知道御好怎么有那么多钱，却也没有多问。

在大夫的诊治下，村里人渐渐康复，瘟疫的蔓延也被遏制住了，得到救济的灾民感激涕零，自发给御好、夏嫄和慈恩寺送去了谢礼。

转眼已经入冬，大如鹅毛的雪花纷飞，夏嫄站在窗前，眉头又皱了起来——她穿着十分保暖的绒衣，但这百废待兴的村落里不是谁都能够熬过严冬的。

“先生！”御好的声音从身后传来。

夏嫄转身。御好还是穿着秋天的长衫，环佩玲珑，白雪沾上了朱红色的长衫，还有乌黑的头发、眉毛和眼睫。夏嫄连忙走过去，用帕子替他擦拭：“小少爷，这么冷的天，你怎么不多穿一些。”

“我想先生，所以就来找先生了。”御好还是直言不讳。

夏嫄收起帕子：“我没什么事，只是担心这么冷的天……”

“先生，你又不是普度众生的菩萨，怎么能管得了那么多人的生死？”御好笑眯眯道，“对了，你知道吗，这会子南山的竹花还开着呢，真稀奇。”

“冬天还在开花？”夏嫄也有些难以置信。

“可不是。”御好变戏法似的从手中变出一朵竹花，轻轻一嗅，“我特意摘了一朵给先生，真是清香扑鼻。”

夏嫄皱眉：“好端端的，摘花干什么？”

御好微微一愣：“先生不喜欢？”

夏嫄叹了一口气。虽然事情已经过去了一段时间，但每每看到御好，她的右眼皮总是突突跳个不停。

“我知道了，先生……”御好把花放在妆奁前，凑过来道，“先生，你是不是忌惮我？”

见御好的脸骤然出现在眼前，夏嫄倒吸一口凉气。她手撑着桌子，身体向后倾，结巴道：“为、为什么这么问？”

“我做了那么多善事，先生还忌惮我？”御好眼底的光似乎暗淡了下来，但他很快又一如既往地变了脸，没个正形地笑了，“但是先生，当初为什么不直接把御好抓到官老爷面前治罪？你是不是觉得……如果御好被抓了，就没人管王家村了？”

仿佛一下子被说中心事，夏嫄忍不住反驳：“不是的。”

“那是因为什么？”

夏嫄僵硬道：“我不知道。”

御好又轻轻笑：“先生不愧是先生，行得端，坐得正，不像御好鬼话连篇。”

御好来王家村不为别的，一则是送来御寒之物，二则是帮夏嫄办书院——王长生奔走了数月，这件事依然搁置着。

御好叫来村里尚可劳作的男人帮忙建新书院，为了几两银子，那些男人都干劲十足。大约是因为今年瘟疫肆虐，庄稼颗粒无收，他们需要一份工作来养家糊口，而御好随便挥挥袖子，施舍的便是他们数年所得。

御好的善良人人称颂，御好的钱多得花不完，而且随着时间的流逝，御好也抽条拔节一样长高了，气质越发温润清朗。

夏嫄还是夏家草堂的女先生，岁月在她脸上不曾留下一点痕迹，而身为村长的王长生脸上沟壑却越发多了，周正的眉目也有了疲态。

人们揶揄，御好生于大富大贵之家，却甘心散尽家财在这小小村落，正是因为看上了温柔如水、面容姣好、心地善良的夏嫄。

两人站一块儿，像是画里的神仙眷侣。

至于王长生，似乎已经没有人记得自己说过王长生才是那个与夏嫄最登对的人。王长生三十多岁了，夏嫄还是妙龄少女。

冬去春来，夏家书院里响起了脆生生的读书声。

夏嫄在新建的书院里教书，御好倚门而望。看到他时，夏嫄忍不住道：“御好少爷，你站在那里做什么？你不是学生，不用来这里上学。”

御好微微一笑：“我叫了那么多年‘先生’，先生也没有拒绝我，现在怎么不好意思了？”

夏嫄脸颊发烫，放下书：“今时不同往日了。”

御好笑眯眯道：“怎么不同了？”

有个小孩大声道：“先生脸红了！”

夏嫄急得瞪了他一眼：“不要多嘴！”

御好轻轻笑：“我以前求着做先生的学生，先生不收。我现在明白了，幸好没有拜先生为师。”

师徒与朋友，前者是没有未来可言的。

王长生家里做了不少腌肉，他用油纸包了一些给夏嫄送去。御好与夏嫄的对话，他在门前听得一句不差。

腌肉散发着的烟火气十分熏人，王长生站在那里，忽然觉得满身汗味、手脚粗壮的自己就像这几块熏肉一样，沾满了难闻的烟火气。

高岭之花与乡间野草，阳春白雪与下里巴人，满腹诗书的夏嫄会作何选择？

王长生干脆把腌肉交给负责洒扫的妇人，转身走了。他走到了书院大门外，那棵老槐树还在落叶。

其实那个夜晚他也是第一次看见死人，第一次就看到了一个人被砍成两半，御好力道之大，令人毛骨悚然。

王长生为了不声张，一直都是一个人行动，他一脸污泥和血腥为夏嫄处理那些肮脏的事情，只是想要她记得他的好，记得他不是什么蛮不讲理的男人。

可是在他因为吹风和受惊过度卧病在床的时候，夏嫄也只是送来了一些补药，再多的，他也求不来了。

王长生回到家中，坐了一会儿，脸色越发难看起来。

等到入夜的时候，他把几个心腹兄弟叫来，敬了众人几杯酒："我有一件事不吐不快。"

一哥们儿喝了两杯白的，上了脸，一拍桌子："什么事不能说？不说可就不仗义了。"

"你们猜猜，有没有这样的人，贼喊捉贼，伪装成大善人，实际上他才是一切罪恶的始作俑者。"

"文绉绉的话我们几个粗人也听不明白，你就直说吧。"

王长生思量再三，也喝了杯酒，才壮着胆儿道："现在大家都敬御好是大善人，但是前些年他犯过人命案子，尸体还是我替他埋的。"

王长生见众人都变了脸色，还有的催促他继续说，他便把当初的事情一五一十说了，还补充道："御好此人来路不明、家财万贯，谁知道他的钱从哪里来的？就算他有钱，为什么又专门给王家村的人花？最可疑的是，咱们村刚染瘟疫他就来了，谁知道瘟疫是不是因他而起？"

几人看他说得脸红脖子粗，晕晕乎乎之间也觉得十分在理。

"你说的还真是，以前我们怎么没想到。"

"知人知面不知心，"王长生义愤填膺，颇有一种举世皆浊我独清，众人皆醉我独醒的豪情，"我王长生自任村长以来不敢说做出了什么丰功伟绩，但是兢兢业业、任劳任怨，这件事不是出于我的私心，实在是为了王家村的未来考虑。”

他越是唾沫横飞，众人越觉得他说得在理。

只是谁也不曾瞧见，在最后碰杯的时候，王长生眼底划过一丝狠戾的光——人不为己，天诛地灭。

喝完了这顿酒，大家便是系在同一条绳上的蚂蚱了。王长生又给了他们一些好处，他们立刻变得唯王长生马首是瞻，只把他当成慧眼如炬的贤者。

他们素日里领过不少御好的工钱，有许多盯梢的机会。这么盯着盯着，他们确实觉得不对劲来。

御好每每来此，都不大吃东西，一开始大家只觉得他少爷脾气，不吃乡野的食物，但他为了夏嫄在王家村待了几日，每个盯着他的人都不曾见他吃饭。

唯有夏嫄喂他吃的糕饼和水下了肚，旁人送的一概拒绝了。

可这些远远不够让一个人填饱肚子。

再者，御好总是独自来独自去，不曾听说他有任何亲朋好友、下人随从。

先时夏嫄总喜欢布施，但御好认为不劳而获会使人惫懒，因此故意让村民做活儿，他叫人给自己在村中盖了一间瓦房，三天两头便让人去修缮。

这会子王长生的其中一个眼线正在那儿修缮屋顶，站在木梯上，两只绿豆眼时不时瞟一下远处的御好。

御好靠着墙壁，与下课的夏嫄聊着天。他比夏嫄高出一个头，总是笑着，一点架子也没有。

夏嫄近来不知怎么就爱打扮起来，头上也不系素雅的丝巾了，而是梳了十分柔美的发髻，鬓角簪了两朵御好送她的花，紫色的、蓝色的，鲜妍异常。

御好看着那两朵花，揶揄道：“先生，你这花的边缘已经枯萎了，为什么还戴着？”

夏嫄摸了摸，一时脸红：“我这几天忙着备课，哪有闲心管这个。”

她把花摘了下来，边缘果然已经颓败了。

御好冷不防腾出一只手又把一朵花给她戴上，笑眯眯道：“花枯萎了不算什么，我每天都给先生摘一朵，它们永远都不会枯萎。”

“不可以，”夏嫄下意识道，“以后不要摘了，花原本好端端的，被你摘下来就枯死了。”

“就知道你会这么说，”御好不再为夏嫄的慈悲心而悲伤，张开另一只手，掌心放着一根缀着流苏的宝钗，“我让师傅专门为你做的，竹花钗，以后戴上它，冬天也不会凋谢。”

夏嫄接过来，仔细瞧了半日，这根钗子的钗身虽是用宝石雕刻的，却能嗅到青竹的香气，坠子是两朵洁白的竹花，高洁雅致。

“这是你……特意为我做的？”

“虽不是我亲自做的，却也费了一番工夫。”御好拿起钗，亲自为夏嫄插上，夏嫄摸了摸，可惜现在没有镜子，也不知道到底什么模样。

御好“啧啧”赞叹：“先生就是好看，御好看了这么多年也不觉得厌烦。”

“啊！”

远处盯梢的工人脚下一滑，大叫一声，就要摔下木梯。

御好眼尖，下一秒竟然现身于木梯之下，用背部接住了那工人。

那两人原本相距两丈，夏嫄只觉一阵凉风拂过，眨眼间御好已经不在眼前了。

御好把那惊魂甫定的工人扶正：“下次小心点。”

夏嫄这才匆匆赶过来：“发生什么事情了？”

“没……没事，谢谢苏公子。”工人感激道。

御好说他姓苏，大家都称呼他为苏公子，但更多的也只是叫他御好，因为他不常提起自己的姓氏。

“不用谢我，你在我这里做事，出了问题我要负责的。你受了惊，这是你应得的，今日便不用做了。”御好给了那工人一两银子，他连忙要跪下大呼“菩萨”，御好摆摆手让他作罢。

但那人领了钱还不走，而是多嘴问道：“苏公子，方才你不是在和夏先生说话吗？怎么一会子的工夫就到了这里？”

御好微微一愣。

也许是救人心切，他没有多想，可被救的是个有心人。

“也没什么稀奇的，”解释的不是御好，竟然是夏嫄。她几乎不假思索地道，“一个人寻常可能一步迈十几尺，但是被老虎追的时候可以跑得比寻常快不止一倍。御好担心你的安危，情急之下为之罢了。”

“原来如此。”工人佯装感激涕零，“若不是苏公子，我可能就活不了了。”

“好了，你先走吧，我还有些事要和先生说。”御好被问得稍显不悦，阿谀奉承的话他也听多了，不愿意再听。

“好好好。”工人走了。

御好对上夏嫄的目光，夏嫄也恰好对上他的目光。

他开口道：“先生当真认为我一步越两丈是因为一时情急？”

夏嫄道：“御好，你不要多想。”

“假如……”御好蹙眉道，“假如有一天先生发现，其实我和你们不一样，我并不善良，先生还会这么说吗？”

夏嫄微微一怔，但这些年御好的成长她都看在眼里，于是她点点头：“哪怕你不是真心想帮助王家村，可你已经帮了，这些是不会因为你本身如何而改变的——而且，这世上像你这样帮人不是为了让他们记得你、称颂你的人又有多少呢？”

“先生真的这么想？”

“嗯，御好，”夏嫄真诚道，“众口铄金，三人成虎，你是个善人，便不要惧怕那些人的猜测、诋毁。即便你是装的，只要装一辈子，假的也成真的了。”

“还没有人和我说过这些，”御好的眼底有了神采，“我以为先生和他们一样。”

领了银子回去的工人转个弯就到了王长生的家里，义正词严道：“那御好一定有问题！一步两丈远，这是人能做到的吗？！”

“少安毋躁，少安毋躁。”王长生愤愤道，“我早说过了，他的奇怪何止于此。早些年他曾在酉时回答我，晚上要回县里休息，我以前还纳闷，但现在知道他可以一步两丈，便不觉得那件事稀奇了。而且前些天，我明明看到有人砌墙的铲子正好对着他的头掉下去，换了别人，当场便给劈死了，他却一点事情都没有。”

王长生当然不会承认，那是他故意收买了人，让那人这么做的。

工人只觉真的邪乎了，咬牙切齿道：“我王家村一向干干净净，不能让这脏东西在村里作威作福，但看他是有几分能耐的，我们若是正面揭穿他，不知道会不会招来祸患？”

王长生阴冷一笑：“不能硬碰，只好智取。”

夏嫄本是个孤儿，凑巧教的几个学生家里后来发迹了，他们的父母一直念叨着夏嫄的好，隔三岔五便让她去临安做客。

夏嫄实在难以推辞，只好挑了个天气好的日子出发了。

临安的富饶闻名天下，夏嫄怕自己太寒酸，干脆咬咬牙雇了一辆马车，还带了两箱红枣。这么多年，她除了见过御好，还从未见过别的富家子弟，心情不免忐忑。

她向村里人告了假，少说也要去十天半个月。车夫在路上走走停停，兼沿途买卖特产，走得更慢。

御好想要随行，但夏嫄百般推辞——她是村里为数不多的识字的，她走了自然要让御好代课。

月黑风高，夏嫄和车夫只好暂时在山里休息。生了火堆，两人坐在地上啃干粮和烧水。夏嫄吃着吃着便开始后悔，自己为何要来此处受罪，单是去路已经让人疲惫，怕是到了临安都懒得回来了。

车夫喝了两口烧酒，要去林中小解，等他走了，夏嫄越发觉得孤单。

四野时不时传来野兽的呜咽，周围都是蚊虫的飞鸣声，她觉得自己又脏又累，却没法像往常那般去井里打水洗脸洗澡。

忽然远处的车夫发出闷哼之声，夏嫄暗惊，想了想，取了一把柴刀走过去，冷不防有人在身后捂住了她的口鼻。

贼人用了一个麻醉包，药劲大，夏嫄很快就软绵绵的没了力气，柴刀也脱了手。

“御好……”夏嫄撑着眼皮，不甘心地唤了声。

“省省力气吧！”几个贼人蒙着脸，漆黑夜色下也不知道是谁，只是都坏笑着，粗暴地解她的衣衫。她本来还无力抵抗，但此情此景，不容她不尽力挣扎。

“放开我，你们这些丧尽天良的东西……”

坏笑声仍不绝于耳，他们撕扯她衣衫的动作也没有停止。

夏嫄已经没有力气了，不免悲哀地想，她做了这么久的善人，究竟是为了什么。

四周的枝叶忽然诡异地摇动起来，“沙沙”声由远而近，贼人们警惕地竖起耳朵，纷纷停下动作，握紧手中长刀，盯着声音来源处。

接着，他们看到了一条长丈许的巨蟒，通体火红，好似一道燎原的火焰一般，以闪电之速一下子便飞跃到了贼人面前。

它的眼睛宛如两颗黑宝石，泛着诡异的绿色光芒，芯子从张开的血盆大口里垂下，沾满了腥臭的唾液，滴滴答答往下流。

它还有两颗悬着血丝的獠牙，在夜色下异常可怖。

奇怪的是，这条巨蟒没有立刻杀死那些贼人，只是将夏嫄围了起来，为她制造了一个隐秘的环境。她连忙爬起来，把被解开的扣子全部系上，还理了理凌乱的发髻。

一个贼人不知怎么猛然醒悟，盯着那流淌的哈喇子，大叫起来：“果然是你，果然是你！你这孽畜，还我儿命来！”

他摘了蒙脸的面巾，抄起家伙就要给那蛇一刀，但一刀下去，刀锋都钝了，他也被震得倒飞出去。

没想到对方如此不要命，巨蟒的头缓缓地移动到那摘了面巾的贼人面前，眼神竟然复杂起来。

一刹那，四周亮起了无数火把，周围全是王家村的村民，而倒飞出去的贼人，是阿全的父亲。

这条巨蟒的血里全是细如发丝的血色小虫，便是它害死了阿全。

而且一点也不难猜到，这条巨蟒究竟是谁。

王长生举着火把第一个跳出来，指着巨蟒大声道："御好，事到如今，你还想瞒着我们吗？！"

他知道御好最关心的是夏嫄，不惜牺牲夏嫄也要引蛇出洞，何等歹毒的心思。

— 4 —

果不其然，在一阵耀目的白光过后，巨蟒立刻变成了环佩玲珑、唇红齿白的御好。

御好道："原来这都是你们故意设计的，为什么？"

王长生冷笑："为什么？御好，这句话，你该问问你自己，你身为妖物却伪装成大好人，你究竟对王家村有什么企图？阿全是不是你害死的？"

御好低头看了看自己的手，那双手洁白无瑕，他摇头道："不是我杀的，我从没有杀过人。我只是好闻先生之道，所以留在了这里。"

"胡说！我亲眼看到，你腰斩了王虎，还把他埋在后山的竹林里！"

御好悚然一顿，后退两步，求饶似的看了夏嫄一眼。他是有通天的本事，但他不希望夏嫄觉得他是一只十恶不赦的妖物。

夏嫄方才受了惊，稳了稳心神才道："长生哥，你知道王虎贪财，要杀人夺财，御好是为了自保才杀人，这件事不怪他。"

"哼。"王长生举着火把走近。

这些年他越发老了，脸在明灭的光中竟然有些狰狞。

“夏先生，我知道你是好人，但是这些年你都被蒙在鼓里，可不要被那妖物迷惑了心智，为他说话。”

“我没有！”夏嫄低斥，“长生哥，你扪心自问，你让人伪装成流氓作践我，这是君子所为吗？”

“那又如何！”王长生声色俱厉，一字一句地道，“夏先生，你知道这妖物神通广大，若不是看在你的面子上我们能好活？而且你若得知我们的计划，你会忍心欺骗他？我们只是不得已而为之罢了。”

夏嫄咬了咬牙。

“王村长，我虽然为妖，也害过人命，但这些年来，我一直不吝财帛帮助王家村，难道这些你们都忘了？”御好解释道，“那年瘟疫，如果没有我，你认为王家村还能存活至今吗？”

“早知道你会这么说。你可还记得阿全？正是他给村里招来了瘟疫，而他是被你害死的！你在村外的河里蛰伏，他喝了那里的水，你知道事情的真相，才妄想弥补。但天网恢恢，疏而不漏，从今往后你再也不用披着那张伪善的皮了！”

王长生一点也不惧怕御好，因着这些年的怨愤，语气越发凛冽。

御好的脸上露出痛苦之色，他又看了看自己那双手，明明洁白无瑕，下一刻却好像沾满血腥，爬满蛆虫，他忍不住干呕。

“我也不想的，我不知道会这样，我不知道……”御好无助地道，“先生，你要相信我，我只是想听你阐述贤明的道理，但我害怕你发现我是妖，会赶我走，我不是故意欺骗……”

“夏先生！”王长生转头看着夏嫄，“我知道你慈悲心肠，但也要清楚人妖殊途的道理，难道你真的觉得没有这条巨蟒，王家村就会没落？难道你为人师表，还要与妖为伍？你让学生们怎么看你？”

夏嫄被质问得后退两步，掐了掐手心才停住步子。

她似乎听到学堂上阿全的提问声，还有孩子们的念书声，看到他们一个个扎着小辫子摇头晃脑，笑起来的时候牙齿还不全。

“先生……”御好没想到夏嫄也退缩了，抓着她的手，“先生，不是你告诉我，众口铄金，三人成虎，即便我是装的，只要装一辈子，假的也成真的了吗？先生，是你教我的，要恩施，要行善，要爱护他人。”

御好的手很冷，他是冷血动物，夏嫄的手也很冷，因为心冷。

夏嫄似乎是做了什么决定，握紧了御好的手，又走到众人面前：“御好是我看着成人的，他虽然为妖，但心存善念，与那些异类不一样。哪怕他犯过错，也已功过相抵。你们告诉我，他造福了王家村那么多年，你们有谁不是因为他而存活下来的？”

握着御好的手的时候，夏嫄听到了自己清晰的心跳声。

御好侧脸看了看她，不觉也握紧了她的手。她的手渐渐温暖起来了，他觉得十分安心。

他也用十分坚定的口吻道：“我御好生而为妖，却一心向善，不论是以前，还是现在、以后，都绝对不会伤害任何人。这是先生教会我的，我也绝不会违背我的誓言。”

“你是无心，但我的儿子怎么办？！”阿全的父亲此刻竟然涕泗横流起来。

夏嫄不禁皱眉，她记得当年这家人把阿全接走的时候，从来没有向她提过要还她医药费，哪怕后来受到御好的接济，家里已经不再那么困苦，他们也不曾来道谢。

阿全对他而言真的那么重要吗？

为何后来他与妻子连阿全的墓都没有设？

御好看了眼夏嫄，松开她的手，走到阿全父亲面前，诚心问道：“老伯，你要如何才能原谅我？”

阿全的父亲悲切道：“我要你给我下跪磕头，向我的儿子忏悔！”

御好转头看了眼夏嫄，夏嫄动了动唇，最终道：“男儿膝下有黄金，纵然是异类也是有骨气的，难道这些年他做得还不够吗？”

“不够！只要我儿回不来，他便怎么做都不够！”

男人声嘶力竭的声音在夜里格外刺耳，下一刻，御好却真的跪了下来，磕头道：“我诚心悔过，一心向善，先生相信我，我不想让先生失望。”

“那可是一条人命，跪一跪就完事了？”王长生狞笑，走过来，忽然抬脚踩御好的手，踩得骨头发出“咯吱咯吱”的脆响。

“你是可以许诺一生向善，但是如果有一天你与夏先生有了嫌隙，又想起我王家村人曾经这样待你，你因一时怨愤屠村，我们又能怎么办？”

夏嫄急了：“长生哥，你究竟要干什么？”

“不干什么，有些话空口无凭，只有去了猛虎的利齿和凶爪，我才相信它没有继续作恶的能力。”王长生把脚收回来，御好的手已被踩得血红一片。

御好没有吭声，抬眸，王长生的脸越发难看。

“御好，若要我们信你，你必须废了一身修为，扒去一身逆鳞，拔去口中利齿，你可愿意？”

御好看着那张得意的脸，下意识地想说“做梦”。

夏嫄亦道：“你怎么可以这么对御好？难道就因为他是妖，他为王家村做过的一切便都不作数了吗？”

“哼，夏先生，”王长生多年的爱扭曲为恨，语气越发怨愤，“你口口声声帮助这妖孽，难不成你真喜欢他？”

听到“喜欢”二字，夏嫄闭了嘴。

御好闻言，把目光落在夏嫄身上，询问道：“先生，你喜欢御好吗？”

明眼人瞧得出来，一向喜欢素雅的夏先生开始注意容颜，还收下了御好送的钗子、鲜花，便是对御好有意思，但那时候众人都不知道御好是妖怪，夏嫄也不知道。

夏嫄踌躇道：“我是个教书的先生，也不是多么好看的女子，更没有什么特别的本事，你心中又是如何看待我的？”

她用了一个“又”字，单纯如御好没有注意，只是看着她，诚挚地道：

“我的看法便如他们所说，我非常喜欢先生，想娶先生为妻。”顿了顿，他小心翼翼道，“先生是否也是这么想的？”

夏嫄的眼神复杂起来。

御好又道：“说来也怪，我总觉得，我娶先生竟不受妖不得与人结合的桎梏。不知你有没有这样的感觉？”

说完，御好哑然失笑，想必是他自己魔怔了。

王长生忍不住大笑：“十恶不赦的妖怪也妄想得到夏先生的喜欢？你知不知道，夏先生对你便像对待自己的学生，她怎么会喜欢你呢？”

御好目光黯淡下去，低头，看着自己被踩得鲜血淋漓的手指。

黑色的炎气在他的周身缭绕，他的眸子也渐渐变得殷红。

“是这样吗？”御好的声音冷了下来，“先生只是把我当成顽劣不堪的小孩子？”

他初遇她的时候已经三百六十二岁了，她却才二十来岁。因为他看起来不过十五六岁，她才把他当成小孩子吗？

夏嫄动了动唇，仍是没说话，只是走到他面前，向他伸出手。她的手软若无骨，细腻柔滑，十分温暖。

“先生？”御好不明白她的意思。

王长生嘲讽似的解释：“夏先生，你是不是不敢告诉他，你根本没有爱过他？这样先把他扶起来又有什么意义？”

夏嫄却淡淡道：“不，我并非不爱御好。”

“你说什么？”

“我无法欺骗自己，在我收下他的宝钗，看到他笑，听到他说话的时候，我会感到心旌摇曳。”夏嫄是教书先生，她做不到口是心非，也不希望御好听到她的谎言——虽然承认自己喜欢妖物需要莫大的勇气。

人群开始沸腾起来。

原来夏嫄喜欢一只妖啊，即便得知对方是妖也不避讳，她已被妖迷了心窍。

王长生的面孔愈加扭曲，他大声道："没想到夏先生为人师表，竟然会有如此荒谬的想法，难不成你还想保护这孽畜不成？"

夏嫄不理会王长生的挖苦，只是握住御好的手，眼神坚定："起来，你不该下跪，你没有做错什么。"

"不。"御好却拒绝了她。

她也许永远不会知道，他一直以为是自己一时失手害死了阿全，他广施财帛是为了赎罪，他是自带原罪的。

他更不敢确定，夏嫄是否真的愿意相信有罪的他。

但在这个漆黑的夜里，他冒着暴露的危险救了她，她也救赎了他。

夏嫄不明所以："御好，你要做什么？"

"他们不是不相信御好吗？"御好轻轻笑了笑，伸手，一颗红色内丹在掌心渐渐浮现。夏嫄只觉那笑淡得过分，一种不好的预感浮上心头。

"御好你……"

"嘘——"御好环视四周，朗声道，"今日我所做的一切，皆是为了先生。她纯良至善，给我做了好榜样，我愿为了先生废去一身修为，去除我的鳞片，拔除我的利齿，只要你们不要指责先生对我的心意，也相信我没有恶念。"

夜风呼啸着，王家村的人安静了下来。

他们各怀心思，没有什么人愿意出头接话。

王长生作为村长，冷笑道："说了那么多，你倒是动手啊。"

夏嫄摇头："御好，不要做傻事。"

"不必担心，先生。"御好又笑了笑，"我不会这么轻易地死去。"

御好的五指慢慢收拢，那内丹便如升腾的烟雾在指缝之间渐渐流散。等烟雾散尽，他的脸色已经惨白如纸，倒在地上，化作一条红蟒。

"先生，旁人的手不宜碰我，"御好幻化出一把刀，交给夏嫄，"扒皮刮鳞之事须得你做。"

夏嫄接过那把冰凉的刀，第一次意识到御好的残忍。他能够眼睛也不眨一下便腰斩恶人，对自己也能下此狠手。

王长生看到御好虚弱至此，又得意起来，催促道："夏先生，还不快点！"

有些人的话最信不得，比如王长生，只有蠢如御好才会相信他。

夏嫄握着刀，指头都在发抖。

她在某些时候是蠢笨的，大抵因为王长生这些年对她太好了，以至于她并不认为他是个多么坏的人。可她还是忍不住问："御好，真的要这样做吗？"

御好眨了眨眼睛，权且当作回答。

"御好……"夏嫄的手仍在颤抖，但她还是闭上了眼睛，一刀扎进御好的身体。

一时血液奔涌，御好吐了吐芯子，目光黯淡了一些。他只是把脑袋耷拉在地上，也不发声，夏嫄知道他应该很疼，心疼不已，道："你觉得难受便让我停手。"

而后她刮去一片鳞片。

血肉翻飞，夏嫄闻到了浓郁的腥味。

御好仍不说话，只是尾巴动了动，随后每被刮去一片鳞片，他的尾巴都要动一动，可动的幅度越来越小，还未过半，他已经不再动弹。

夏嫄担心他死了，慌了神，大声喊道："这样够了，他这样够了！"

王长生却抢过刀，把夏嫄推到一边，恶狠狠道："怎么够呢？还有一半的鳞片没刮去呢！"他手起刀落，动作比夏嫄快了不知多少。

那藏在他心底的愤懑、恨意在此刻得到了畅快的发泄，他也是在这一刻才发现，自己多么希望能把御好千刀万剐。

要不是因为御好，他怎么会失去夏嫄？要不是因为御好，他怎么会意识到自己只是乡野匹夫？御好让他的优越感荡然无存，只剩满心扭曲的恶毒。

只有杀了御好他才能夺回自己曾拥有的一切，所以他下了最重的手。

夏嫄扑上来捂着御好血液奔流的伤口，哭泣道："不要再伤他了，他已经承受得够多了……”

王长生让两个村民把夏嫄拖到一边，刮掉了御好最后一片鳞片，还狠狠地在御好七寸处捅下一刀，直到一边受过御好恩惠的人看不下去，让他停手，他才恋恋不舍地起身，把刀扔在地上，鄙夷地踹了御好一脚。

御好的眼睛还睁着，在意识模糊之前，他似乎看到了佛光。

王家村的众人在惩罚过御好之后平静下来，渐次散去了，只剩下夏嫄和伤痕累累的御好在黑暗中沉默。

夏嫄捂着脸，泪水顺着双颊蜿蜒而下，从指缝流出。她像是问御好又像是问自己：“御好，这样做值得吗？”

那条血肉模糊的大巨蟒还睁着眼睛，那双眼睛已被水雾打湿，却比任何时候都更加明亮。御好若是能化作人形，若是能开口说话，一定要用双手捧着她的脸，认认真真告诉她：“值得。”

仍有水不受控制地溢出他的眼眶，像他在哭泣一般。

御好因为伤重，一直无法化成人形，但他还是拖着衰弱的身体在荆棘遍地的密林之中爬了一天一夜，爬入了一个冰冷狭窄的洞穴之中，开始了漫长的沉睡。

夏嫄循着血迹找去，只看到他的头，他还在咯血。

御好有力气说话了，传音与她道：“先生，相信我，我是一只好妖。”

夏嫄静静看着御好，末了，悲哀道：“从现在起到你的伤完全好起来之前，你一定要藏得好好的。我会定期来看你，我等你回来。”

御好眨了眨眼，夏嫄又看了他许久，终于走了。

时间一天天地过去，夏嫄依然是村里的教书先生，王长生也依然是村长，大家的日子没了御好似乎与先前没什么不同，只是没有什么出手阔绰的大善人扔钱似的让他们捡便宜了，他们觉得生活比以前辛苦不少。

少数人开始怀念御好，大部分人仍旧觉得御好是不祥之物，讳莫如深。

流言蜚语像洪水猛兽，吞噬着青春永驻的夏嫄——瞧瞧这个女先生，表面上正派，实际上喜欢一只妖啊，也许她的内心也和那些不知廉耻、丑陋可怖的妖物一样。

人们甚至不愿把孩子送到书院去了，还联名表示只有让夏嫄离开书院，他们才会把孩子重新送过去。

夏嫄若是抛头露面，蹲在路边、站在路边的人还会捡石头砸她，言语间满是嘲讽。

在入冬以前，夏嫄最后一次去探望御好，他要冬眠了，伤也好了许多，语气更是欢喜起来："先生，我明年开春就痊愈了！你呢，你可有受到欺负？"

夏嫄笑眯眯地摸了摸他的脑袋："不曾，我过得很好。"

"那便好了，他们拔了御好所有的利器，应该能相信御好是一心为善的了。"御好张嘴，吞了两只田鼠，心满意足道，"等我痊愈了，我就可以光明正大地娶先生为妻了。"

夏嫄点了点他的额头，笑得更加欢实："别做梦了，早点休息。"说完，她留下两套春衫便离开了。春衫的底子是嫩绿色的，上面绣着漂亮的青竹、白花、飞鸟，像极了夏嫄，素雅而富有韵致。

御好把衣衫放好，心满意足地闭上眼睛。

冬去春来，南山的竹花一片一片盛放，过了冬也不曾凋谢。御好换上了春衫，去采了两朵，小心翼翼收好，往王家村走去。

他好奇为什么夏嫄没有来接他，但想了想，她也许有事情耽误了。等到了村口的时候，夏嫄果然在，但似乎并不是在等他，而是在和王长生说话。

在说话的间隙，她看见他了，走过来惊讶道："御好？你是御好？"

御好化了人形。

他的人形已经变成成年男子的模样——穿着她亲手缝制的衣衫，张开双臂将她抱了一个满怀，还在空中旋了几圈，才将她放下来，点了点她的鼻尖："先生，我回来了。"

王长生脸色阴郁，干笑了两声："原来是御好，你怎么来王家村了？"

御好握住了夏嫄的手，微笑着问他：“难道王家村的界碑上写明了‘御好不得入村’？我来接我的未婚妻，有何不可？”

王长生意味深长地看了眼他，没说什么，只道自己还有别的事情，转身走了。夏嫄望着王长生走的方向，眉头深锁，转脸又笑吟吟：“不好意思，最近太忙，没来得及去找你。”

“不碍事，以后你除了教书，不必忙了。”

御好握着她的手入了村，但这会子大家都用异样的眼光看着他们，或忌惮，或惊讶，或觉得新鲜，却没有人是善意友好的。

夏嫄担心道：“御好，他们只是一时间不习惯你长大了，不习惯村中来了生人，过段时间就好了。”

御好握紧夏嫄的手，笑道：“先生别担心，我虽然能够化作人形，但内丹半碎，十分羸弱，不能伤人。而且我早已立志不做恶妖，也不会因为这些异样的目光而心生歹意。”

夏嫄欣慰：“那便好。”

她把御好带回了家。家还是那个家，没什么变化，只是御好刚进门，就闻到一股油腻浓重的汗味。

夏嫄似乎也闻到了，忙去支起窗，让屋外的风吹进来。

汗味被携着青竹香气的风吹散，夏嫄笑道：“我很少回来，大多数时间都在书院，没想到屋子里味道已经那么重了。”

“先生不必向我解释，”御好温柔道，“你只管去做你爱做的事情，以后洒扫的工作我会吩咐下去的。”

夏嫄也不知道他会怎么做，只是笑了笑：“嗯。”

御好又瞟了一眼，发现桌子上似乎落了旱烟灰，没擦干净的旱烟灰。他的眉头不禁皱起——夏嫄并不是一个不爱干净的女子，更不会抽男人才抽的烟。

但他没有多问，并不是没联想到什么，只是夏嫄既已刻意隐瞒，问了也只会让她惶恐而已。而且，他也不想把疑问说出口。

纸到底包不住火，御好这次回来，便觉得王家村处处都不一样了。

人们再不会像从前一样尊称他为少爷或活菩萨，只会在背后议论纷纷，或是当着他的面奚落他。不知道是谁告诉了那些孩子，御好如今羸弱不堪，打不还手骂不还口。更有甚者，因仍旧惧怕他，便追使一些不明真相的人变着法子戏弄他。

“他是妖，跟我们不一样的，拔了鳞片利齿又如何，终归能够要了你的命！”

“他这恶毒的东西就不该再回来！”

“滚出王家村去，带着你那浪荡的婆娘！”

御好微笑以对，他们的奚落与挑衅就变本加厉，直到关于夏嫄沦为娼妓的流言传到他耳朵里时，他忍不住了。

滋事的只是一个毛都没有长齐的小孩子，他玩着一种名为牛粪开花的游戏，将爆竹插在牛粪里，“砰”一声把靠近的人炸得一脸牛粪渣。

御好用法术除净了那些污浊的东西，却听那孩子又骂起来：“走开，你这恶毒的妖！你们夫妻俩都是不要脸的东西！你是妖怪，你那女先生到处勾引男人！”

御好青筋暴突，揪住那孩子的衣领：“你说什么，你再说一遍。”

周围的人用树枝打他：“你这妖怪快放开他！”

御好充耳不闻。他把小男孩举起来，举得他脚不沾地：“你把之前骂先生的话再说一遍。”

男孩没想到一向温和的御好会变得如此狰狞，慌了：“我说你家女先生到处睡男人，还把他们带回家里……”

“你说谎！”御好气得眼眶泛红，扬手就要给他一巴掌，手却被人拽住了。

王长生刺耳的声音在他身后响起：“妖就是妖，狗改不了吃屎。”

“他污蔑先生，我替先生教训他！”御好争辩道。

“别拿夏先生当借口，你只是想吃人了吧？是不是后悔当初答应我们的事情了？”王长生冷笑，甩开他，把被他吓着的男孩抱起来，“若是你违背誓言，王家村的界碑上一定会写上‘巨蟒妖不得入内’。”

御好还想解释，却见不远处的夏嫄也走了过来。他不自然地扣了扣斜襟的盘扣，理了理凌乱的头发。

“发生什么事了？”

小男孩哇哇大哭：“这妖怪欺负我！”

御好瞪眼：“是你口出恶言在先，你竟敢说——”话没有说完，他不得不住口。

“说什么？”夏嫄脸上带了愠色，“你知道村中人一直对你有偏见，却告诉我不要担心。我相信你一心向善，我以为你绝对不会让我失望。”

“不是的，先生！”御好痛苦道。

夏嫄的语气依然难掩失落：“这些日子关于我的流言颇多，但我以为你不会相信，我也一直相信你和妖物不一样。”

夏嫄失望地离去，御好也没了和王长生辩解的心思。

他不知道怀疑犹如开始腐朽的木头，无法修复，他们的关系亦是如此——甚至连他自己，也无法相信夏嫄不是娼妇。

— 5 —

就在御好养伤的那几年，有人觊觎夏嫄的美貌，侵犯了她。她叫天天不应，叫地地不灵，多年以前那个夤夜的绝望再次浮现在她心头，她知道，妖力式微的少年不会如那夜一样出现在她身边了。接着，男人们的胆量日甚一日，就当她是公共物件，尤其是王长生，以让她继续教书为由，一次次出入她的房间，就像每日都要去菜市口一样稀松平常。

而这些，御好也是听得多了之后才知道的。

恨意犹如扎根在心底的刺藤，绕着他的五脏六腑蜿蜒生长，刺越来越长，将他扎得鲜血淋漓，连那副皮囊都包裹不住了。

他越是恨，越是喜欢打人。

因为虚弱，他每次打到最后自己便成了被殴打的那一个。夏嫄一开始还会听他解释，听他诉说，甚至再三发誓相信他，但后来她的态度也冷了下来。

御好在家里不仅会看到男人的旱烟，闻到男人的汗臭味，还会看到男人的袜子、头发、纶巾……凡此种种，不一而足。

在无限的猜疑与冷战中，两人的婚期到了。

婚礼冷冷清清地开场了。

夏嫄没有陪御好去挑选婚服，是御好花了重金请人做的。酒宴没什么人参加，一百张餐桌摆满了院子，却只来了几个蹭饭的泼皮无赖。

御好穿戴整齐，在门口等了半天，确定了婚礼无人出席，回到院内，却见一个吃饱喝足的乞丐竟然躺在酒桌上呼呼大睡起来，呼噜震天响。

夏嫄不知道在什么地方。

御好隐忍怒火，走到那乞丐面前，一脚将他踹下桌子："给我滚！"

乞丐屁滚尿流地溜了。

御好朗声道："先生——不，我现在应该唤你一声娘子了。今日是我们的大喜之日，你为何不出来？"

久久得不到回答，御好连忙朝屋内走去，走到西厢房前，忽然听到里面传来笑声。御好一瞬间仿佛被冻住，很快又迈大步子几步来到窗前。只见王长生不知何时来了，正抱着夏嫄又亲又摸，夏嫄的喜帕已掉落在地，连凤冠都歪了。

是不是受屈辱久了，便学会认命？大概是她心底的那堵墙，坍塌了。

御好推门而入："人不犯我，我不犯人，你们这样待我是不是欺人太甚？"

惊得夏嫄、王长生连忙分开。

夏嫄解释道："不是这样的，是他强迫我，你知道的，我读的是圣贤之书，不可能……"

她不解释还好，一解释，御好顿觉万分难受。

她再不是初见时那个超尘脱俗的女先生了，她从皮囊到骨子，从头发丝到脚趾，都散发着轻浮的气息。

“呵，”御好冷笑着后退一步，“我以前觉得自己只是身残，现在看来，我不仅身残，眼也瞎了。”

“不是，御好……”夏嫄似乎没见过他那般可怖的眼神，也不管自己身上还带着王长生的味儿，就往他身上靠。

男人的汗味扑面而来，御好一抬手便将她推了出去。

“你现在真让我恶心。”

只见夏嫄摔倒在地，半天没有抬头。御好不禁担忧地往前两步，想看看她到底怎么样了，谁知她突然咯咯地笑起来。

令人瘆得慌的笑声。

“是，你说得不错，我夏嫄就是恶心，你又比我好多少？你本性难改，拔去鳞片利齿又如何？还不是喜欢吃人的妖怪？”

御好停住了步子，只觉浑身发冷。他从未觉得如此冷过。他呆立在原地，讷讷地道：“先生，是你说过相信我的。”

“那是我看错了。他们说得不错，和妖在一起只会生出不伦不类的玩意儿，因为伤人和杀人于你而言是本能。”

“先生，”御好淡淡道，“这是你真实的想法吗？”

“不然呢？我读了那么多圣贤书，‘非我族类，其心必异’的道理我还是懂的。你以为那一夜我为什么会说爱你？因为你那时捏死我就像捏死一只蚂蚁一样容易。”

“不要说了。”御好握拳。

她的每一句话都如凌迟一般，让他痛不欲生。

“为什么不能说呢？”夏嫄笑得如王长生一样狰狞，“我十五岁时便代替父亲成了村里的教书先生，我饱读诗书，善待我的学生，教他们立身做人的根本。我宅心仁厚，说服慈恩寺的大师为王家村布施，舀粥端碗几个时辰，手臂发酸半个月都没有恢复。我只有一点点私心，我希望这个生我养我的地方能够一如既往地美丽富饶，希望我的学生能够尊敬我爱戴我，但是你，你毁了这一切。”

御好跌坐在椅子上，暴躁地抓着头发：“先生不是说坦坦荡荡无愧于心吗？你有选择拒绝我的权利。”

“已经太迟了，太迟了啊。”夏嫄像是一朵开败的花朵，颓然道，“我只是惧怕你的眼神。我因为惧怕你，对你说了谎，但你竟真那么傻，让人刮去了鳞片，废了半世的修行，变成了一个连自己的女人也保护不了的废物。我本以为只要在你身边仰承鼻息地活着就可以了，我也不求得到别人的喜欢，可什么都迟了。”

也许她的一生从他出现的那一刻开始就走向了一条不归路。

御好不忍伤她，他狂性大发，隐藏在身体内的黑色魔气犹如喷涌的血液一样疯狂溢出。他吞噬了王长生的灵魂，看王长生痛苦扭曲地哀号，面不改色。

他穿着大红的婚服离开了这个见鬼的新房，到处吃人，用他们的灵魂来提高自己的修为。只过了短短半日，他便觉浑身充满了力量。

只是等到他吃得夜尽天明的时候，村子已经成了鬼村。

他疯疯癫癫地走到书院，忽地发现那棵老槐树上吊着他那美丽的妻子。夏嫄着一袭红衣，像一根悬空的木桩子，正毫无生气地随风晃动。

御好跑了过去，将夏嫄抱下来，只见她满脸青紫，舌头伸得很长，脖子上有一条勒痕。御好怎么摇她，她都没再醒来。

“啊，啊，啊——”御好号啕大哭，他不知道自己做错了什么，他觉得自己不该得到这样的下场。

他的啸声随风而散，路过南山。

一夜之间，那几年经冬也不曾凋谢的白色花朵全部枯萎了，像是灰色的尸骸。

“这就是你要告诉本君的故事？”时缨喝了杯不咸不淡的热茶，口吻也不咸不淡，“本君左思右想，也找不到要去王家村的理由。”

闫颇急道：“时缨公子，这事闹大了，那村属临安县管辖，现在成了荒村，上任临安县县尹赴任途中经过那儿，好奇查探了一番，谁知道后来刚到临安县就一命呜呼了。那儿有恶妖，得治啊。”

“府尹大人的意思是，那妖物杀了一村的人后还未离开，仍在为祸一方？”

“正是！”闫颇一拍大腿，唾沫横飞。

他隐而未提的是，因为沾上妖气而疯癫致死的县尹是他的侄子。

“嗯……”时缨搓了搓鼻子，想着该不该走这一趟。他生性懒惰，不喜欢走动，妖王指派他管理临安，虽然不是什么美差，但好歹入眼的都是朱门宝马、高门大户，让他去小村落，他委实难以接受。

“时缨少爷……”不知什么时候将芜端茶走了进来，把茶盏放下后，迟迟不肯走。

时缨瞟了她一眼，笑道：“你又怎么了？为何赖在这里？”

将芜低头，讷讷道：“我偷听了他们的故事，那……那御好也是一只可怜的妖，时缨少爷若是抓到他了，可不可以饶他一命？”

“我还没说要去，你就在这里替一只素未谋面的妖求情？”时缨含笑望着她，“真的只是觉得他可怜？”

将芜把头埋得更低，搓搓手：“不然呢？”

时缨思忖了一会儿，也不回她，只是对闫颇笑道：“罢了，虽说那穷困潦倒的地方十分偏远，但到底还是临安的地界，本君便去会会那御好。”

闫颇立刻起身作揖，感谢道：“那就有劳公子了，老夫等您的好消息。”

时缨摆摆手，算作告别。等闫颇离开，时缨瞧将芜还在发愣，便以大袖拂过她的脸，她大惊失色：“少、少爷，你干什么？！”

“本君准备前往王家村，你还愣着干什么？”

“哦。”将芜揉了揉被时缨身上的馨香熏着的鼻子，半晌才反应过来，惊讶道，“我？少爷打算带上我吗？”

时缨敲了敲她的额头：“你什么时候能不这么迷糊？”

时缨伸手揽住将芜不足盈盈一握的腰身，低头浅浅一笑：“闭上眼，本君要出发了。”

“啊！”将芜惊呼一声，整个人便跌入了时缨的怀中。

他的宽袍广袖瞧着漏风，实际上他脱衣有肉，肌肉紧实得很。他的鼻息拂过将芜头顶，温润而湿热。将芜下意识抱住他的腰部，眨眼的工夫已经随他腾飞到云端。

风如呼啸的利刃，时缨祭出了玲珑珠做保护，似乎对将芜抱着他的行为并不在意。

“丑话说在前头，若是你中途掉下去，本君可不管你。”

将芜免不了抱得更紧：“知、知道了。”

她事后才觉得不对劲，明明是他把她叫出来的，却又不想对她负责，可不就是一个大猪蹄子？

须臾之间，两人已经到了王家村上空。在将芜的想象之中应该妖气冲天、黑云滚滚的地方却是一片清明景象，完全不像闫颇说的那样。

“那厮说得言之凿凿，难不成在骗本君？”不单单是将芜好奇，时缨也好奇。

他和将芜缓缓降落，眼前只是一个普通的小村子，四周静悄悄的，屋里都没有什么人。

“除了四顾无人这一点能够和他那难听的故事挂上钩外，本君还真看不出来这儿究竟有什么特别之处。”接着时缨吩咐道，“你且跟着我一家家查看，不要走远了。”

他知道将芜胆子小，受不得惊吓。

将芜连忙点头如捣蒜：“我知道了。”

而后，她便躲在他身后，悄悄拽住了他的一片衣角。他不动声色地笑了笑，却没有嘲笑她，还故意放慢了脚步。

他们落下之处是村内一个荒僻处，瞧起来似乎是一家破落的书院，院子前面有一棵大槐树。

“还真有这么一个地方，”时缨瞧了会儿，“啧啧”道，“就是在这里，那女先生吊死了。可惜啊，红颜薄命。”

将芜仰头。虽然她没有见过那个女先生，但听故事，她觉得那应该是一个十分娴雅的女子，不免赞同时缨的说法。

老槐树已经枯死了，一片枯黄的叶子也没了，像一个油尽灯枯之人，顽强地扎根于土中，等待肉身也腐朽。

将芜正想说什么，背后忽然传来一阵环佩碰撞之声。

“不知二位是什么人，怎么会来到此处？”

传来的是一个清朗温柔的男声。

将芜和时缨转头，发现眼前站着一位玉面公子，眸若点星，唇红齿白，艳如美人。

将芜不假思索道：“少爷，他……”

他的样子与故事中的御好相差无几，甚至比闫颇的描述更好看几分。

时缨笑了笑：“你叫我时缨就可以了，这是我的妹妹将芜。我们准备去往临安，途经此处，一时好奇来看看……”

男子温柔一笑：“原来是远道而来的客人，没想到小小夏家村也有人惦记。我是这夏家村的村长御好，我姓苏，苏御好，你们可以称我为苏先生。”

时缨行了个礼：“原来是苏先生。其实前些年我们也曾路经此地，但那时这书院还不曾荒废至此，现在是怎么了？”

御好皱了皱眉，似乎不愿意提及此事：“原来是有一家书院，但教书的先生病故了，书院便不得已荒废了。”

“那真是可惜了。”时缨仿若来这里吊唁的人，还对着书院追思了一番，才抱歉道，“那时我虽然只是路过，但那些孩童的吟诵之声清脆悦耳，忍不住驻足听了一会儿，谁承想经年后故地重游，竟已经物是人非。”

御好神色黯然，与时缨客套了两句便说有事要离开了。

等他走远，将芜才拽了拽时缨的袖子，踌躇道：“少爷，你为什么不直接和御好对质？”

“你没有听到吗？这里由王家村变成了夏家村，他还成了村长，说明这里还是有人的，我们先去听听别人怎么说。”

将芜点点头：“好吧。”

二人来到了集市区，路边摆着两个豆花摊，时缨大剌剌坐下来，要了两碗豆花。他往一碗豆花里放了许多酱油，往另一碗里放了许多白糖，都摆在将芜面前：“你喜欢咸的还是甜的？”

将芜讷讷道：“我喜欢甜的。”

时缨故意把甜的拿走，把咸的留下来，笑眯眯道：“吃吧。”

将芜红了脸，生出一种屈辱的感觉。好气人啊，他怎么能这么对我。将芜这样想着，气得腮帮子都鼓起来，一副泫然欲泣的模样。

时缨忍不住笑得前仰后合：“怕了你，怕了你，你两碗都要吃下去，快吃。”

将芜气道：“你为什么不吃？”

时缨咂了咂嘴：“本君乃生于天地间的精灵，食不知五味，咸的甜的都尝不出来，就不浪费粮食了。”

将芜噘嘴：“那还要两碗。”

她把甜的捧在手上，用勺子搅了搅，舀起来吸了一口，脸上的阴霾这才消散了。

时缨笑眯眯瞧着她，也露出满足的神色。

四周人满为患，店家的生意十分好。有个披着短褂的汉子找不到落脚的地方，时缨扬了扬手：“这位兄台若不嫌弃就坐这里。”

将芜低头吞着豆花，那个大汉忽然坐过来，差点把她撞离长凳。

“呜——”将芜把豆花猛地咽了下去，擦了擦嘴角，瞪了那大汉一眼。

时缨笑得更欢了，几乎把眼睛都笑成了月牙形。

那个大汉也不知情，直接叫了六笼包子，热气腾腾的包子一笼一笼上来后，他又要了几碗豆浆、两碟小菜、几根油条和辣椒酱，吭哧吭哧地吃得倍儿香。

他一边吃，一边道："待会儿就得去苏先生家里帮工，这会子能坐着吃饭实在是太好了。"

时缨微眯眼："苏先生？你是说村长苏御好苏先生？"

大汉头也不抬："咱们夏家村除了苏先生姓苏，哪还有第二个苏先生？"

"只是先生、夫子不应该是老师吗？苏先生虽然是夏家村的村长，如何又担得起'先生'二字？"

"嘿，瞧你白白净净，识文断字的样子，原来是个外乡人。"大汉嘲笑道，"苏先生虽然不教书，但他只让人叫他先生，有什么问题？我们夏家村亏得他才有今日，哪怕叫他爷爷我也心甘情愿。"

时缨和将芜对视一眼，越发糊涂了："这究竟是怎么回事？这里以前不是叫王家村吗？"

"呸，这饭可以乱吃，话可不能乱说——"大汉警惕地看了看四周，压低声音道，"也亏得你们遇到我，我是王家村的旧人，但现在整个村子都由苏先生管着，他最讨厌别人提起'王'这个字，你们也不要在他面前乱说话……"

大汉越说越害怕，来送包子的小二忽然咳嗽两声，大汉立刻住嘴，吃起了小笼包。

时缨不依不饶："可我听说——苏御好一人屠戮了整个王家村。"

大汉一口包子蓦地噎在咽喉里，差点把他憋死。他猛灌了两碗豆浆才缓过神来，低声呵斥："谁告诉你们这些话的？不要命了？"

时缨看着他幽幽地说："我既敢说，自然是不怕的。至于你……你若不说，可能现在先死的会是你。"

大汉惊疑不定，忽觉时缨的瞳孔渐渐变成了血红色，脸都吓白了。

“原……原来你也……也是妖……”

时缨优雅地打开折扇，微微一笑：“说吧。”

“说吧”二字一落，大汉也没办法，只好看了看四周，压低声音道：“屠村的说法根本就是子虚乌有，你这外乡人从哪里听来的？”

又是一声“外乡人”，将芜忍不住背过身偷笑。

时缨淡定道：“前些时日临安县县尹路过此地听闻了那个故事，又报给他的舅舅听，我从他舅舅口中听了个八九不离十，却不知道这山高路远，故事都变味了。”

“以讹传讹，以讹传讹。”大汉说话也文绉绉的，“也不知道是哪个王八羔子在污蔑苏先生。”

十万八千里外的府尹闫颇正在吃脆皮乳猪，猛地打了一个喷嚏，白米饭和鼻涕全喷到了猪蹄上。

“话说回来，这事还关系到大家都不敢提的夏家书院，那也是我们夏家村的由来。”大汉的脸色渐渐严肃，“在苏先生以前，的确有那么一位女先生。”

女先生夏嫄便如故事中说的那般，美丽端庄，温柔善良。

御好时年三百多岁，为祸乡里，却独独喜欢听那夏嫄上课。他常站在木桩子后，充当浪荡轻浮的公子哥，时不时插两句嘴。

夏嫄从来不恼他，并且告诉所有人，他是顶顶好的，不论他是人还是妖，本性都很善良。别人不相信，但说多了，他便信了。

村长王长生爱慕夏嫄，变着法子地针对御好，于是故意让人去激怒御好。御好脾气暴躁，中了王长生的圈套，把夏嫄的一个学生杀死了。

那学生名叫阿全。

御好隐瞒了此事，只是心中十分惶恐，便学着夏嫄的样子整日积德行善。

但流言并未因此散去，夏嫄因御好不受教的表现十分生气，御好解释不是他的错，夏娘却被王长生欺骗，一再误会御好。

王长生认为时机已成熟，便在夏娘去往临安的路途上设了诡计，让御好以为夏娘被人轻薄了。御好狂性大发，开始滥杀无辜，夏娘赶到的时候只见满地尸体。

这件事闹得很大，王长生召集了村中人声讨御好，夏娘也不相信御好会向善了，无论御好如何求饶，她还是亲自废掉了御好的妖力，将他囚困于山洞之中，让他反思己过。

等御好养好了伤，回到王家村后，意外发现夏娘在他离开的这段时间里沦为了娼妇，并杀了整个村子的人。

他厌极了这个村子，正打算离开，却警惕地察觉到整个村子四周的青竹生长的位置有所变化，仿佛是一个法阵。

他用了三天时间方破解这个法阵，见到的只有许多饿得面黄肌瘦的孤儿。

御好这才发现自己中了迷魂阵，而施术者正是竹子精夏娘。

夏娘受养父的恩情，继承了养父的衣钵在村中教书，本想借此修身养性，修仙得道，不料这个村子比她想象中的更加腐朽。

在她把御好关进山洞之后，王长生露出了真实嘴脸——他跟踪她找到了御好的藏身之所，扬言要杀之而后快。

夏娘为学生阿全的死和御好的不幸而自责，愤怒之下杀死了王长生。犯了杀戒，她便没有办法位列仙班了，为免自己堕落，也为免被追责，她决定在为御好报仇之后自戕。

于是她瞒着御好屠戮了王家村上下的卑劣者，只留下还未长大的孩子，并设置了一个迷魂阵迎接御好。

她是教导他行善的先生，自己的双手却沾满鲜血。那时候的她忽然觉得自己一直以来都大错特错了，她不愿意让他惦记师恩，宁可让他想起她便觉得厌恶，从而离开这个伤心地。

可惜一切都被御好识破了，他忘不了夏娘为他做的一切，也明白夏娘留下这些孩子的原因。经年后，王家村改为了夏家村，御好也成了夏家村村长——人们口中的善妖苏先生。

他实现了夏嫄的梦想，但南山的竹花在一夜之间全部凋零，他敬仰的爱慕的女子也再不可能复生了。

“事情就是这个样子嘛，所以恶人是那女先生咧，为了不给我们添堵，苏先生连女先生生前住的地方都没修缮，也没给她供牌位，免得被人抢去划道道。”

“原来如此。”时缨点点头，“除了村名，他都顺了你们的意，大概是不愿意和你们起冲突。你们应该感谢那位女先生，要不是她，苏先生可能现在还在为祸乡里。”

“谁会去想这些有的没的？我不说了，我要去上工了。”大汉把最后两个包子塞进嘴里，又抓了两根油条，就那么脚尖着地地快步走了。

将芜瞠目结舌地看了他的背影半日，才回过神道：“少爷，你说我们还要不要去抓御好？”

“抓还是要抓的，即便他没屠村，也非人族不是？”时缨把扇子收起来，“我们再去会会他。”

他拽着将芜的手，眨眼之间来到了御好的屋子外。

御好正在和人商量着春耕的事情，一直到了傍晚客人才依次离去。

将芜不禁感慨道：“没想到这当村长的这么忙。”

“怎么没见你体谅过本君。”时缨笑了笑，复又松松筋骨，才悄无声息地落在御好家的房顶上。

“来，本君给你看个好玩的。”时缨变戏法似的从手中幻化出一颗眼球大小的玲珑剔透的珠子，将它放在将芜手中，“用这个可以透过屋顶看到屋里发生了什么。”

“这颗珠子原来是用来偷看的呀，是不是叫偷看珠？”将芜傻乎乎地将珠子放在眼前一瞧，忽地发现时缨在她眼前像没穿衣服，登时臊红了脸。

时缨发现了端倪，给她一个栗暴：“你这蠢货往哪儿看呢！”

将芜连忙把视线转向屋顶——她还没有想通，为什么他们明明是来抓妖的，反而变成偷看的了。

御好的屋子并不大，陈设也十分简单，而且这屋中也没有供奉夏嫄的牌位。

将芜不免觉得他有些薄情，但仔细看了半日，才发现内室的床边放着一个盆栽，大约是根竹子，已经枯死了，他却像患了老年痴呆似的还在为它浇水。

今日，竹子上的最后一片叶子也落了下来。

御好不知怎么的出了半日神，水洒了一身也没发现。

屋顶上的时缨也跟他一样发了半天呆，忽然便要走了。

将芜不解道："大人这是要去哪儿？不抓御好了吗？"

"笨。"时缨又敲了敲她的头，"你还不知道那女先生为什么要屠村吗？"

将芜委屈地摸摸头："为什么呀？"

"因为她知道御好心中有怨，迟早还是会和王家村过不去的，所以她宁可自己手沾鲜血也要御好清清白白，本君若是治那御好的罪，未免也太不人道了。"

"哦。"将芜一知半解。世间情事如谜，需要一颗通透的心来解。她不是夏嫄，也不想成为夏嫄。这样的悲剧，听一遍她都会难过好几日。斯人已逝，死者为大，她亦不好讲太多不同的看法。见时缨又要飞了，她连忙拽住他的胳膊，眨眼之间，已经来到了云雾之上。

而云雾之下，那个人已沉沉睡去。

不知从何时开始，她频频住进他的梦里。

具体是从哪一年的哪一天开始的呢？时间太久了，久得他都忘了。

妖的记忆也有不牢靠的时候。

第二幕

双生篇

— 1 —

一只寒鸦飞过柳氏妖宅的上空，刚刚发出“嘎”的一声，就被躺在屋顶上纳凉的时缨一巴掌拍了下来。

“哎，小妮子，你想不想晚上吃烤乌鸦？”

“烤乌鸦？”将芜看了眼那只黑漆漆的鸟儿，摇了摇头，“怪丑的，想来也不好吃。”

时缨轻笑一声，把那受惊的乌鸦放走了，继续枕着手臂躺在屋顶上，大脑放空。

小村落的故事似乎已经很远了，距他们回到临安也已过去半月之久。这段时间临安太平无事，他俨然成了一个大门不出二门不迈的“闺秀”。

世界终归是有遗憾的，时缨咬着嘴里的狗尾草，不由得想。

忽然，他翻身起来，用狗尾草挠了挠将芜的脸。

将芜连打了两个喷嚏，恼道：“大人，你在干什么！”

时缨俯下身来，长长的头发也散落在将芜的脸上。他有一张素白的脸，唇色稍显黯淡，偏偏笑起来特别动人。

“小妮子，你好不好奇自己为什么没有心？”

“心？”将芜将手放在左胸口，果然是一点也没有跳动的感觉——她的身体是凉的。

时缨第一次见她，便唤她为妖，只因她的脉搏不同于人类。单纯如她，似乎在那之前根本没有发现自己的秘密。

时缨想，大抵是她之前过得太苦了，所有的精力只放在生存上。

“反正闲着也是闲着，不如本君帮你一次。我趁老人家散心的机会，将她请了过来，不日就到妖宅了。”

时缨口中的老人家即妖界活了上万年的巫咸，能看穿过去与未来，是鼎鼎有名的先知。

将芜脸渐渐发红，用手掌把时缨的脸挡住，磕磕巴巴道：“老……老人家？”

实际上，她心里想的是，魔君大人，你现在脸离我太近啦！

时缨松垮的红色长衫领口敞开，将芜可以清清楚楚地看见他莹白的胸膛，还有突出的锁骨、喉结。

乍见时缨是不会觉得他貌美的，但细细观察便会惊觉他五官之精致。都怪他生了一副好似有病的身材，高挑纤瘦，弱不禁风，脱了衣衫，才能见到筋肉。

哎呀，将芜害羞地想，我怎么什么都知道了。

“怎么？”时缨似乎觉察到什么，眼底有促狭的意味。他轻轻一笑，又翻身躺下，揶揄道，“本君对你这样的黄毛丫头可不感兴趣，你别整天胡思乱想的。”

“我才没有呢！”将芜下意识反驳。

这妖太讨厌了，活该一辈子没人喜欢。

时缨又不经意地瞥了眼眶都气红了的将芜，搓了搓鼻子，眼角眉梢都是笑意。

算来时缨把这丫头买回宅子已经几个月了，她当真除了和那叶蓁生得一模一样外没有半点和那妖物相似的地方，只是软软的，香香的，像个糯米团。

这也是他找巫咸的原因——不分辨清楚她的身份，他不敢面对自己的心。

“杜若，你看大人和将芜姑娘的黏糊劲儿，说不定日后妖宅要添女主人了。”柳氏妖宅一角，小蛇妖青青看了半天，碰了碰檐下廊柱边那白衣女子的胳膊。

白衣女子双目无神，仿佛没有听见。

青青又从怀里摸出一个散发着粉色光芒的鸟蛋，在她面前晃了晃：“杜若，我去白凤那儿偷了一个蛋，你吃不吃嘛？”

杜若还是呆呆的，置若罔闻。

“杜若，你怎么了？”青青不明所以。这可是提高修为的事情，若论整个妖宅谁修炼最勤快，自然非这杜若莫属了，现在她好心把修为送上门来，杜若却爱搭不理。

青青叫了两三遍也没得到回应，生气道：“杜若！”

杜若一惊：“啊！你叫这么大声做什么？”

“我还要问你呢，我喊你几回了，你到底有没有听我说话？”

“你说什么了？”

“……”青青无奈地捂脸，恼道，“好心没好报，早知道我自己偷偷吃了。”她抱着那能增五百年修为的鸟蛋蛇行而去，杜若过意不去：“你别走啊，我刚才在想别的事情，没听到你说话嘛。”

“想什么呢，连修为都不管了？”

杜若眉头微皱：“姐姐。”

杜若与姐姐子衿是一枝并蒂莲，自小一起修炼，梦想着早日位列仙班。但最近子衿迷上了一个男人，别说修炼了，连自己这个妹妹也不管不顾了。

子衿和杜若生得一模一样，虽谈不上倾国倾城，却也是十分清雅可人的，偏偏她看上的却是一个丑八怪。

那男人叫作常皓，是奢香茶铺的说书人，因为戴着一张鬼王面具，便被人戏称为“鬼面书生”。说常皓是鬼面已经是抬举他了，杜若亲眼见过，他那半张脸被火吻过，看多了是要不舒服的。

偏偏子衿喜欢听他说故事，三天两头往奢香茶铺跑。

奢香茶铺又开张了，盘下这家店面的是一个叫作舒墨的“艳商”。之所以叫他艳商，只因为他生得太好看了，不用说话，只消搬张凳子往那儿一坐，就能吸引整栋楼女人的目光。

可惜那公子已经“名草有主”了。爱慕他的女子自是瞧不顺眼许然亭的，总觉得她样样不如自己。

为了不引起众怒，夫妻俩不常来，只会在晚上派个青年男子来收账，他们素日里跟鬼似的，不知道在哪里飘着。

茶铺除了卖茶叶、茶水，也卖各色点心，还请了一个腿脚不利索的说书人。

说书人戴着一张鬼王面具，实际上长得十分丑陋，半张脸都被大火毁了。但据说这书生以前也是出名的美男子，要不声音怎么这么好听呢。

“上回说到，那湖广襄阳府枣县有一人名为兴哥，自小生得眉清目秀、唇红齿白，跟着父亲行商……”

常皓说的是一个关于珍珠衫的故事。这故事巧，说是有一个叫作兴哥的男人娶了一个美丽的小姐巧儿为妻，为了生计又到外地行商去了。

在兴哥离开的这段时间里，巧儿和一个姓陈的商人好上了，还送了他一件珍珠衫作为信物。那姓陈的也要走商，便暂时离开了巧儿。

在一艘船上，兴哥和那姓陈的遇着了，越聊越投机，甚至高兴地称兄道弟起来。

常皓今天的书就说到这里，他说这故事出自《喻世明言》，并不是他创作的。观众席中，有个标致的女子一双杏眼含情脉脉地看着他，连他说完了也未曾察觉。

子衿哪里听过这么好玩的故事？

常皓拿着自己的碗讨赏钱，讨着讨着就来到了子衿面前。

“姑娘，谢过了。”常皓把碗伸向子衿。

子衿好半天才反应过来：“哎呀，你说得太好玩了，我都没有反应过来。”子衿摸了半天荷包，发现自己实在没什么值钱的东西，便解下腰间的玉佩，放入碗中。

“这个给你，你把剩下的故事告诉我好不好？”

常皓一愣，这么值钱的赏赐，他说了这么久的书还是第一次得到。他忍不住深深看着子衿。

子衿不仅生得美丽，而且双眸干净清澈，不谙世事，一副好骗的样子。

常皓也是要吃饭的，给了他钱的都是祖宗，于是他微微行礼：“谢姑娘赏赐，虽然于理是不该说的，但是既然姑娘不嫌弃，我便跟你说一说。”

常皓把玉佩收起来，等收完了所有的赏钱，人都散去了，两人移步前往二楼的客桌。

面对面坐下来后，两人便更瞧得清楚对方的模样了。

常皓没有摘下面具，子衿却笑道：“公子，我看得见你生得什么模样，你不必挡着，不然待会儿口干了，喝茶水都费劲。”

常皓又是一愣。

他把手放在面具上，犹豫着要不要摘，想了想还是说：“在下貌丑，不想吓着姑娘。”

“那有什么，丑的人多了去了，不差你一个。如果人长得丑就要戴面具，岂不是满大街的面具人？”

还没有人同他这般说过，他忍不住笑了笑，笑声十分好听：“姑娘倒是有趣。”

子衿的大眼睛一瞬不瞬地看着他。

他也一瞬不瞬地看着子衿。

说到这里，两人似乎才开始正式打量彼此。看着看着，常皓又笑了笑，他好像闻到了一股宿命的味道。

常皓轻轻地把面具摘了下来，有些害羞。这么多年来，但凡看到他这张脸的人没有不鄙夷的，可是子衿自始至终没有任何惊讶或者鄙弃的意思。

“这次的茶水点心我也请了，只求公子快把后半段故事告诉我，可把我急死了。”

常皓转了转眼前的瓷杯，露出一个温和的笑容：“好。”

这故事的后半段，自然是姓陈的那人无意间取出珍珠衫，被兴哥发现了。两人说了一番话，兴哥得知自己戴了绿帽子，又气又急，病了，姓陈的也因为愧对兄弟一病不起，没过多久就死了。

兴哥回到家里休了巧儿，巧儿改嫁给了当地的知县做妾。后来兴哥因意外吃了官司，与巧儿重逢，两人旧情难忘，知县通情达理，放了巧儿，让这夫妻二人回家过团圆日子去了。

“那姓陈的怎么就死了？”子衿惊讶道。

“人有旦夕祸福，这姓陈的又不是坏人，更与兴哥义结金兰，当知道自己伤了自己的兄长，怎么还有脸面活着？”常皓呷了一口茶，微微一笑。

子衿还是无法理解，她以为这个故事会一地鸡毛，但是好像那些犯过错的人都得到了原谅。

故事说完了，常皓起身告辞。等他向前走了几步，子衿才迟钝地反应过来，拦着他道：“公子留步。”

“姑娘还有什么事？”

子衿红了脸，小声道：“其实我知道不该问的，但是我就是忍不住嘛——我很好奇，你的脸究竟是怎么回事？”

常皓完好的另半边脸剑眉星目、唇红齿白，她可以描摹出他原本完好的面孔，一定俊俏极了。

常皓皱了皱眉：“对不起。”

他作揖，转身，匆匆离开。

常皓一步一步下楼，眉头越皱越深。其实他很想开口，想问这不谙世事的小姑娘一句话，但他觉得大家萍水相逢，私事还是不要到处传播为好。

今天是探花郎李万绮与户部尚书的女儿王氏成亲的大日子，常皓走着走着就撞上了迎亲的队伍，跟丢了魂儿似的，连迎亲的队伍正迎面而来也不曾察觉。

坐在马上的新郎官李万绮鲜衣怒马、雄姿英发，红毯从探花府一直铺到了尚书府，排场大，吹吹打打的声音响彻临安长街。

常皓刚刚收了玉佩，这会子却没了说书时的风度，跟个木桩一样。

“小心！”

眨眼的工夫，他感到一阵香风袭来，将他从大路上拽到了人群中。清道的官差本来正要赶人，一眨眼的时间便发现人不见了，纷纷擦了擦眼。

“眼花了？”几人面面相觑。

“公子，你到底怎么了？没看到人家娶亲吗？”救人的还是子衿，她出了茶铺便一直跟着常皓。

其实她偷偷跟着他好一段时间了。

常皓回了神，有些抱歉地道：“谢谢姑娘的救命之恩，你已经帮常皓两次了，常皓实在不知道该如何报答姑娘。”

“我看你也不是个蠢笨的男人，怎么看到人家娶亲却变得那么迟钝？”子衿压低声音悄悄问他，“难不成你羡慕人家金榜题名，又洞房花烛？”

常皓脸微红，半晌，又将目光投向那远去的背影。

春风得意马蹄疾，一日看尽长安花。这一句话，用在李万绮身上实在再贴切不过。

“我怎么会羡慕他？再怎么样也是他自己的福气。”常皓摇摇头。

子衿好奇道：“再不然是他抢了你的新娘子？”

常皓又是一愣，忽而自嘲地笑了起来：“抢了又怎么样？他根本不用抢，本也不属于我。”

子衿却兴奋起来：“我猜对了？”

常皓摇摇头：“错了，你全猜错了。”

常皓推开子衿，跌跌撞撞地离开。他的身后是锦绣绮丽的富贵人家，面前却是一派水墨色的萧条肃杀之景。

人生得意须尽欢，莫使金樽空对月。常皓想，是时候喝两盅去了。

他今天收入不错，干脆把子衿给他的玉佩拍了出来，落在柜台上声音脆响。

“好酒好菜都给我端上来，我今日不醉不归。”

小厮见钱眼开，乐得合不拢嘴：“得嘞，这位爷上座。”

十几坛上好的烧酒被常皓喝了半数，其间常皓还去茅厕小解了好几次，放空了继续喝。最后他喝吐了，两颊酡红，走路虚晃。

酒馆到了打烊的时间，处理像常皓这样的酒鬼，最好的办法自然是把他扔出去。

子衿躲在门外偷偷看了半天。她早该回去和妹妹修炼了，这会子双腿却跟灌了铅似的走不动，最后还是跑进去，拍了拍常皓那张因醉酒而变得狰狞丑陋的脸。

“公子，公子，你醒醒，我带你回家好不好？”

“哟嗬，没想到还有小娘子。”小厮看了一眼常皓的脸，又瞧子衿的脸，觉得实在新鲜。子衿也不管他，背着常皓就往外走。

她可不是什么普通女子，若不是碍于这是在大庭广众中，她早早便御风而行了。

“好冷……”常皓瞧那地面都是弯的，也不知道自己抱着的是谁，只是本能地抱得更紧。

子衿长这么大哪里被男人抱过，赌气道：“公子，你……你不要乱摸呀，不然我不管你了！”

她嘴上这么说，手却丝毫没松。

常皓在她耳边喷着温热的酒气：“久病床前无孝子，久病床前无孝子……我早该知道的，早该……”

常皓一直喃喃着这句话，子衿不知道他说的到底是什么意思。

她跟踪他好些天了，自然知道他住在哪里，一闪身就将他带回了窄巷那偏僻的小茅屋。

那屋子不是他的，他家原不在临安，因此在这里并没有房子，而以他的本事，也做不到在短期内购置一座体面的宅院。这本不是子衿这样的妖该管的事，妖们一向逍遥闲散，本事也大，若心太软，管得太多，便忙不过来了。

子衿将常皓扶上床，常皓扶着床沿呕了一回，子衿捂着鼻子大袖一挥，一时之间污秽尽除，满室生香。

“上天有好生之德，公子，子衿就帮你到这里了。”子衿碎碎念，替他盖上被子，又掏出仅剩的一点碎银子放在桌上。她想，赶明儿要向时缨多讨一些赏赐，时缨富可敌国，她的道行远远不够。

常皓似乎陷入了梦魇，只是喃喃：“久病床前无孝子……”

子衿走了两步，耐不住好奇心又折返回来。据她观察，常皓就是孤家寡人一个，也未见他赡养老母，怎么一直说着这句话？

“就问一句。”子衿想了想，压低声音，“公子，你到底怎么了？”

常皓反复喃喃，最后竟然笑出声：“你对我不也日渐厌弃了吗……”

子衿微微一怔，她好像理解了常皓的话——因为他的脸，那个本来愿意照顾他的人终于有一天厌倦了，抛弃了他。

那个女子，难道是今日探花郎的妻子王氏吗？

子衿不知为何有些失落，托腮想了想，拿食指一点常皓的额头：“你这个呆瓜。人家不喜欢你了，你又何必念念不忘？”

常皓哪里知道她说的话，就这么迷迷糊糊地沉沉睡了过去。

子衿一个人在大街上闲逛。

她方才在酒馆的时候便有人在打她的主意，那些人偷偷跟出了酒馆却寻不着人，还以为见鬼了呢。现在她又自己送上门来了，那些喝高了的流氓互相拍了拍对方，眼里又露出猥琐的目光来。

“哟，小娘子，这大半夜的，一个人？”其中一人尖嘴猴腮，一脸贱样。

子衿停下步子。

此刻，天上的圆月中隐着淡淡的绯红色，寓意不详。大风起兮，吹起她三千青丝，她伸出一只手，漫天的花瓣如雨般飘落。

“这大晚上的还落花了，是个干活的好兆头。”流氓们互相对视一眼，一个个笑得令人生出厌恶之心。

子衿只是站在那里，也不动弹，却见那些人身后忽然甩出一条丈长的白练，像蛇一样将他们挨个缠住，一收，那些人便全部惨叫着倒在地上。

他们都晕过去了。

真不经折腾。不好玩！

“姐姐！”从迷雾之中冲出一个和子衿长相一模一样的女子，那便是杜若了。姐姐这么久不曾回来，杜若心急，出来找她，好巧不巧看到这些人自寻死路。

杜若跑到子衿身边，拉着她的手上下打量：“姐姐你没事吧？”

“我能有什么事？”子衿对她大惊小怪的样子颇感无奈，“我还没动手他们就废了。你要知道，时缨大人不许我们和这些人有过多牵扯，否则他就不让我们出来玩了。”

“还不是你，平日酉时也该回去了，现在子时已过，你到底去哪儿了？”

子衿抬眸瞟了眼杜若，眼前却闪过常皓那半张酡红的脸。

“自然是……”子衿微微一笑，“不告诉你。”

“你不说我也知道，你找那个说书人去了。”杜若拧眉，“姐姐，你不是说过要好好修炼，争取位列仙班吗？你看看你，说过的话都忘了吗？”

“我没忘，我没忘。”杜若就是黏人且啰唆，子衿敷衍地保证了两句，杜若才停止诘责。

月亮隐没到了云层之后，那些趴在地上的地痞流氓被子衿抹去了记忆。

花瓣消散，青烟升腾，渐渐地，街道也恢复了沉寂。

柳氏妖宅的小厨房里，管家婆将芜已经昏昏欲睡，正背靠着柱子“钓鱼”，脑袋沉一下抬一下。

已经子时过半，她不知道自己大半夜的为什么要煲鸡汤。

“小妮子，你好香啊……”

自从时缨这么称呼她以后，妖宅里的妖都这么称呼她。白头翁倒挂在房梁上，他是一只蝙蝠妖，头上一撮白毛。

一个年事已高的猥琐老头。

将芜不愿意理会他们这些无聊又无趣的东西，因为时缨不允许他们动她分毫，因此他们只能吓唬吓唬她，或是逞逞口舌之快。

但他的声音吵醒了她，她揉了揉自己的圆脸，爬了起来。

煨着鸡汤的砂锅都冒烟了。将芜大惊失色，连忙熄了火，打开砂锅盖的时候被烫着了，她惨叫一声才想起用布包着手打开砂锅盖。

一阵“丁零当啷”的声音过后，时缨不知什么时候在将芜身后出现，用胸膛接住了晕头转向差点摔倒的她。

“你要把本君的厨房炸了吗？”

将芜又惊讶地“啊”了一声，方才她的头可是结结实实贴紧了时缨，他看起来羸弱却安稳如山。

将芜脸红了，她可怜兮兮地转过身。

时缨本还想说什么，但一瞧她那张脸，黑一块白一块，眼睛水汪汪的，竟然忍不住笑出了声。

“你……”时缨摇摇头，“你怎么搞成这副样子？”

将芜声音低低的：“我、我就想煮……煮一碗鸡汤……”

“鸡汤呢？”

时缨的视线越过她，看到那已经烧黑了的鸡肉块，扶额：“好了，不用说了，本君看到了。”

时缨忽然粗暴地把将芜扛了起来，将芜脸更红，拍打他的背：“大人你干什么？！”

“让你不听话！”时缨拍了拍她的屁股，“让你把本君的厨房炸了！”

将芜如遭雷击，不敢动弹，被他扛着穿廊过柱，停在自己的寝室前。几只小妖缩在角落里喁喁私语：“难不成大人要把小妮子变成魔君夫人？”

“看来是生米要煮成熟饭的节奏。”

将芜恨不能把头钻地下埋起来，这也太羞人了。

时缨推门而入，一把把将芜扔在床上。几颗夜明珠把屋子照得特别亮堂，时缨清清楚楚地看到将芜闹了一个大红脸。

“怎么？”时缨忽然俯身过去，脸无限贴近将芜，眼底是促狭的笑意，“你在害羞什么？”

将芜瑟缩了一下，往后退，却被时缨抓住手腕。

“大……大人……”将芜头皮发麻。她总觉得时缨的笑容不怀好意。

“大什么大，你看看你现在这副样子！”时缨不逗她了，坐直，从怀里取出一瓶药膏，“让你当管家简直丢本君的脸。”

她的手被烫得满是泡，时缨粗暴地给她抹药，嘴里嘟嘟囔囔。

将芜呆呆看着。

这时，一个不合时宜的声音忽然响起——“杀了他！”

将芜吓了一跳。

已经不是第一次了，那女人在她的脑海之中，犹如缠藤的毒蛇，用嗜血的目光盯着她，吩咐她。

“杀了他，只要他接近你，就杀了他。”

可她下不了手。

时缨是个好人，相与的这些岁月里，他从来没有真正做过一件让她不忿之事。相反，他对她极好。

“怎么，你不愿意？”女人的声音阴森森的，“难道你已经爱上了他？别忘了，你的时间不多了。”

这句话犹如醍醐灌顶，将芜的身子一下冷了。

是啊——

留给她的时间不多了，时缨请的那位大人，她有所耳闻，只要被看出真身，她一定会被碎尸万段的。

不知道是因为药膏还是因为时缨太用力，将芜倒抽了一口凉气。

时缨眉头轻皱：“疼了？”

将芜摇摇头，眼睛红红的：“不疼。”顿了顿，她有些伤感，“大人，一个人没有心，为什么还会觉得快乐？”

时缨微微一怔。

将芜又摇了摇头，笑道：“算了，我也不知道自己在想什么。”

就像她不知道为什么非要半夜起来熬鸡汤。

就像她不知道为什么看到时缨会脸红。

时缨的脸也微微发烫，他拍了拍脸：“缺心眼不代表没心眼，你肯定是为本君的美色所迷。不过本君可是万花丛中过，片叶不沾身的，你不要打本君的主意。”

话音一落，他便想抽自己个大嘴巴子。

将芜愣愣的。

“行了，本君出去纳凉。”时缨是火龙，没事喜欢泡在水中，尤其是浑身燥热的时候。

他开门，一点也不意外地被门槛绊住，摔了个狗吃屎。

— 2 —

“上回书说到，不知是何州何县，有一个卖油郎金孝年长未娶……”

奢香茶铺内，那宿醉醒来的常皓又开始说书，这回说的是一个卖油翁的故事，听书的人异常多。其实他们不为说书郎而来，而是为了艳商舒墨。

舒墨不知为何今日有雅兴听书，在二楼雅间视角最佳的地方放下了一张帘子，吸引了临安近半的闺阁之女。

“大人，”给他打下手的账房先生兼管事相柳附耳道，“今天我们又收到了投诉，说这茶铺本是一个清静之地，供大家喝喝茶吃吃点心聊聊天，但这常皓来了以后，整天吵吵嚷嚷的。”

“还有这么一回事？”舒墨微微皱眉，末了，又笑起来，“罢了，谁让夫人喜欢热闹。”

“可这不是上赶着把客人往外赶吗？”相柳出谋划策道，“我倒是有一个两全其美的办法——明白地跟大家说，只让这常皓在晚上来，那时候大家伙散了工，来凑凑热闹也不为过。”

舒墨点点头：“倒也是个办法，但还得请夫人示下。”

相柳不由得翻个白眼。舒墨自从成亲以来，什么事情都要请夫人示下，也不知道那前府尹有何魔力。

“舒墨，舒墨，我今天又寻了个好玩的去处。”帘子响动，一个吃得圆润的女子袅袅娜娜走了进来。

相柳擦了擦眼，才确定这便是和舒墨新婚大半年的许然亭。

舒墨捏了捏她的脸：“什么好去处？”

“香市那边来了些外国的商队，我想和你去瞧瞧。”

舒墨又捏了捏她的脸：“走，为夫跟你去。”

“你这人不要老捏人家的脸，容易老的啦！”许然亭对自己的岁数十分在意，她可不年轻了，也不知道能与舒墨过多久。

“养胖你不就是为了好捏一些吗？”舒墨自然而然地又掐了掐，许然亭的脸霎时红了，她狠狠踩了他一脚：“你这个坏人！”

离开的时候，舒墨淡淡吩咐道：“既然把店交给你了，你想让那人晚上来便让他晚上来吧。”

“知道了，大人。”相柳应道。

常皓说完了书，喝了口水，在休息的时候，忽然又瞧见了昨天送他玉佩的女子——子衿。

常皓摸了摸口袋，想起自己已经把玉佩拿去换酒喝了，生怕她问自己，不由得低头，假装看不到她。

可他又忍不住想，昨天我在酒馆里喝醉了，是谁把我送回家的？他在桌子上看到了子衿留下的碎银子，还闻到了她身上特有的香味。

“公子，你是不是不舒服呀？”子衿上来与他搭话。

“没、没有。”常皓不好意思，“昨晚……是姑娘你送在下回家的？”

子衿挠了挠头：“哎呀，被你发现了。我本来也想早些回家，但恰好看到你在酒馆买醉，不放心，就叫了辆马车把你送回去了。”

常皓也知道害羞："如此又要谢过姑娘了。"

"有什么要紧嘛。"子衿忽然凑近他，低声道，"公子，其实我想问你哟，我今天可不可以再买下你故事的后半段？老是下回分解，我是个急性子，等不得。"

她出门之前特意向时缨要了几锭金子，这回管够了。

常皓推辞道："姑娘帮了我这么多忙，只是区区一个故事而已，我不要你的钱。"

"也成，那你快说，快说。"

常皓喝了口茶水："那卖油郎……"

一个故事说了半个时辰，常皓总算说完了。

子衿意犹未尽地咂了咂嘴："公子你的声音真好听，我听着好想睡觉。"

常皓擦了把汗："姑娘确定这是在夸在下？"

子衿忙不迭点头："是的是的！"

常皓想了想，从怀里掏出那本《喻世明言》递给她："姑娘若是实在喜欢这里面的故事，不妨直接看这话本，不必每次都来我这里买故事。纵然姑娘家财万贯，也经不起这么挥霍。"

子衿看着那本书，又看了眼常皓，欲言又止。

子衿把那本书推还给常皓："我不要，我不信大家没有看过这话本，但是他们还是愿意来听公子你说书，我跟他们是一样的！"

常皓意味深长地反问："一样的吗？"

他把书收起来，想了想，道："姑娘，我今日定要当面答谢姑娘的恩情，万望姑娘在听完书后等我一等。"

"好说。"子衿听完了故事，却还是回到了散桌上，乖乖地再听一次。

拍案声起，常皓清了清嗓子，继续说书。

日头渐渐西斜，相柳瞧客人都散了，招呼常皓上来道："常先生，老板让我给你带话，以后说书改由傍晚开始，早上你便不用来了，工钱减半，打赏咱们二八分账。”

“工钱减半”四字犹如晴天霹雳，常皓愣了足足三秒，连忙提着长衫追上去问道：“能不能再商量一下？”

“没得商量，你若是嫌钱少，便拿着你的破碗搁天桥底下一站，也不用与我二八分账了。”

相柳一副奸商嘴脸，常皓不敢造次，只好隐忍不发。这儿环境幽雅，免他风吹日晒，还有免费的点心茶水，再怎么说也还是不错的去处。

常皓掂量掂量今天的赏钱，总觉得没有昨日子衿赏的那块玉佩重。

子衿在茶铺外等他，娉婷袅娜的身姿被傍晚的光映照得十分柔美，常皓停下来看了半晌，才慢慢地走过去。

“姑娘。”

“你可算出来了，不是要答谢我吗？准备干什么？”子衿雀跃道。

常皓想了想，道：“一品香的饭菜最是美味，我来临安后便一直想吃，却从未吃过，要不然就请姑娘吃一次一品香的鲁菜如何？”

“好，走吧。”

常皓慢慢地走，一边走一边佯装不经意道：“对了，还不曾请教姑娘芳名？”

“我叫子衿，‘青青子衿，悠悠我心’的子衿。”

常皓疑惑道：“姑娘姓什么？家住何方？”

子衿停下步子，抬头看着他：“公子，一般打听姑娘家的出处是要娶她过门的，难道公子有这个心思吗？”

常皓尴尬道：“我不是这个意思，只是……只是好奇，姑娘出手阔绰，不知道是哪户人家的大小姐。”

“有钱确实不错，”子衿笑了，露出两颗小虎牙，“反正公子若是需要，我可以再买你十个二十个故事。”

两人又继续走，走着走着到了一品香。

一品香人很多，常皓看了眼那招牌菜的价格，还有出入其间的那些大人物的打扮，不由得踌躇了一番。

他原来还以为子衿喜欢他，想趁着这顿饭断了她的念想，但是听她的口吻似乎是不喜欢的，他若是请了这顿饭，生活就要越发捉襟见肘了。

屋漏偏逢连夜雨的人生让他不禁笑了笑，算了，这辈子活不活得下去又有什么要紧，总不能欠了别人的恩情不还。

常皓整理了一下自己朴素的衣冠，正要进去，却被守门的打手拦住。

“摘面具。”守门的面无表情道，“我们是不允许可疑之人进去的。”

常皓攥了攥拳头。最近是有一个嫌疑犯在外奔逃，难道他们把他当成十恶不赦的杀人狂魔了吗?

子衿正要说话，忽然，远远地，一顶轿子飘了过来。

帘子掀开，是春风得意的探花郎李万绮。他昨儿刚刚完婚，今日便开始处理公务了。常皓看到他的时候，浑身血液都冻住了一般。

李万绮也瞧见常皓了，对于那张鬼面，他有所耳闻。

“发生什么事了？”他淡淡地问那守门的。

“回大人，小的只是让此人摘下面具，这是店里的规矩。”

“免了，此人是我旧识，不是什么奸恶之徒。”李万绮的态度出乎子衿的意料，他竟然还帮常皓说情。

既然是探花郎的朋友，守门的也不好犯浑，便让开了道，请几人进去。

李万绮回头，声音沉沉的：“常皓，你来这里干什么？”

见他才替常皓解完围就换了副口吻，子衿挡在常皓面前，抬着下巴傲然道：“自然是和我一起来的。”

子衿的样貌气质出众，李万绮不由得定定看了一会儿，才狐疑道：“你是？”忽而他又笑了，转脸对着常皓道，“没想到你也会……这样也好。”

他的笑容中有一丝鄙夷的意味，子衿看不懂。

常皓在面具后臊红了脸，也不争辩，径直走开了。子衿连忙跟上去，带起一阵香风。

李万绮摸了摸下巴，问属下：“这女子什么来头，怎么跟凭空冒出来的一样？”

“属下也不知道。”

“不是让人盯着他了吗？你们的人都去哪儿了？”

属下被教训得抬不起头来，不敢说话。

子衿一路小跑跟上去，边跑边道：“公子！公子你怎么了？是不是我说错什么了？”

常皓阴着脸。也不是子衿的错，她只是在不合适的场合说了些本不该说的话，但这一切都是因为她不知情。

常皓找了个僻静的位子坐下，淡淡道：“和姑娘没有关系。姑娘今日想吃什么便吃什么，吃完这一顿，我们就此别过吧。”

“你赶我走？”子衿皱眉，“到底怎么了？”

“我说了没什么！”常皓忽然拔高声音，半晌，又泄气道，“我的事和姑娘无关。虽然姑娘帮了我，可这并不意味着我和姑娘是朋友，可以无话不谈了。刚才姑娘也看见了，他误会我与姑娘有染，这样下去会有损姑娘的名节。”

“名节？”子衿挠了挠脑袋。

名节是什么？能吃吗？

她也不好意思问，只好点点头：“你不说就算了，那我们点菜吧。”

子衿不是一只不懂察言观色的妖，但旁人赶她走，不刨根问底不符合她的性子。

眼尖的小厮在边上看得清清楚楚，方才炙手可热的李探花与常皓叙过话，言语之间很是关照，于是忙不迭露脸来了：“两位客官吃点什么？”

“姑娘，你来吧。”常皓客气道。

常皓做东，子衿可以挑自己最爱吃的来吃。子衿想了想，随便点了些可口的招牌菜，常皓偷偷瞟了眼价格，不免心疼自己的荷包。

子衿虽然是妖，却也知晓察言观色。她不傻，看常皓的样子便知他是下了血本，不免思忖着该怎么才能帮他减轻一点儿负担。

“这是上好的西湖龙井。”小厮把茶水斟上，递给两人。

子衿谢过了，喝了口茶润润嗓子。

离了故事，常皓异常沉默，子衿不知道该说什么话题逗他开心，看到陪酒的舞姬，不禁笑道：“公子你看，她们好漂亮。”

显然，这么尴尬的话题并不能引起常皓的兴趣。

菜上来了。铺满酱汁的红焖肘子、浓汤滋滋冒泡的黄焖鸡、色泽鲜亮的油焖虾……一盘接着一盘，常皓的眉心都皱成了“川”字。

太可怕了，这个女人竟然这么能吃。

子衿挑了块浸着鲜香辣酱的豆腐放入雪白的米饭中，笑眯眯道：“公子，不要拘束嘛，多吃点。”

常皓在心里长吁短叹了一番。算了，既然是散伙饭，偶尔奢侈一次无妨。

他们这边吃着，那厢李万绮面前的满桌子好菜都凉了，他却仍旧在和人高谈阔论。半晌，他忽然想起什么，吩咐下人道：“去，给常皓那儿送一份熊掌。”

属下领命，又加选了一品香最贵的招牌菜，一并给常皓送了过去。

热气腾腾的熊掌送来，常皓和子衿俱是一愣。

“谁送的？”

“还能有谁啊，当然是探花郎李万绮李大人了。”伙计的笑声如刀一般刺得常皓心口疼。他本想忍着，却见伙计又端来了一碗猴脑羹。

这回不单单是常皓，连子衿也变了脸色。妖对动物的气味最是敏感，她可以想象这天价的菜肴背后有一个怎样悲惨的故事。

“欺人太甚！”常皓气得青筋暴突，恨不能上去和李万绮大打一场。

“公子不要冲动啊！”子衿忙拦着他。

常皓的眼神十分可怕，子衿只能看到他那被火烧得状如厉鬼的半边脸，而另一半俊美温柔的皮囊早已经被阴影掩盖。

半晌，他淡淡道：“今日这顿饭便到这里吧。”

常皓行了个礼，阴沉着脸离开了。

子衿咬了咬唇，不曾跟上去，好好的一顿饭被那李探花搅黄了。子衿坐下来，一个人吃着那满桌子尝不出味儿的菜肴。

她并不喜欢吃东西，妖不知五味，偌大的妖宅厨房只是一个摆设。她特意点了这么多，只是希望常皓能多吃些罢了，日后她会再找机会送他一些银子。

李万绮对面坐着的是吴尚书，吴尚书因为站队站得及时，如今官运亨通，官场新秀自然要多多巴结。吴尚书也觉得李万绮仪表堂堂，是个难得的人才。

吴家公子年满十八，尚未娶亲，而李万绮有一个生得十分貌美的妹妹诗诗，此番李万绮有好事成双的想法，吴尚书也正有此意。

“吴大人哪里的话，以后咱们就是自家人，一家人不说两家话。”

两人酒酣耳热，越聊越投机。李万绮就这么把妹妹“卖”了出去，和吴尚书约好了时间，准备让毫不知情被定亲的两个小呆瓜见上一面，意思意思。

叙完了话，李万绮和吴尚书告别。

李万绮坐在那顶流苏软轿内，香炉的烟氤氲，他感到心旷神怡，忍不住想再喝一壶花雕酒。他伸出右手，摸了摸身侧的白玉壶，忽然觉得触感温热而柔软。

李万绮暗惊，猛地睁开眼：“你、你、你是谁？！”

一番慌神后，他看清楚了，原来是刚才在酒楼里见过的女子。他不由得松了一口气。

子衿笑眯眯道：“李大人，我找你是为了一点事儿。”

“你是怎么上来的？”李万绮哪听得清她在说什么，大惊，他撩起帘子，发现几个轿夫还在那儿走，“你们都没长眼睛吗？这么个大活人进我轿子看不见？”

但轿夫们似乎听不到他的话，一点反应也没有。

李万绮擦了擦眼睛，发现街道不知何时竟然消失了，取而代之的是一片迷蒙的雾。

轿夫们好像表情麻木的僵尸，在雾气中悬空而走。再往前一些，周围的一切全部被大雾遮住了，诡异的流水声“哗啦啦”响着。

李万绮咽了咽口水。怎么回事?

他看子衿的眼光也不由得变了，声音微微发颤：“你……究竟是什么人？”

“我是谁不要紧，只是李大人，你到底和那位常公子有什么仇什么怨，好好的一顿饭也不让我们吃得安生？”

子衿还是笑眯眯的，李万绮却有一种难以名状的压抑感。他承认自己这回大意失荆州，撞在龙王爷身上了。

李万绮动了动唇：“也没什么恩怨，就想让他安分一点罢了。”

子衿托腮，眼巴巴地看着他：“我这人就喜欢听人讲故事，而且性子急，等不得。”

李万绮擦了把汗：“就只是说个故事而已？”

子衿点点头：“仅此而已。”

“那……那其实事情也没姑娘你想的那么复杂。”

常家和李家曾经是邻居，父辈关系不错。李家在贺县开了一家脚店，专门卖酒，常家则开了一家杂货店，卖些柴米油盐之类的生活用品。

常家二老只有一个儿子常皓，生得俊雅不凡，而且聪颖好学，能诗善对，是个有望出仕的人才。而李家也有一个儿子——李万绮，便是如今的探花郎，虽然不及常皓俊美，却也是仪表堂堂，气质不俗。

两家人关系很好，常皓与李万绮自小一起长大，李万绮长常皓五六岁，常皓素日里会敬称一声兄长。

李家还有一个有着花容月貌的女儿李诗诗，与常皓青梅竹马、郎情妾意。两人定了亲，可谓佳偶天成。因为常皓与李万绮都要进京赶考，父辈们打算先把常皓的婚事办完，这样常皓金榜题名归来之时，便能做父亲了。

婚礼前夕，正逢隆冬，李家的生意十分好，那些散工的大汉三五成群地喝酒暖身，高谈阔论。屋子里的火炉把屋外的严寒悉数挡了去，实在是一个放松的好地方。

灾祸就这么悄无声息地来了。

也不知道是谁起的头，常皓还在睡梦之中，忽然听到有人喊“救火”。他一开始还以为自己在做梦，翻了个身，那呼声却越发刺耳，惊得他终于睁开眼睛。但他的屋子周围一点焦味也没有。

他的床靠着窗，隐约可见结了霜花的窗户上有火光跃动。

常皓连忙蹬鞋子下床，扯了外衫披上，冲出屋子。李家外围了好些人，看戏的，着急的，救火的，常皓看到李万绮灰头土脸地披着外衫站在火光之中，不由得摇晃他：“诗诗呢？诗诗在哪儿？”

李万绮目光黯淡，好像丢了魂儿，好像把别的什么也丢了。他动了动唇：“我妹妹还在里面，可能已经……”

常皓只听到“在里面”三个字，便什么也顾不上了，匆匆把自己浑身浇湿，然后冲进了大火之中。他的记忆自那时候起变得模糊不清，只记得眼前是火，身后是火，能够感知与触碰到的地方都是火。

烟熏得他睁不开眼，熏得他头晕目眩，可他还是坚持着把李诗诗从大火里救了出来，然后一个趔趄，把自己的半张脸贡献给了火星子。

“不要多心，只是半张脸而已，你是诗诗的救命恩人，诗诗怎么会嫌弃你？”之后在病床上辗转反侧时，常皓经常听到诗诗这么安慰自己。

只是半张脸而已吗？

他因为这张脸不能再进京赶考，毁了父母的希望，没多久二老便忧郁成疾，他变卖了家产也救治不得，一夜之间失去双亲。

李家嘴上说不嫌弃，但李万绮高中探花、光宗耀祖，李诗诗花容月貌、蕙质兰心，李家怎么可能还瞧得上他这个身无分文的丑八怪？

婚事一拖再拖，最后李万绮只答应以后会一直出钱养着常皓，别的一概不再提。

又过了些日子，李家举家搬到了临安，只有小厮会每月按时寄来一笔银子，常皓寄给李诗诗的信再也无人回过。

常皓不无恶毒地想，如果当初自己做那个恶人就好了，假装什么也不知道，一觉睡到第二天天亮。

他从爱她变成怨她，最终变成了觉得只有得到她才能对得起自己曾经付出的执念。

“我按月给他银子他不要，非要来临安做什么说书人。我李家就算不是皇亲国戚，也是要脸面的，难道让我妹妹嫁给一个又丑又穷的残废吗？我羞辱他是为了让他看清现实，不要再纠缠下去。”李万绮动之以情，晓之以理地向子衿解释自己的做法。

“钱我李某人出得起，赡养他后半生也算不亏待他了。你知道凭他那张脸注定是不能面圣的，更别提参加殿试了，这也是没办法的事情。”

子衿听得心里酸酸的。

可恨的是，她竟然有那么一点点赞同李万绮说的话。

站在李家的立场考虑，李诗诗是李万绮的妹妹，他自然不舍得委屈她。而他对常皓也算仁义，给了钱，还给常皓的父母操持了葬礼。

但更多的，子衿就不能赞同了：“说到底，还是你们李家毁了婚约，让常公子家破人亡，仕途无望，区区两笔银子一场葬礼又算得上什么补偿？”

李万绮皱眉道：“没有人逼着他去救人，闹成现在这样子也不是我李家想要看到的。”

“所以当初你明明知道诗诗在屋里，你却不肯救人，就是怕落得和常公子一样的下场？”子衿眼神冷下来。

李万绮张了张嘴，发不出声音。

那年大火的火苗在他眼眸中跃动，但他的眸光已经黯淡了，他选择了不救，就像现在可以随意给妹妹定亲一样。

“你这个懦夫！”子衿露出虎牙，恶狠狠地道。

轿夫们还是无知无觉地向前走着，水声渐渐远去，大雾渐渐散去，街道的模样露了出来，周遭又恢复了车水马龙的景象。

李万绮一惊，眨眼的工夫，子衿已经消失不见了。

他呆呆地看着前方，眼前一点光也没有。他觉得凉飕飕的，原来是额头和背部都渗出了冷汗。

常皓还没走到家门口，却见有人在二楼叫他。

“常公子！”

常皓抬眸，原来是刚刚话别的子衿。他明明前脚出了一品香，后脚就马不停蹄地赶回来了，现在却比她迟，这于理不合。

“姑娘怎么又来了？”常皓拎着长衫下摆走上去，子衿笑眯眯地看着他。

“我去找李探花李大人去了，他把你的事情都告诉我了。”

常皓收住步子。

“你知道我这个人喜欢听故事，急性子嘛。”

常皓抬头问她：“你到底要干什么？”

跟踪他，打听他的隐私，就好像……

“我太崇拜公子了，想多了解公子，这样或许可以和公子成为好朋友。”子衿心虚道。

是了，常皓想，果然就像是疯狂迷恋一个名角的痴儿一样，这女人难道是他的崇拜者？

“姑娘，这样下去我会感到困扰。”

子衿顾左右而言他：“公子，你是不是还喜欢诗诗姑娘？”

常皓一怔，仿佛被她刺中了七寸。末了，他还是越过她，淡漠道：“这是我的私事。”

他话音刚落，却被子衿用赤练捆住了身体，常皓惊讶，原来这姑娘能武，不由得一凛：“你干什么？”

“当然是帮公子实现愿望了！”子衿打了个响指，常皓只觉一阵天旋地转，晕了过去。

子衿拍了拍他那半张被烧焦的脸，甚为惋惜，据说他以前还是个顶顶美丽的男人，可见总当好人是没什么好报的。

“你若是敢再多说一句，我就割了你的舌头！”常皓在威胁声中睁开眼睛，眨了眨，才适应周遭的光线。

他所处之地散发着清香，墙上挂着山水图，匾额上题着鎏金字，窗边摆着君子兰，柜上放着翡翠瓶……主人有雅致，不是普通人家的屋子。

常皓看到一双湖水蓝绣鞋，穿着鞋子的人正微微颤抖，把双脚尽可能地缩向床沿。她穿着锦绣织就的褙子，鲛绡做成的宋裤，身段曼妙，模样标致。

李诗诗?

李诗诗把头转向一侧，额头靠着收起的帷幔，两行泪水把脸上的香粉都冲开了。

子衿手中握着一把匕首，凶神恶煞似的威胁她：“常公子舍命救你，你们又是青梅竹马、郎情妾意，为什么你要屈从于你的兄长李万绮，抛弃常公子？只要你一句话，我便可以帮你们，私奔也好，做什么都行。”

李诗诗摇头：“父兄没有逼我，是我变了心。我是怕死，但早知道我要活在对他的愧疚之中，当初就该把这条命还给他。”

“你死了他的脸也不会好起来，你死了有什么用呢？你还是嫁给他吧，这是他梦寐以求的事情。”

“……”

常皓额上暴起两根青筋，豁地起身把子衿拉向一边。

子衿吃痛，大呼小叫起来：“你干什么！”

— 3 —

“谁让你自作主张的？”来临安这么久了，哪怕是寄人篱下时，哪怕是被人耻笑、羞辱时，常皓也没有这么大声说过话。

子衿不由得害怕，乖乖退开一步。

李诗诗转过脸，一双眸水汪汪的，我见犹怜。

常皓方才全听到了，现在却还是不肯相信：“这才是你内心的真实想法，是吧，诗诗？你在怨我当初不该救你。”

李诗诗捻了捻手中的帕子，一番挣扎后，才下定决心道：“是。这些年，无数个日夜，我反复告诉自己，你于我有恩，可是我的私心告诉我，我早就不爱你了，我宁可你取走我的性命，也不愿怀着对你的愧疚嫁给你。”

常皓静静地听着这些诛心的话语，脸色异常平静。末了，他竟然笑了笑。他也没有流泪，只是眼角有些痒而已。他想，再待下去就是自讨没趣了。

“好，好。”他连说两个“好”字便转身离开，子衿追上去：“公子！公子！”

常皓不理她。

李诗诗从始至终不曾追究子衿的身份，大抵是真的一点儿也不在乎。

常皓腿脚飞快，子衿提着裙摆一步一趋。

“公子！你往哪里走呢！”

常皓尽可以潇洒，但待会儿李府家丁瞧见院子里突然冒出一个人就不好办了。常皓脑热，哪里想得到这些？护院的家丁看见常皓和子衿，纷纷将他们围了起来。

李诗诗从房中走出来，摆摆手示意他们让道。

常皓不由得收住步子，转头冷冷道：“今日是最后一次，再没有以后了。”撂下狠话，他便离开了李府。

“公子，你不会又生我的气了吧？”子衿跟不上常皓的长腿，声音由大风送过来，“我只是觉得好不容易能够左右一下故事的发展，所以想帮公子你嘛！”

常皓闷闷地走。

“你倒是说句话啊，别不理我！”子衿边说边着急地跑着，不承想常皓忽然停下了步子。她一头撞在常皓的胸膛上，揉了揉脑袋，发现常皓一瞬不瞬盯着她。

“姑娘，”常皓琢磨良久，淡淡道，“我与你只是萍水相逢，你为什么要帮我？”

“我……”

“不要告诉我，你只是为了听我讲故事。就算你不帮我，每晚酉时，奢香茶铺，你只消往那儿一坐，什么故事都有了。”

子衿的借口被他打断。

此刻不算什么好时候，闷热的夜里吹起一丝暖风，将四周的人声也吹得缥缈。

子衿眨了眨眼睛，在心里轻叹了一口气：“我只是觉得你惹人心疼。”

常皓微微一愣。

此时各家各户挂起了暖色的灯笼，子衿的脸也被映得橘红橘红的。常皓不禁咽了咽口水——说了这么久的书，他从不曾这么口渴。

常皓词穷，拂袖、转身、疾走，动作一气呵成。他的心怦怦乱跳，看来得去找转角处的姜大夫开一味酸枣仁，养心安神。

子衿低着头，耳根也迅速烧起来。她在乱说什么，没羞没臊的。忽然，她肩膀被拍了一下，身后传来妹妹杜若低低的声音——

“姐姐，我总算找到你了。”

“新皇帝有件事倒算做对了，这么晚也没有罢市。”御街华灯初上，时缨优哉游哉地在街上闲逛。

夜晚的临安城终归比清晨的临安城更美丽，就像女人，在夜晚也比在白日更动人。

这几天将芜似乎有事，总是心神不宁的样子。时缨大发慈悲，亲自陪自己这位临时女管家出来走走。

“难得那府尹没什么事情找本君，不然本君怎么有空带你出来？你倒好，一路上就没给本君个好脸色。”时缨的大袖在将芜的眼前晃了晃，“小妮子，你就没有想去的地方吗？”

将芜不曾察觉他的动作，整个人懵懵懂懂的，头磕在他的手臂上。

“哎呀！”将芜揉了揉自己的额头。

“我说小妮子，你到底有没有听本君说话？”时缨猫腰，半是质问半是调侃，“嗯？”

他的脸又与将芜近在咫尺。

将芜连忙后退，没想到撞在了时缨的另一个手臂上。

“你要退到哪里去？”时缨把她整个人固定得牢牢的。她脸红了，忸怩地想挣脱，时缨却有心逗她似的非要把臂弯收紧。

将芜怯怯道：“大……大人之前问我什么？”

“原来你根本没有听本君说话，该罚，该罚！”

时缨这么说着，又把将芜扛了起来。将芜头朝下，虽然知道自己挣扎也没有用，却依然拼命挣扎：“你要带我去哪儿？那么多人，会被看到的啦！放我下来！”

“本君岂能事事都依你！”时缨大摇大摆地朝倚红苑走去。

那是临安金莲棚附近新开的一家青楼，卖笑的小娘子都站到街上了，熏得喷香的帕子在风中不停招摇。

“大爷，来玩嘛……”

“来嘛……”

就像卖炊饼的老大爷推销炊饼一样：“三文一个，要吗，要吗？”

“你要把我卖去青楼吗？”将芜看到那些女人，不免着急起来，急得泪眼汪汪，“你好狠心啊，大人，我若是去了这种地方，一定要削一个大人的木雕，天天扎你……”

时缨停在青楼旁边的澡堂子前，轻笑：“你也就这点能耐。”

他把将芜放下来，揉了揉她的乱发：“本君可看不上那些庸脂俗粉，还不如在这里洗个澡来得痛快。”

这是临安仅此一家的澡堂，分男女二室，专供权贵享受。

“你呢，就在外面等本君，等本君洗舒坦了再说。”

将芜小声嘟囔：“这算哪门子惩罚？”

“不然让你伺候本君洗？”时缨促狭道，“既然你有此意，本君就不推辞了。”

“我、我才没有呢！”将芜急忙辩解，却被时缨大剌剌地给拖了进去。

时缨只选了一个独立的池子，里面泡着药，水雾弥漫。时缨站在水池边，发现将芜还在他身后站着。

“怎么？你要给本君宽衣解带？”时缨回头，张开双臂，似笑非笑地看着她。

时缨很高，宽大的里衣贴着身体。将芜舔了舔唇，竟然觉得此刻的时缨无比迷人。

她一定是糊涂了。她不争气地向后退，结巴道：“才、才不是呢！大人你说过的，你万花丛中过，片叶不沾身！”

时缨忽然把将芜拽到跟前，猫腰，压低了嗓音，魅惑地说：“也许可以为你破一次例……”

将芜心“咯噔”一声，时缨忍不住哈哈大笑起来。将芜知晓自己被耍了，咬了咬唇，跑了出去。

死时缨，臭时缨，没事就喜欢耍她。

浴室里水汽袅袅，时缨噙着笑缓缓没入水中。

从什么时候开始，他竟然觉得这小妮子这么好玩了？也许是因为蠢？也许是因为可爱？呆头呆脑的，像个小孩子。

水渐渐漫过了他精致的眉眼，黑色的长发在水上柔柔漂浮。

蜀锦屏风后倏尔浮现出一个黑色的人影，身姿婀娜。

将芜转了个身，眼角眉梢忽然露出平日里不曾有的风情来，还是一样的面孔，眼膜却是金色的，深色的瞳孔呈梭形。

她的双唇好像洇出了血一般殷红，细长的舌尖舔了舔嘴角，显得无比妩媚。

“杀了他，现在杀了他便万事大吉了……”

阴险女人的声音又开始在她耳边聒噪，她乖乖地走到池边，跪下。

时缨听到声音，只是冒出一个头，微微一笑，声音轻浮：“怎么？本君不请你，你倒自己回来了？”

雾气掩盖了时缨耳根的红，他这样挑逗的时候，其实不敢看将芜的脸。他这回可真的什么也不曾穿，若是一激动，怕是要和将芜裸身相对。

将芜不说话，冰凉的手开始抚摸他的脖子。

时缨不免有反应，轻轻吸了一口气。他滚烫的大手抓住将芜的一只手，阻止她继续下去：“小妮子，你知不知道你现在在干什么？”

将芜反常地沉默，她能感觉到自己的手比以往任何时刻都更冰凉，那双手不受控制地想要拧断时缨的脖子。

她抚摸着时缨发烫的肌肤。

时缨忍不住道：“是你逼我的。”

她还真以为活了万年的老妖怪已经入定，不会擦枪走火?

“呀！”

将芜没想到时缨会把她拉入水中。他的力道如此之大，仿佛禁锢着一根木桩，不允许她挪动一分一毫。

“让你撩拨本君……”

时缨低头，眉眼越发近了，将芜可以感受到他温热的气息。明明池子里温度很高，可是她能清楚地感觉到他。

将芜在他将要吻上来的那一刻别开了脸。

“你不愿意？”时缨皱了皱眉。

他不想强迫她，只好放开手。可他有些烦躁，捧起一捧水拍了拍脸。她的手忽而又如藤蔓似的缠上他的脊背，从股沟到脊椎再到肩胛骨。

时缨一时间停止了思考。她这回玩大了，以至于他刻意忽略了她怎么会如此主动。

将芜的手忽然生出尖利的指甲，银白色的利爪嵌入时缨的皮肉之中，疼痛让他产生了无与伦比的快感。

时缨抓着将芜的双臂，笑了笑：“你今天很特别。”

将芜一怔，利爪又收了回去。

可将芜的头来不及偏向一侧，时缨已经霸道地吻了上来。

“姐姐！那个男人有什么值得你惦记的？你知不知道你已经半个月没有修炼了！”刚回到柳氏妖宅，杜若便开始抱怨。

子矜想着自己之前对常皓说的话，摇摇头：“你不懂。”

“你别以为我不知道，他原来定了娃娃亲，可是人家姑娘看不上他，他还死缠烂打，追到临安来了。就算你喜欢他又能怎么样呢？他心里有别的女人！”

子矜捂着耳朵：“不听不听，王八念经。”

“姐姐，”杜若皱眉道，“妖如果对一个凡人动了感情，就不能修仙了，一辈子都只能是山野的妖怪。”

子矜心虚：“其实……其实回头想想，做妖怪也没什么不好的，为什么一定要修仙？”

“姐姐，你知不知道你在说什么？”杜若难以置信。修仙曾是她们的信仰，子矜竟轻而易举地放弃了。

“是的嘛，妹妹，你想想修仙到底有什么好的，看起来高高在上，无欲无求，根本没什么意思。”

杜若咬着唇，泪珠几乎滚下来。

她的姐姐竟然甘心做山野里被人瞧不起的妖怪，只为了能留在这尘世陪伴一个丑陋的男人。

她掐着自己的手心，刺痛让她保持清醒。她一字一句道：“姐姐，总有一天，你会后悔的。”

“大师，怎么样？到底是什么妖？”

白云观中，一个貌似仙风道骨的猎妖师正坐在蒲团上，细细打量眼前的一根头发。

李万绮前脚偷偷拔了子衿的头发，后脚就直奔慈海仙师这儿来了。

白云观的道士与昔日猎妖阁的阁主可比不得，可那阁主不在了，猎妖阁等同于散了，李万绮也只能死马当活马医。

“闻这味儿，清雅香甜，必是一只荷花妖。”慈海捋了捋雪白的胡须，“而且只是个修炼不足百年的山野妖怪。”

“厉害啊，大师，我就说那姑娘一脸妖相。那大师打算怎么处置这只妖？”

慈海又捋了捋银须，心里打着小九九。新皇前不久给白云观传来了密令，猎妖阁的接手人时缨如今已经在临安落户，诸妖之事尽可以与阁主时缨商量，不宜自作主张。

慈海总觉得新皇是维护妖的。

“此事，贫道还得去拜访一个‘人’才好给大人一个交代，也许……”慈海挑了挑眉，“也许得等个三五日。”

“阿芜……”时缨低声呢喃。

蜻蜓点水吻过，分开，再深入地吻，滋味竟然无比美妙。时缨的眼神迷离起来，他快分不清楚东南西北了。

水汽升腾，将芜的利爪再一次伸长，扎入他的血肉之中。

时缨轻轻“嘶”了一声，将芜又一次惊醒。

她承认自己也沉沦了，在时缨的呢喃里，在他的呼吸里，在他强大而温柔的攻势里。

时缨的手不安分地拨下将芜左肩的衣衫。她微微睁大了眼睛，彻底清醒过来。聒噪的女声在她耳边叫嚣：“趁现在，杀了他……”

她好似被丝线牵引的木偶，颤抖着，让利刃刺入了意乱情迷的时缨的身体。她嗅到了鲜血的香气，那香气随即被升腾的药味盖过去了。

痛觉让时缨也睁开了眼睛。他的眼睛被水雾打湿，长长的睫毛相互粘连，显得更加浓密。他的眼底清亮，宛如璀璨的星河。

“你怎么哭了？”时缨看到将芜脸上的泪水，伸出手轻轻抚过。

将芜连忙把手抽了回来，收起了利爪，浸入药水中洗了又洗。

“我不知道，”将芜也擦了擦脸，“可能是太高兴了。”

她像个手足无措的小孩子。

时缨忽然觉得自己这么主动有些过分，该说些什么来打破尴尬的气氛。

他挠了挠头：“其实本君只是……那个……万花丛中过，片叶不沾身……那个……反正别看本君现在这样……”

说了半天也抓不住重点，时缨恨不能给自己两个嘴巴子，承认喜欢她有这么难吗?

算了算了。时缨闭嘴了，却见将芜忽然倒退两步，心慌意乱地爬出了浴池，鞋也不曾穿，提着湿漉漉的裙摆就跑了出去。

时缨傻了眼，连忙追上去：“本君不是那个意思！本君是真心喜欢你的！”

将芜只是跑。她差一点点就杀了他，她已经清楚地意识到这一点。她的身体被人控制着，就像一只提线木偶。

总有一天，她将再也控制不了自己杀死时缨的欲望，就像她对他的爱意一样。

时缨跳上水池，抓过红色长衫套在身上。这个糟糕透了的表白场景让他的脸红得跟被火烧似的。他这么想着，周围真的燃起了大火。

他控制不住体内的洪荒之力了，也不管那些收不住的火焰，追着将芜一直跑。

背部的伤口突然在此时撕裂开，他感到有一只长着尖尖指甲的手从虚空之中撕开了他的伤口，一下子扎进去攫住了他的内丹。

剧痛让他抽搐了一下。

时缨眼前一黑，跪倒在地。意识迷蒙之际，他看到了将芜惊慌失措的脸。她转身向他奔来，而他昏死过去。

“这位小友，麻烦你通传一声，就说白云观的慈海大师前来拜访时缨大人。”

柳氏妖宅前，收拾得像个俗人的慈海给守门的白头翁递上一张拜帖。白头翁倒悬在屋檐下，接过那张比他还要大上两倍的拜帖，揉了揉头上的白毛。

“大师，真不凑巧，我家大人昨儿不知道被什么东西给抓伤了，现在虚弱得不行。要不大师给免费看看？”

“你家大人都制服不了的妖，老夫还是免了。”慈海拔腿就走。走了两步，他又倒退着走回来，神秘兮兮道，“你的意思是，时缨大人他被怪物伤了？”

“可不是，现在府里上下都乱套了。”

慈海点点头：“时缨大人出事，未免让人担心了。”

白头翁又揉了揉短毛：“可不是，也不知道他什么时候会康复，万一突然康复了，大家行乐行到一半被发现可怎么了得。”

慈海的眼珠差点没给瞪出去：“敢情是怕他醒得早了？”

慈海简单整理了一下衣冠，勉强挤出一副沉痛的模样，推门进去。霎时间，一股肃杀的阴风扑面而来。

整个院子满是污秽的骚味，但这些味道寻常人闻不到，这是妖身上独特的味道。

“不愧是妖宅。”慈海捏着鼻子，咽了咽口水。

迎面而来的是一个妙龄女子，她手中捏着一枝风荷，眼若秋水，眉若远山，深深地看了他一眼便飘过去了。

慈海觉得后背发凉。

女子的发丝拂过，慈海猛然惊醒，那妖竟然是一只荷花妖。

他回头的时候，杜若的身影已经不见了。

慈海捋了捋胡须，掐指算了算——大凶。他连忙加快了步伐。走了两步，他又遇着一个——将芜端着一盆血水，低头匆匆地走，不偏不倚地撞在他身上，血水洒了一地。

"这位小友没事吧？"

"没、没事。"将芜连忙起身，把那铜盆抓起来，"不知道您是？"

"在下乃白云观慈海大师，和时缨小友有旧情，听闻他病了，特意前来探望。"

"白云观？"将芜挠挠脑袋，印象里时缨鲜少提及白云观，但说到魔尊舒墨的时候倒是损了那里两句，说里面都是一些中看不中用的老头儿。原话大抵如此。

将芜搓了搓手："大师随我来吧。"

她引着慈海往时缨的寝屋走去。二人刚走没多久，几只狗便闻着血腥味而来，将铜盆打翻后洒的血水舔舐干净。

时缨的屋子很大很空，棕木地面上燃着几盏七星灯。香炉的烟气袅袅，盖过了浓郁的血腥气。

时缨早醒了，他披着宽大的绣着黑龙的长袍，披散着过膝的长发，正跪坐在小几前发呆。他今晨吐了两次毒血，但毒根始终无法拔除。

他知道那是蛇妖叶蓁所为，可他不知道叶蓁是何时下的手。

这令他开始重新认真思考一个问题，一个他刻意回避的问题——将芜到底是不是叶蓁?

"大人，这位大师说有事找你。"将芜怯怯地站在门口。

时缨醒了以后眼神十分阴鸷，和浴室里的他"判若两妖"。他不再提及拥吻之事，她也不说。

时缨闻言转过脸，那张惨白的脸上有一张殷红的唇，竟让他瞧着十分妖冶。慈海心提到了嗓子眼，脸上还是笑眯眯的："时缨小友，别来无恙啊。"

小友吗?

刺痛的伤口让时缨的表情看起来有些邪狞，他的口吻淡淡的："进来坐。"

时缨的语气倒不像是主人的客气邀请，而像是命令。慈海不含糊，脱了鞋子走进来，跪坐在时缨对面。

时缨对白云观还是有点儿印象的。但是新皇的手段一向宽和，所以白云观的业务并不在猎妖，而在别的地方，比如新皇做噩梦了，便会请个大师过去解一解什么的。这会子慈海怎么有空到这里来?

时缨喝了口茶：“什么风把你给吹来了？”

“有件事情得找你定夺一下，”慈海擦了擦脸上不存在的汗，“昨天隔壁的李探花李施主来找我，说是你府里的妖恐吓他了，让我施法收了她。”

“有这回事？”时缨讲究无为而治，实际上就是懒。他昨天忙着泡澡和亲亲，哪有工夫理会属下的小打小闹?

“所以你觉得要不要让她给李家道个歉什么的？”慈海斟酌道。

“可以。”时缨打了个呵欠，对站在门口一脸惊慌的将芜道，“小妮子，你去把……把谁叫来来着？”时缨恍惚，他刚才还没问慈海是谁欺负了李万绮。

慈海擦了擦汗：“应该是子衿施主。”

“哦，把那个子衿叫过来。”

时缨摆摆手，将芜连忙去了。不一会儿，子衿被请了过来。她瞟了眼眼前红光满面、仙风道骨的慈海，不明所以：“大人，找我什么事啊？”

“李探花你记得吧？人家告你的状了，说你恐吓他。”时缨指着慈海道，“这位是白云观的慈海大师，要领你去向人家道歉。”

“道歉？”子衿想起来了，她先前为了常皓的事情上了李万绮的轿子，只是施了一个迷魂术，对方竟然就把状告到了白云观。

“我这么做也是有原因的，”子衿不满道，“他自己不救妹妹，别人替他救了，他却嫌弃别人受了伤毁了容，我恐吓他还算轻的。”

“哦？”时缨搓了搓鼻子，“具体怎么回事？”

子衿把来龙去脉大致说了一遍，也许是跟常皓学的，她说得声情并茂。时缨眸光一凛：“就这样还好意思来告状？本君若是有那闲心，直接废了他。”

慈海心里“咯噔”一声，这时缨也太护短了吧。

“好了，既然皇上默认了我们妖族的存在，这小打小闹的事情你去找那些调解邻里纠纷的人来解决吧，不要什么事情都找府尹和我。”时缨呷一口茶，“本君现在没有心情。”

时缨放下的茶杯与小几接触，发出清脆的碰撞声。

时缨的意思很明显——下逐客令了。

慈海没想到时缨这么不好说话，传闻以前的猎妖阁阁主舒墨是个出了名的好脾气，笑面郎君。

他不满地起身行了个礼：“既然如此，老夫就先告辞了。”

“走吧，走吧。”子衿对他做了个鬼脸。

慈海心里窝着一团火，想着早知道就先斩后奏，何必来这妖气冲天的地方找不愉快。

“等着吧，老夫迟早收了你。”

— 4 —

等人走了，时缨打了个呵欠：“行了，你也出去吧。”

“好嘞。”子衿知道时缨护短，有这么一位好说话还时不时给她零花钱的主人，她感到生活充满了阳光。走到门口的时候，她忍不住回头道：“大人，千万养好身体。”

“你倒是比那小妮子嘴甜。”时缨摆摆手，“去吧。”

子衿雀跃着走了。

“躲什么？还不快点进来？”时缨早就知道那个软蛋就躲在门后，此时听到声音，她才怯怯地露出一个脑袋。

“到我身边来。”时缨的语气恢复了温柔。

将芜还是怯怯的，但主人的话她不敢不从，于是小心翼翼地走过去。走到了时缨身边，她还没说话，时缨忽然将她一下子拉到跟前，苍白的指尖划过她的耳际。

“告诉我，”时缨的声音温柔甜腻，“我晕倒之前究竟发生了什么？”

时缨的记忆不甚明朗，他只隐约记得，自己的内丹仿佛被什么无形的东西攫住了，一只手揉搓了它几下，并要掐碎它，那只手的主人对他怀着强烈的恨意。

“当时能靠近本君的人只有你，小妮子，你到底是谁？”

早知道会有此一劫，将芜瑟缩不已。

将芜知道自己若一时心软导致暗杀失败，就会被对方怀疑。可是看到他真的倒在自己面前，想着他在最开心的时候被喜欢的人狠狠捅上一刀的心情，那刀便仿佛也插在了她的身上。

她做不到。

时缨的屋子里放着好几盆冰，但还是暖融融的。将芜能感觉到他身上滚烫的温度。可他的眼神如此冰冷，和那天口口声声说喜欢她的时候判若两人。

“我、我不记得了……”将芜声音很低，“我不记得了，我只是看到你摔倒了，我不知道发生了什么……”

她睁着眼睛说瞎话。

时缨眼底的光彩消失。他依然试探着问：“你说的都是真的？”

将芜点点头。

停留在她耳根的手指顿了顿，时缨有些颓丧。罢了，恐吓这个小妮子有什么意思呢？巫咸还没有来，她只要不说，他是不能拿她怎么办的。只是他那日在澡堂说的话，未免太让人难为情了。

时缨脸红起来：“那一日，本君跟你说那些话，只是被那毒物的幻术迷惑了所致，当不得真。”

“我、我知道。”将芜一向自卑，自然也给了他台阶下。但他忍不住又懊恼，这都什么跟什么，他明明不是这么想的。

时缨烦躁道：“你先出去吧，本君静一静。”

将芜低着头退了出去，走到门口的时候，回头瞧了他一眼。

时缨招人喜欢，可如今她对他的感情越发复杂起来。或许是因为知道他们之间横着一条不可逾越的鸿沟，她之前被甜蜜表象迷惑而生出的得意忘形已经消失殆尽。

可她又是为什么在被他怀疑之后，依然小心翼翼、委曲求全，但求在他身边？

将芜这么想着，咬咬牙，掐了一下手心。

下次，如果还有下次机会，可不可以不要再心软了。

子衿在回廊踱步，回想起之前的情形，越想越愤愤不平。

“好你个李万绮，竟告状告到了大人这里。”

她知道时缨护短，可时缨也不希望门下的妖物到处惹是生非。若说大家不惹事，那都是因为念着时缨的好。她也不是不念，只是咽不下这口气。

子衿这么气哄哄地就要出门，却被迎面而来的杜若拦住了。

“姐姐，你这是去哪儿呀？”杜若的语气竟然有些阴阳怪气。

子衿知道自己这段时间疏于修仙之道，已经让杜若不快了，这会儿只好撒谎道：“我只是饿了，想去找点吃的。”

杜若轻笑：“姐姐说的哪里话，妖怎么会肚子饿？难不成你要去吃人？”

“我怎么会做这种事情！”子衿梗着脖子道。

“不吃人吃什么？姐姐不是问我为什么要修仙吗？因为不成仙，我们就得过这样的日子，我们也会饿，但我们只能吃昆虫，吃老鼠，吃人心……”

“够了！”子衿大声喝止她，“你在说什么？我们在这府里好好的，饿了吃些蜜糖，渴了喝些露水，自由自在的，哪有你说的那么恶心？”

杜若眼神幽怨，再次道：“姐姐执意要管那个男人的事情对不对？总有一天你会后悔的。”

“不修仙就不修仙，有什么可后悔的！”子衿也生气了，撂下狠话便走。

子衿和杜若虽然是双生姐妹，但性情大不相同。子衿活泼，杜若温柔。换句话说，子衿没什么心眼，但杜若沉稳内敛，大多数时候不会把心思写在脸上。

子衿只是觉得妹妹管得太多了，就算她真的看上了那个男人又如何，堂堂魔尊舒墨不也和凡人结婚了？现在他的日子过得正滋润，把那前任府尹宠上了天。

常皓是不起眼，但子衿有能耐，只要她喜欢，让她的夫君过什么样的日子不可以?

她这么想着，脑海中又浮现出常皓那张诡异的被火吻过的面容来。一半可怖一半清俊，宛若天生的妖孽，残缺、迷人。

她忽然生出无限的情丝来……不知道他现在怎样了。

酉时，奢香茶铺人满为患。常皓一如既往地站在台前，一拍案板，清清嗓子便开始说书。

“上回书说到……”今时不同往日，他说得无精打采，仿佛在等着别人把他赶走。

他已经打定主意，结算完今日的工钱就回乡下去。

种田也好，养猪也罢，就这样过完一生。他甚至没有结交权贵，成为幕僚清客的野心——他不打算依附于任何人生活。

他受的苦难和侮辱已经够多了，早该找个清静的地方，默默无闻地活下去。至少那样不会有人来揭他的伤疤，不会有人嘲笑他。

“这一段前天已经说过了，你这人会不会说书啊？”

没说两句，台下忽然有人起哄，常皓才惊觉自己走了神。他道了歉，重新开始，又无精打采地说了一段，说得茶客议论纷纷。

这时店外忽然来了些府兵。

“散开散开，都散开！”

他们推开人群，来到常皓面前。

“你叫常皓是吧？”说话的是一个男人，常皓只是略瞟一眼就看出来了，这人是李府的府兵，那天他托子衿的福见过。

来者不善。常皓点点头，府兵便让人架起他两条胳膊：“带走！”

常皓惊讶道：“我犯了什么事？！”

“你私藏禁书，传播不轨言论，还问为什么抓你？”那人冷笑。

常皓本还想说什么，但听到此番言论，立刻闭了嘴。

欲加之罪，何患无辞。他不知道自己做了什么，让李万绮起了杀心，只是现在想要保全自身回乡，怕是难了。

“卑鄙小人！”常皓忍不住啐道，却因这一句话被推搡他的府兵狠狠摧残起了身体。

他们骂骂咧咧：“还敢嘴硬，看我不打死你！”

常皓的肚子被打了一拳，接着是五六七八拳，拳头挨完了又挨脚踢。他就这么被轮番踢打着，胃里的酸水都不够吐了，一嘴血腥味。

常皓连挣扎都挣扎不动了，昏死过去。

醒来的时候，常皓闻到了一股刺鼻的味儿，像是梅雨季衣服没有晒干的味儿，又像是夏天垃圾堆里的饭菜放了几日馊了长了霉的味儿，又像是屠宰场没有被清洗干净的腥臭味儿。

他进了大牢。

他听说，常有些权贵家的富家子弟犯了事后，实在没办法被关进来了，家里人会用重金将他赎出去，但总有一个人要代替被偷偷赎出去的人去死。

他也希望自己被无缘无故关进来的时候能有人将他赎出去……可他的家人在哪里？

牢饭也是馊的，常皓吃了两口就吐了。这让他无比后悔来临安。

这么不咸不淡地过了两天，常皓患了风寒之症，咳嗽不止。那时候他已经不再奢望有人能把他救出去，也不关心李万绮为什么要杀死他了，他只是想着，能有个人来看望一下他也好，给他口热水喝就好了。

随便哪个人都好。

在牢房里，常皓分不清是白日还是夜晚，那里总是很昏暗，他消沉地蜷缩在角落里。他刚进来的那一天，就被同牢室的人欺负得够呛，这会子都不敢吭声，也压抑着咳嗽。

但是，咳嗽哪有那么好忍?

“喀喀喀！”他的咳声不断。

他冷不防就被人抓了起来，往墙上撞了两下。

“要死死外边去，别吵着老子睡觉！”

血从常皓的额角流下，他头晕眼花，头疼欲裂，像一团破布烂在地上，他的身体抽搐不止。四周忽然变得很安静，他感觉自己听不清声音了。

“公子，醒醒。”

一只手轻轻拍了拍常皓的脸。温柔、香甜的气息惊醒了他。他艰难地睁开眼睛，意外地看见了子衿。

他记得这个小姑娘，不谙世事，率真可爱。

没想到他的乞求得到了神的回应，竟然真的有人来看望他了。他挣扎着想站起来，却没有力气。他甚至忘记思考为什么子衿会在这里。

只是冥冥之中他有一种错觉，觉得子衿和以前见到的稍有不同，眉眼温柔了许多。

“公子，我扶你起来。”子衿说着，揉了揉常皓的背部。

一股阴柔的力量从他身后注入，他瞬间觉得神清目明，多日来的酸疼倦怠之感一扫而光。

“你不必多问，只需好好听我说。我现在必须带你离开此地，否则他们待会儿就要送你去断头台了。”子衿念诀，花瓣旋转而起，眨眼间的工夫，便将常皓带到了街上。

常皓摇摇晃晃半日，扶着柱子才勉强稳住身子。他抬眸惊骇地注视着子衿。他再傻也明白了——子衿不是普通人。

“怎么，你怕我了？”子衿笑，“若是怕了我，便尽早收拾包袱离开临安吧。”

常皓咽了咽口水，半晌，憋出一句：“你可是瑶池上的仙子？”

子衿一愣，毕竟从没人这样评价过她。这男人虽然长得丑，但是眼神清澈，竟也不是很讨厌。

“多谢仙子救我一命。”常皓连连作揖。

“不必谢我。”子衿淡淡道，“你真蠢，人善被人欺，这个道理就连我也明白，你又怎么敢把一片赤诚之心剖给别人看？”

常皓抿了抿唇，眼底露出痛苦之色。他还是不明白李万绮怎么会突然起了杀心，和以前判若两人。

再怎么说，两人也是从小到大的兄弟。

“你不会头脑发热，想去找李探花问个明白吧？”子衿叹了一口气，“罢了，我告诉你。是那李万绮想把你心心念念的李诗诗嫁出去，李诗诗知道了闹情绪。想来她是觉着让她嫁给吴家公子，不如嫁给情深义重的你，再不济削了头发去庙里做姑子也好。李万绮拉不下面子，便想干脆害死你，好绝了妹妹的念想。”

“你是说诗诗……”常皓不确定地问，“诗诗她心里有我？”

“大家一把年纪了，有没有又怎样？”子衿笑，“公子你以为只要有爱就可以在一起吗？那诗诗姑娘比你聪慧多了。”

常皓颓然地坐在地上，将脸埋进膝盖间。

“你是不是在怨恨，怨恨为什么他们在弹冠相庆的时候，却狠心埋葬你的幸福；怨恨为什么你心上人嫁人的时候，李万绮还要用你的头颅做贺礼？别天真了，这世界就是如此不公。”

常皓沉默地听着，半晌，忽然瘆人地笑了起来。

“咯咯咯咯……咯咯咯咯……”

他常皓到底做错了什么？舍身救人换来家破人亡，奋不顾身换来羞辱污蔑。他不在乎好皮囊，不在乎家财万贯、良田万顷，不在乎封侯拜相、位极人臣。是那些俗人太在乎了。

子衿被他的笑震撼了——她没有想到一个正常的人会发出这么可怖的笑声。

“仙子，我可不可以自私一次？”常皓忽然问她，“我不知道仙子是出于什么缘故一而再再而三地帮助我，但只要是你想从我身上得到的，我愿意倾尽所有满足你。只要……只要仙子可以让我得偿所愿。”

他说这句话的时候无悲无喜，好像那一刻他已经把自己交给了子衿。

“真的什么都愿意给我？”子衿伸出手摸了摸他的脸，一半火吻，一半妖孽。

她的十指过于冰冷，常皓微微颤抖。他感觉到了一只妖的欲望，仿佛要把他的身体嚼碎，吞进肚子里，好填满那断食人肉的空虚。

“是的。”常皓点点头。

人之悲哀是不能按照自己的意愿活着，他不想一直这样悲哀下去。说什么平淡一生，那都是赌气的话，如果他还像以前一样，又何止只是高中探花？

子衿忽然笑起来：“你真是一个很有趣的人。”

那么，就由她来安排一切吧。

“以前的旧屋子不要租了，要住，自然要住临安最阔绰的白矾楼。我的人，当然要最气派风光。

“今年的殿试已经过了，要等明年开春才行。这些日子你可要把因说书耽误的工夫重新补回来。”

“最最重要的一点……”子衿又摸了摸他那半张毁了的脸，“虽然我喜欢这张脸，但别人不喜欢。来吧，让我为你换一副皮囊。”

虽说常皓觉得她是神人，但真的听到她这样云淡风轻地说着凡人一生也做不到的事情的时候，还是出了半日神。

最后他五体投地，像是拜师那样虔诚：“常皓的命就是仙子的，以后仙子有求，常皓必应。”

柳氏妖宅今日忽然热闹起来了。时缨换上了一身戎装，扎起了常年披散的长发，竟有了几分妖界战神的威风。

“将芜，你过来。”

将芜看着四周环佩玲珑的婢女，好奇道：“大人这是？”

“巫咸先知今日要来，我当然要让人给你好好打扮一番。”时缨笑了笑，“过来，到我身边来。”

时缨最近更显温柔，好像是父亲在对着女儿说话。将芜乖乖地来到他身边，他伸手理了理她垂下的两缕碎发。

她听别的妖说过，好的恋人，时而像父亲，时而是恋人，又有时，像极了流氓。

哎呀呀，她竟然又开始胡思乱想了，这都哪儿跟哪儿啊。

“嗯，你今天也很乖。”时缨屈指刮了刮她的鼻尖，“猜猜巫咸大人是什么样的人。你怕不怕？”

将芜身子一颤。对于时缨这种时不时揩油的做法，她实在无力吐槽。现在她心思极重，更是无法在意这些。

她怎么会不知道巫咸？那是一棵生长了万万年的望岁木，活得久了什么没见过，所以被妖族尊称一声“先知婆婆”。

时缨怀疑她，所以请了巫咸来看看她的真身。可她还是小声回答：“不怕。”

时缨捏了捏她的脸，笑容意味深长：“真的不怕？”

便是在他正经的时候，她才觉得两个人身份有别。他是八大城主之一，她只是只名不见经传的小妖精。

准备得差不多了，时缨也不再大马金刀地坐着。柳氏妖宅的门忽然被阴风吹开，将芜看到一团黑雾缭绕而起，黑雾之间站着一个黑袍银发的女人，拄着拐杖步履蹒跚地走来。

她的身体到处冒着芽，无数藤蔓缠绕着双腿，似乎已经分不开了。

“妖终有一天会变回自己的本体，就算是本君也不是长生不老的。”时缨解释道，“婆婆的身体将要化为望岁木了。”

“当着老人家的面，你说话也这么直接？”将芜诧异道。

时缨搓了搓鼻子：“大概……”话音未落，远处便传来巫咸苍老的笑声：“到底什么事，要让我这个老人家走这么远的路？”

“婆婆上座。”

时缨话落的时候，巫咸已经坐在了主位上。她一副笑眯眯的样子：“老了，走不动了。”

将芜端上一杯茶，讷讷地说：“婆婆喝茶。”

巫咸的目光落在她身上，明明只是简单一眼，她却觉得被什么刺了一般。

巫咸点点头，接过茶，笑了笑：“一个让座一个端茶，小时缨，难道在小舒墨之后，你也要成家了吗？”

“婆婆……”时缨一向口快，这会儿竟然结巴了，脸上也浮现出一团红晕。

将芜更是想把头埋在时缨身上。怪难为情的，人家只是请巫咸来瞧瞧她的真身，若是知道了她是谁，时缨还不把她炼化了？

巫咸放下茶盏，慈爱地看着时缨。

时缨走到巫咸身边，附耳说了两句。她的目光又落在将芜身上，认真观察起来。

“似妖非妖，似人非人……天底下还真有这么奇怪的精魅……”巫咸朝将芜招了招手，“小姑娘，你过来。”

将芜仿佛感受到了某种魔力，不受控制地走到巫咸身边。巫咸拉过她的手：“小姑娘，你也不知道自己是谁？”

将芜摇摇头。

她知道，但她不能说。

她是一只双身蛇妖，或者说是双身蛇中的白蛇妖。黑蛇妖对她施法，让她变成了现在弱不禁风的样子，没有内丹，没有心脏，没有妖术。

可在巫咸触碰她的那一瞬间，她又觉得，巫咸早已经看破了一切，只是没有宣之于口。

“你这样的情况，婆婆我也见过。在很久以前，有个方士朝见大王，送了他一个人偶。那人偶能说会道，跟你一模一样。”巫咸枯瘦的手摸了摸将芜的头发，“小姑娘，你被人操控了。”

将芜跌坐在地。

没想到还是被巫咸发现了。

时缨皱眉：“婆婆，她被何物所操控？”

巫咸瞧自己把将芜吓着了，笑了笑：“不碍事，小姑娘有自我意识，那操控她的只不过是心魔而已。你是个善良的孩子，日后会有大造化的。不过天机不可泄露，老婆子我不能再多说了。”

巫咸很喜欢说这句话——“天机不可泄露”。仿佛她看不穿什么事，只要用这句话就可以摆平。时缨不禁怀疑，巫咸是不是故意隐瞒他。

“好了，人老了就爱瞌睡，我这把老骨头要休息了。”巫咸这么说着，眼睛已经合上了。

将芜试探着用手在她眼前晃了晃，她竟是动也不动。

时缨摇摇头：“没用的，婆婆已经睡着了。”

“啊。”将芜咋舌，这也太快了吧。

“本君还以为能够就此查出你的身世，可惜婆婆不愿说。只是本君觉得，既然你和那恶妖生得一模一样，便和那恶妖脱不了干系。也许等本君找到那恶妖，就可以解你的谜了。”时缨的口吻轻快，大概是因为巫咸没有一口咬定将芜就是双身蛇肥遗。

将芜低下头，忽然怯生生地问：“为什么人人都觉得那肥遗是恶妖？”

时缨捏了捏将芜的脸，意味深长道：“你同情她？”

“只是不知为何她会被冠以恶妖的名头。”

时缨不知怎么的，突然觉得坏了，他又沦陷了，啧，这将芜现在看起来超可爱的。他忍不住又捏了捏她的脸：“以后不要跟本君讨论这些伤感情的问题。”

“哟，这位爷，里边请。”

白矾楼，临安三大楼之中排名第一的楼。这不是有钱便可以进得去的地方，里面的客人不是达官显贵，也得是一方巨富。

常皓站在楼前的时候，竟有一种恍如隔世的感觉。

听说这座楼里闹过命案，前些年兰太傅在这里举办婚礼时喝醉了，竟然在露台上摸出了一颗头颅。

他以前想都不敢想，自己一个残缺丑陋的人竟然能站在这里，且没有人对他指指点点。

“公子，你怎么了？”子衿的声音在他耳边响起。

常皓微微一怔。是了，他已经把自己全身心交付给了恶鬼，事到如今还有什么好唏嘘的?

常皓迈步向前走，不出所料，被小厮拦了下来。

“喂，没看到规矩吗? 恶狗与戴面具者不得入内。”小厮抬着下巴斜看他。前些日子在奢香茶铺刚抓了个说书的，那人戴的面具跟眼前这个人戴的一模一样。

常皓笑了笑，摘下面具。

面具下的脸俊美无俦，容光艳丽。小厮擦了擦眼睛，生平见多了普通人，这么好看的人倒是少见，再瞧那穿着打扮，垂的朱缨，佩的容臭，赫然神人也。

“不知这位公子……”小厮竟然结巴了，本来该问问他是哪里人的。

“小二哥，我只是想在这里包六个月的客房，时间到了便走。”常皓将一张银票交给小厮，“初来临安，不知道住什么地方好，瞧这里是不错的。”

小厮哪里见过这么多钱，只觉得烫手，却还是不动声色地接了。寻常人等都只在这里住个三五日，哪有人一下子包六个月的?

小厮听闻东西南北四大财神中的南财神这些日子要来临安访友，这位公子也许是南财神的少爷吧。

常皓和子衿入白矾楼。

里面富丽堂皇自不必说，还有轻歌曼舞、酒香扑鼻。常皓不禁好奇：“在这样的地方备考当真能够高中？”

子衿笑："高不高中是公子的事情，这楼呢，是我要住的，酒呢，是我要喝的。"

常皓先是愣了，继而也跟着笑起来。暗夜里换皮的滋味他都忍过了，还有什么事情做不到？他挑了一个还算僻静的房间，付了房钱，一切都尘埃落定。

常皓没有选两间屋子，子衿也没有提醒他。

今日白矾楼很是热闹，李探花和吴尚书又碰面了，还把各家的崽儿给拉了出来。李诗诗和那吴小公子面对面坐着，算相亲了。

吴小公子只是中人之姿，看起来呆呆的，笨笨的。李诗诗一直低着头，也不看他。知道的清楚她这是嫌弃，不知道的还以为她是害羞。

"他们的婚事便定在来年开春，"子衿在楼上看戏似的，"你恰好殿试结束。"

"这是好事。"常皓面无表情。

"我怎么好像看不懂你了？"子衿笑，"我以为看到这一幕你要生气了。"

常皓微眯眼，眼底的寒芒一闪而逝："终有一天，她也会家破人亡，我又有什么好生气的。"

子衿瞟了他一眼，忽然伸臂将常皓的脖子钩住，旁若无人地向他索吻。这儿的确没什么人瞧见，她只是很自然地这么做。他闭着眼睛，不反抗。

虽然这些天他早有觉悟，但子衿几乎没有碰过他，他也几乎要忘了这件事，于是现在身体僵直，十分紧张。

"睁开眼睛看着我。"子衿咬他的上嘴唇，他吃痛，睁开眼睛。

子衿很美，至少不输李诗诗。

常皓心有隐痛，骨子里藏着读书人的清高，只是境遇如此，不得不低头。她现在无所求，不代表以后仍会如此。说到底，他不相信自己有这般好运气。有时候，他不得不以恶意之念揣测别人，难免会自嘲地想，也许子衿也是这么看待自己的——就像她吃过的任何一盘肉一样，先舔一舔，要是觉得味道不错，一不小心露出了獠牙，就吞进去了。

“你不是想让她家破人亡吗？”子衿一边吻他一边魅惑道，“我会帮你杀死所有伤害过你的人。你只要去做想做的事情就好。”

— 5 —

“你说什么？”李万绮难以置信地让家丁重复一遍方才告诉他的话。

今日午时，李诗诗赴吴小公子的诗会时，一不小心从二层高的阁楼摔下去，折了一条腿，现在正在床上疼得直哭。

李万绮刚刚下朝回来，顾不得一身疲惫，连忙赶去看望自己命途多舛的小妹。当年那一把火差点烧得让人绝望，这些年，除了议及婚姻大事时，他可都把李诗诗当成心肝宝贝，半点不敢苛待。

“好端端的怎么会摔下去？是不是有人推她？”虽然现在追究这些已经没有意义，但是李万绮还是忍不住想追究一番，哪怕是撒撒气也好。

“只是因为有人起哄让吴公子抱一抱小姐，小姐不肯，一直躲，一不小心就摔下去了。”婢女的回答让李万绮怒从心头起。

“谁出的馊主意？成亲以后要怎么抱怎么抱，现在起哄个什么劲？”

“可起哄的是孙公子……”

孙无极，那是国舅家的公子，惹不起惹不起。李万绮的气一时间消了大半。好端端的怎么惹上这么个麻烦，都怪小妹，忸怩什么。

还没到屋前就听到李诗诗的叫声，李万绮的心揪在了一起。

等到大夫看过了，李万绮连忙将他拽到一边低声问：“怎么样，我妹妹的腿还能不能治好？”

吴家可不要什么瘸子。

大夫擦了擦脑门上的汗：“只要好好调理，恢复如常是有可能的。只是这些天小姐万万不能再受伤了。”

听说有转圜的余地，李万绮的心情稍微好了些：“好，我不管你用什么办法，一定要保住我妹妹的腿。”

那大夫哪里敢说个“不”字，只怕治不好，自己的脑袋也难保。他连连称是，下去配药了。

李万绮来到床前，李诗诗盖着被子坐着，脸色素白。

她一副弱不禁风的模样，像是工笔画一般柔美精致。李万绮便是喜欢她这一点，生得好看才有价值。

李诗诗见自家兄长来了，却也不开口，只是闷闷的。

这些年她一直在怀疑当初那一把大火究竟是怎么烧起来的。那时候李万绮和常皓表面上称兄道弟，但李万绮心胸狭隘，见不得事事都压他一头的常皓。别人不知，身为他的亲妹妹，她又岂会不知?

只是她若违逆他的意思，常皓必然会成为他的眼中钉肉中刺。这也是她不肯接受常皓的原因。

“大夫说了，只要好好调养，你的腿就能好起来。”李万绮安慰道。

李诗诗瞥了他一眼，也只有这时候，他看起来才像个温柔的兄长。

“我知道。”李诗诗淡淡应了一声。

“吴家那边我也会去知会一声，若是这些日子吴公子来看望你，你不要表现得太哀怨，更不要怪他约你参加诗会。”李万绮提醒道。

李诗诗没来由地觉得恶心。本来她对吴公子没有任何感觉，现在却是想到那人便觉得想吐，不知道究竟是什么嘴脸，只觉得他哪哪都长错了。

李诗诗还是点了点头：“我知道。”

“乖。”李万绮揉了揉她的头发，“哥哥会请最好的大夫为你诊治，只希望我的妹妹能够漂漂亮亮、风风光光地出嫁。”

李诗诗躺下来，疲惫地道：“哥哥，我困了。”

“好好休息。”李万绮心满意足地离开。

李诗诗闭上眼睛，心道，这就是命吧。

常皓正在白矾楼看书，子衿靠在门边笑着问他：“你心疼吗？今天我让李诗诗摔断了一条腿。”

这些天，常皓两耳不闻窗外事，一心只读圣贤书，怪没意思的。

她想说点什么来刺激他。

常皓写字的笔微微一顿："腿断了？"

"只是轻轻一推，她就摔下楼了，但是我在下面又接住她了，所以她没死，只是摔断了腿。"

常皓继续写字："只要你高兴，怎么都好。"

"你对她真的没有感情了？"两人青梅竹马，两小无猜，子衿以为常皓多多少少会念旧。

"我对她一直没有感情。"常皓继续写字，"只是不甘心而已。"

子衿眼睛亮了："那你现在对谁有感情？"

常皓忽然抬眸看她。他不知道该怎么回答她的问题，现在和他朝夕相处的都是她，亲吻他抚摸他的也是她，他还能对谁有感情？

可是每当他闭上眼睛让她触碰的时候，他觉得自己就像是沿街待卖的商品。

"感情对我而言已经不重要了。"常皓写完了一篇文章，"我只想飞黄腾达、位极人臣，我只希望李万绮家破人亡、家财散尽。"

子衿露出失望的神色。但她的确不能奢求太多，很多人连和自己心爱的人朝夕相对的机会都没有呢。

"好吧，你考取你的功名，我来帮你杀人。"

常皓抬眸看她，她站在胆瓶旁边，好像一幅随时会飞走的画。

常皓忍不住道："谢谢仙子。"

他想，今日之仙子，也许他日便是鬼魅。终有一日，他会不再年轻，价值更低，尽管，他现在也不知自己价值几何，到了那时，他又能以什么资格拥有今日之一切。

说到底，他把自己卖了，以求滴血不沾地夺回他想要的一切。子衿在向他索取，他又何尝不是在利用子衿？

也许很久以后，子衿会为她所做的一切付出代价，但常皓是清白的。

他想，自从他答应和子衿交易的那一刻起，他的灵魂便堕入了无垠地狱之中。

当常皓再一次推开窗的时候，竟然有些恍惚——原来冬天已经过去了。

他好像还没有看过雪，依稀记得的只是子衿穿过两次袄裙。她坐在胆瓶旁边的桌子上，鬓角簪花，项边围雪，粉白粉白的一团，十分可人。

常皓也依稀记得，在子衿喝醉的时候，曾有意无意地告诉他，她不是什么瑶池的仙子，只是一只普通的荷花妖，她有一个和自己长得一模一样的姐姐。

常皓还没有见过她的姐姐，不知道为什么姐妹两人似乎不相往来。

“过几天就是放榜的日子，探花郎不过尔尔，你一定会高中状元的。”醉醺醺的子衿对他的前程十分看好。

现在已经是暮春了，子衿迫不及待地穿上了春衫，薄薄的一层纱衣，透出冰肌玉骨。她又一次在白矾楼喝得酩酊大醉，被常皓抱回了屋子。

她在常皓的怀中挣扎着，但是挣不开。常皓的臂弯厚实有力，抱一个小小的她不在话下。

常皓把她放在床上，给她盖上被子。她嘟着嘴巴，两颊酡红，像一个熟透的桃子。常皓只是细细看着这张脸，心底五味杂陈。

子衿对他不可谓不好，吃的穿的用的一应俱全，任他孤僻，任他冷淡。她向他索欢的时候，他总是闭着眼睛，她让他睁开，说了几次后也不强求了。

但是这张床并没有成为他们欢爱的温床，大部分时候子衿是不碰他的，更多的时候，子衿只是摸摸他的脸，抱着他，挂在他身上睡觉，也不管他在读哪一本圣贤书。

常皓还没有见过这么无欲无求的雇主，以至于他想对她残忍一点，想把她和他的关系当成各取所需的交易，都觉得有些残酷了。

如果这是交易的话，子衿好像什么也没有得到。如果蜻蜓点水的肌肤之亲也算的话，那只算得到了一点点。

“你一定会金榜题名，一定会高中状元……”子衿咂了咂嘴，含糊不清地喃喃。

考试已经结束了，常皓倒是不太在意这件事，子衿却很在意。

他有些好笑，捏了捏她的脸：“如果没中怎么办？”

他本以为子衿不会回答，但她竟然迷迷糊糊道：“不可能不中的，你是天底下最最最棒的……”

常皓一愣。

就算是在他懵懂无知的年纪，他自恃天资聪颖，获赞无数，也从来没有人和他说过这些话，毫无保留地全心全意地认可他的一切。

何况子衿还见过他被烧伤的模样。

常皓心底涌起一阵强烈的欲望，他握住子衿的一只手，低声呢喃：“子衿，你喜不喜欢我？”

“喜欢……我喜欢公子……”

他笑了，把子衿的手放在心口的位置，轻轻摩挲：“那么这一刻，我也是喜欢你的。”

常皓俯身下来，把子衿完完全全包裹住。他知道这只小妖精喜欢拥抱，就像孩子喜欢糖果一样。

他终于明白自己的所思所想了。任何一个有骨气的人都不可能接受这样的交换条件，除非在对方提出交换的那一刻，他并不讨厌对方，甚至想要尝试一下，和对方在一起。

三月的窗外莺啼婉转，柳絮纷飞；三月的窗内光影摇曳，芙蓉帐暖。常皓想，若是时间永远停留在此时此刻此地，该有多好。

“公子！放榜了！放榜了！”放榜那日，子衿比常皓还要兴奋，雀跃地拉着他的手来到放榜处，小小的一只跳呀跳呀，被他一把抱起来。

“现在看到没有？”

子衿深感意外，没想到常皓竟然会主动这么做。她差点摔倒，连忙环住他的脖子，探头一看，又激动地叫起来：“看到了！我看到了！公子高居榜首！”

为免她手舞足蹈，乱蹦乱跳，常皓连忙把她放下来，嗔怪道：“我都不激动，你在激动什么？”

子衿的脸红扑扑的：“想想就激动，公子一定是未来的状元郎！”

常皓笑了笑，那笑温柔得紧：“这还多亏了红袖添香，若不是你夜夜伴读，我一定没有这么好的运气。”

“算我一份功劳吗？你不嫌弃我晚上看着看着就睡着了，还打呼噜？”

常皓摇摇头：“你没有打呼噜。”

“哦。”子衿害羞地低下头。

说来也巧，常皓春风得意马蹄疾的时候，李家却灾祸连连。李万绮忽然生了痔疮，坐在马桶上个把时辰都放不出个屁。他稍微吃几个岭南荔枝，嘴角就上火起泡，只能每天喝点清粥吃点小菜，脸色一天比一天臭。而且他还办砸了几件公差，惹得龙颜大怒，只怕若没有吴家这个靠山，他迟早要丢乌纱帽。

好在李诗诗争气，腿休养了一段时间就没事了。两家的婚事便定在下月初三，眼看也没几天了，李万绮心情大好，嘴角的泡似乎也消了不少。

今年又有不少秀才高中，据说殿试的状元是一个叫作常皓的人。李万绮乍一听到这个名字，不免恐慌，但转念一想，常皓早该在去年就成替死鬼了，没什么好怕的。

李诗诗在婚礼这日起得很早，虽说婚礼在黄昏时办，可是她鸡鸣时分就被叫了起来。

婢女为她梳妆打扮，母亲让媒婆告诉她身为女人应该知道的事情。她泪眼婆娑地辞别父母，吴家迎亲的花轿已经在门口等候了。

拉着她手的男人是穿着喜服的吴小公子，她低着头看着自己的红绣鞋。吴小公子的手温热，也很厚很大。两人没什么特别的感情，但大家都是这样的。

她很想掀起盖头看看他是不是还是那么呆那么笨，可是她忍住了。

上了花轿，她才透过轿帘瞟了一眼，只能看到他的后脑勺，用簪子束着长发，脖子短，身材也不那么高大。

他就是一个普通的男人，说不上好，也谈不上坏。

婚礼在申时举办，一拜天地，二拜高堂，三拜佳偶之后，李诗诗入了新房。

吴小公子一桌一桌敬酒。酒桌上有个人既面生又眼熟，吴小公子端着酒杯走过去，发现她独自一人，挺奇怪的。

“祝吴公子新婚吉祥。”子衿看见新郎官，便先站起来敬酒了。她只是一个女子，又是打着灯笼来庆祝的，吴小公子也不好意思问她有没有请帖。

“多谢多谢。”吴小公子将酒一饮而尽。子衿也倒了一杯酒，示意那酒她干了。吴小公子只觉得此女眉清目秀，甚是温婉，心中不免有了怜惜之意。

“我还忙，姑娘慢吃。”吴小公子招呼着，又倒满一杯，去了别的酒席。

席间觥筹交错，好不热闹。

也不知道是谁忽然大叫一声——“哎呀，死人啦！”

喧嚣声戛然而止。

人们纷纷围拢过来，最焦急的是吴小公子，今天是他大喜的日子，怎么能触晦气?

“怎么了？发生什么事了？”他挤进人群一瞧，发现前些日子得了痔疮直叫唤的李万绮现下两眼翻白，倒在地上直抽抽。

大舅子这副光景，吴小公子还能落着好?

吴小公子急了，也不知道怎么回事，只差人去请大夫。

李万绮的眼睛瞪得跟铜铃一样大：“妖孽……妖孽杀我……”话未说完，他口中吐了不少白沫。人们一听“妖孽”，不禁议论纷纷。

“妖孽？哪儿有妖孽呢？”

说了半日，峨冠博带的白云观大师慈海忽然跳了出来：“呔！妖孽哪里跑！”他一甩拂尘，拂尘瞬间化作三尺白练，把奔逃的子衿抓了个正着。

子衿被卷过来，披发摔倒在地。

人们瞧她像瞧猴戏似的，又畏惧又新鲜，只见乌压压的一片脑袋，还有冒着光的眼睛。

子衿是瞒着常皓来的。

常皓的确有报复之意，但他的报复志在长久，想要一点点瓦解对方的势力，一点点让他门庭凋敝。子衿不一样，她想要痛快，所以她瞧着不舒爽的，就要对方好看了。

“原来是你！”慈海看到了那张熟悉的脸。就是她，让自己在柳氏妖宅吃了次冷茶。这回人证物证俱在，收了她是分分钟的事情。

子衿笑了。

她已经足够隐忍。李诗诗的腿，李万绮的痔疮和嘴泡，还有他办砸的差事，一桩桩一件件，都像文火炖汤。她知道今日不做，日后也要做的。李家的运势太旺了，她不插一手，怎么让他家破人亡？

“趁着大家人都在，我好心跟大家说个故事。”子衿站了起来，掸了掸身上的灰尘，“李探花以前有个好兄弟，事事都胜他一筹。李探花呢，故意放了一把大火，把自己的妹妹留在自家屋中，撺掇他的兄弟去救人，让他的兄弟毁了容，再也没有办法参加科考，进京面圣。这样的人该不该死？”

话音一落，李万绮指尖颤抖，扯着嗓子尖叫：“你血口喷人！”

但是，他的话堵不住悠悠众口，人们不知道所谓的“兄弟”是谁，只知道他干过这件事就好了。

茶余饭后，好事者不知道又会把这个故事吹成什么模样。

“做得却说不得？”子衿冷笑，“李探花莫不是忘了，当初是如何让人把你的兄弟抓进死牢，让他成为别人的替死鬼的。你知道哪怕是轻薄了兄弟的妻子也该羞惭而死，你怎么能如此无病无灾地活个几十年？我偏不让你如愿，一天也不行。”

是了，她怎么能忍受一个恶人像跳梁小丑一般在酒局饭桌上再兴风作浪几十年？一年，一天，一个时辰，一刻，她都不能忍。

子衿这么说着，漫天的花雨落了下来，人们嗅到了一阵从未闻到过的香气。在这样的香气中，李万绮不甘地死去了。

“哥哥！”闻讯而来的李诗诗看到此情此景，忍不住奔过去，摇着李万绮的尸体。

“你若有点良心，就不该为他落泪。”子衿冷笑道。

慈海不承想子衿竟猖狂至此，正要施法收了她，却见屋外又飘来一条白练，一女子踏着白练入室，护在子衿身前。

两人生得一模一样，慈海竟分不清谁是谁。

“妹妹，你在做什么？”来者惊慌道。

“姐姐？”

子衿揉了揉乱发，又摇了摇头，反应过来。原来她不是子衿，她是杜若。在常皓被打入死牢之前，她和子衿大吵了一架。她十分生气，便把子衿困了起来。

她代替子衿去见了常皓，和常皓做了恶鬼交易，为常皓报仇雪恨。

“你到底在干什么？”子衿已经不想追究杜若将她锁住的事了。那段时间她疏于修炼，杜若的修为已在她之上，她一时不察才被困了起来。若不是被时缨偶然发现，她肯定到现在还被关着。

“姐姐，你记不记得我说过，迟早有一天，你会后悔的？”杜若哀怨道，“我太了解你了，这些事情不是我做，就是你做。与其让姐姐做这个傻瓜，不如我做。这样姐姐和常公子便能得偿所愿，不是很好吗？”

她的确是这么想的。就算是她，也不得不承认常皓是个不错的男人，何况是单纯的子衿？迟早有一天，子衿会为了常皓杀人害人，甚至会为了改变常皓的命格做出更危险的事情，那这些事情由她来做不也很好吗？

“你怎么这么傻？”子衿焦急道，“你快把李公子救回来，不然你会遭受天谴的。”

“我才不要，他该死。”杜若从怀中抽出一把通体晶莹的匕首，这是专门用来降妖的法器，“我不曾爱过谁，或许曾表现出一些心动，但那只是为了让他更爱你罢了。”

她把匕首扎进了心口。

鲜血喷涌而出的时候，她握紧了子衿的手：“姐姐，现在我要施法将这些人的记忆消除……你要记得，以后常公子问起来，你就说所有事情都是你一个人做的。他肯定喜欢你，他说过的……”

慈海目瞪口呆地看着这一切。他还没有降妖，那妖竟然自杀了？

他决定先找个地方坐下来喝杯茶，静观其变，顺带又抓起桌上的一只螃蟹腿，放进嘴巴里嚼了嚼。

忽然，天上下起了更烂漫的花雨，他吃着吃着，忘了自己怎么会在这里。

半炷香的时间过去，随着这花雨一起消失的，还有那个把匕首扎进心口的女子。

于她而言，除了位列仙班，没有别的追求，当有一天她做了让她再也不能成为仙人的事情，她也就没有了存在的必要。

她选择了无牵无挂地消失，就像这世上没有开过那一朵并蒂莲一样。

奢香茶铺里已经没有了说书人，只有几个干完活搭着褂子说闲话的。

“听说了吗？吴家和李家的婚宴上出了人命，李探花不知道得罪了什么人，等人发现的时候身体都僵了。李家小姐也疯了，吴家瞧着闹心，已经把人送回了娘家。”

“啧啧啧，听说那李家以前做过不少龌龊事……”

子衿将两条腿伸出二楼的围栏，晃呀晃，忽然听到了脚步声。她还以为是杜若，连忙转头：“怎么，今天要去修炼了吗？”

竟是常皓。

他是新科状元郎，很快就要到翰林院入职了，现下也是戴的朱缨，佩的容臭，瞧着丰神俊朗。他的脸早已不残缺，他在街上走，会吸引不少女子的目光。

但他似乎对那些人一点想法也没有。

“我原以为你会晚些动手，或许是过五年、十年，等到我厌倦了复仇的事情。”常皓蹲下来，食指弯了弯，刮了一下子衿的鼻尖，“其实想想，有什么好复仇的，我那时候生气怨怼，是因为我的境遇太糟糕了。”

子衿一怔。

他做这个动作的时候如此自然，笑容如此温柔，但他不知道那时候体会这份感情的是杜若。

可公子啊，子衿想问他，你知不知道这世上有的妖一生都不愿意沾染血腥，是因为她只想位列仙班，一旦沾了，就得用命去还？现在说不愿意复仇不是太晚了吗？

常皓静静地看着她，动了动唇，终于问出那个他许久以前就想问的问题：“杀了他们，对你来说有什么害处吗？”

子衿静默良久，眼眶中似有热气蒸腾。

她深吸一口气，强行压下心头的前尘之事，摇了摇头：“没有。若有，大概就是只能杀他们，再不能杀别人了。”

她已经付出过代价。

常皓抱住她，颇有失而复得的喜悦：“这些天我一直在找你，我很害怕。我想你若还活着，一定在这里，我就来了，没想到你真的在这里。我不要你再杀人了。”

“嗯。”子衿闷闷地回了一声。

他把她的头轻轻摁在自己胸前，许久都不放开。他想，他永远不会松开抱着她的手了。

第三幕

公主坟篇

— 1 —

“厉害，厉害，厉害。”

柳氏妖宅的半空响起了一阵规律的拍手声。将芜呆滞地坐在那把不停摇晃的老爷椅上，静静看着时缨装大佬。

这货心血来潮，开始正儿八经地想起自己来临安的要紧事了：把那只从牢里跑出去的万恶之源——双身蛇肥遗给抓回去。

这肥遗可以说是祸害遗千年，长着一张与将芜一模一样的纯良无害的脸，但是到处吸食人类的魂魄来提高自己的修为，不知道害死了多少人。

“最近城西发生了一起连环杀人事件，死者大多为面皮白净的青年男子，一个个都被淹死，尸体从河里浮起来的时候都肿胀不堪，皮泡发得都能够徒手剥下来。”时缨一本正经地向将芜解释，“本君以为，这恶妖久不吃人，势必要有所行动，所以本君打算协助那府尹调查此事。”

将芜面无表情：“大人的意思是，这种秋高气爽的天气，你不偷懒晒太阳了？”

时缨捏了捏她的脸：“本君在你眼里就这么不务正业？”

将芜嘟嘴——她还能说“是”吗?

城西不比御街这一带繁华，散居着不少贫苦百姓。从来只有贪慕浮华的妖，却鲜有在荒凉之地久居的妖。

那日秋高气爽，一直在府中当老大爷的府尹闫颇起了一个大早。他正在休假，朝也不用上，难得洗了一个头，换了身新衣服，浑身爽利。

轿子在柳氏妖宅门前停下，闫颇一条短腿踩在仆人的背上，从轿子上跳下来时，身上的肥肉都跟着抖了三抖。

柳氏妖宅几个鎏金大字在眼前闪耀，朱漆剥落的大门却紧闭着，上面挂了不少蜘蛛网。兽首铜环下吊着一只白头翁。

闫颇对上一次来柳氏妖宅的情景略有印象，这宅院十分古怪，里面弥漫着一股妖邪之气，阴森森的。他正要吩咐下人去叩门，门自里面开了，迎面吹来一股馥郁的花香。他的头发被吹起来，他仿佛听到了烟雾之中传来的银铃般的笑声。

他擦了擦眼睛，烟雾散去了，眼前只有一红一白两抹色彩。

红衣的时缨，白衣的将芜。

时缨微微笑："早知道你要来，本君今天赏脸，亲自出来见你。"

闫颇擦了擦汗："折煞本府，折煞本府。"

时缨瞥见两顶轿子："大人的意思是乘轿而去？"

时缨若是想去城西只是须臾之间的事情，坐轿子反而麻烦。

将芜拽了拽他的袖口，低声道："大人，人家好歹专门雇了一顶轿子给你，你不要拂人家的面子啦！"

时缨搓了搓鼻子。

时缨不懂什么人情世故，将芜说是什么就是什么，他点点头。闫颇却不明白他在暗示什么，想了半天才反应过来，腰一弯，狗腿道："这顶广记的轿子最是舒服，一定不会让公子您感到颠簸的。"

"是吗？"时缨略微扫了一眼，除了一枚广记轿牌和满轿华丽装饰，根本看不出什么。他自然而然地揽过将芜的腰，飞入了轿子里。将芜来不及发出惊讶的呼声，从起飞到降落都瞪着大眼睛，表情十分夸张。

时缨揩油越来越顺手，她懒得嫌弃了。

一阵风扫过闫颇的脸，闫颇摸了摸脸上的横肉，感觉到一丝丝冷意。他不知道自己是被吓着了还是怎么了，莫名想找几个道士把这妖宅给铲平。

凭什么他在衙门中作威作福，在这里却像个龟孙子？

闫颇郁郁寡欢地又踩着仆从的背部上了轿子，费了半天劲才滚进去。他这顶轿子比不得时缨那一顶，两侧少了两个金铃铛。

想到这里，闫颇的脸色越发阴沉。

时缨以手支头颌侧躺在轿子中，像个身边摆着几坛酒的醉鬼。他漂亮的丹凤眼微微眯起，把玩着坐在他身下的将芜的软毛。

哦，是头发。

一卷一散一卷一散，将芜趴在他脚边睡觉。

一行人渐渐离开了闹市区，向城西进发。越是荒凉的地方，可供休息的亭子越多，每隔十里便有一个。

崎岖的路使得轿子十分颠簸，闫颇的屁股也有一下没一下地疼，实在是硌着了。他让仆从暂且在最近的一个亭子前停下。

时缨本不想打扰将芜，但将芜已醒了。她揉了揉睡眼："怎么了，大人？"

时缨笑了笑："那肥佬受不住，想休息一下，估计今晚得在城西歇脚。"

将芜点点头。只要时缨在，多破旧的地方都不是问题。

她发现自己趴在时缨的脚边，有些不好意思，连忙拍了拍自己的脸："哎呀，你也不叫醒我，是不是睡出印子了？"

"印子倒没有，不过……"时缨嘴角露出一个促狭的笑，"口水流了本君一腿。"

将芜信了他的邪，瞪他一眼，出轿子吹吹风。她穿着很薄的纱裙，风拂过路边的蒿草，把她宽大的衣摆向后吹。

怪冷的。

这里距离城西还有一段距离，却像是城郭相连处，到处都是茂盛的草木。远远地，将芜好像看到了什么，不自觉地朝黄草丛中走去。

有一个通身缟素的男子似乎站在荒草之中，他的头发很长很长，一直垂到草根，五官模糊不清。

如果是山野间的孤魂，将芫本来不该去招惹，但是不知道为什么，仿佛有人在召唤她，她顶着冷风就朝男人的方向走。

一直走到深处，男人消失了，她的眼前只有一座孤坟。

土堆之上插着一根木桩子，歪歪斜斜刻着几个字——柔嘉公主之墓。

应该是吧，将芫并不识几个字，能辨认的也就这些。但有一点可以确定，这就是一座公主坟，比那些乡绅贵族的坟还不如的一座坟。

“柔嘉公主？”身后突然响起时缨的声音，将芫暗惊，转头，却见时缨手中不知何时幻化出一件狐裘大氅，自然地披在她身上，“看你哆嗦成这样，怎么不知道多穿一点？”

将芫这才脸红，她刚才走神了，惊醒时才发觉周身发冷。

也许是因为这里的风，也许是因为这儿的天，也许，是因为刚才那个男人和这座荒凉的孤坟，将芫总觉得这里阴森森的。

“真的假的？这真的是一座公主坟？”时缨显然对此也很上心，仔细打量了半天，然后把那还在歇脚的闫颇也叫了过来。

“喂，闫大人，你快来看看。”

闫颇脸色不大好，但又不得不耐着性子过去。

时缨指着这座坟墓道：“你可曾听说过哪位公主封号柔嘉？”

闫颇跟着傻眼：“自开国以来就不曾听说有什么柔嘉公主，谁那么大胆敢冒充公主在此地堆坟？赶明儿我亲自禀明圣上，把这里给铲了。”

“还挺热心肠的啊。”时缨笑了笑。

既然没人听说过这个公主的封号，这座坟便是无主之坟了。

歇了半日，为了能够在傍晚的时候抵达城西，一行人又开始赶路。

时缨照例一边喝酒一边微眯着眼睛，哼着很舒缓的童谣。将芫本想再睡一觉，却怎么也睡不着了。她时不时想起那个男人，不知道他去了哪里，是不是有话对她说。

“千里草，何青青……”

时缨这么哼着，将芜忽然头一点，直接趴在了他的脚边。

“又睡着了？”平时也不见她这般能睡。

时缨摇摇头，把将芜连着狐裘大氅一起抱起来，把她放在铺着褥子的小床上——是了，这轿子就这么大，招摇得很。

醒来的时候，将芜眼前是迷蒙的看不到尽头的雾气，她在这雾气之中漫无目的地走，不知道走了多久，才听到“哗啦啦”的流水声。

她朝着声源走，大雾猛然散去，一个庭院呈现在眼前。

原来流水声源于亭中的假山流水，后花园的池子里浮着许多绿萍，红的、银的鲤鱼在清澈的水中游来游去。

在水池边的凉亭之中，一个锦衣华服的少女端坐在白玉椅上，她梳着漂亮的发髻，乌黑的发丝间插满了簪子钗子，满目金翠耀眼夺目。

她的脸涂着雪白的粉，额头点了一朵梨花，眼角和嘴唇也点了胭脂，无论从什么角度看，都是一个十分美丽端庄的女子，而且是被人精心打扮的。

与其相比，站在亭子四周和她身后的几个丫鬟显得朴素黯淡，毫无光彩。

白玉桌上摆着点心和瓜果，不知道是哪里进贡的，色泽十分诱人。但那些人仿佛不曾看到一般，甚至从不将目光投在上面。

将芜正奇怪这些人是什么人，便听穿廊尽头传来窸窣的脚步声。

有一个白衣男子抱着把古琴缓缓行来，将芜认识这个男人，在发现公主坟墓时，这个男人就站在荒草之中。

丫鬟首先瞧见那个男子，附耳对女子低语：“公主，东方先生来了。”

声音不大，但将芜也能听得清清楚楚。而且看这庭院四周满是巡逻的侍卫，将芜发现了一件事——没有人能看见她。

被称为公主的女子还是纹丝不动，平静端庄。

那东方先生终于走到近前，带东方先生前来的太监惠福向公主行礼：

“奴才参见柔嘉公主。”

公主自出生起就得了封号柔嘉，取温和美善之意。

柔嘉温柔地笑了笑：“惠福不必多礼。”

而后惠福把东方先生介绍给她：“禀公主，这是幻音司的东方鹤先生，负责教您学琴。”

“原来您就是那位惊才绝艳的琴师，”柔嘉刚刚听到这个名字，脸上就露出倾慕之意，甚至纡尊降贵地起身行礼，“盼兮见过东方先生。”

若非关系亲密，柔嘉从来不在外人面前说自己的小名。这般谦恭虔诚的态度让惠福无比欣赏，忍不住露出温和的笑容。

不错，柔嘉自小就乖巧懂事，规行矩步，是国之典范。她从来不会让任何人有不舒服的感觉，总是这么温柔亲和，落落大方。

东方鹤也向柔嘉行了个礼：“东方鹤见过公主，久仰公主贤名，今日一见果然非同凡响，能够做公主的老师是我的荣幸。”

“先生哪里话，三人行，必有我师，若是论梳妆，盼兮或可说道一二，但论琴技，自然是不敢在先生面前夸口。”柔嘉笑得眉眼弯弯，语气恰到好处，仿佛是发自肺腑地欣赏对方。

东方鹤也笑了笑。

但在抬头那一瞬，柔嘉脸上似乎闪过一丝鄙夷之色。

东方鹤的笑凝在嘴角，那一眼是他的错觉吗？自见面到现在，他完全没有发现一丝疑点，而且柔嘉比他想象中的更通晓人情世故，看着毫无架子，也不失大家风范。

东方鹤不免自嘲，他只是来教小公主练琴的，又不是来查案子的。

第一天，东方鹤教小公主认识五音与手中的琴，柔嘉一直端坐着，俯身倾听，姿态不可谓不虔诚谦恭。正是这样的完美，让东方鹤心中的疑惑愈加强烈。

他离开的时候，连惠福这样刻薄的老奴都忍不住夸赞：“公主不仅天资聪颖而且勤勉好学，实在是难得啊。”

东方鹤默默地走，心里似有只蚂蚁在爬，痒痒的。

他是不该问的，但还是在快要离开的时候开了口：“不知道总管认识公主多久了？”

“许久了，公主还未出世时，老奴便在这王城内当奴才了。”

东方鹤深感意外，如果有那么多年的相处，仍能让惠福发出如此感慨，那这柔嘉公主的的确确是无可挑剔的女子，要不，怎么能最得当今圣上和太后的宠爱?

东方鹤应该庆幸，比起那些刁蛮泼辣的贵族小姐，自己的第一个学生不是什么无理取闹的人。

东方鹤第二次去公主府的时候，柔嘉依然早早就在琴房等候。桌上摆好了香炉和食用的瓜果点心，地板、摆设一尘不染。

小公主的琴也取了出来，雪白的丝线，焦黑的琴身。她盛装坐在琴边朝东方鹤行礼，完美得无可挑剔。

东方鹤也行礼。

只是在双双抬头对视那一刹那，东方鹤心中闪过一个念头——世上真有如此完美的人吗？这样的人甚至出生在可以呼风唤雨的皇家。

他们对视的时间比第一次稍稍长了些，只是眨眼的时间，东方鹤再次浑身僵直。

他发觉小公主的眼神里透露着一丝戾气。幽怨、狠毒、愤恨……再阴暗的词汇都无法形容那一瞬柔嘉眼里传达出来的感觉。

“先生，您怎么了？”柔嘉甜美的声音打断了东方鹤的思绪。

东方鹤微微睁大眼睛——她还是温柔亲善的她。

东方鹤感觉自己脸上的惊讶一定入了柔嘉的眼，因而她的笑才会明明那么温柔却又那么可怕。

东方鹤不知道自己怎么结束的第二节课，课一结束便抱着琴匆匆离去。

快要走到门口的时候，东方鹤撞上了一个小丫鬟。那小丫鬟抱着一只猫，那猫不叫也不闹。

东方鹤抱歉道："不好意思，我走得急了，不知道这只猫……"

话没说完，他赫然发现那是一只喉咙被割断的黑猫，惊得他后退两步。

"啊，"小丫鬟不好意思道，"这是公主今早发现的，觉得可怜，让我找个地方安葬了。我这会儿才腾出时间，吓着先生了吧？"

"没事。"东方鹤顺了一口气，顿了顿，又问，"公主在哪儿发现的这只猫？"

"奴婢当时正要端水给公主洗漱，但公主早就起了，在围墙边捡到的。当时她抱着这只猫，裙子上全是血，还在求我们救救它，真是太可怜了。也不知道是什么蠢物，咬断了这猫的喉咙。"

东方鹤只觉得有人掐着他的心脏狠狠收紧，一时间鲜血横流。

柔嘉抱着死猫朝他诡异地笑的画面一直缠着他。

第三次给柔嘉上课的时候，柔嘉谦和如常，上完课还亲自送他出门。

东方鹤并没有听话，转个弯从另一道门回到了公主府。

柔嘉每次上完课，会自觉地复习半个时辰，然后去后花园荡秋千，从无例外。他在门边听了一会儿琴音——柔嘉的天赋极高，短短几节课的工夫，便将同龄者甩在了身后。

尔后她从琴房出来，朝后花园走去。

后花园那儿有一棵壮硕的梨花树，上面绑着一个秋千，柔嘉一如既往地坐上去，身后的婢女助她起荡。然后，温柔欢乐的笑声在花园中回响。

东方鹤想，也许自己真的多虑了，世上的确有完美的人存在。他正要走，那推秋千的婢女手劲突然大了，柔嘉被高高抛起，然后摔在地上。

所有人都大惊失色，围拢过来："公主！公主！"

柔嘉趴在地上一动不动，宛如死人。但是没过多久她就爬起来了，对失手的婢女笑道："没事，只是擦破了膝盖，上点药便好。"

本来受了惊的婢女感动不已，恨不能当场摘下脑袋给柔嘉当球踢。主子太善良了，做奴才的反而不好意思。

大家训练有素地扶着柔嘉去休息，虽是小伤但也要宣太医诊治，并且开最好的药，避免留下一点疤痕。这段时间忌讳吃什么，小厨房的奴才全部记录在册，若是调理不慎，公主就不再那么完美了。

忙了一天，人渐渐散去，只有两个陪夜的丫鬟还在边上站着。

柔嘉在床上躺着，眼底平静无波，仿佛没有灵魂的木偶。

不知过了多久，月亮沉到了假山后，柔嘉忽然吩咐："春露、夏芝，你们也去休息吧，我想自己一个人待一会儿。"

"是。"两个婢女退了下去。

柔嘉直勾勾地看着那合上的门，突兀地笑了笑。那笑带着三分邪气，和她平日里的表现大相径庭。

她掀开了被子，腿上敷着草药，缠着纱布，有一些热。她伸手把那纱布解开，有些药沾在了破皮的地方，她一点一点抠下，连着血与皮，虽然疼极了，她却诡异地笑着，甚至越笑越丧心病狂。

她也不穿鞋子，就这么下了床，更不管更深露重，捧起身边的一盏烛灯，打开了密室的机关。密室藏在书柜后，眼前是一条向下的通道，两边吊着煞白的灯笼，那灯笼无风而动。

台阶上尽是浓绿的青苔，湿滑，阴气重。

一袭白衣的柔嘉踏上青石台阶，宛如一个将要走向地狱的恶鬼。火光在她苍白的脸上跃动，下眼睑、人中、下巴都是阴影所在之处。

她的眼睛很大，但看起来没有灵魂。

这个密室里充斥着惨叫声、哀号声、求饶声、咒骂声。即便她还没有走到阶梯尽头，也已经听得一清二楚。

密室之中弥漫着一股难以名状的味儿，有血、有尿、有霉、有蛆，密不透风，恶臭难闻。柔嘉身上的药味和花香早就被掩盖了。

她捧着一盏灯，弯下腰，对着眼前一个已经瘦得不成人形的女子温柔地笑："听竹，我又来看你了。"

听竹被镣铐束缚着，却在看到柔嘉的那一刻扑了过来，双手瘦如利爪，眼睛也几乎要瞪出眼眶——“你这个毒妇，我要杀了你！”

锁链碰撞声在密室中回响，听竹明明与柔嘉近在咫尺，却无可奈何，不禁发出了野兽一般的哀号声。

“啊……啊啊……”

为什么她要这么悲惨地被困于此，为什么恶魔近在眼前她却无能为力？

柔嘉温柔地笑，甚至爱怜地抚摸她的脸庞：“你还是这样的坏脾气，一点耐心也没有。”那张脸早就布满皱纹，爬满虫蚁，柔嘉一点也不嫌弃，只是她的纤纤玉指在摸到对方深陷的眼窝时停了下来。

“也怪你当初怎么那么不走眼，梳妆的时候竟然看见了本公主的一根白头发……我怎么能年纪轻轻就长白头发，说出去一定会被人耻笑的……”

她的声音还是如此甜美，好似浓稠的蜜浆。

听竹原本还在用沙哑的嗓音嘶吼咒骂，现在却莫名地胆寒颤抖起来。柔嘉每次露出这样凉薄的笑容，一定是有所图谋。

果不其然，柔嘉的手停在她双眼处，忽然用力狠狠一抠……密室里再次响起惨绝人寰的叫声。

“看不见不应见之物，不用怀抱着秘密生活，不是很好吗？”柔嘉癫狂地大笑，“我多仁慈，亲自为你实现这样的愿望。”

“你这个疯子！我咒你不得好死……”

听竹知道自己已经生还无望，开始用尽全身力气咒骂柔嘉。什么端庄温婉，什么亲和美善，什么完美无缺，都是狗屁——这女人就是一个彻头彻尾丧尽天良的疯子。

“在你之前有许多人也这么骂我，但最终他们都死了。”柔嘉的手指软如海藻，在空中动了动。她想此刻自己的眼角应该滑落一滴泪，可是没有，她殷红的指尖抚摸着脸庞，除了冰冷的肌肤什么也摸不着。

“算了，算了。”

灯盏照耀之处，地上全是散落分布的骷髅，那都是在听竹之前被她折磨致死的人。

那些太监、婢女或是畜生在这里留下了深刻鲜明的印记，又默默无闻地死去。

柔嘉想，可惜她的灯盏再亮，听竹也看不到了。她转身往回走。走了几步，她又回头笑道："我原来正发愁在你之后该把谁送到这里，恰好今天荡秋千的时候有个不知好歹的弄伤了我的膝盖，这可是重伤，说不定以后我的夫君在圆房的时候发现了这个伤疤，会嫌弃我呢。这个女人，不可饶恕。"

说完，她阴笑着离开密室。

柔嘉回到房间内，眼底的灵魂回位。火光在她眼底跃动，她把灯盏放在梳妆台上，对着镜子笑了笑。

一如既往地温柔亲善，倾国倾城。

这样很好，她一直都如此完美，完美得让人无可指摘。只是此时她身上沾了不少臭味，十指全是血。她自己倒了一杯水，仔仔细细洗干净手指，然后把水倒入一旁的富贵竹的土中，又涮了涮杯子。

一切洁净如新。

柔嘉把身上的衣服扔了，换了一套崭新的，这才重新回到床上安睡。她在听竹撕心裂肺的喊声中睡得十分香甜。

— 2 —

东方鹤第四次来上课的时候，柔嘉依然在琴房早早等候。东方鹤的脸上不复以往温柔的笑容，反倒冷淡无比。

他把琴摆在桌上，心中五味杂陈。他看到了密室，他知道了一切。

一切都太令人震撼了。

"先生今天怎么了？是不是遇到了什么烦心事？"若在以前，柔嘉摆出这么温柔的笑脸时，东方鹤一定也会和众人一样，以为她是一个温柔可亲、善解人意的人。

但东方鹤此刻只觉得诡异。

“先生？”柔嘉的声音拉回了他的思绪。

东方鹤笑了笑：“不好意思，失礼了，只是我昨夜练琴时遇到了一些不愉快的事情，不该在此时还牵挂着。”

“先生言重了，若是心气不顺，大可向惠福请假。”

有个丫鬟进来对柔嘉低语了几句，柔嘉笑了：“先生，今日父王送来了岭南进贡的新鲜荔枝，要不要一起尝尝？”

东方鹤下意识推辞：“我只是区区草芥，怎么配和公主一起享用这样的美食。”

“先生既然是我的老师，自然配得上。倒是不知道先生愿不愿意碰那些俗物，若是不愿意……”

东方鹤下意识接话：“愿意。”

柔嘉微微一愣。

东方鹤这才意识到自己失态了。他只是害怕柔嘉会突然说“不愿意的话就把那些树都砍了”。

柔嘉没有意外很久，很快又换上温柔和蔼的笑容：“既然先生赏脸——雀儿，让人把荔枝端进来吧。”

“是。”

等人出去了，东方鹤忍不住问：“公主，若是我不愿意吃，你当怎么办？”

“不愿吃？”柔嘉有些疑惑，这东方鹤到底是想吃荔枝还是不想？她长这么大第一次看不透一个人在想什么。

“先生若是不赏脸，柔嘉只好把那些荔枝分发给下人吃了。”

她脸上还挂着温柔的笑，东方鹤心中却异常害怕。他想到的竟然是她把所有荔枝都沾满毒粉，然后硬逼着婢女吃下去的情景。

荔枝还是端了上来，婢女夹了一颗放在水晶盏上端给东方鹤，也端了一盏给柔嘉。柔嘉用筷子夹着荔枝肉蘸了蘸旁边的盐水，正要入口的时候窥见了满脸煞白的东方鹤。

他看着那颗水晶盏上的荔枝，好似看到了昨夜的场景。

东方鹤一阵反胃，柔嘉连忙让人拿了一个痰盂过来。

东方鹤一边干呕一边悲哀地想，如果他今日不吃这荔枝或者是让柔嘉以为下人怠慢了他，那些下人又将会落得什么样的下场?

他不应该如此失态。

“都怪柔嘉只顾着自己，没看出先生身体不舒服。”柔嘉深表歉意，“先生实在不舒服的话今日便不用上课了，我也会跟幻音司的菏泽先生说的。”

菏泽是大昭国最负盛名的乐师，东方鹤只是他的徒弟。

听到“菏泽”二字，东方鹤的身体忽然自动好了，恐惧感荡然无存。他摆摆手抱歉道：“并非这荔枝的缘故，是我出门的时候吃了些脏东西，却把脸丢到了公主府。我现在已经好多了，不耽误今日的教学。”

“真的吗？”柔嘉更加不理解。

虽然东方鹤坚持说自己可以继续教，但她还是让东方鹤先在府中好好休息一个时辰。

一个时辰后，东方鹤坐在琴房之中，看着这繁花似锦的公主府。柔嘉暂时离开了，这段时间她本应该练琴的，但她没有练，估计是被其他事情耽误了。

这一个月，番邦使节来大昭朝贡，公主柔嘉时常随父王出席晚宴，和各国王子相谈甚欢，这会子应该又去赴什么王子的约了。

公主有公主的宿命，琴师也有琴师的使命。

东方鹤幽幽一叹。

将芜这几日都在公主府游荡，又发现了另外一个事实——府上的人虽然看不见她，但她与柔嘉心意相通，柔嘉在做什么，她都一清二楚。

只是她无法与人交流，也不知道应该怎么离开这里。

这儿究竟是什么地方？她为什么会来到此处？她又应该做些什么？她的

脑子似乎成了一团糨糊。

这会子柔嘉离开了琴房，正在接见重要的宾客。

那宾客不知道是哪个小国的王子，面对柔嘉，一脸倾慕之色。从王子口中，将芜大约得知了，这柔嘉公主乃大昭国的公主。

换句话说，将芜似乎进入了很久很久以前某个国家的王城。虽说大昭国雄踞一方，但被灭国以后，史料上已经没有关于它的任何记载了。

“小妮子，小妮子。”轿子停在了城西，时缨这会子终于发现不对劲了——他叫不醒将芜。这小妮子睡觉宛如死猪，就算他现在亲她，她也不会有任何感觉。

闫颇踩着仆从的背部下了轿子，慌忙来到时缨的轿子前：“公子，前面便到了，不知道您要选哪间客栈歇息？”

时缨充耳不闻。他摇了摇将芜，将芜毫无知觉。

时缨知道将芜被攻击了，那妖或许潜入了她的意识深处。时缨撩起帘子，吩咐闫颇：“本君现在遇到了些麻烦事，需要休息三个时辰。三个时辰内不要让任何人打扰本君。”

说完，他放下帘子。

闫颇被晾在原地，站也不是，坐也不是——那现在他可以动这顶轿子吗？他要在外面守着吗？

想了想，闫颇踢了一脚仆从的屁股：“你们在这儿守着。你，还有你们几个，跟本府去找一间客栈休息。”

他可不想大半夜在这鬼气森森的荒凉之地露宿。

那些被迫留下的不免满腹牢骚，一会儿咒骂闫颇，一会儿咒骂时缨。

时缨施法入了将芜的梦境。

眼前是一座府邸的门口，上书“幻音司”三字，不知道是什么地方。时缨本想抓着守门的人问一问，却发现他们根本看不见自己。

远远地，时缨看到有个白衣男子背着琴走到这里。

下人向那人行礼：“东方先生。”

这男子叫东方鹤，是幻音司主人菏泽的得意门徒。他的头发披散于双肩，相貌清隽，是难得的美男子。

时缨跟着东方鹤入了府。

无论在什么朝代，教习礼乐的人要么被尊为高雅之士，要么被嘲讽为娱人的戏子。女人和男人没什么不同，至少在别人把他们当成牲畜的时候没什么不同——都是供人娱乐的肉体。

东方鹤面无表情地走过回廊，回去向师父菏泽复命。菏泽是一个有惊才绝艳之名的琴师，身价颇高，在朝中也颇有权势。

那些年在当别人的枕边风的时候，菏泽掌握了不少人的秘密。以秘密为本金，他迅速扩张人脉，很快就在错综复杂的王城占据了一席之地。

如今他已经不用再出卖肉体，就可以高枕无忧地在庭前赏雪了。

不错，菏泽男生女相，美艳不可方物，就算三十多岁，肌肤依然晶莹如雪，吹弹可破。所以他从少年时起就是女人们首选的心仪对象。

东方鹤的风采不及师父的一半，这也是许多人对他的评价。尽管如此，他的气质与琴技在王朝中也已经是数一数二。

东方鹤还未来到庭前，菏泽正在煎雪烹茶。他的语气淡淡的，声音略显沙哑：“阿鹤，你回来晚了。”

因为荔枝，东方鹤多休息了一个时辰，所以回来晚了。

菏泽温柔地笑了笑：“不必向我解释，自去柴房领罚。”

做任何违了规矩的事情，都是要受到惩罚的。就像在晚宴上只要弹错一个音，或是出了任何状况，整个幻音司都将不复存在。

当然，这是以前。

东方鹤本想说点什么，但菏泽淡淡的语气似有千钧之力，让他不敢动弹。他低头道了一声“是”，便往柴房的方向走。

去那里领三十鞭子，饿到第二天晚上，就是最轻的惩罚。

自他开始学习琴技起，手指放错琴弦的位置要罚，练习的时间太短要罚，吃饭吃得太快要罚，衣领歪了也要罚。

东方鹤每次上台演出，看着台下那些雍容华贵的人一个个披金戴银，笑吟吟的，便觉得十分恶心。他们在看戏，身为戏中人的他也在鄙夷他们。

东方鹤来到柴房，说是柴房其实只是因为这间屋子较小。菏泽对别人宽和，唯独对东方鹤严苛，所以他是这里的常客。

他二话不说就跪下来挨打，鞭子“啪啪”打在后背——即使他其实没做错什么。

都怪那柔嘉公主，非要他多休息一个时辰。也怪他为什么会鬼迷了心窍，关心他人的事情。

只是……为什么人前风光的人总有别人看不到的一面？那另一面或许像他一样卑微，或许像柔嘉那样阴险。

领完了罚，东方鹤才能继续与菏泽交流。他换下了带血的衣衫，因为那样面见师父是不敬的。

东方鹤忍着强烈的痛意重新向菏泽复命，交代自己今日教学的情况，以及柔嘉掌握琴技的情况。

菏泽喝着茶慢慢地听，脸上不见悲喜。等东方鹤说完了，他才幽幽道：“阿鹤，为什么这两天你都回来晚了？”

菏泽从来不问其他的事情，因而这个问题让东方鹤有些意外。

东方鹤抿唇不语。昨天他明知道晚了要受罚还擅自跟踪柔嘉，这才影响了今日的教学。

“你竟然敢不回答师父的话？”菏泽掀眼皮瞥了他一眼，虽然语气还是淡淡的，却有一种不怒自威的压迫感。

东方鹤低头，不敢不如实作答：“我只是觉得柔嘉公主有些奇怪而已。”

“所以你跟踪她了？看到了什么？”

“我……”东方鹤眼前闪过密室中的情形，喉咙发干，“我误会了。公主品性俱佳，实乃我朝的典范。”

“阿鹤，”菏泽轻轻笑了笑，“说谎小心闪着舌头。”

冷汗流了下来，东方鹤不知道自己哪儿露出了破绽。或许这就是他拿菏泽没有办法的原因，他不知道菏泽到底吃透了他多少。

“你还是不说？”菏泽放下茶杯，脸上的笑意更加美艳，“阿鹤，你还记不记得师父说过，牲畜就该知道牲畜的本分。就像神看着世人，想让那些人知道自己成不了神，你这牲畜也不要妄想做人。”

东方鹤的身体战栗起来。

是了，菏泽从来没有把他当徒弟，只是当成畜生在驯养而已。可悲的他一辈子也逃不出主人的手掌心。

明日便是东方鹤的第五次授课，柔嘉百无聊赖地坐在秋千架上，眼前是荷花盛放的池塘，一弯架在青天碧影之间的拱桥上立着白玉栏杆，她的耳边传来鸟雀的叫声与蝉鸣之声。

这里那么多人，能够自由自在地在这里荡秋千的人只有她一个，她脸上露出温柔的笑意。

这时婢女雪月走了过来：“奴婢参见公主。”

柔嘉疑惑：“雪月，发生什么事了？你的脸色不太好。”

“奴婢是来告假的，”雪月跪下，头磕在地上“砰砰”响，“奴婢家里给奴婢安排了一桩婚事，恰好赶上太爷爷喜丧，便让奴婢回去一趟。”

“婚事？”柔嘉自动略过了“喜丧”二字。

天空中此时飞来许多鸟雀，在云影天光之间盘旋，随后又栖息在枝头求偶，叽叽喳喳好不热闹。柔嘉的脸色有一瞬的不悦。

“既然是要紧事，自然得回去的。请假的事情我批准了。”柔嘉温柔地扶起雪月。

雪月不过二十五岁，有一张青葱水嫩的脸、弯弯的眉眼和秀巧的鼻子，相信以后定是个不错的妻子。

她八岁入公主府，是府上的老人，想想也到了该把她放出府的日子了。

都说主人若是和下人亲厚，一定会在合适的时候给对方安排一门好亲事。

柔嘉看起来就是个亲善的主子。

雪月此刻笑得光彩照人，柔嘉揉了揉她的头发：“早去早回，莫要忘了。”

“是。”雪月应了一声便走，脚步都要飞起来了。

她刚走了几步，柔嘉忽然又问：“雪月，你三个月后便到了出府的年纪，对吧？”

雪月只顾着高兴，一点也听不出柔嘉话里的阴鸷。

“是的，公主。”说话间，她还不好意思地挠挠头，“您一定要怪我为什么不在那时候再跟您告假了，我真是个急性子。”

她憨憨的纯真的笑容落在柔嘉眼里。

柔嘉意味深长地笑了笑：“知道了，去吧。”

雪月走的时候，天上的鸟雀还叽叽喳喳叫个不停。

柔嘉揉了揉额头：“一群恼人的畜生，一定要把它们全部打死，然后沉进湖底。”

雪月在屋子里收拾东西，把这些年私藏的首饰银两都拿了出来，还有两盒上好的胭脂。她本以为请假的事情没有那么简单，没想到柔嘉果如传闻一般体贴温柔。想着马上能离开公主府一段时间，她欢喜的心思全部写在了脸上。

“雪月，什么事这么高兴，午饭也不去吃了？”与雪月一起进来的丫鬟秋霜拍了一下雪月的肩膀。她趁着午休的工夫回屋取东西，恰好看到雪月。

“公主同意我回家一趟。”雪月笑道，“其实再过三个月我就要出府了，但我还是心急，想先回去。”

“回去？”秋霜朝四周看了看，确定没有人，忽然压低了声音，“雪月，你觉不觉得……咱们这公主府有点奇怪。”

“嗯？”雪月不解。

“上个月我出府采购的时候遇见了灵雎，就是比咱们年长几岁的那个姐姐，之前她不也是提前请辞出府了嘛。”秋霜声音更低，“我以为她真的回家相夫教子去了呢，没想到被人卖到了青楼里，已经被折磨得不成人样了。”

“被人卖了？”雪月心里“咯噔”一声。

“可不是，但我怕被人认出来，就没上前打招呼，只是出于好奇差人问了一下。据说她也不知道自己怎么就进了青楼，还被迫签了卖身契，你说邪气不？”

雪月还在继续收拾东西：“那兴许是她得罪了什么人，跟公主府有什么关系？”

“这么说你还不明白？这些年来出府的人没一个有好下场，所以咱们府鲜少有人离开，怕触霉头。”秋霜点了点她的额头，“我本来不应该跟你说这些，但看你是府里的老人了，怎么这点眼力见儿也没有——公主根本不希望咱们出府。”

窗前忽然跳下一只黑色的野猫，吓了秋霜一跳。她惊觉自己多嘴了，连忙托口午休时间已过，转身离开。

雪月叠好一件褙子，心里七上八下。

秋霜这么一说，她才想起之前向柔嘉告假的时候，柔嘉的眼神十分奇怪。她越想越后怕，明明是三伏天，额头、背后却全是冷汗。

雪月背着行囊离开屋子，带上门。先前有只野猫好像受伤了，在窗前直叫唤。雪月好心想抱抱它，它却朝阴暗的花丛里跑去。

雪月追了几步，念及秋霜的话，认为自己还是不要多管闲事为好，转身又朝府门走。没想到树上突然掉下一只死鸟，眼珠子瞪得大大的，雪月吓得尖叫一声。

“你怎么了？”头顶传来令人头皮发麻的女声。

雪月抬头，发现柔嘉不知什么时候爬上去了，手里还抓着另一只雀儿。她的脸上、手上、衣服上全是血。

雪月惊得面无血色——这个人是她们的公主吗?

“既然被你发现了，”柔嘉神经质地冷笑，“我只好杀了你。”

雪月拔腿就跑，刚跑了两步便因为太过慌乱而被石头绊倒。柔嘉已经跳了下来，一步一步走向她。

“你……你不要过来，再过来我喊人了！”雪月手忙脚乱地捡起一块一端锋利的石头，声色俱厉道。

“她们每一个人都像你这样威胁我，惧怕我，怨恨我……”柔嘉脸上毫无惧怕之色，反倒露出甜美的微笑，“但明明是你们，你们这些贱民，为什么一个一个都像那些烦人的鸟一样，想飞多高飞多高，想飞多远飞多远……为什么只有我一个人，一生都要被困在这里，慢慢成为一个丑陋恶心的老女人……”

柔嘉已经丧失了理智。

看着那张脸，雪月忽然觉得柔嘉是如此扭曲、可怕。

雪月正要叫的时候，身后一只黑猫忽然咬了她的头一口，鲜血直流。接着，一群黑猫从花丛之中蹿出来，把她咬死了。

死的时候，她睁大眼睛，看着明媚的春光与天空。

她的手朝府门的方向伸着，仿佛在抓着什么希望似的。

柔嘉把雪月的尸体往挖好的坑里拖。她给府中每一个人都挖了一个坑，方便随时埋葬。她甚至哼起了父王抱着年幼的她时唱给她听的童谣。

实际上父王只抱过她一次。

她还不知道生母是何模样，便被过继给了一个位分较高的妃子。前些年父王给她许了一门亲事，新郎乃当朝右相的儿子薛照。因为还没有成亲，父王便建造了一座公主府给她居住。

显而易见，她根本没有和薛照成亲，因为薛照没有那个福分。

她怎么会承认是自己杀死的那个男人?英俊的、渊博的、温润的未来夫君，到死的那一刻都不怨恨她。

她成了当朝第一位还未出嫁就能住进自己府邸的公主。

柔嘉把雪月的尸体拉进坑中，为雪月铲土。柔嘉这么做的时候一点也不担心有人过来，因为她已经安排好了一切。

可她铲着铲着还是停了下来，难以置信地看着远处树下站着的那个男人。他与她曾经的未婚夫薛照何其相似，俊朗、渊博、儒雅。他背着那把焦黑的琴，眼底尽是哀伤之色。

怎么可能？

怎么可能！

今天明明不是上课的日子，东方鹤怎么会在这里？他为什么会找到这么偏僻的地方？为什么来了也不通报一声？！

柔嘉慌乱地扔了铲子，用脚把最后一抔土踢进坑中，再用花铺上，风一样朝东方鹤的方向跑去。

假的，一定是假的，那个人只是一个幻影。然后她扑向东方鹤的怀中，他受力后退撞在花树上，花如微雨一般飘零。

东方鹤睁大眼睛看着她，她的脸上还残留着血迹。

“公主，你……”东方鹤什么都看到了，看到她如何用竹竿打落那些鸟儿，让黑猫咬食。

堂堂一国公主为了做一些下作的事情不被人发现，每次行动竟然都亲力亲为，没雇佣任何杀手刺客。

太可笑了。东方鹤无法扭曲地认为这样的她率真单纯，但她全神贯注做残忍的事情的样子，确实有些好笑。

“东方鹤，你为什么会在这里？”柔嘉惊讶不已。

没想到都是真的，全部都是真的。

“师父让我为昨日失态的事情向公主赔罪，所以我来了。”

柔嘉汗毛竖立，像一只发怒的黑猫——怎么会这样，她精心扮演了多年的角色就这样崩塌了，人人称颂的公主如今不仅浑身污点，而且已经变得丑陋不堪。

柔嘉下意识地对东方鹤露出了自己的虎牙。

“公主想杀人灭口？”东方鹤轻笑，“可我不是那些弱女子，我是个男人。”东方鹤单手就握紧了柔嘉双手的手腕，她无法挣脱。

这个男人……

柔嘉阴郁地道：“你就不怕我说你非礼我？你不怕我报复吗？我可是一国公主，你只是一个名不见经传的琴师而已。别以为菏泽给你们打下了一片天，你们就能翻身做主子了。”

果然，这才是真实的柔嘉。

她嘴上说着倾慕的言辞，心里却对他不屑一顾。

“让人看见你浑身带血，让所有人以为我是菏泽派来的刺客？如果他们把我抓了，我一定会神不知鬼不觉地死在牢里吧？”东方鹤轻轻笑了笑，“我好怕啊。”

柔嘉青筋暴突。这个男人到底想干什么？

她自诩善解人意，所以在各色宴会场上游刃有余，无人不称赞她，但当那些人发现她的真面目后，亦无人不惧怕她，咒骂她。

东方鹤这么放松的笑容究竟是怎么回事？

“做公主很辛苦吗？为什么你要杀那么多人？可知他们也是有兄弟姐妹父母爱人的？”东方鹤的口吻让人听不出悲喜，淡淡的。

“跟你有什么关系！”柔嘉张嘴咬了他的手一口，他吃疼，终于放开她。

柔嘉提着裙摆飞快地跑了，像是战败的逃兵。

东方鹤看了眼手腕上的牙印，摇摇头。亲眼看到她杀人，他自然是震撼的，而且看她那么熟稔的样子，想必已经杀了不少人——与其说是杀人，不如说是将对方折磨致死。

柔嘉罪无可赦。

但东方鹤对她会变成如今这副模样的原因感到好奇，甚至没有拆穿她的想法。想必他的存在已经让她如坐针毡，她再不能像从前那般自由自在了。

— 3 —

东方鹤留下了赔罪礼便离开了公主府，第二天照常过来给柔嘉上课。

第五次授课这天，柔嘉破天荒地睡到了日上三竿还不起床，东方鹤在府里等了一个时辰，她才衣冠不整地姗姗来迟。

“先生既然知道了我是什么样的人，那我也不需要装了。”柔嘉屏退左右，懒洋洋地躺在地上，“我根本不喜欢学琴，也不喜欢跳舞，更不喜欢每天被人打扮得花枝招展的，像一座没有感情的雕塑。可是我又不能不接受这些，所以以后你要是非来上课的话，我们就这样干坐一个时辰。”

东方鹤暗惊，耳边竟响起了鞭子抽过皮肉的声音，再静心一想，原来是自己因受惊过度产生的幻觉。

他若有一丝做得不对的地方，菏泽是不会将责任推到柔嘉身上的，如果柔嘉每次都姗姗来迟，琴技迟迟没有进步，他将会受到更严重的惩罚。

东方鹤想了想，忽然笑了：“公主说什么就是什么。”说着，他也躺了下来，有样学样地用手臂垫着脑袋，看着富丽堂皇的天花板。

“公主殿下，臣有一事不明——你已经是万人羡慕的公主，自可以任性刁蛮、无恶不作，为什么非要人前一套背后一套？”

柔嘉已经开始盘算晚上要如何雇佣凶手刺杀东方鹤——她整晚没有睡着，害怕东方鹤把事情泄露出去。

“哪有这么多为什么？当我杀第一个人的时候就在想，我已经杀了一个人，不再是什么完美的公主，这样以后父王非要把我许配给什么劳什子国的王子时，我就把我做过的恶行公之于众，让所有人都看看我是个什么样的人。”柔嘉得意道，“他们把我当花瓶，当工具，当玩偶，当藏品，唯独没有把我当成人。我没有选择今天穿什么的权利，也没有选择嫁给谁的权利……为什么那些普通的女人就有呢？”

“她们也没有。”东方鹤垂下眼睫，“谁都没有自由的权利。”

平民不可以穿色彩明艳的衣服，丫鬟佩戴的首饰不可以比主人的更漂亮，那些人比不幸的柔嘉更加不幸。但柔嘉把自己的不幸归咎在这些人的身上，连他们继续不幸的权利也剥夺了。

东方鹤幽幽道："公主，你已经罪无可赦。"

柔嘉愣了愣。

东方鹤像极了薛照——第一个她看不懂的男人。但此刻想想，二人并不是完全相同的，因为薛照不会这么说。

薛照一直以为她是清白干净的。

"你一定很厌恶我。"柔嘉瞪着他，"我会监视你的一举一动，一定会杀死你，拔掉你这颗眼中钉。"

东方鹤笑了："臣随时恭候大驾。"

离开公主府的时候，柔嘉果然派了两个侍卫跟踪他。他没有马上回幻音司，而是去街上逛了逛。

这些年，他从来没有逛过街，他就犹如精密的表盘，每一刻都走在绝对的位置上，今天全部打破了。

他把自己想吃的想看的想玩的试了一遍，一直逛到了傍晚才醉醺醺地朝幻音司走去。

守门的侍卫一时没认出他来，还以为是流浪汉，把他扔了出去。

菏泽的轿子停在大门前。刚参加完一个无聊的宴会，菏泽差点儿在轿子里睡着。

"师父……"菏泽刚下轿子，金靴就被一双手抱住。他低头，看见醉得两颊酡红的东方鹤像烂泥中的泥鳅。

"阿鹤……"菏泽难得皱了皱眉，蹲下来，捏他的下巴，"你不想活了？"

东方鹤笑："师父是不是恼怒极了，想把徒弟当场打死？为何不马上顺从内心当场打死我？"

菏泽放开他，吩咐两个下人："阿鹤醉了，你们把他扶到房间里。"

东方鹤还是笑："你干脆就在门外当场打死我！你是不是怕了，怕被人看见你那么残忍的一面？”

他被人扔进了柴房里。

在东方鹤眼中，四周的环境扭曲不堪，他站不起来，只能趴在地上。

菏泽本心情就不好，此刻快步走来，对着他的心窝狠狠踹了一脚：“畜生！”

东方鹤吐了一口酒出来，然后抱紧自己的身体。

菏泽干脆拿起一旁带着倒钩的鞭子打他，边打边骂：“畜生！你这个不知规矩的畜生！你以为自己是高高在上的主人吗？我告诉你，要不是我留你一条贱命，你早就死了！在你的母亲姊妹像狗一样地服侍大人们的时候，你的父亲兄弟早已经像猪一样被大人们用刀剑砍死。

“你呢？你只能在一边看着，你什么都做不了。直到今天，你依然只能把你的仇恨咽进肚子里，不要妄想着能够和师父平起平坐！”

鞭子、棍棒、拳脚。

醉醺醺的东方鹤不知道菏泽到底用什么打的自己，好像这些都一一用过了。

他一个人蜷缩在冰冷的地狱里无能为力，就像被野猫咬断喉咙的雪月。他是雪月，菏泽便是柔嘉。柔嘉是他，高高在上的王便是菏泽。

无人能够跳出这个可悲的循环。

菏泽将东方鹤打得半死才怒气冲冲地离开。真是反天了，从来没有哪一天，东方鹤如此放浪形骸。

但他还需要随时保持自己优雅的形象，即便心中有惊涛骇浪，脸上也不动声色。唯有眼睛，此刻若有人与他对视，定能发现他的怒火。

东方鹤八岁时为他所降，那时候举国猎妖，东方鹤的父母兄弟姐妹全部被他奉旨屠戮，东方鹤被束缚着手脚，眼睁睁看着他们死在自己面前。

没有什么事情比眼睁睁看着悲剧发生却无能为力更让人觉得无可奈何。东方鹤的悲哀也一定深入骨髓。

菏泽就是要碾碎东方鹤的认知，让东方鹤意识到他的强大不可抵抗。

他用铁链把东方鹤的脖子和手脚拴了起来，逼迫东方鹤学习琴技，代替他上台表演。他吸食东方鹤的妖气以维持自己的天人之姿，让东方鹤永远屈居于他之下。

他不能对东方鹤有一丝怜悯，因为他是东方鹤的仇人。他若是心软便会露出软肋，给东方鹤复仇的机会。

他一直这么笃定，却不知道是谁打破了这个平衡。

“他喝得烂醉如泥，被菏泽抓回府中毒打？”

公主府中，坐在美人靠上的柔嘉一边吃着葡萄，一边慢条斯理地问自己雇来的刺客——是的，她终于也不得不请人来办一些龌龊事了。

刺客颔首：“是的，公主殿下。”

“真有意思，也许这就是严师出高徒。东方鹤平时酗酒吗？难怪他疯疯癫癫的。”柔嘉又嗑了粒瓜子，自我安慰道。

如果东方鹤真的是一个疯子，会不会根本没把她杀人的事情当一回事？但平时他上课的时候挺正常的。

“这样吧，你且先别动他，只需监视他的一举一动，有什么情况随时向我汇报。”

柔嘉闷闷不乐地想，她一定不是因为动了恻隐之心才一时留住此人的贱命的。

但东方鹤第六次来上课的时候柔嘉就按捺不住了。她屏退左右，急吼吼地问他：“你为什么不把我杀人的事情公之于众？你到底对本公主有何企图？”

东方鹤正在调琴，柔嘉忽然压过来，他吓了一跳，继而剧烈咳嗽起来。

“你别装虚弱，快回答我！”柔嘉暴躁道。

东方鹤呼吸急促：“我并不想装，只是你压着我的伤口了……”

昨天，他的肋骨、胸骨差点被打断，受伤的脏器现在也没有彻底复原。他虽然是妖，但也经受不住驯妖师的折磨。

说话间，那咳嗽声越发剧烈。柔嘉上下打量他，只见大片的粉色在雪白的衣服上晕染开，竟让他显得有些妖媚。

“你这个祸主的畜生。”柔嘉脸红，放开他。

东方鹤莫名其妙，缓了缓，继续调琴：“也许公主你不相信，但我从来没有把你的秘密公之于众的想法。”

“为什么？”柔嘉半信半疑。

“因为公主和我师父一样，高高在上。就算我说了，死的人也只是我而已。何况你们杀人不是一件稀松平常的事情吗？像公主这样遮遮掩掩的反倒在少数。”东方鹤笑了笑，“还挺有意思的。”

“你知不知道你在说什么！”柔嘉暴跳起来。

他这么说，好像她理所当然就是罪人一样，而且是天生的罪人。

东方鹤不说话。

菏泽做得不错，他实在是一点反抗的勇气也没有了，只是在和柔嘉说话的时候产生了一种错觉——他们是那么相似。一旦有了同伴，他莫名地就想做一些出格的事情，看看菏泽恼羞成怒的样子。

柔嘉哪有心思学琴？她的目光时不时落在东方鹤身上。

以前她从来没有留意过任何自己不喜欢也不讨厌的人，但凡能够入她眼的人之后都不得好死。

不过，她忽然不想杀东方鹤了，甚至不希望他死。

接下来的几天，柔嘉依然让刺客跟踪东方鹤，看他如何在人前风光，在人后被菏泽侮辱。刺客还告诉她，东方鹤但凡做错一点事情都会受罚。

第七次授课后，柔嘉特意给东方鹤送行。

她温婉地行礼：“东方先生，你是不是觉得，我们同病相怜？”

东方鹤惊讶于柔嘉的聪慧：“公主也这么认为？”

“我们都没有办法主宰自己的人生，只是被人当成工具、装饰品。我是大昭国的公主，也是可供王朝炫耀的珠宝；你是幻音司的高徒，也是菏泽的脸面。”

他们一样求而不得，一样心怀仇恨。

东方鹤行礼道：“公主，我该走了。”

他走了几步，柔嘉忽然追上来：“东方先生！”

东方鹤好似被施了定身术。

“东方先生，”柔嘉红着脸道，“我们一起反吧！”

东方鹤惊讶地睁大眼睛，很快又转过身：“怎么反？”

他的身上被打入了九十九根锁魂钉，菏泽稍微动一根手指，他都痛不欲生。

东方鹤心情复杂地离开了。

大昭国曾经深受妖祸之害，因而孕育了一批强大的驯妖师。菏泽师出名门，也是在人妖大战后硕果仅存的几名驯妖师之一。

不过后来日子太平，驯妖师也无所事事，菏泽凭借美色做起了宫廷的皮肉生意，渐渐发展了自己的势力。

东方鹤是他收养的最后一只妖——白鹤精。

都说尊贵的鸟儿应该喝露水栖梧桐，再不济也能在高草丛生的水边自由自在地沐浴阳光。怪只怪他的父母没有让他降生于山林，偏偏把他带到了人世。

东方鹤怕，怕疼，怕死，怕丢脸，怕受罚。但是又能怎么样呢？除了逼迫自己达到菏泽的要求，他一点办法也没有。

第八次授课时，东方鹤的心潮已经恢复了平静。

他踏入琴房的时候，意外发现柔嘉身着盛装在等他。她难得地又插上了一支金步摇，将妆容点缀得更加美艳。

“公主，这或许是我最后一次给你上课了。”东方鹤开门见山，“公主天资聪颖，我能教的都已经教了，师父说他为你寻了一个新的老师，曾经创作了……”

柔嘉忽然扑了上来，以吻封住他的话。

香炉的烟袅袅升起，将屋子中的气氛熏得十分暧昧。柔嘉的动作过于突然，东方鹤下意识抱住了她。

温柔的人总是不忍心伤害别人，即便他自己也被吓着了。

“东方先生难道对盼兮一点兴趣也没有？”柔嘉眨了眨眼睛，“多少人初见盼兮之时，便为我的美色所倾倒，可是先生从未露出任何倾慕之色。”

盼兮乃柔嘉小名。

东方鹤动了动唇：“我不知道你想干什么。”

“既然不知道我要干什么，为何要抱住我？”柔嘉一瞬不瞬地看着他，“君子的手不应该放在女人的腰上。”

东方鹤连忙放手。两人柔软的身体和细腻的衣料互相触碰，他其实并不想推开。

“现在这又算什么？”柔嘉把他压在身下，“你还真是个懦弱的男人，不喜欢却又不敢反抗。”

东方鹤认命地躺平了：“公主，你为什么这么做？”

他是懦弱，如果换了别的血气方刚的男人，要么反扑上去要么把柔嘉推开，他却逆来顺受。

“我不是跟你说过吗？我想跟你一起反。”柔嘉用纤纤玉指抚摸他的眉毛，笑了笑，“你真是长了一副好欺负的模样。”

“上个月月初，父王有意为我重新选择夫君。这次他要把我嫁给郑国的皇子，好结两国秦晋之好。”柔嘉魅惑道，“如果我在此前失了身，不是挺好的？”

她这么说分明是要害死他。

东方鹤无奈道：“公主为何选我？”

“因为我不想和自己不喜欢的人做这事。”柔嘉想了想，“你知道菏泽是个什么样的人，他为了巩固自己的势力，会让手下的人出卖色相。你不会告诉我，你什么也没做过吧？”

东方鹤的脸迅速红了。

他的确……没有被这么要求过。

“那你放松一点点。”柔嘉的手又开始抚摸他的眼角，抚摸他的脸庞，抚摸他的鼻梁，抚摸他的嘴唇。

东方鹤看着她。

那双手又冰凉又滑腻，她的身体也香而软。这样真的可以吗？他如果和一国公主在一起了，就算是踏上了一条不归路，以后不就不得不反了吗？

他真的可以杀死菏泽？

柔嘉抱着他，感觉到他的身体在发抖。她的手指不再动作，她从他身上爬起来：“算了，我还是找别的男人吧。我宁死也不会嫁给郑国的皇子。”

柔嘉起身。她今天从早上便开始梳洗打扮，如今可以说是艳光四射，但临了自己又胆怯了。她表面上阴鸷，实际上单纯得紧。

东方鹤忽然把她重新拉回了怀里，抱紧了。

“不，”东方鹤颤抖道，“你这样好的容貌，是个男人都会心动。”

如果他厌恶的话，便不会下意识抱着她。

“公主，也许只有一次机会，但我也想试一试，你真的愿意跟我一起对付菏泽？”

柔嘉笑：“你的意思是，如果杀死了菏泽，你就能带我离开这牢笼？”

“普天之下能够困住我的只有菏泽，菏泽死，我则生。”东方鹤的眼眸中掠过一丝狠戾，“只要公主帮我，我便带你远走高飞。”

菏泽本身并没有什么能力，但他有师父传下的法宝——御妖剑，此剑就悬于他的床头。他是个防范心十分重的人，寻常人都没有办法进他的屋子，更遑论近他的身。

这世上谁都可以偷御妖剑，唯有东方鹤不能。而这把剑一旦沾上皇室贵族的血便会失去作用。

月上中天，柔嘉从幻音司的一面高墙上翻了进去。她得到消息，今日菏泽与右相有约，子时才会回来。

柔嘉悄悄潜入他的寝屋，果然找到了那把剑。剑身通体银白，双面刻着龙纹。柔嘉握着它的时候，它还发出了铮铮之声。

柔嘉的手划过剑身，血流下来，剑身失去光华。她大喜，擦干净血迹后从寝屋溜了出去。然而，夜晚的幻音司忽然火光四起，黑色的野猫凄厉地叫了起来，接着侍卫们举着火把开始搜寻刺客。

柔嘉没有当刺客的经验，此时已六神无主。

这幻音司加设了三重保护，外层、中层、里层。每进一层守卫便要严密一倍。她不知道为什么进来的时候那么轻松，出去的时候却这么难。

柔嘉正慌神，嘴突然被人捂住。

东方鹤把她拉至一边，低声道："师父早已经预料到这件事了，我们中了埋伏。"

他的语气云淡风轻，好像事不关己一样。

很久以后柔嘉才回过神，意识到他那时应该花光了所有的勇气才让这句话显得那么平静。

"没有关系，我已经破坏了御妖剑。"柔嘉兴奋得心怦怦直跳。

东方鹤好像轻轻笑了，声音温柔："你做得很好。"

他甚至揉了揉柔嘉的头发。

柔嘉受到鼓舞，问他："我们是不是能够远走高飞了？"

东方鹤的眼睛陷在阴暗中，他动了动唇，没说话。

这时四周忽然出现火把，把两人围在中间，菏泽第一个站在两人面前，手中握着一个项圈。他的手动一下，东方鹤便惨叫一声。

"阿鹤，你什么时候也学会反抗了？"菏泽冷笑，"你是忘了祖训还是忘了身体里的锁魂钉？"

东方鹤笑："师父的大恩大德，我怎敢忘怀？妖又如何，人又如何？如果我是高高在上的菏泽，我也可以为妖正名，杀死你的父母亲友，把你当成畜生。"

东方鹤忽然掐住柔嘉的脖子："都别过来，我已经绑架了大昭国的公主，若是你们敢再上前一步，我便让她不得好死！"

柔嘉不知道东方鹤为什么这么做，愣神间，又听到他低声道："公主，我不会伤害你。"

"你这个疯子！"菏泽拍打那项圈，"我原来以为是公主蛊惑了你，没想到是你蛊惑了公主。妖孽人人得而诛之，你放着好好的琴师不当，非要做害人的勾当，这可就怪不得我了！"

他用力拉动项圈，东方鹤顿时跪倒在地，惨叫连连。

这个人，连应有的体面也不留给他。

菏泽得意地笑了笑："来人，把这畜生抓起来！"

不多时，东方鹤已经被五花大绑，扔进了处罚室。柔嘉很快就明白过来了——菏泽早已经注意到东方鹤与她的关系了，所以破坏御妖剑的计划一开始就失败了。

东方鹤之所以这么做，是想给她留一条退路——她也曾满手鲜血，罪行累累，但是如果她做那些事是因为东方鹤的教唆，她就是清白的受害者。

东方鹤一开始打的就是这个算盘，根本没想过带她远走高飞，而是希望她背负着沉重的枷锁继续在光明中活下去。

事实果如柔嘉所料，东方鹤在重刑之下很快便招供了——其实他一开始就应该招供，但为了让戏显得更真实一些，他还是先忍受了重刑，并伪装成不堪责打才招供的样子，把柔嘉做的恶事全部揽在了自己身上。

杀人还教唆一国公主，让公主的身躯不再清白，这等恶行实在是人神共愤。王上大怒，下令处死东方鹤，也无颜再让柔嘉和郑国皇子结亲。

柔嘉不再有婚姻之忧。

要处死东方鹤的那一日，天上阴云密布。地上挖了一个大坑，里面堆满了柴草，菏泽施法，要当众烧死东方鹤。

不仅如此，菏泽还要人来观刑，好让东方鹤在死前面对一个现实——即便是死，他也是受尽唾骂后，不体面地死。

所有人都睁大眼睛看着他被烧死的丑态呢！

柔嘉也在，而且坐在最中央的位置。

东方鹤被扔进了坑里，不言不语。大火燃了起来，他还是一声不吭。等烧得久了，他才开始不受控制地惨叫。

他也有感情，知道这样很丢人，但钉子在身体里被火烙得通红，实在太疼了。

就在众人看戏似的看着这一切的时候，一个一袭白衣的女子忽然也跳进了大火之中。众人回过神，才发现柔嘉已经不见了。

“快！快熄火！公主跳进去了！”太监大叫。

东方鹤意外地看着柔嘉：“公主，你……”

“我只是不甘心……”柔嘉紧紧抱着他，“我不甘心，为什么你这么好的人要背负这样的罪孽离开……明明我才是十恶不赦的那一个……”

“你快回去！”东方鹤厉声道。

柔嘉口中却流出乌黑的血，她笑了笑：“来不及了……恶人自有天收，你看，现在天收了我……”

她在离府的时候服了毒。

“以后史册上只会记载我堂堂一国公主被妖人迷惑，跳进火坑自焚……你说是不是很可笑？”

东方鹤在火光之中努力看着她的脸，烟熏得他快睁不开眼睛了。

“莫说相公痴，更有痴似相公者。”柔嘉软倒在他的怀抱里，“如果非要死的话，我希望你记得，你来人世一趟，并不总是孤孤单单的。”

东方鹤从未如此痛恨过自己的渺小无力和怯弱无能。他祭出了自己的内丹，将大火掀开，抱着柔嘉的尸体离开了刑场。

“来人！快来人！”众人手忙脚乱，想要拦住东方鹤，菏泽更是挥着剑向他冲来。

不过是痛而已，东方鹤已经不再惧怕那锁魂钉，在剑飞来的那一刹那，他用柔嘉的身体挡了一剑，鲜血四溅。

“疯了！这妖孽疯了！”他们嘴上大叫着，心底无比恐惧。他们从来没有见过这样可怖的眼神，一点感情也没有。

有人说，畜生没有感情，不会自我怜悯，只会在有限的时间内忠于自己身为动物的人生。而东方鹤在那一刻，才惊觉其实自己并不是人。

— 4 —

在白鹤飞起的时候，大昭国下了一场雪。雪埋了燃烧的深坑，东方鹤抱着身亡的公主远走，并留下一个诅咒。

他日回国，他必定要将他的仇人们碎尸万段。

岂知沧海桑田，风云变幻，大昭国被深埋于地底，如今平地起高楼，那些曾经的玉宇琼楼，都变成了现在的颓垣败瓦。

将芜在白鹤飞走以后，擦了擦眼睛，发现她的对面还站着一个人，正用和她一样失神的目光看着眼前这一切。

“大人？”

现在他不应该在车里吗?

时缨也回过了神，忽然冲过来，拉着将芜就跑。仿佛有一股力量将他们卷入了某个旋涡，回过神的时候，两人已经回到了马车上，一副受惊的样子。

“啊，”时缨揉了揉额头，“竟然把本君也拉进去了。看来那公主的坟墓里埋的是一个怨魂。”

“怨魂？”将芜挠挠头，“大人相信轮回之说吗？”

“当然不信，本君只是打个比方。”时缨搓了搓鼻子，“在我们妖界，有一类妖被称为地缚妖。地缚妖原来并非妖籍，只是死后因为执念被困在他死去的地方，与那里的植物共生，这才成了地缚妖。那种妖不能远离那些植物，否则就会死去。看来我们是一不小心着了那地缚妖的道了。”

“这是一个真实的故事吗？那公主也太惨了。”将芜小声道。

时缨瞟了她一眼，心想，这丫头年纪不大，还挺多愁善感。他忍不住揉了揉她的头：“这世上惨的人多了，你同情不完的。”

“那我们就什么也做不了吗？能不能逆天改命，帮一帮他们？”将芜恳切地央求。

“这是已经发生的事情，那个朝代、那些人现在已经不在了。本君虽然有本事，却也没有厉害到这个地步。”时缨遗憾地摇摇头。

将芜沉默。

亲身经历远比道听途说要感染人，虽然不知道自己为何会进去，又为何能够毫发无损地出来，但她只要闭上眼睛，就会想到那只浴火而出的白鹤。

它满怀恨意，满眼悲伤。

一只手在将芜眼前晃了晃，时缨笑道：“怎么，小妮子，你还忘不了了不成？”

忘不了又能怎么办呢？将芜气鼓鼓的，鼓着小腮帮子。

那些守在轿子外的人一个个开始打着呵欠，在肚子里把时缨的祖宗十八代骂了个遍。

一个闫颇就够伺候的了，这会子又来了个时缨，让他们大半夜在荒郊野外喂蚊子。后来大家伙儿实在是熬不住，一个个横七竖八地躺下了，呼噜声震天响。

时缨撩起帘子，踢了踢最近的那个。

那厮还在做美梦，嘟囔着：“别吵别吵。”

闫颇已经找到客栈歇息，现在整个城西还在沉睡，万籁俱寂。

天空泛起了一丝鱼肚白，时缨负手立在窄巷的入口处，看着那冉冉升起的朝阳，也颇有些感慨。

自古以来人们都把妖当成畜生，认为这种生物丑陋、残忍，而谱写妖的故事的人也认为他们一心想变成人，与人类长长久久地生活下去。

但也许并不是这样的呢？他们那样强大，那样自由，反而衬托出人类的脆弱渺小。大概只有傻瓜会渴望回归弱小。

“大人，我们该去找一下那个府尹了，不然明天案子没法查。”将芜在身后拽了拽时缨的衣袖。

时缨回头，道：“你说得不错，是该找找闫颇。”

护城河把城西一分为二，人们都在河流上游洗澡浣衣淘米，天刚蒙蒙亮，桥下就已经有了开始干早活的妇女。

时缨并不理解，这么脏的水，大家是怎么忍着恶心这么做的。

事后想想，这些人祖祖辈辈都是如此，所以他们大概并不觉得脏。

屋子沿河而建，屋门前的树木上拴着晾衣的绳子，一件件衣服把树干都压弯了。

“没想到他们心那么大，昨儿不是还有个男的淹死在这条河里？”将芜也对眼前的情景感到不可思议。

“你还记得？”时缨笑了笑，“说得不错，最近死的都是些漂亮男人，这让我不禁怀疑那妖的品位。”

半个时辰后，时缨和将芜在怡红院里找到了刚刚度完春宵的闫颇。那肥球睡得口水横流，衣不蔽体，被时缨一脚踹到了青楼外。

“娘的，谁打老子！”闫颇拍了自己一巴掌，怒吼道。

“喂，死肥猪。”时缨在二楼喝着酒似笑非笑地看着他，“天亮了。”

发现是时缨，闫颇把满肚子的脏话又咽了回去。

真是有钱的怕当官的，当官的怕为妖的。

闫颇裹着两层被子谄媚地跑上去，嬉皮笑脸道：“时缨公子，您怎么突然就来了？不是说要在路上多耽搁三个时辰吗？我都准备掐准时间去接您了。”

“那倒不必了。”时缨笑眯眯的，“而且现在已经过了三个半时辰了，我看大人你并没有接我和我妹子的意思。”说着，他还掐了一下将芜脸上的肉。

闫颇的脸色更差了。

“我问了，死的全部是二十来岁的美男子，大多都是从这怡红院出去的。而且你还别说，那些人死有余辜。”

“怎么个死有余辜法？”

“这城西虽然是荒僻之地，但是皮肉生意相当红火，一半的人都靠这个营生，有的还混得不错。所以很多纨绔子弟慕名而来，在这里弄死了不少女人，那些死了的女人都被扔进路边的枯井里了。

“就说这昨天死的王少，手上就沾了五条人命。不过这风流的王少长得真不错，养尊处优，细皮嫩肉，比这怡红院的女人还美。”

闫颇擦了擦脸上的汗：“公子的意思是，那妖专门对美男子下手？”

这么说的时候闫颇还暗自庆幸，幸好自己长得丑。

“可以这么说，所以这样一来，案子反倒好办了。”时缨微笑着上下打量闫颇。

闫颇身上的肉抖了抖：“公子的意思是让我命人去扮演美男子？”

“找什么人嘛，你亲自上阵不就行了？”时缨似笑非笑。

闫颇一激灵，自己这衰样怎么看都不像美男。

将芜也打断了时缨恶趣味的提议：“大人，你不觉得你比这府尹更合适当诱饵？”

“本君？”时缨指着自己，蒙了。

怡红院，二楼客房。

将芜此刻香肩半露，与恩客打扮的时缨身体纠缠在一起。她也不知道最后为什么会变成这样，为什么她会乖乖地“躺平任睡”。

“来，本公子还想再吃一颗。”时缨一开始并不同意扮演恩客，却在想出让将芜扮演女妓的绝招时，反口就答应了，而且入戏极快，还给自己加戏，把浪荡公子、纨绔子弟的模样演绎得入木三分。

原本将芜只是打算让时缨一个人做诱饵，把那个喜欢杀美男的妖怪引出来，现在却把自己给搭了进去。

而且随着时间的推移，时缨似乎早把引蛇出洞的目的抛到九霄云外了，只顾乐此不疲地揩油。

“再来，再来，本公子还要吃。”时缨的手不安分地滑到了将芜的大腿外侧，把她的裙摆也跟着撩了上去。

“大、大……”将芜害臊，“大……”

“人”字没出口，她就被时缨用一瓣橘子塞住了嘴巴：“好了，你想说的本公子都知道，我的小美人儿，我今晚一定满足你……”

那白皙精致的脸上染着酡红，嘴唇沾着晶莹的酒水，看得将芜心跳不已。

大人，你这样不合规矩。她在心里小声抗议。

时缨只是无所顾忌地散发着魅力，他用拇指抚摸将芜的嘴唇，眼底荡漾着暧昧的光。

将芜打扮得极美，她从未这样打扮过。以前她像躲在房柱后的丫鬟，现在像能够在人前使唤人的娘娘了。

时缨想，都是他的疏忽，其实她应该多穿些漂亮衣服，多佩戴一些精美首饰。

说来也巧，他俩又开始回想起在水池边的事情——他们一直刻意回避的，时缨告白的事情。

这会子香炉里青烟袅袅，周围浪声不断，尽是靡靡之音。将芜望着身边迷人的男子，觉得晕头转向，竟鬼使神差地开口——

“大人，你好像说过喜欢我？”

时缨刚往嘴里塞了一颗葡萄，差点直接吞进去。

将芜小心翼翼地问：“还是只是当时喜欢而已，现在不喜欢了？”

“不、不是，本君只是……”时缨看着将芜，将芜也看着时缨。

时缨一时语塞。他好像从开始到现在，一直对将芜另眼相看。

“咯咯。”时缨咳了咳，到了这正经剖白时就紧张了，话到嘴边，不出意外地变成了“本君这么大岁数了，手底下把的姑娘没有百个也有十个”。

“啪！”他在心底给了自己一个嘴巴子。说什么呢，都是些没头没脑的。

“那日在水池边只是一时按捺不住……咯咯……那个……”

“大人不必说了，”将芜果然十分失望，“是我想得太好。大人怎么可能对我这来历不明的女子感兴趣？”

她把时缨的手拿开了。

时缨急了，仿佛此刻再不有所行动，就会失去一切。他连忙又抓住将芜的手。

“不、不是的！本君只是嘴硬……”

“真的？”

时缨别过脸。明明是做戏，她为什么突然岔开话题，主动得不像她的作风？

“大人，你是不是要我呀？好一阵又歹一阵的。”将芜气得踩了他一脚，提起裙摆飞快地跑开了。

时缨伸手，却只抓到她的衣摆卷起的一缕风。

“本君不是有意的，这戏……”

他刚起身，整个屋子的烛光忽然灭了，那些刚刚还在吹拉弹唱，低眉浅笑的女子纷纷尖叫。这么暗的光线，他不知道将芜去了哪里。

“小妮子！”他着急地喊。

忽然响起一声鹤唳：“菏泽，你这个阴险小人，还不出来受死！”

有什么东西挡住了时缨的去路。

时缨皱眉，吐出两个火球，把那些灭了的蜡烛全部点燃，才发现火光之中站着一个白衫男人，俨然是幻境之中的东方鹤。

他自埋葬公主以后便飞走了，养精蓄锐至今日方回来复仇。可他哪里知道，沧海桑田，风云变幻，大昭国也已深埋于地底，被一片枯草替代。

他的仇人不再，爱人不再，什么都不复存在了。他在这附近到处寻找与菏泽相貌相似的男人，见一个杀一个。

“你这孽畜，见到本君还不跪下！”时缨皱眉，大马金刀地坐下。那一身红衣在夜里艳得惊心。

东方鹤微微一怔，才知道是妖界魇城的城主降临，手中长剑落地，跪了下来。

“原来就是你这孬货在这里兴风作浪！”刚才不知道在哪个地方风流快活的府尹闫颇忽然出现，瞪着眼睛要踹那东方鹤一脚，被时缨一巴掌扇飞。

“哎哟！”他摔在门上跌下来，门牙少了两颗。

“东方鹤，你要复仇也回来得太晚了吧？”时缨扶了扶额，“这都宋朝了啊，你的仇人也早已化作白骨了。”

东方鹤满面悲愤之色：“我不相信，他那么神通广大的人，怎么可能和王朝一起覆灭？都是因为他，我与公主才会如此不幸。”

“且不说你以前如何如何，光凭你杀了那么多人，不幸的事情还在后头呢！”时缨数了数，“五六七八还是九个人？你杀了几个？”

将芜在旁边小声提醒：“大人，十三个。”

“对，十三个！”时缨已经忘记思考为什么将芜会忽然出现了，冷脸道，“十三条人命，本君如何饶恕你？”

“虽然你是魔君，但此仇不报非君子。”东方鹤依然冷脸。

将芜悄悄走过去，在时缨耳边低语：“大人，你相信轮回之说吗？”

“本君不是说了吗！不相信！”

“是这么回事，”将芜忽然把一个女子扯了出来，“我刚才想跑的时候撞上了这个姑娘。”

那姑娘怯生生抬头，赫然生了一张和柔嘉公主一模一样的脸。

时缨和东方鹤倒吸一口凉气。

时缨还未开口，东方鹤难以置信道：“你叫什么名字？”

“盼兮，今日刚被卖到怡红院。”女子气若游丝地回道。

真巧，盼兮乃柔嘉小名，东方鹤自然记得。

他抓着女子的肩膀：“那，我是谁？”

“我不知道。”盼兮瑟缩着后退一步。

时缨一时间不知道应该怎么办，将芜又悄声道：“这东方鹤杀的都是罪大恶极之人，想来大人你不重罚他，那知府也无话可说。”

时缨笑了笑：“还是小妮子深得我心。”

他又清了清嗓子，道：“东方鹤，本君不知道菏泽是否还活着，但是你之前已经犯下大罪，若是想与盼兮姑娘……”

“大人难道还要横刀夺爱？”东方鹤眸色一凛。

“若是本君开个条件，只要你能做到，就放你一马呢？”

“什么条件？”

时缨搓了搓鼻子：“是这样的，念在你杀的人都是十恶不赦之徒，如果你能够放弃复仇，我便削去你的妖籍，让你与凡人同寿，与这盼兮离开此地，如何？”

他又瞟了眼那鼻青脸肿的闫颇：“想必府尹大人没有意见吧？”

闫颇哪敢有意见，连连点头。

“真的？”东方鹤看了眼陌生又熟悉的盼兮，盼兮看起来十分茫然。

东方鹤咬牙，似乎在做让他很痛苦的抉择：“好，我接受。”

“好。”时缨无聊地伸了伸懒腰，“还以为能找到那条蛇，没想到白跑了一趟。”

将芜笑眯眯的，道：“大人，你不是说不相信轮回吗？”

时缨瞟了眼盼兮。

人有相似，物有相同。

“罢了，如果能给他一个念想，相信又怎么样？”说着，他又捏了捏将芜的脸，“你刚才跑什么？”

将芜无辜地看着他。

怡红院的闹剧结束。

时缨目之所及，只见东方鹤追着盼兮从东门桥一直到了河流上游。

他远远看着，竟失了神。

虽然是别人的梦，时缨到底也有些遗憾。其实他也希望菏泽能被杀死，但是遗憾才是人间常态。

方才乌云密布，房间要靠烛火才能得一丝明亮，此时竟云散日出，天光大亮，将芜站在他身边，和他一起看着斜阳。金色的光芒渐渐消失了，他正想继续之前关于自己喜欢还是不喜欢将芜的话题，她却率先开口了。

“我之前想追问出一个答案，但现在想想，答案又有什么意义？此时此刻，我陪在大人身边，大人并不讨厌我，不就很好了吗？有些人连这样的机会都没有呢。”

时缨微微一怔。继而，他又笑了。

是了，不论白云苍狗还是沧海桑田，至少此时此刻，他们在一起看着落日。

也许，这就是他的回答。他想和将芜一起生活下去。

将芜忍不住抬头看他：“大人，可不可以答应我以后不要找肥遗了？”

时缨望着她的眼睛，第一次从中看到了真正的恐惧。她在害怕，她竟然在害怕。如此神色反而让他无法马上给出答案。

“要求有点过分哟。”他用慌乱的笑搪塞过去。

第四幕

水鲤篇

— 1 —

十二月，冬风涌。

风把柳氏妖宅门前的那副对联都吹飞了，将芜沿街追了五里地才追回来，不免向整天只知道睡懒觉的时缨抱怨起来：“大人！你看看这深宅大院都简陋成什么样子了！”

“什么样子？”时缨从宽袖后露出一双懒散的眼。

一看就是昨日宿醉未醒，眼角的红晕还没有散去。

时缨活了上万年，爱好变了又变，唯独没有改变过的爱好就是睡觉，最近有一个旧爱好又被他捡了起来——饮酒。

活得久的好处就是能够把某项爱好一直玩到腻，压箱底，尘封个千百年再取出来，时间也不会蹉跎一分一毫。

但苦了这个本来就妖气冲天的宅子，现在又变得酒气缭绕了。

将芜捏着鼻子踢了踢做冬梦的时缨：“大人！你看看门前堆的拜帖都那么高了，就不要再偷懒了，起来办正事啦！”

长寿的时缨皱了皱眉，活得久了也有件事很烦人——没事可做的时候无聊，有事可做的时候不想动弹。

“去去去，告诉他们本君没空。”时缨翻了个身。

将芜咬牙，俯身，手掌放在嘴边对着时缨的耳朵大声喊道：“你再不起来就要出！人！命！了！”

时缨神经一绷，爬起来，捏将芜的耳朵：“胆子肥了啊，差点把本君喊聋了。”

“哎呀，疼疼疼。”将芜鼓着腮帮子，气呼呼地打开他的手，把拜帖扔在他身上，“你自己看看吧，整天偷懒，什么时候是个头？”

散落的都是价格不菲的帖子。在纸价飞涨的今日，时缨一眼就看出来了，这是有钱人送上门来了。

不过……

时缨搓了搓鼻子——他缺的又不是钱。

为免将芜闹脾气，时缨姑且拿起一张扫了一眼，原来是府尹闫颇的，甩开，又拿起一张……一连十几张都是闫颇的，时缨不耐烦了，把帖子全扔开了：“去去去，本君不想看！”

将芜从中取了一张鎏金的，跪下，爬过来，展开道：“这可不是闫颇的，这是吏部尚书郎孙志鹏的。一个月后是他父亲大寿，可是有人扬言要在那天杀死他。”

“他死不死跟本君有什么关系？”时缨烦躁地摆摆手，“要死就死得安静些，还送上拜帖，难道想邀请本君去参观不成？”

“大人，你喝酒喝傻了吗？”将芜把他要跌下去的身体稳稳接住，指着拜帖上面黑白分明的大字道，“人家求大人猎妖呢，不是请你去参观的。”

嗯?

时缨瞟了将芜一眼：“小妮子，没想到你今天这么主动，本君还没醒就投怀送抱来了。”

将芜微微一愣，低头——噗，原来这厮在嘲笑她吃他豆腐。她气得放开手，他却顺势抓过她的手：“既然自己靠上来了，本君可不会随便放过你。”

将芜把时缨一脚踢开：“你这妖怪喝完酒怎么这么赖皮！”

时缨嘿嘿笑，伸了个懒腰坐起来，仔细看了眼那拜帖，果不其然，原来是张求救帖，那叫孙志鹏的被妖物缠上了。

“也罢，本君闲着也是闲着，就去会会这孙志鹏。小妮子，”时缨起身，“你去给本君找两件体面的衣衫来。”

别说男人在家待久了会变得蓬头垢面，就是时缨这样的妖闷得久了，胡须也跟那千年老松似的长个不停。

将芜把狐裘大氅都拿了来，还顺便带了一把剪子，把时缨的胡须“咔嚓咔嚓”都给剪短了，又用昨儿杀鸡的刀帮他刮掉了胡楂子，终于收拾出一个体面人儿。

时缨这玄色云纹披风一上身，发顶再插上一根白玉簪子，往雪地里一站，就算别人打趣时缨是她相公，她也不觉得丢人了。

时缨在镜子前左右端详，鼻子动了动，忽然皱眉：“怎么有股臭味？”

“哪儿呢？”将芜的鼻子也动了动。

“就这儿，这儿也有。”时缨举起袖子闻了闻。

将芜嘴角抽了抽：“大人，你多久没洗澡了？”

“洗澡？本君乃仙人，用得着洗澡吗？”

将芜：“……”

她忍不住嘀咕，装什么仙人，明明是大妖！不然你好歹把头发洗一洗？

折腾了三个时辰，时缨和将芜总算到了孙府。适逢孙志鹏公干回家洗澡休息的日子，婢女端了五六盆水出来，才洗干净。

将芜不由得感叹：“大人，这么一看，你爱干净多了。”

时缨搓了搓鼻子：“本来无一物，何处惹尘埃。”

将芜施施然上前送上拜帖，仆人领着他们去见人。孙志鹏的卧室在东边正房的里屋，此刻他只穿着一身洁白的中衣，正对着镜子梳妆。

将“梳妆”二字用于一个男子身上或许过于诡异，不过孙志鹏的确是在梳妆。他洗干净的头发披散在身后，单看背影只觉得像一个美丽的妇人。

泛黄的镜面映出一张美丽的脸孔，面白如雪，眸若点漆，唇若涂丹。他的嘴角挂着一丝浅浅的笑意，因着这张惊为天人的脸，显得十分诡异妖邪。

将芜小声道：“这个人生得好像画出来的一般，实在太完美了，就是失了男子的阳刚之气。”

时缨挑眉：“那你喜欢阴柔一些的还是阳刚一些的？”

将芜脑门滴下一滴冷汗，这绝对是一道送命题。因为时缨本身也颇具阴柔之美，虽然举止粗犷不羁。

但将芜何许人也，她立刻笑出八颗贝齿："那得分人，如果是像大人这样兼具女性与男性的双重特性的，将芜自然神魂颠倒、心醉神往。但如果是像孙大人这样自恋的，将芜看也不看一眼。"

咦……时缨起了一身鸡皮疙瘩，将芜什么时候竟然这么会夸人了？

仆人把他们带到了孙志鹏面前："大人，柳氏妖宅的贵人今日特来拜见。"

"柳氏妖宅？"孙志鹏的语调宛如唱黄梅戏的，婉转诡异，"客人已然登堂，还不快快有请——"

仆人颔首："他们已经到了。"

孙志鹏一惊，转过身。

时缨、将芜就站在他面前，俨然一对神仙眷侣。

孙志鹏一时神采奕奕："早就从闫颇那儿听闻柳氏妖宅主人神通广大，今日一看果然不同凡响，仪表堂堂、衣袂飘逸，真乃神仙中人也。二位上座，上座。"

孙志鹏热情地把他们请到了花厅，又命人看茶赐座。

很快，整个花厅便茶香四溢，暖意融融。

将芜坐在时缨旁边，孙志鹏呷了一口茶，眼皮微微掀起瞟了一眼。

真不愧是超脱世俗的妖，秀恩爱秀到尚书府来了。而且时缨还旁若无人地玩弄着将芜的头发，只差亲手剥葡萄喂入对方的嘴里了。

孙志鹏连忙咳嗽了一下："咯咯。两位……"

"哦。"时缨回过神，把要给将芜吃的桃酥放进自己嘴巴里，桃酥屑从唇上落下，他又用袖子擦了擦。

"什么事？"

孙志鹏一时语塞。

他把茶杯放在檀木桌上，笑了笑："想必拜帖二位已经看过了。自先皇死后，临安便妖乱不绝。魔君您接替了舒阁主的位置，理当肩负起驱逐恶妖的责任。”

时缨又掸了掸将芜身上的桃酥屑，示意孙志鹏有话快说，有屁快放。

“那要大闹你们尚书府的妖是什么来路，你和他什么仇什么怨，给本君细细道来。”

孙志鹏脸上闪过一丝阴鸷，但很快又表现出一副清白无辜的样子：“我哪敢招惹妖怪，都是那妖不知廉耻倒贴我罢了。倒贴不成便恼羞成怒，要杀死我，不过本性使然。”

“本性使然”四字是妖的逆鳞，时缨心底“噌”地起了把火。

他饶有兴味地看着孙志鹏，微微挑起嘴角：“她看上了大人哪一点，竟然恬不知耻到这种地步？”

孙志鹏忽然脸红，一副“这不明摆着”的表情。

时缨不明所以，还是将芜附耳提醒道：“大概是美貌吧。”

时缨差点被自己的口水呛着——美……美貌?

他终于坐直身体，仔仔细细打量起孙志鹏。别说，顶着普通名字的孙志鹏确实美得不似男人——是他不喜欢的娘里娘气的类型。

“既然是情债，那也没什么好说的了，在悲剧发生之前，本君收了她就是。”

“如此便好。”孙志鹏松了一口气，离开座位作揖行礼，“二位的客房早就准备好了，过些时日便是家父的寿诞，为免节外生枝，最近还烦请二位暂住在我的府上。”

“好说。”时缨冷不防捏了一下将芜的脸，“房间在哪儿？”

“后花园池塘西边的两间……”

孙志鹏话没说完，时缨已经抱着将芜化作一缕烟雾消失了。孙志鹏擦了擦眼睛，又连忙追上去，跑了约半刻钟才来到后花园。时缨和将芜正在跟下人讨论房间的布置问题。

时缨喊得最响亮的一句是“要什么两间屋子，本君和将芜只消一间就够了”。

然后，时缨被将芜狠狠踩了一脚：“臭妖怪又打我主意。”

孙志鹏赶忙跑来："二位实在是快，我都跟不上了。"

不过时缨的举止倒是让孙志鹏燃起了希望——看来此次请的神仙比之前的靠谱得多。

隔壁屋子的门忽然开了，一个峨冠博带、仙风道骨的女子走出，拂尘一甩，恍若凌波仙子。不过呢，是七十多岁的凌波仙子，因为她脸上多了些许褶皱。

"哎呀，这位是？"将芜看了眼她那身江湖骗子套装一样的衣衫，暗想，大冬天的穿那么清凉不冷吗？何况她一把年纪了，不怕冻出老寒腿？

老太婆鼻子哼了一声："无知小儿，吾乃凌波仙子是也，汝究竟是何人？"

还真是凌波仙子？

啊呸！

将芜忍住吐槽的冲动，有礼貌地笑了笑："我们是孙大人请来降妖的，我叫将芜。"

凌波老仙子后退一步，一脸惊讶："这么巧，你们也是？"

"难不成……"将芜舌头打卷。

孙志鹏连忙止住她们的话头："无妨无妨，人多力量大嘛，哈哈。大家都住这边，抬头不见低头见，道友之间可以相互切磋一下。"

时缨忍不住吐槽："小妮子，这就是你跟本君说的十万火急？"

半个时辰后，最大的客房圆桌周围坐满了一圈捉妖的。大家以"文人相轻"的姿态斜眼打量着同行。

将芜坐在时缨旁边不停地吃点心。

"吾乃凌波仙子，敢问道友何人？"

"不才夷陵老祖是也。"

"厉害厉害，失敬失敬……"

"哼，吾太乙真人第十八代亲传弟子还没说话，你们两个瘪三瞎嚷嚷什么？"

"……"

时缨也忍不住开始抢将芜手里的点心吃。

也不知道这开的哪门子会，都什么玩意儿。

在他们吃得差不多了，准备回房间休息的时候，凌波老仙子忽然拉住时缨的袖子，一脸少女般娇羞的红晕：“汝这后辈看着俊俏，怎么高傲如斯，没有一点敬老爱老的意识？”

时缨笑了笑：“难不成本君还要对您三跪九叩？”

“汝怎么说话呢？！”凌波老仙子皱眉，“本来吾还想向汝透露一些今日在府上观察所得，但看汝这态度是不想听了，也罢，就让汝这莽撞后生当冤大头吧！”

这话说得人云里雾里，时缨搓了搓鼻子：“您也别‘汝’啊‘吾’的了，听您话里的意思，这府里有猫腻？”

时缨这么一问，众人都安静下来。

看来真的有猫腻，时缨把要睡觉的将芜拉回来，拉了张凳子坐下：“说吧，不是说人多力量大吗？本君倒是没有尝试过跟人一起捉妖。”

“汝让吾说吾就说？”凌波老仙子不满。

时缨起身便走：“不说就算了。”

结果，他又被夷陵老祖拉了回来，凌波老仙子先夷陵老祖一步开口：“年轻人，不是老姐诓你，这孙府一点玩笑都没开，真的有妖。”

时缨嘴角抽了抽——不然为什么你们会在这里？敢情你们以前没见过妖？

夷陵老祖接了句：“而且不仅仅有一只。”

忽然一阵阴风刮起，吹得厚厚的门板发出恶鬼一样凄厉的声响。烛火无风自动，好像随时会熄灭一般。

夷陵老祖一个激灵：“好像现在咱们屋外就来了妖怪。”

“不做亏心事，不怕鬼敲门。”时缨来了兴致，且斟了一盏茶，又把将芜捉进怀中，“本君问那孙志鹏，他只说是妖为他美色所迷，他不应允，所以那妖怪恼羞成怒，要吃了他。”

“他也是这么跟我们说的。不过……”

将芜吃点心的动作一顿，接过话头："这句话不是漏洞百出吗？为什么妖迷上了他的美色却一点办法也没有，还非得等到他父亲八十大寿的时候来搅局？"

"可那姓孙的将我们请来了。"

将芜："……"

那妖怕不怕这些江湖骗子，还真不好说。

时缨也只把将芜的话听入耳中。

要说古怪，整个府上最古怪的应该是那孙志鹏。

此人并不是靠科考当的官，四处钻营拉关系，打点一二，捐出来个小职位，再靠溜须拍马一路高升至此。他在任期间毫无建树，却和不少人交情匪浅，总而言之不是什么好东西。这种人别说妖怪仇家了，素日里想杀他的人也不少。

但孙志鹏平日里都在尚书府办公，鲜少回私宅。府门威严，寻常百姓及妖物不得入内，所以外界对他所知不多。

"这孙志鹏，十分爱惜他的美貌呢。"将芜小声说了一句。

时缨摇摇头："爱美之心人皆有之，不是什么稀罕事。"

"可是他已经到了自恋的地步……"将芜重复道，"正常人不会喜欢这种男人吧？"

"你说得倒是在理，要喜欢也该喜欢本君这样的。"

"你少来！"将芜龇牙咧嘴。其实她想说的是太自恋的人会不会以自我为中心，误会了妖的想法。

时缨笑笑，把脸转向夷陵老祖。

"夷陵老祖，您方才说这府上不止一只妖怪，当真如此？"

"啊……"夷陵老祖正在惊疑不定，现下回了点魂，"错不了。老朽觉得，水池中似乎总有什么东西想和老朽交谈，却不得其法。"

为此他已经被水草卷进池中五次了，每次都是凌波老仙子率众救起的。

太乙真人第十八代亲传弟子也点头附和："我晨起练剑时也常常听到水池之中传来幽怨呜咽之声，好似妇人哭诉。据说那水池子淹死过女人，十有八九都是那孙志鹏玩过的。”

越说越玄乎！时缨听得脑仁儿疼，便道了别，拉过将芜的手，出去吹吹风，离开时众人还好心提醒：“两位千万不要因为好奇心往水池边走，老朽们可不愿意晚上因为救人挨冻。”

时缨充耳不闻。

迎面吹来的冬风，裹挟着雪粒子刮得脸生疼。他发现将芜的手更冷了，于是握紧，将火龙的温度传递于她。

将芜微微抬头：“大人，不是只有在一起了才能牵手吗？”

“咯咯……”时缨脸红，嗫嚅道：“只是怕你冷。”

将芜看着两人紧握的手：“大人的手好暖。”

如果真的在一起就好了，她怅然地想。

时缨似乎知晓她的心意，停下了脚步。他亦想，终归要给她一个归宿的，意乱情迷时说得爽快，冷静下来却没胆子了。

“喜欢吗？”时缨咬咬牙，忽然把她的手放在心口的位置。

他的目光在夜里又一次变得灼灼，握着她的手在微微颤抖。他一定也在害羞，她感到心口处一阵悸动，幸福几乎要满溢而出，耳边却不合时宜地响起阴鸷的女声。

“杀了他！趁现在杀了他！”

将芜惊恐地抽回手：“大人！”

嗯？时缨望着空空的手心，顿时尴尬无比，转过身，道：“本……本君又醉了，我们继续去捉妖吧。”他快步向前，脸红得似要滴血。

将芜反常地没有马上跟来。

她只是凝望他的背影，想，原来终归要分开的。

时缨当她也在害羞，埋头朝水池的方向走。

不知道是不是因为老头老太们的话起了作用，时缨来到池边时竟真的生出一种有恶鬼游荡之感。

风雪呼呼作响。

将芜回到了时缨身边，默默地站着。

夜色下，一池水明亮如散碎的银鳞，两人来到了水池边，只见这水池中的水竟然在流淌，四周的植物也生长得十分茂盛。

水中漂着零星的浮萍，还有沉睡的莲花。

光线让人越来越亮，渐渐地，将芜看到了一团薄纱，在晃动的水波之中越发清晰，接着是被薄纱罩住的躯体，横在水面上，黑色头发在水中招摇着，还有一张双眸紧锁、面色沉寂的女人脸。

水池里突然出现一个女子这件事已经足够惊悚，更惊悚的是她的躯体占据了水池的三分之二——活脱脱一个女巨人。

时缨擦了擦眼睛。

将芜也擦了擦眼睛。

他俩再睁开眼的时候，女人还在。

她像是雕塑一样，散发着神祇方有的圣洁光芒。

这如果不是闹鬼就是神迹了，时缨和将芜摸了摸下巴，又把对方的胳膊捉过来互咬了一下，皆跳了起来："疼疼疼！是真的！"

难道这个女人就是众人口中的水池妖，也是孙志鹏口中想要他们驱除的妖物？

他们正惊疑不定，远处竟有一盏灯向这边飘来，近了些，他们才看清楚，原来是孙志鹏披着披风跑了过来，一个仆人提着灯笼打着伞，另一个还端着一个食盒。

正主来了。也好，正好让他解释一下这水池里的女人是怎么回事。

时缨和将芜站定，等孙志鹏到了面前，才指着水池道："孙大人，你可看见了？"

孙志鹏瞟了眼水池，气定神闲地道："她呀，不妨事。"

将芜眼睛瞪大："这么大一只妖，你一点儿也不惊讶？"

"它仅仅是我的一点小趣味罢了，并不是什么妖。"孙志鹏笑笑，"建造府邸的时候，我特意命人挖了一个水池引活水进来，池底雕了一尊女子像，池上栽种芙蓉，每当池水水面被烈日烤至下降寸许，女子像便破水而出，是不是有一种'出水芙蓉'的妙感？"

时缨与将芜的嘴角抽了抽。

古今中外的奇葩建筑不胜枚举，此等构思却是无出其右。

将芜忍不住抱拳："孙大人，你赢了。"

孙志鹏行礼："仙姑过誉。"

"喀喀。"时缨用咳嗽来提醒两人把目光放到自己身上，顺便把话题扯回，"孙大人，其实有些事我想问问你——关于那妖物，你是不是应该多透露一点信息？"

孙志鹏一愣："比如？"

"比如她生的什么模样。"

孙志鹏想了想，艳艳一笑："可能得边走边说，我跟她的缘分已有十五年之久，不是一时半会儿能够说完的。"

"十五年？"时缨惊讶，"她已经威胁你长达十五年了，还没有下手？"

"魔君误会了，"孙志鹏解释，"只是我已经认识她十五年而已。"

— 2 —

十五年前，时间很久了，远到孙志鹏还在帮父亲卖鱼。

弱冠之年，好读书，中举心切，总而言之，他是个寒窗苦读却怀才不遇的青年。如果来年再考不上，他便只能像父亲那般钓鱼卖鱼，一身腥臭，两手沾血。

有一天，孙志鹏钓上了一条特别的鲤鱼，有人的大腿那么肥，那么长，通体雪白，只有腮边有一片金橘色，好似墨水在水中洇开的样子，漂亮极了。

他们养的是池鱼，钓的也是脏水鱼，这样漂亮的鱼理当卖给富贵人家玩赏。不过它躯体肥大，又不适合装在精巧的水缸里。

鬼使神差地，孙志鹏把鲤鱼带回了家，专门买了一个大盆装着。

将鲤鱼作为观赏鱼，贫苦人家没有这等雅趣。好在孙志鹏一个人读书十分无趣，好说歹说让父亲留下了它。

孙志鹏纵使是悬梁刺股之徒，无奈资质平庸，无论如何苦学都收效甚微。隔壁老王家的公子五岁能背三字经，七岁能成千字文，比起他这个八岁目不识丁的笨蛋，实在是大有希望。

父母屡次劝解他，考不上也不必自苦，卖鱼也是一条出路。

人越是得不到什么，便越想得到什么。孙志鹏想不开，就算他洗干净了，身上还是带着鱼腥味，为了抹除这个印记，他已经很努力了。

他之所以养着那条锦鲤，不过是因为觉得它寓意鲤鱼跃龙门，终有一天会助他腾飞成龙。

于是对那条锦鲤，他可以说是无微不至。怕它冷了怕它暖了，怕它饿了怕它病了。它也十分争气，尽管被养在贫苦人家，但也不曾死去，仿佛被神选中的一般。

它经常把头浮在水面上吐泡泡，鼓鼓的眼睛盯着喂它饵料的孙志鹏。

那是孽缘的开始，孙志鹏是这么认为的。

它记住了他的脸，记得太久了。

第二年，孙志鹏要上京赶考，选了个晴好的天气将那条鲤鱼放生，它来回游了三圈才离去。

孙志鹏认为它是有灵性的，否则不会如此恋主。

在赶考的途中，他甚至做了高中的梦。

成功的人是一根标杆，无声鼓励着那些还未成功的人。但是过于追求极致反而会伤及自身，越是想要得到什么，便越是无法得到什么。

最终，孙志鹏还是名落孙山了。

他一个人坐在酒馆之中喝酒，旁边的文人秀才三五成群地坐在一起高谈阔论，谈话的内容引起了他的注意。

他们说的是一个叫作赵义伦的名门子弟的事。他的生父是金国的大将军何勇，干爹乃当朝宰相之子——黄门侍郎赵璞。他本名十分俗气，后来才改成赵义伦。

赵义伦什么都不用做就已经成了人人羡慕的对象，未来的妻子也是宰相的孙女、临安第一美人婉泠。

真是不公平。

孙志鹏一面这么想一面这么抱怨，他辛苦想到达的终点不过是别人的起点，真是不公平。就算赵义伦每日无所事事，大家也不会嘲笑他是废人，反而人人都以能够被他邀请为荣。

赵义伦做的也不是什么正经事，毕竟身为名将之后，干爹又权倾朝野，如果他再谋个一官半职，此赵家就盖过彼赵家了。

不能入仕的赵义伦以饮酒为乐，隔三岔五便在自己家中举办辩论会，虽然辩论的都不是国家大事，但没有一定的学问和身份，连参加那样的辩论会的资格都没有。

孙志鹏一边鄙夷赵义伦无所作为，一边又想如果自己也是能够被选中的一分子就好了。

但最终，他只能背着包袱回乡，当他的卖鱼郎。

没有人能够资助他继续上京赶考，家里的生意也需要人帮衬，尤其是年后父亲染了风寒，身体底子没有从前那么好了，他更不能为此而任性。

孙志鹏读过一个故事，有个青年为了追求梦想一直漂泊在外，回到家乡不过是因为父亲病了，让他继续经营家里的小本生意。他不同意，却在在外漂泊时为了救人葬身火海，到死那一刻都没有完成梦想。

孙志鹏觉得，他与那青年没什么区别，回乡的路蜿蜒曲折，他站在起点，仿佛已经看到了终点。

在孙志鹏心情低落至极点的时候，一个妙龄女子叩开了他的家门。

那是一个贵族小姐打扮的美人，一身雪白的罗裙，长如黑瀑的秀发，碧蓝的眼睛，眼角两侧沾满了金粉鳞片，腮红呈网格状，漂亮又奇怪。

她自称水鲤，是孙志鹏的邻居，刚刚搬来此处，人生地不熟。她随身带着一个三十多岁的妇人，据说是仆人。

不过那妇人也十分美貌。

水鲤第一天上门就带了十分美味的糕点——糍粑。糯米糕浸了茶叶的香味，里面的芝麻砂糖又香又甜，水鲤的笑容也如暖阳一般。

因为水鲤实在太美貌，街头巷尾议论者不少。

除了想娶她回家的，还有猜测她究竟是何方神圣的，更有甚者，说她其实是娼妇。怎么说呢，就是因为她不曾嫁人，也不干活，平日里深居简出，偶尔还会带几个年轻男人进家门。

那些男人长得也十分俊俏，仿佛画里人一般。

于是众人传言，水鲤和妇人罗婆是做皮肉生意的，怪不得每日打扮得花枝招展，既然如此，她就不是高贵的凤凰，而是公共物品了。

孙志鹏所在的地方名为清水镇，镇上的乡绅恶霸不少，有一个叫王忠的男人是出了名的恶棍，水鲤的名字传入他的耳中后，他二话不说就找上了门。

明明也不是思春的季节，王忠却在第一眼见到水鲤时就鬼迷心窍，口水直流。

王忠和弟兄们坐在她家对面的茶棚里，等她出来，王忠立刻手一挥："弟兄们，给我上！"

大家二话不说便上去抓人。

孙志鹏还在卖鱼，见此情形，心一紧。

王忠把水鲤抓回她家中。然后，他邪笑着一脚把门踹合了。水鲤极为反常，竟一动也不动，他让弟兄们抓紧她的手脚，使其仰面躺在床上。

孙志鹏本不想惹事，可是刚刚吃完水鲤送他的糍粑，心里不是滋味。他心一横，把手擦干净了，抄起一把刀就往水鲤家走。

此时屋外已经聚集了一群看热闹的人，似乎大家都对水鲤的安危不感兴趣，他们感兴趣的是水鲤是不是真的是娼妇。如果真是如此道德败坏的女人，一定不能让她继续留在清水镇。

孙志鹏要进去的时候被母亲拉住了，她气得浑身发抖道："你也被那个贱妇迷了眼睛，想要为此被砍头吗？"

而后又是老生常谈——父亲身体也不大好，她也年事已高，家里就指望他这么一个儿子传宗接代……

孙志鹏瞪着那紧闭的门扉，瞪得眼珠子都要突出来了。他不知怎么想的，忽然没来由地生出一股勇气，恶狠狠地对母亲说：“传宗接代继续卖鱼吗？连一个女人也保护不了，活着还有什么意思？！”

他一脚踹开了门。

然而屋中一片宁静，与他想象的剑拔弩张大相径庭。

屋子里弥散着一股怪味，王忠和弟兄们不知怎么缩在一边，看到他仿佛看到了希望似的，一股脑地往他这边冲。他吓傻了，把砍刀握得更紧，闭上眼睛左右挥砍。

其实他一个人也没砍到，那些人以为他疯了，从他身边溜了出去。

“哎呀，好了好了。”是水鲤的声音让他冷静下来的。

他睁眼，发现水鲤竟然气定神闲地坐在镜子前梳妆，衣衫齐整。

“呆子。”水鲤看着他的眼睛，笑得眼角弯弯，“我没事，你不必紧张。”她顿了顿，又问他：“大家都传我是娼妇，躲在外面看好戏，你为什么要救我？”

孙志鹏挠挠头：“别人说的，又不是我亲眼所见。”

水鲤的眸子微微一亮。她凝视着孙志鹏，似乎想起了什么陈年往事，忽然喃喃道：“果然，公子你一点也没变呢。”

他还是那么傻乎乎的。

故事说到这里，孙志鹏忽然便不说了。天色深沉，他和时缨、将芜已经走到了猎妖师的屋子。

无论是凌波老仙子、夷陵老祖还是太乙真人弟子都回到了各自的屋子修炼，孙志鹏让下人把点心分发下去，自己和时缨、将芜在屋檐下赏雪。

时缨瞟了他一眼，笑了笑：“没想到大人你年轻时也是一个有志青年。”

“魔君这句话倒是像在嘲讽我，”孙志鹏笑，“难道魔君您不曾年轻过？我想但凡年轻过的人都能理解我的感情。”

“年轻？”时缨这才想到算算自己的岁数，算了很久，发现年岁久远，无从算起。

孙志鹏又忍不住笑："看来我一个俗人不该问您这么奇怪的问题。好了，夜色已深，明日我再来向魔君说那个未完的故事。"

仆人远远地走过来，打开伞，为孙志鹏遮着风雪，一主一仆的身影渐渐隐没在夜色中。

时缨揉了揉额角，暗想，孙志鹏的确是一个怪人。

他伸了个懒腰，却听将芜忽然道："大人，凭我的感觉，这孙志鹏应该喜欢过一只叫水鲤的妖物，但是我听说他是有妻子的。"

"他已经成家了？"时缨惊讶。

"不成家才奇怪吧，大人，孙志鹏今年也三十五岁了。"

时缨这才惊觉，身为男人，孙志鹏保养得太好了一点，虽则已三十五岁，瞧着还像二十出头的年轻人。

"他妻子究竟是何许人也？本君怎么没有听说过？"

"大人怎么会做那种听人墙脚的事情。"将芜撇嘴，"我也是无意间听那看茶的小丫头说的，说主母又疯了。我多嘴问了一句主母是谁，他们说是叫婉泠的，也就是原来嫁给赵义伦的那个。赵义伦你记得的吧，宰相之子——黄门侍郎赵璞的义子。后来前宰相被抄家，赵义伦被腰斩，孙志鹏将婉泠赎了出来，娶回家里做了妻子。"

"这不是好事情？怎么还疯了？"

"据说是受了刺激。抄家这么大的事情，她一个妇道人家，看着门庭衰败、亲人惨死，又差点被充为官妓卖进窑子，疯了也是常有的事情。"

时缨不说话。

要不怎么说世事无常？以前风光的赵义伦如今已经成为刀下亡魂，连妻子都被抢了，而原本郁郁不得志的孙志鹏反而成了炙手可热的官场新秀。

令人唏嘘啊，唏嘘。

将芜瞧他烦恼的样子，提议道："要不我们去会会他妻子怎么样？怎么说也是曾经的临安第一大美人。"

"也好，也许能找到什么线索。"

时缨抱着将芜飞到屋顶上。寒气逼人，风雪飒飒，时缨环顾四周，侧耳倾听，有一间屋子里传来了女人的咳嗽声。

时缨抱着将芜朝那边飞去，一眨眼的工夫，便已经飞到了女人的屋前。

室内一灯如豆，隐约透出一个女人的轮廓。

她托着下巴坐在桌子旁边，不知道在想什么。她头上盘着高高的发髻，脖子细长优美。将芜只是看了一个轮廓，就忍不住赞叹。

“好美，一点也不像疯子。不知道我们冒昧打扰夫人，那孙志鹏会不会生气？”

时缨笑了笑：“他生气的时候已经晚了。”大袖一甩，守门的护卫倒地，时缨推开了那扇门，就像一个浪荡子推开妓院的门。

将芜乍一看婉泠，吓了一跳。她轮廓很美，但皮肤松弛，眼窝深陷，颧骨高耸，嘴唇干裂，一半的头发已经白了。

就算是红颜易老，将芜也没见过三十几岁便老成这样的。

婉泠像见到猫的老鼠一般踢翻了凳子跌坐在地上，尖叫道：“贼子害我！”

“还真是一个疯子。”时缨叹了一口气。

“咱们还是走吧，她这叫声要把孙志鹏引来了。”

时缨朝婉泠伸手，她眼底写满惊恐，又瑟缩着往墙边靠，一不小心蹭倒了一个胆瓶。那“啪”的声音在夜里格外清晰，梅花落了一地。

时缨收住步子。看来真的一点办法也没有了，孙家的秘密真多。在事态变得不可收拾以前，时缨和将芜离开了婉泠的房间。

门再次合上后，孙志鹏带着家丁举着火把朝这边冲了过来。

“你们听说了吗，昨夜惠好阁被妖怪袭击了，孙大人连夜带着家丁去救人，但是晚了一步。夫人真是可怜，本来就疯了，还要受到妖怪的骚扰。难道生得俊俏也是孙大人的错吗？”

晨起，时缨刚伸了个懒腰就听到门外传来夷陵老祖的声音。

凌波老仙子也附和道：“家门不幸啊，好端端一人怎么就跟妖怪纠缠不清？那妖怪也是，看上孙大人就看上孙大人，何必把怨气撒在婉泠夫人身上。说不定她的癔症就是被那妖物缠身所致。”

越说越邪乎，时缨要听不下去了。

将芜干脆端着他洗脸的水盆一脚踹开门，一副走路没走稳的样子直接从楼梯上摔了下去，水盆脱手甩了出去，水洒了那两个嚼舌根的老头老太一身。

“不好意思，不好意思。”在将芜就要摔倒的时候，时缨揽臂一抱，又是一个优美的秀恩爱姿势。

凌波老仙子瞪了他们一眼，气得抹了胭脂的脸颊更红了。

两个人很快便离开了，时缨把将芜扶正，理了理她的头发：“你什么时候开始爱作弄人了？”

“谁让他们说我们是妖怪？”

“难道本君不是妖？”

将芜愣了一下。

是呢，她怎么没想到。

“不管，他们说大人和我的坏话。”

时缨搓了搓鼻子，成吧，这大冬天里吃她一盆水，够那两个老骨头受的了。

因着除妖事宜，午间，孙志鹏把所有人都召集到了花厅。孙志鹏眼圈略黑，似乎昨夜没有睡好。

很快，他的话就印证了时缨的猜测。

“不好意思，本该早些去问候诸位，但是昨夜有妖物袭击我的内人，我今早一直在处理惠好阁的事情，一直耽误到现在。”

“孙大人果然恩深义重，据说在您夫人被抄家，要充为官妓的时候，是您不计前嫌将她赎了出来，还不嫌弃她是有夫之妇，八抬大轿迎她过门。”

夷陵老祖哪壶不开提哪壶，被凌波老仙子踩了一脚：“你这老头满嘴喷粪，大家一直避讳说夫人的过去。”

孙志鹏摆摆手，笑道：“无妨，就算我孙某人刻意隐瞒，这件事大约也已尽人皆知。我和婉泠虽然算不上鹣鲽情深，但是在我微末之时，的确对婉泠怀着深切的爱慕之情，迎她过门于我而言不过是得偿所愿而已。”

好一个深情不悔的男子。

时缨喝了一口茶，掰了一块点心送入将芜的嘴里，开口了：“本君有一事不明，昨日大人不是说你科考没有成功，回到清水镇后爱上了一个叫作水鲤的女子吗？”

“啊，”孙志鹏笑容一僵，复又笑道，“那都是十几年前的事情了，三十年河东，三十年河西，何况现在我也不是当初那个小小的卖鱼郎了。”

时光的确能改变许多。

时缨不说话，露出对下文感兴趣的表情。

孙志鹏揉了揉额角，叹口气道：“大概我不说，魔君您也能猜到，那水鲤不是一般人，正是我曾经放生的那条鲤鱼。可笑我当初还一心想着她是不是被人轻薄了……”

王忠离开以后再没有回来，水鲤也消失了一段时间。

孙志鹏不知道他们两人之间究竟发生了什么，好在王忠后来没有找他的麻烦。

有一年祖母身体欠佳，前往邻镇的神医处看病，在那儿住了好些天，孙志鹏一连几天都要乘着一条小船到邻镇给祖母送吃的。

适逢盛夏，暴雨连连，河水暴涨。

在回家的路上，船翻了，孙志鹏在水中游了半日，却怎么也上不了岸。他只觉得脚被什么东西缠住了，冰凉、滑腻，好似女人的罗裙。

他在水中睁开眼，赫然看到一个漂浮着的女子，准确来说，那人便是水鲤。她的手抓着他的脚踝，一直将他拖入旋涡之中。

那张脸如此平静，仿佛已经死去一般。

他醒来的时候暴雨已经停了，他躺在水边，水鲤坐在他身边，饶有兴味地打量着他，笑眯眯的。

“孙小友，你知不知道我其实是这河里的水鬼，早些年被淹死了，因为不甘心所以徘徊不去。不过有人告诉我，如果我再拖一个替死鬼下水，我就能够入轮回。所以我把你拖下了水。”

她说得一本正经，孙志鹏忍不住跳了起来：“你这个女人太可恶了！我招你惹你了？你要如此坑害我！”

他气得脸颊绯红，水鲤看了半日，绷不住笑得上气不接下气。

“真好玩！我骗你呢，你怎么就信了呢？”

他还是第一次看到水鲤笑，不由得呆了。

过了一会儿，水鲤才朝他眨了眨眼：“是不是想问我为什么在这里，当初为什么走了？”

她好像真的有猜测人心的魔力。

孙志鹏点点头。

“事情也没有你想的那么复杂，我见你的船翻了便下水救你。前些日子因为我表哥成亲，我回乡喝喜酒了，今日正好回来。”

水鲤年纪不大，口吻却老气横秋。孙志鹏一开始以为水鲤称呼他为孙小友是为了打趣，纠正了好几次水鲤也不改，只好作罢。

而且她随口乱说的借口，他也信以为真了。

总而言之，水鲤又回来了，并且表现出了一副不会再走的样子。

关于她身为娼妇的流言也渐渐少了，因为人们听到了另一个更为可怕的传言——王忠前段时间不明不白地死了，死状可怖。

人们宁可相信水鲤傍上了大人物，也不愿意相信是她杀的人。她怎么看都只是一个娇柔的女子。

孙家水家为邻居，水鲤时常来串门，时间长了便有人开始撺掇孙志鹏娶水鲤。

孙志鹏二十有三，尚未娶妻，孙家二老盼望着快些抱孙子也是人之常情，可孙志鹏有自己的盘算。

水鲤虽然温柔可爱，但神秘古怪。何况以前他进京赶考的时候养过一条锦鲤，奢望它能帮助自己高中最后却名落孙山的阴影尚未消失，他不想再与水生之物有过多纠缠。

而且孙志鹏听说王员外家的公子虽然没有中举，却也谋了一官半职。只因为他父亲有钱，雇了几个强盗把即将上任的知县给害了，他便顶着知县的名头成了一方青天。

有钱能使鬼推磨，自己一个卖鱼的，怎么才能攒那么多钱?

孙志鹏开始愁眉不展，除了卖鱼就是枯坐。

水鲤时常把自己做的特产拿来与孙志鹏分享。久而久之，她感受到了他的落寞，便借着吃糍粑的话头问他："孙小友，你怎么整日郁郁寡欢，像个思春的小媳妇似的？"

"我……我哪有。"孙志鹏下意识反驳。

糍粑的香味与热气拂过鼻端，孙志鹏想着，总是吃她家的，自己也该礼尚往来。家里不缺肉，都是鱼肉，长的短的圆的扁的。

孙志鹏回屋子取了不少咸鱼干送给水鲤："喏，送你。"

水鲤脸色煞白："这些可用不着。"

见孙志鹏诧异，她嗔怪道："怎么，还指望我这做鱼的爱上你这个杀鱼的？"她一伸手把那些鱼干推了回去，起身回屋，"你这呆子等等，我给你拿些东西来。"

看着那散发臭味的咸鱼，孙志鹏不知怎么的，觉得自己和它们像极了。

— 3 —

很快水鲤就出来了，一大包东西打开后，明晃晃的全是银子。

孙志鹏大惊，却听水鲤道："一颗珍珠换一锭银子，我卖了许多，得了许多银子。你不是一心想去临安吗？用这些钱去吧。"

这么多钱，都够孙志鹏娶亲了，他深感受之有愧。

"水姑娘，难不成你要当我的妻子？"

水鲤微微一愣，旋即脸红："你这呆子说什么呢。"

孙志鹏想着，无功不受禄，水鲤平白无故送他银钱，一定是为了得到什么，这让他深感不安。但想了又想，他还是决定收下银子，然后承诺道："若是日后我孙某人飞黄腾达，一定不会忘记水姑娘的恩情。"

“日后就不必了，”水鲤忽然笑了笑，“我会陪你飞黄腾达的。”

孙志鹏当时还不明白水鲤的意思，但等他收拾行囊准备离开清水镇时，才知道原来水鲤的意思是要和他一起去临安。

“听说那是个繁华之地，我也想开开眼界。”

“水姑娘如此有钱，没去过临安吗？”

水鲤脸颊绯红，道：“这世上有钱的人有许多，也不是人人都去过临安的。”

可是他一个人陪着水鲤去临安，说闲话的人难免会更多，他不知该如何是好。正巧邻里要去临安做生意，于是他和水鲤便跟着商队一起去往临安。

临安果真是一个繁华之地。

高楼林立，熙熙攘攘，富丽堂皇。有数百万人口的城市举世罕见，穿金戴银者比比皆是。水鲤看迷了眼，好些日子没有理会孙志鹏。

孙志鹏乐得清闲，到处打听买卖官爵之事。其实他并非真的想捐一个小官，而是幻想着能得到大人物的赏识，认他人做干爹，这样一来他便也能像那赵义伦一样飞上枝头做凤凰了。

赵璞红运当头，连连高升，如今他权倾朝野，就算赵义伦整日只知道饮酒作乐，也不愁吃穿。

“后来呢？”

孙志鹏说到这里又不说了，引人猜疑。

时缨和将芜正听着好戏，茶水点心吃了一半，下人忽然来报，说婉泠夫人发病了，请孙志鹏去看看。

孙志鹏打算先走一步，时缨也起身道：“大人不要着急，都说夫人可能是被那妖物缠上了，不如让我去看看，如何？”

孙志鹏脸色一变：“内人家事，怎好劳烦魔君？”

“不打紧。”时缨笑了笑，“正好我也有些疑惑，不如去看看。”

孙志鹏思忖半晌，才决定带着时缨和将芜去看看婉泠夫人。

路上，孙志鹏又说了一些关于那妖物的事情。

“我和那妖物闹了矛盾，因为她的模样变化太大了，连我也快认不出来了。你们见过池底那女子雕像吧？那便是我为她而作的。”

池底的雕像？

时缨和将芜印象颇深，那是一个面色沉静的女巨人。

那张脸生得十分美丽，却拒人于千里之外，冰冷、无情。

“我知道她是妖物的时候，她告诉我她已经两千多岁了，所以那次她告诉我真相时才叫我孙小友，她把我当她的孙子看。”

原来才两千多岁——时缨和将芜对视一眼。

不足为患。

这孙志鹏哪里见识过两千多岁的妖怪，直把她描摹得面目可憎，狠毒至极。

“当时得知她的身份后，我着实吓了一跳。魔君知道那高老庄的故事吧？我现在就是那高老庄的高翠兰，她就是那觊觎我的猪妖啊。”

“喀喀。”时缨都替他脸红。

偶尔自恋怡情，太过自恋遭雷劈。

孙志鹏滔滔不绝地说着后面的故事，说着说着就来到了惠好阁。

时缨和将芜重新站在了这阁楼前，只见周围古柏森森，绿荫遮蔽，却没来由地生出一股萧索之意。

将芜碰了碰时缨的胳膊，悄声道：“大人，你说世人都在夸赞这孙志鹏是个情种，可是谁想过婉泠夫人愿不愿意嫁给他？”

时缨搓了搓鼻子：“你想问题的方式倒是与旁人不同。”

隔着一扇门，屋里传出瓷器碎裂声，丫鬟劝说声，还有女人喑哑的骂声。

孙志鹏脸上表情很是尴尬，没有让时缨与将芜马上进去：“实在是让两位见笑了。不知道两位有没有闻到这楼阁附近的妖味？”

孙志鹏的意思是，是不是因为妖邪作祟，婉泠夫人才变得如此疯癫？

时缨搓了搓鼻子，感到不好意思——方圆五里最大的妖怪就是他自己。

“大人，我们还是进去瞧瞧吧。”见他们沉默不语，孙志鹏倒有了些催促的意味。

时缨推门而入，一股阴风吹来，裹挟着浓重的药味。

婉泠夫人坐在太师椅上，一头凌乱白发，满脸皱纹，直勾勾盯着来人。

很难想象美如妇人的孙志鹏金屋藏的竟是这么一个女子——风华不再，疯疯癫癫，还曾嫁作人妇，家道中落。

那婉泠夫人的视线直接越过了时缨与将芜。她伸出那枯瘦如同鸡爪一样的手指，手指与声音一样发着颤："是义伦……是义伦回来了吗？"

她看着孙志鹏的方向。

认错人了。孙志鹏的嘴角抽了抽，却还是过去，装作情深的样子将婉泠夫人抱在怀中。

"是，是我。"

"义伦……"

两行清泪从婉泠夫人的眼角流下。

"你终于回来了，我以为大监真的赐死了你。我让你不要赴鸿门宴的……"

时缨与将芜面面相觑——果不其然，婉泠夫人从来没有爱过他。

孙志鹏安慰了半个时辰，婉泠夫人才平复了心情。孙志鹏拿起梳子给她盘发髻，插上了一根白玉簪子。

虽说婉泠夫人芳华已逝，面上细纹横生，但依稀可以从她如今的模样看出她过往的风华。若说是那时候的她将孙志鹏迷得神魂颠倒，将芜是丝毫不会怀疑的。

可惜就可惜在美人迟暮。

离开的时候，将芜好奇道："孙大人，你夫人心里藏着另一个人，你不会生气吗？"

孙志鹏的笑容很奇怪："怎么会生气？她现在是我的妻子，不是赵义伦的。"

将芜闭嘴。

时缨揉了揉她的头："既然如此，就不打扰孙大人了。"

之后，时缨和将芜又在院子里逛了一段时间。白日看那水池颇为诡异，现在水已经涨起来了，一池碧绿将水鲤的塑像遮住了。

时缨在拱桥上蹲下来，姿势很是不雅地搓了搓鼻子，不知道在找什么。

将芜笑道："大人，你又发现什么了？"

"本君只是想找找附近有没有小喽啰。"时缨看了半日才站起来，脸上浮现出笑意，"好了，还不给本君滚出来？"

将芜不知他在说什么，却见衰败的莲蓬上冒出一只手掌大小的妖精，面无人色道："魔君大人，我、我只是贪玩才……"

小妖精青萍。

时缨搓了搓鼻子，如果他没有记错的话，她也在妖界召回的妖精之列。

是了，为了维持妖界、人界、天界与魔界的和平，但凡妖精犯了错都是要回到自家地盘的，如果非要赖着不走，便不能离开柳氏妖宅一步。

时缨捉住了她的把柄，抬手把她吸到跟前，笑眯眯地问："你在这府中多少日了？"

青萍战战兢兢地答道："池子刚落成就在了。"

"那你对府上的事情知道多少？"问完，时缨想了想，觉得不该问得如此委婉，应该直白一些，"把你知道的关于孙志鹏的一切都告诉本君。"

青萍一时间没有反应过来，愣神间，又被时缨揪住了小辫子："如果知而不报的话……本君好像很久没有用过玲珑珠……"

青萍吓得脸都皱成了一团："我说，我说！"

不管听没听清楚时缨的问题，先说就是了。

然后她摇头晃脑、噼里啪啦倒豆子似的开始说了。

话说这孙志鹏在当上尚书郎以前就看上了这里的地皮，那时候跟他来看房子的是一个很漂亮的女子。

那女子自然就是水鲤。她名字为水鲤，但其实并不是鲤鱼精，而是一只奇怪的水妖。

水鲤对孙志鹏持无条件崇拜态度。

她看起来不谙世事，总是缠着孙志鹏问东问西，比如临安最好吃的是什么，大家穿的衣服为什么总是那些颜色，街上的酒鬼对她说的话是什么意思。

孙志鹏看这块地皮的眼神是饥渴的。

同样想在此处建新府邸的还有赵义伦。

赵义伦在临安的王孙贵族圈中颇有名气，不仅仅因为他显赫的身份地位，更重要的是，他是个俊朗不凡、博学多才的人。

他喜欢在家中宴请友人饮酒作诗，高谈阔论。因为讲的都是些文人才能理解的东西，环境又十分优雅，所以公子王孙都以能够成为他的朋友为荣。

许多临安外的秀才子弟也慕名而来，想要一睹赵义伦的风采。

钱财和文人如鱼涌入大海，赵义伦的府邸门槛都要被络绎不绝的宾客踏破了。

如此还不足以让人羡慕，更难得的是，临安第一美人婉泠，也就是宰相之子赵璞的女儿，也被许配给了赵义伦。但赵义伦对男女之事似乎很随意，成婚之后还纳了几房小妾。

也许对赵义伦而言，女人就像衣服一样可以随意更换，因为娶了美娇妻而被人称道反而是他的耻辱。

夏日酷热难耐，赵义伦决定换一个和友人聚会的地点，于是和孙志鹏看上了同一块地皮。

若是两人竞价，价高者得，也没什么可说的。但孙志鹏可怜就可怜在，他那时还只是一个刚从清水镇来到临安城的卖鱼郎，没有权，没有钱。

赵义伦很快就买下了这块地，在这里建造府邸，名曰子健园。

他还在园中修建了一座观景楼。

工人来这里施工，整日丁零咣当，热闹非凡。

但人的运势难以预料，赵义伦买下这块地以后似乎就把一生的运气用光了。

宰相一朝失势，被忌惮其已久的新帝与其对手一起拉下了台。树倒猢狲散，赵义伦没了可以仰仗的大树，还受到了株连。

他一生都凭着干爹一家散发光芒，一荣俱荣，一损俱损。而那时候孙志鹏已经站好了队，帮着宰相的敌人一个劲地弹劾赵家。大抵是“一山容不得同姓的两只老虎”，那新帝不知怎么想的，竟真的对赵家赶尽杀绝。

“你的意思是说，孙志鹏参与了推倒前宰相的争斗？”时缨搓了搓鼻子，“看来抢妻之事并非偶然。”

这叫作小人得志。孙志鹏乘着东风飞黄腾达，顺便踩了一下以前他羡慕的对象。

“自然不是偶然的，”青萍又想起什么，插嘴道，“孙志鹏以前上门拜访过赵义伦，但是被赵义伦冷落了。”

“有这样的事？”

青萍点头，道：“孙志鹏当不成官，一心想做幕僚，或者像赵义伦这样拜在谁的门下，成为别人的干儿子。那时候赵义伦名气大，孙志鹏去拉关系也不稀奇嘛。奇怪就奇怪在，孙志鹏似乎在很久以前就认识赵义伦了，至少听他的口气是这样。”

“口气也能听出来？”时缨奇怪地扇了扇自己呼出的气息，好像是清水味儿。

将芜和青萍脸都红了。

“大人你正经一点。”蒋芜嫌他丢人。

时缨哈哈笑：“快说快说，本君对这个人越发感兴趣了。”

“就是在八年前，孙志鹏尚未发迹的时候，他曾拿着自己写的诗去拜见赵义伦。他让下人传话，说是赵义伦的故友求见。但是大抵两人认识的时间太久远，赵义伦当时正在和人激动地辩论，突然被下人打断，自然不高兴，又想了半日想不出这孙志鹏是谁，就把他打发走了。”

“故人？”时缨搓了搓鼻子。

原来孙志鹏来临安针对的就是这赵义伦，而那姓赵的到死都不知道自己得罪过谁。

可是不够，得到的信息还远远不够。

时缨搓了搓鼻子。现在矛盾点已经出现了——在孙志鹏的叙述中，赵义伦只是一个路人，是他在科考结束后从别人口中听说的一个贵公子；而在青萍的叙述中，孙志鹏与赵义伦已经认识很久了，孙志鹏甚至曾经想与赵义伦重修旧日情分。

另外，在孙志鹏口中，这妖怪水鲤成熟妩媚，性子清冷；而在青萍口中，水鲤天真单纯，不谙世事。

如果问谁更可信，时缨会毫不犹豫地选择青萍。

孙志鹏请他们捉妖却满口谎话，时缨也没有见过什么妖会因为贪恋美色而扬言要杀人。

为今之计，只有再去其他地方挖掘一下像青萍这样熟知孙志鹏过往的人或者妖了。

时缨揽住将芜的腰："从这里到御街，对于本君而言只是眨眼的工夫，趁着这些日子孙志鹏他父亲的八十大寿寿宴还没有办，我们去调查一番。"

将芜在他怀中不自然地扭了扭。

"大人到时候把水鲤抓起来不就好了？为什么非要节外生枝？"

"你不懂。"时缨搓了搓鼻子，"本君只想求证究竟是我的人有错还是他孙志鹏有错。"

"大人如此护短？"

时缨笑了笑，捏了捏将芜的脸："是舒墨大人教我的，妖不护短，天诛地灭。尤其是对自己身边的人。"

须臾之间，他们已经不在孙府了。

证人并不好找，时缨足足找了三日，才问了个大概。

说什么的都有。

有的说孙志鹏和那赵义伦毫无关系；有的说孙志鹏就是个宵小之辈，在背后捅赵义伦刀子。其中，说得最多的是一个说书人。

因为时缨给了那多舌鬼十几两白银。

"尚书大人的风流史？这个嘛……"多舌鬼一面把银子收进囊中，一面笑，"这多不好意思，我也不是要你的钱。我看公子你一表人才，也不像是坏人，就姑且跟你说说。"

时缨笑而不语。

将芜仰头看他，倒觉得他好看得紧。

“孙志鹏来临安的时候身边的确跟着个美丽的女子，那女子不过二八年华，长得那叫一个水灵，就是看起来憨憨傻傻的，说话也怪得很。

“据小老儿的推测，这女人八成不是什么凡人，因着有一日我瞧见她跟河里的鱼有说有笑的。孙志鹏身无长物，但这女人阔绰得很，三天两头便到集市上卖珍珠。孙志鹏在临安的所有开销都是靠这女人帮衬的，然而孙志鹏又不承认这女人是他的妻子……

“孙志鹏认不认识赵义伦？当然认识。据小老儿推测，赵义伦拜赵璞为干爹之前，曾在清水镇待过一段时间，如果他们相识于微时，那一定就是在那时候认识的。后来孙志鹏不是还作诗去拜访赵义伦了吗？可是那时候赵的权势大、声望高，哪里还记得在清水镇时的玩伴？

“赵义伦为什么会拜赵璞为干爹？公子，你该问为什么赵璞要收这赵义伦为干儿子吧？其实这事有渊源。赵义伦乃金国大将军的遗腹子，赵璞素来敬重那大将军为人，故而四处打听他遗腹子的下落。但是赵璞不喜欢赵义伦，不然怎么会不许赵义伦有实权？赵义伦一心想做实事，到头来却只能流连于宴会中，大家看他表面风光，实际上也不得志。

“哦？不想听这些，想知道赵义伦的风流史？

“这赵义伦没什么好说的，就是因为长得好看又博学多才，得到了婉泠夫人的青睐，近水楼台先得月嘛。婉泠夫人与孙志鹏？具体的我不记得了，但是婉泠夫人的确和孙志鹏见过面。婉泠夫人心地善良，广结善缘，也许曾经让孙志鹏误以为自己有机会吧。”

这个长舌说书人可提供的信息也到此为止。

时缨和将芜又找到了曾经收留孙志鹏的店家。

“两位是打尖还是住店？打听消息？孙尚书？记不得了记不得了……哎呀哎呀，不用这么破费，我好像想起来了。孙尚书几年前的确和一个女子住过我这小店，看样子像一对新婚夫妇，孙尚书对那女子还是很不错的。

“那女子叫什么？好像叫水鲤还是水鱼，反正大家都叫她水姑娘，真名记不住了。水姑娘也就十九岁的模样，模样是不错，不然怎么会引起街上那群无赖的注意。

“对的，小店附近有几个纨绔子弟，看上了水姑娘的美貌，有一天冲进店内要抢走水姑娘，孙尚书当时也在屋里。不知道发生了什么，后来那群纨绔子弟就再没出现过。

“孙尚书还是有才学的，平时经常靠给人写信赚钱，偶尔还会去卖假画赚钱。不是我吹，孙尚书临摹的画几乎可以以假乱真。水姑娘经常卖珍珠？好像有这么回事，水姑娘也不知道从哪里捞了那么多珍珠，但孙尚书好像一点也不奇怪，只是劝她不要太张扬。好像两人还发生过争吵。

“水姑娘是妖？你这么说我倒是想起来了，的确有这样的传闻。有一次有人撞伤了她，明明膝盖都流血了，她却说没事，只过了须臾，伤口就不见了。正常人会这样吗？

“水姑娘肯定喜欢孙尚书，我虽大字不识一个，但情爱这种事情还是看得出来的。而且水姑娘看起来什么事都愿意为孙尚书做。据说孙尚书之所以能在短短几年内平步青云，就是托了这水姑娘的福气。若说水姑娘一点忙都没有帮过，我是不信的。

“水姑娘后来去哪儿了？不知道。孙尚书发迹后就带着水姑娘离开了，后来关于水姑娘的事情我也很少听说，她就像人间蒸发了一样。”

“那你知不知道水鲤现在要杀孙志鹏？”时缨一句话把店老板噎住了，店老板脸憋得通红却说不出半句话。

时缨摇摇头，和将芜离开了小店。

将这么多人的说法汇总在一起从头捋，也只能知道一个大概。

“大人，要不我们先去会会那水鲤，听听她为什么要杀孙志鹏？”

时缨微微一怔。对，他怎么没有想到？

“本君还是有号召力的，对吧？”他不确定地搓了搓鼻子，祭出玲珑珠，结印，一番搜索后，竟然真的搜出了临安大大小小的水妖的位置。

“走吧，本君看看这短到底护得还是护不得。”

— 4 —

虽说不合时宜，但将芜还是问了一句：“大人，为什么我们不一开始就去找那水鲤问个明白，反而要找那些用自己的眼光看东西的路人？”

时缨把玲珑珠收起，捏捏她的脸：“要得知一件事情的全貌，自然不能偏听偏信。就算是那水鲤，也许也是因为偏听偏信所以才产生了杀人的想法。如果能够大事化小，小事化了，本君也算积功德了。”

将芜似懂非懂，但看意思，时缨这是难得有想法了一回。

玲珑珠显示，水鲤藏在绕城而过的临安河内。

“南海水有鲛人，水居如鱼，不废织绩，其眼泣能珠。”水鲤千辛万苦从海边来，住在这冰冷河域，难道只是为了杀死一个自己曾经崇拜的人?

究竟是有何等深仇大恨?

时缨和将芜来到这千丈深的河水边。傍晚，声音渐渐歇了，只剩下桥边的卖花郎和船上的渔女还在吆喝，烟火气在人家的屋顶上冒着。

时缨和将芜一直等到了晚上，月光洒在河上，宛如碎银。

时缨搓了搓鼻子，结印，召唤那水鲤，将芜蹲在河边。不多时，河面忽然犹如沸腾的水，不停地冒泡。

有个女子浴水而出。她生得眉清目秀，唇红齿白，眼睛水灵灵的，好奇地打量着时缨和将芜。

虽说时缨是妖界魔君，但山高皇帝远的，也不是所有的妖物都认识他。

“你也不必看着本君，本君是受孙志鹏孙尚书的邀请前来收你的。”时缨搓了搓鼻子，“但是本君护短，所以给你一个分辩的机会。”

“孙志鹏？”水鲤手扒着河岸边的台阶，一条鱼尾巴在水中若隐若现，“你们是来抓我的？”

水鲤很能抓重点，忽然就从水中一跃而起。水花四溅，她的鱼尾变成了蓝色的罗裙，她口中发出“吱吱”的声音，尖牙微露，语气不善：“放马过来吧！”

将芜吓了一跳：“冷静些，大人可是魔君，你怎么跟自家人打起来了？”

“只要是跟孙志鹏一起的，自家人又如何？魔君又如何？”水鲤凶狠道，“他这个阴险小人，人人得而诛之，你们不帮我反倒帮他，到底是何居心？”

将芜气恼，正要还嘴，时缨摆摆手，将她揽至身后，道：“你知不知道在孙志鹏口中，你是什么形象？本君又不认识你，当然不能随便下结论。”

“我管他如何污蔑我，只要他死了，一切便都无所谓了。”

这水鲤当真像旁人说的那般，单纯，不谙世事，还要加一条——不讲道理。

“你如此憎恶他，总有个理由。”时缨搓了搓鼻子，“如果能说得本君信服，本君就不收你。”

“不必浪费唇舌。”水鲤的脾气比他们想象中的还火暴。她口中念念有词，河中水柱冲天而起，如利箭一般射向时缨。时缨属火，水能灭火，他祭出的火球很快就被水浇灭了。

他不得不拿出宝器玲珑珠。一颗珠子压下来，水鲤只觉浑身的妖力都被封住了，如三山五岳压下来，压得她五脏俱碎，异常难受。

“能够讲明白的事情非要先打一架。”时缨摇摇头，欣赏似的看着被虐的水鲤，“本君本来不想管你们的破事，但是如果你不想就这么不明不白地死了，最好跟本君说清楚。”

水鲤脸憋得通红。

其实她原本还想不识趣地说“死也不会说”这样的话，但她很快就泄气了，开始怀疑自己之前究竟在纠结什么。

她咬牙切齿，一字一句道：“这事能怪我吗？都是他，是他！他从一开始就骗我，骗我杀了赵义伦。”

孙志鹏与赵义伦果然是有渊源的。

在清水镇，孙志鹏与赵义伦都是贫苦人家的孩子，两兄弟自小一起长大，一起读书识字，相约考取功名。

孙志鹏的天赋比赵义伦的高，而且赵义伦每每读书都不求甚解，看起来就不是长大了能有出息的那个。

赵义伦贪玩，家里就一个瞎了眼的干爹，他白天要做饼子去卖，也只等晚上才能看书。但是他懒得看，常常找机会溜出去。他自己不读书，还带坏孙志鹏。

有一日，他神秘兮兮地约孙志鹏去家里玩，孙志鹏去了才发现，原来是他捞了一条漂亮的鱼，装在水缸之中，当他的兄弟。

是的，赵义伦也不知道这鱼的雌雄，就率先跟对方拜了把子。

他说得一本正经："我孙志鹏是个卖鱼的，但今日与你结了善缘，便姑且救你一命，有一口吃的我会给你吃一口，有一口喝的我会给你喝一口，等你康复了，就将你放生。你日后切莫忘记你这兄长的恩德。"然后，他对着鱼缸拜了三拜。

孙志鹏哭笑不得："你自己养了条鱼，却报我的名字，到底想干什么？"

"哎呀，我这是帮你积德。你这杀鱼的放一条鱼，也是件美事。来来来，我瞧过段时间这条鱼就要康复了，到时候这鱼缸和鱼都给你。"

这条鱼的确受了伤，大概是瞎了眼睛，也不知道能不能康复。

赵义伦想一出是一出，孙志鹏只当赵义伦在开玩笑。没想到过了月余，赵义伦果然连鱼带缸一并送给了孙志鹏，还推搡他："我今早卜了一卦，宜放生。孙兄，你业障太多，是该积积德了。"

孙志鹏信了他的话，本来不想去，却因为是进京赶考前夕，怕不去的话这乌鸦嘴会把他的运道给说背了，好歹还是端着水缸去了。

赵义伦且跟着他，躲在树后，招呼来一群看热闹的，笑话道："这孙志鹏最近和一条鱼好上了。你们道好笑不好笑？一个杀鱼的爱上了一条鱼。"

众人跟着笑："稀奇，真是稀奇。"

孙志鹏知道赵义伦在拿他打趣，心里窝火。他捧着那重重的鱼缸，河边坡斜路陡，他一不小心，连人带缸一起摔了下去，鱼从缸中飞起，一跃跃入河中。

水花溅起，如千堆白雪，孙志鹏整个人栽在泥潭中，别提有多狼狈。

他咬牙，咒骂那没事找事的赵义伦，明明只是个卖饼的穷小子，却学纨绔子弟。

不承想那条鱼入水以后又浮出水面，盯着他看起来。

孙志鹏那时一定想不到，他放生的这条鱼原来并不是什么鱼，而是一只修炼千年的妖。

水鲤眼睛好了，浮在水上看恩公的样子，记住了原来恩公生得这个模样，名字是这样的，而后便离开了。

孙志鹏还是照旧过日子。在进京赶考之前，赵义伦忽然开始努力起来，因为天资也算聪颖，他一跃成了夫子口中最有天赋的人。

乡里乡亲的也觉得小镇合该出两个出息子弟，于是凑足了两人的盘缠，让过了乡试的他们进京赶考。

刚入临安，两人宿在一家破落客栈里。备考期间，赵义伦偶尔会出门小逛。他逛得也不深，只是听说临安有大大小小瓦肆一百四十多座，瓦肆内每天都有新鲜表演。他回头对悬梁刺股的孙志鹏道："孙兄，我昨儿去瞧了一场猴戏，很是绝妙，你要不也随我同去？"

"科考在即，我哪有这心思？"孙志鹏摆摆手。

"反正也考不上，为什么那么认真？"赵义伦笑话道，"要知道这临安官宦子弟千千万，哪个不是从小饱读圣贤之书？我们不过在穷乡僻壤跟夫子学了两年，根本比不上人家。"

"我们可是拿了大家的钱进京的，你怎么能说这些丧气话？"孙志鹏争辩道，"你自己不行就罢了，我虽然是寒门子弟，但不觉得自己一定比那些纨绔子弟差。"

"还挺有志气。"赵义伦吃了一口茶，幽幽道，"那到时候可别怪我没告诉你，我在那瓦肆里见到了一个美丽的小娘子……"

赵义伦绘声绘色地描述了那小娘子婉泠如何如何美貌，如何如何温柔端庄，说得孙志鹏拿起书就幻想婉泠的模样。

大家闺秀想来也是偷偷去那破地方的，没想到赵义伦碰上了。

孙志鹏书也看不进去，恼道："她去了一次未必会去第二次，就算我跟你去看猴戏也看不见她。”

“看嘛，孙兄你果然对女人比对猴子感兴趣。”赵义伦笑嘻嘻的，完全就是一个轻浮浪荡子的模样。也许那时候孙志鹏就该意识到了，这人嘴巴厉害，能让人都信他。

孙志鹏看不进书，第二日就跟着赵义伦来到了宰相府邸附近。

官宦人家护卫多如牛毛，孙志鹏道：“我们只要躲在这里偷偷等那婉泠小娘子出来，看一眼就好。”

“只看一眼多没劲，”赵义伦戏谑道，“你不知道这婉泠素有临安第一美人之称，如果能得到她的垂青，这辈子我都没有遗憾了。”

“想什么呢！”孙志鹏急道，“赵璞大人的女儿哪里是我们这粗鄙的乡下人可以觊觎的。你就是那脚下烂泥，别做梦了。”

“燕雀安知鸿鹄之志？”赵义伦狡黠地笑了笑。

赵义伦素来喜欢逗人，孙志鹏也不知道他究竟在想什么。以前那鱼的事情他还没有问责，大抵是因为他并不是很讨厌赵义伦。

怎么说呢，孙志鹏觉得自己没有一点大家风范，循规蹈矩、沉闷无聊，但赵义伦不一样。他像天上的太阳，像游戏人间的小鬼，总能想出孙志鹏想不出的点子。

换句话说，就算不能成为他，跟他站在一起也有机会成为人们目光的焦点。

孙志鹏舍不得这一份奇怪的优越感，尽管那不是因为他自己的本事而得来的。也许他能隐忍至此本身也是一种本事。

赵义伦这么笑完之后也没什么大动作，只是乖乖和孙志鹏一起等。

不知过去了多久，婉泠竟然出来了。

孙志鹏指天发誓，他从来没有见过这么美丽的女子，就算是河边停泊的花船里的歌女，就算是清水镇最有头脸的大爷最宠的小妾，也没有这么美丽。

但她很快就上了轿子，他想偷看也看不着了。

少年时的一见钟情最难熬，孙志鹏很快就想着，若是能再看她几眼就好了。他扯着赵义伦的袖子道："果然出尘绝艳，不知道还有什么办法能再见她一面。"

"看看你，着了道了吧？还说我呢。"赵义伦取笑他，"再过半月便是科考，考完了我们再逗留半月，我有办法再见那婉泠小娘子。"

"真的？"

"真的，为兄何时骗过你？"赵义伦许诺道。

孙志鹏得了许诺，自然十分欢喜，那是一种没来由的自信。不过他那时候不曾想一个问题——兄弟二人同时看上一个女子，结果会如何。

而那女子又会更在意这两兄弟中的哪一个？

孙志鹏回到小店，又开始备考。不知道是不是因为那一眼，他每次看书都毫无精神。

他就这么浑浑噩噩地入了考场，又浑浑噩噩地出了考场。

刚刚松快些，他忙扯着赵义伦的袖子道："赵兄，你不是说有好法子吗？快说快说。"

"你看看你，比我还猴急。"赵义伦笑话道，"八股文写得怎么样？"

他这会子倒吊起孙志鹏的胃口来了。

孙志鹏回想自己考场上的表现，只能用"糟糕至极"四个字形容。

"看你那样我就不问了。不过，我们的盘缠根本不够支撑半个月之久，"赵义伦给孙志鹏泼了盆冷水，"还是先找份能够吃饭的活计再做打算。"

孙志鹏当时根本来不及细细思考一个问题——两个人为了这么荒唐的理由在临安逗留是否值得？就算那婉泠是倾国倾城的美人，就算婉泠真的看上了他，婉泠背后还有一个庞大的家族以及与这个家族联系紧密的势力。

无论是谁阻止，他们都不会有善果。

不过，牡丹花下死，做鬼也风流。孙志鹏被那惊鸿一瞥所迷惑，一心想要跟她在一起。

两人很快就在临安找了一份花农的差事，要干满足足三个月才能走。

这活儿也不是一般人能做的，多亏了赵义伦的鬼点子才让管事的点头。

等一切准备妥当，赵义伦才说出自己那荒谬却真的有可能成功的计划。

相传前朝公主高阳骄纵顽劣，虽然嫁了人，却不甘守妇道，到处和男人私通。赵义伦如此给孙志鹏打气：公主尚且会贪恋美貌，何况一个宰相府的小娘子?

大家闺秀见过大世面，却没见识过真正新奇有趣的玩意儿。如果她厌烦了自己日复一日繁花似锦的生活，那就再好不过了。

婉泠是爱花人士，大抵文人雅士都喜欢花，所以赵义伦的馊主意自然是冒充花农入相府。

婉泠养了许多花，种了满满一个院子，管理花的花农也不少，赵义伦不知道怎么和老花农攀了交情，把自己和孙志鹏都送了进去。

就算是这样，能够看见婉泠的日子也屈指可数。

婉泠偶尔才来看她的花，身后跟着一大批奴仆。她规行矩步，很是端庄，看也不看孙志鹏一眼。

她却是会看赵义伦的，以略带犹疑的眼神，或者说，她在猜测什么。

如是几次，孙志鹏心焦不已。

他是个卖鱼郎，就算读了几年圣贤书，想的也是升官发财之事，不像那些富贵人家的公子以雅士自居。

赵义伦不一样，他虽然喜欢婉泠，却又和那护花者的心境一样，未必想要得到。

不过，他倒真的研究起花来，还笑称若是学了本事回去，就可以当卖花郎了。孙志鹏暗道，清水镇那些人吃饭尚且不饱，穿衣尚且不暖，生病尚且不治，哪有心思养花。

以后每每想起自己当时的想法，孙志鹏就觉得自己愚蠢。

有的人生下来就游戏人间，活得有滋有味，他想得到的太多，反而什么也得不到。

换言之，婉泠那样的人更喜欢有趣的赵义伦。

赵义伦和孙志鹏躲在廊柱后。婉泠刚刚上阁楼看花去了，她养的两株兰花不知道为什么枯萎了，兰花品种极多，幽香沁脾，茎细瓣净，她很是喜欢。

孙志鹏对此毫不知情，赵义伦只是告诉他："我在台阶上放了几颗滚石，待会儿若是她不小心摔下来了，你就赶紧跑过去扶着，这样小娘子就会念着你的好了。"

孙志鹏惊讶道："赵兄你怎可如此？这不是用计英雄救美吗？"

谁知那婉泠竟真的冷不防踩在了滚石上，脚下一滑就仰面摔下来。

众人惊呼："小姐——"

孙志鹏吓得腿软，赵义伦推了他一把没推动，只好自己闪身跃出，稳稳接住了婉泠。

两个人一起跌坐在地，婉泠的裙子几乎把赵义伦包裹了起来，一股温软的香味拂面。

孙志鹏呆呆地看着这一幕，顿时无比懊悔。

为何自己方才不大胆一些？

婉泠被人扶了起来，涨红了脸，扇了赵义伦一巴掌。

"男女授受不亲，你这不入流的东西，也敢碰我？"她那时的眼神传递的大概是这个信息。

赵义伦无所谓地摸了摸脸，等候发落。

婉泠瞪了他许久，最后只淡淡道："你救了我自然有赏。彩音，我们走。"

等人都散去，管事的又把打扫的家丁骂了一顿，让他去领三十板子。孙志鹏看赵义伦那笑嘻嘻的样子，只觉得他没有一点良心。

晚上，孙志鹏悄悄道："赵兄，你平白无故害别人被打，自己也没落半点好处，何苦？幸好今日出头的不是我，不然我也会被打巴掌。"

"你也就那点出息。"赵义伦笑话他，"想要得到美人的心，挨一巴掌就受不了了？那我看你还是别待在临安了，回你的清水镇随便讨个老婆继续卖鱼吧。"

赵义伦这么说，也不知道是不是真的想要有所作为。

总而言之，在孙志鹏浅浅的印象之中，赵义伦与婉泠的接触竟然真的多了起来。就这样日复一日，终于有一日，赵义伦告诉孙志鹏，自己是大将军的遗腹子，而宰相之子赵璞是他父亲的朋友。

“赵大人已经打算收养我，所以往后的路，孙兄你得自己走啦。”赵义伦潇洒地向他作揖告别。

孙志鹏甚至怀疑赵义伦其实早就知道宰相之子会认识他，他之所以接近婉泠，也是为了接近赵璞。

而且，孙志鹏认为赵义伦并不打算接济自己这个同乡。一开始，他给了孙志鹏不少银子回家，还会偶尔捎来几封信件，但渐渐地，银子没了，信也没了。

孙志鹏名落孙山，只能在清水镇灰溜溜地继续当他的卖鱼郎。

同人不同命。

他以前眼界窄，并不能深刻体会这句话的意思，直到他听说赵义伦如何如何风光，如何如何成为临安的风云人物，婉泠如何如何青睐赵义伦之后，他方才体会到其中的厉害。

同人不同命，为什么他是倒霉的那个?

不过转机说来就来。那日他正在卖鱼，有个女子出现了，说找一个叫作孙志鹏的。

“他是我的救命恩人。”水鲤笑眯眯道。

孙志鹏愣了愣：“救命恩人？”

水鲤初次现身时，看起来和周围人大不相同。人人都身着粗布麻衣，她却身披鲛绡，面孔精致得宛若画中精魅，皮肤一丝瑕疵也无。

是了，就是她那近乎完美的外形都让人不得不多看两眼。就算再好看的人近看也会有瑕疵，可她不，她实在是太完美了。

孙志鹏联想到了那条他放生的怪鱼。

“我就是孙志鹏。我何时救过你？”孙志鹏装傻充愣道，“我们是第一次见面吧？”

“你就是恩公。你不记得啦，那年你捡回一条小鱼，养在水缸里，替它治眼睛……”

水鲤中计了。

“我根本不知道，他不仅一眼就认出了我，而且还产生了利用我的心思。”水鲤愤愤地对时缨与将芜道，“那时候赵义伦风头无两，我见孙志鹏一心想要为官，便卖了珍珠助他来到临安，替他寻找赏识他的宿主，甚至花大价钱替他打开仕途之路。但他仍旧不满足，一心想让我坏了赵家的运势，当时他许诺许得天花乱坠，没想到回头就找了几个道士治我，还娶了那个叫婉泠的女人！”

“啪，啪，啪！”将芜忍不住鼓掌。

“见过人渣，没见过这么坏的人渣。”

“现在不就见识到了？”时缨笑了笑，“知道本君有多好了吧，一不坑二不骗的。”

将芜点头如捣蒜，张嘴就是一顿狂吹：“这么一对比，大人果然宛如天神下凡，让我心向往之。”

时缨摇摇头，收回玲珑珠，笑道：“看来这短本君应当护了，不过不可以伤人。”

水鲤大喘了一口气，诧异道：“你想干什么？”

时缨嘴角微微挑起：“顺其自然。”

— 5 —

孙尚书的府邸在临安不算最阔绰最豪华的，甚至不算大，却也舒适雅致。

适逢假期，孙志鹏小住府上，为老父亲的大寿忙里忙外。孙志鹏是个孝子，刚刚升官就把二老接到了临安，二老又帮着乡里乡亲的人，一下子整个孙氏家族连带着旁支的穷亲戚都沾了光，可谓一人得道，鸡犬升天。

孙尚书唯一可被人指摘的便是婚娶一事，因为娶了别人的“弃履”，他年逾三十尚无子嗣，也不纳妾，偌大的院子没个人味儿。

八月初九，弦月渐满。孙府热热闹闹地摆开几百桌酒席，请了戏班子在水榭上唱曲儿。孙家二老穿好了新制的衣衫，坐在主位上，笑容可掬。

孙志鹏招呼众人一桌桌对饮。

时缨、将芜在列，自斟自饮，自说自话。

凌波老仙子和太乙真人第十八代亲传弟子顺了不少吃的，一个个都在院子周围装腔作势地猎妖。

时缨身边坐着通判的家眷——一个风韵犹存的美丽妇人以及她那尚未及笄的女儿少瑗。少瑗是个脸蛋圆圆、眉淡眼长的江南美人，一颦一笑自有风流。

“你这孩子，总是看着别人干什么？”

将芜正吃着蛋羹，忽然就听见这么一句话。

是少妇对少瑗说的。

少瑗脸红，小声回答：“只是觉得公子好看。”

少妇觉得丢人，恼道：“快别说了，女儿家的，多没礼数。”

“不碍事。”时缨笑了笑。

少瑗的脸更红了。

“让公子见笑了，我这个女儿不懂事。只是不知道公子现在在哪里高就，年方几何，府上都有哪些人？”

少妇接话，噼里啪啦倒豆子似的一连问了几个问题。将芜只觉得若不是碍于身份，她的眼珠子也该粘在时缨身上了。

“我是孙大人的旧友，”时缨笑，“家住临安柳氏旧宅内。”

“柳氏？便是那柳白银的柳家吗？”少妇眼睛发亮。

时缨笑眯眯地点头：“正是。”话音刚落，他忽然觉得足面一疼。

是将芜狠狠踩了他一脚。

她眼睛瞪得跟那桃核似的，一副要将面前这吹牛不打草稿的大人瞪死的架势。

“啊，”时缨搓了搓鼻子，一把将将芜揽到怀里，“这位是我内人，将芜。”

少妇和少瑗皆是一愣，将芜的惊讶不亚于她们，一把推开时缨：“你个蠢货乱说什么呢。”说完，她“嘤嘤嘤”地跑走了。

少妇不甘心地道：“原来柳公子已经成家了，方才是我失礼。”

“成家倒是没有成，不过快了。”时缨笑笑，“也许可以尝试一下造小人，不知道会生出什么玩意儿来。”

一番话说得少妇与少瑗面无人色，不禁暗骂，这是从哪里来的满口污言秽语的家伙，真是看走眼了。

少妇拉着少瑗起身往其他桌上坐去了。

时缨也不管，从瓜果盘里抓了几块芝麻糖，便去找跑远的将芜。

将芜一个人站在池边的假山附近，十指揪着帕子不知道在想什么。

“你怎么又跑了？”时缨走过来，又好气又好笑，“不高兴了？”

将芜撇嘴：“你倒是生得一张好嘴，随便就把我说成你的人。你就看着吧，那个爱嚼舌根的不到傍晚就要把这个消息传遍临安，到时候跳进临安河你都洗不清了。”

时缨搓了搓鼻子：“为什么要洗？难道现在换成你看不上本君了？”

“这是看得上与看不上的问题吗？”将芜气道，“我一点心理准备都没有！”

“要什么准备？”时缨无辜道，“月夜那晚本君已经牵了你的手，既然牵了手，你就是本君的人了。”

“你——”将芜被他说得哑口无言。

什么时候他已经默认他们在一起了？

将芜又想逃，讷讷道：“我不跟你说了！”结果，她被时缨拉了回来。他献宝似的变出几块芝麻糖，将其中一块塞进她的嘴里：“乖，先吃糖。”

甜味蔓延，将芜的腮帮子鼓了起来。

“你总拿我开玩笑！”

“还不是因为你比较有趣？”时缨直言不讳。

“那能随便开这样的玩笑吗？如果别人说我们在一起了，我们却没有在一起，那多尴尬啊。”

时缨笑得更厉害了：“话又说回来了，难道你拒绝本君了？”

将芜气鼓鼓的：“牵个手能算数吗？一点也不正式。”

时缨被她绕得没辙了，缴械投降：“好，好，这件事改日再说。回去听戏吧。”

将芜更气了——为什么不再坚持一下，说不定她的心理防线马上就被攻破了呢！

她恼得很，时缨碰她，被她狠狠甩开。

水榭上戏班子“咿咿呀呀”唱着，一曲毕了，那报节目的忽然道：“今日这戏已经唱完，还有一个小把戏，权当给各位大老爷们解解闷。”

他拍了拍挂满铜铃的小鼓，伴随着“丁零丁零”的清响，池水忽然开始冒泡。

孙志鹏脸色都白了，只觉得莫名其妙——他完全没听说过这戏班子还有什么余兴节目。

他催家丁道：“怎么回事？府上那些猎妖师呢？快把柳时缨给我叫来，快！”

他的直觉不会错，是那妖物来了。

家丁不知道孙志鹏为何如此慌张，提着裤子就赶忙找人。

孙志鹏面无人色，想喝口茶水压压惊，却手抖如筛糠，不一会儿茶水便全洒了。他想取汗巾擦拭，竟怎么找也找不着，一时间冷汗如雨。

水池“咕嘟咕嘟”冒着泡，接着，一条人鱼从水中跃起。她不知道用了何种法术，周身竟然折射出淡蓝色的光晕。

众人皆目瞪口呆，以为窥见了神迹，甚至有人刚准备离席，屁股就定格在半坐不坐的姿势，接着是“哗啦啦”如雷鸣般的掌声响起。

孙志鹏气得发疯，大声呵斥道：“哪里来的妖物？！来人啊，还不速速给我拿下！”

人鱼跃进了水中，不一会儿，又浮在水面上远远地看着众人。家丁们不敢轻举妄动，孙志鹏又呵斥道：“都没长耳朵吗？还不速速拿下！”

家丁们这才回神，抄起家伙战战兢兢地朝池中的人鱼叫嚣。

人鱼冷不防露出利齿，发出鹤唳似的鸣叫声，叫声凄厉悠长，惊得家丁们差点连兵器都脱了手。

“怕她做什么！”孙志鹏气得把一个家丁踹下了水，并招呼身边管事的，“还不快去找网，找柳时缨？！”

他又大叫道：“弓弩手何在！给我放箭！立刻！马上！”

整个像一只急得跳墙的狗。

一众家丁早在寿宴之前就准备好了弓弩，此刻已将水池团团围住，誓要给那条人鱼一点颜色看看。

孙志鹏从人群中退出来，抬臂挥袖道：“这不是什么神仙，它只是一只妖，大家快散了去！长福，看好父亲母亲！”

宾客们怪叫起来，一个个乱了方寸，长福连忙吩咐人疏散宾客，自己则趁乱去寻找老爷和老夫人。

弓弩手射出了箭，“嗖嗖嗖”正中两百步开外的人鱼水鲤。

她发出一声凄厉的嘶鸣，看着万千羽箭，尾巴一摆，水花四溅。羽箭遇水而落，纷纷成了淹没在水中的铁棍。

水鲤生得是好看，但再美的妖发怒露出野兽利齿的模样也会让人畏惧。

众人又弄来金丝缠成的巨网，一网罩下，被网住的人极难脱身。而且这网属于猎物越挣扎便收得越紧的类型，水鲤刚刚腾空而起，便被网在了网中，挣扎也是徒劳。

她扑在网中，怒视孙志鹏。

“你个窃贼！”水鲤大叫，“你个窃贼，竟然用如此卑鄙歹毒的办法对付我，不怕遭天谴吗？”

孙志鹏立于众人之中，稍微宽了心。他眼神复杂地凝视着池中的水鲤，她的容颜丝毫没有改变，一如初见之时。

可他的眼角已经有细纹了。年轻时风光无限的人终归会老的，尽管他一直如此努力地维护自己的容颜，希望能与她一样经久不衰，可他不是妖。

“你扬言要杀我，难道就是对的？”孙志鹏冷笑，“你若不杀我，我们便相安无事。我孙志鹏向来不是什么等死的蠢人。”

不一会儿，时缨和将芜一起过来了，看着水池之中被困住的水鲤，时缨面不改色。

“这就是那要杀大人的妖物？”时缨故作不知，“大人你不是已经将她制服了吗？何必请我们这些闲人？”

孙志鹏道：“我恐有变化，还是请魔君大人来处死她比较放心。”

时缨搓了搓鼻子：“你与她究竟有何深仇大恨，非要她死不可？”

“她要杀我！”孙志鹏声色俱厉。

时缨脚尖一点，跃至水面上。他如履平地，单膝跪下，问那水鲤：“孙大人为了自保，这也是无可厚非的事情。但一个巴掌拍不响，你能否将你要杀死孙大人的原因告知众人？”

孙志鹏闻言脸色大变：“魔君，你可千万不要节外生枝，孽畜就是孽畜，杀妖还要理由吗？你若听信她的谗言，我连你一并杀死！”

“那要看你杀不杀得了。”时缨起身站起来，大袖一挥，众人顿时仿佛进入了一片火海之中，一个个烫得脚底破皮，上蹿下跳。

灼化了那金丝网后，水鲤挣扎出来，鱼尾化作双腿，披上鲛绡，厉声道：“孙志鹏，当初明明不是你救我的，为何要冒充恩人的名头？你嫉妒赵义伦的天赋与命运，让我一再迫害他，根本不是君子所为！”

“我不知道你在说什么！”孙志鹏被火烤得脚底冒泡，“魔君大人，您快不要施法了！哎哟，来人啊！”

水鲤愤愤道：“烧死你才好！”

“你到底在乱说什么，我何时欺骗你了？救你的人怎么就不是我了？”孙志鹏仍是叫苦不迭。

“你还说！我亲耳听到赵义伦告诉我的！那些我们当年相处时的点点滴滴，你不记得，他全都记得！”

孙志鹏像被炙烤的泥鳅，哪顾得了水鲤的话？

时缨只觉得好笑，水鲤也罢，孙志鹏也罢，他对此二人的认知是颠来倒去，一下一个样，而这两个人各执一词，的确不好分辨究竟是怎么回事。

时缨撤去了火海，将孙志鹏和水鲤一手一个提到跟前来，拍了拍手，淡淡道：“俗话说夫妻之间哪有隔夜仇，本君还有很多事情理不清楚，现在需要你们把话说开，本君来当一次判官，看看你们到底谁该死。”

孙志鹏与水鲤不约而同地道：“他（她）！”

将芜悄悄压低声音道：“瞧这样子，就算是讲和了也会吵起来。”

“无妨。”时缨想了想，“啪”一声打开折扇，幽幽道，“孙志鹏，你说你救过水鲤，水鲤却说救她的人是赵义伦，你孙志鹏只是冒名顶替的。”

时缨转向水鲤：“水鲤，本君且问你，事实真相到底是谁告诉你的？”

“赵义伦。”水鲤道，“是赵义伦告诉我的。”

约三年前，赵家倒台。

赵家倒台素有缘由，所谓一山不容二虎，前宰相赵璞之父虽是两朝忠臣，但与新帝针锋相对时日已久，更致命的是，他当初站的是新帝兄长的阵营。

水鲤做得不多，只是帮着孙志鹏站对了位置，为赵家倒台加了一把柴，推波助澜了一把。

赵义伦本不用死，可是他的崇拜者甚众，嫉妒者也很多，终归留不得。圣上没饶恕他，放火烧了他的宅院，还命人羁押了他一家上下，拖到午门口斩首。

女眷不在其列。

而实际上，赵义伦在行刑之前便死了，水鲤去送了他一程。

很奇怪，水鲤虽然一直在帮孙志鹏，却不曾接触孙志鹏口中的这个鬼才。

他散着头发，一身白衣，虽然在服刑却依然儒雅。他生得眉目疏朗，是个俊美的男人。比起阴柔相的孙志鹏，他显得比较大气。

“我道是谁来看望我，”他见到水鲤也不惊讶，只淡淡笑道，“原来是你。”

“你认识我？”水鲤惊讶。

“哈哈，就算不认识，能在这时候来看望我的，就是朋友了。”赵义伦有意无意道，“我自小就经历了家破人亡，权势浮名犹如过眼云烟，虽然曾隐蔽在小小的清水镇，也不可避免地走了父亲的老路。”

“你这么说倒像是人家逼你认赵璞做干爹，逼你结党营私，逼你狗眼看人低的。”

“听你这么说，我却想为自己分辩两句。沧海遗珠总是会被找到的，就算我躲得过今日，也躲不过明日。仕途上我碍于身份不能有所作为，只能与朋友整日饮酒作乐，欲加之罪，何患无辞？至于狗眼看人低更是无从说起。只要心中有善，何处不是善？只是那些面目可憎的人将我想得太过丑陋罢了。”

“你说得新鲜，却为何在孙尚书找你的时候将他拒之门外？”水鲤质问他。

“孙尚书？”赵义伦露出疑惑的神色，似乎已经忘记了这个人，但很快，他的神色恢复了平静，只是奇怪地问了一句，“孙志鹏孙尚书？”

“果然，”水鲤冷冷道，“你在高位久了，连自己曾经的兄弟也不记得了。众叛亲离的结果，不是你咎由自取吗？”

“我如何能马上想起来？我这些年得了病，记忆力是越来越差了。”赵义伦无所谓地坐下来，“也是。父亲在朝为官，一直如履薄冰，何故会如此背运？原来有宵小作祟。”

“他是把你当兄弟的，你却没有。你从小欺负他，看不起他，自己飞黄腾达了，也不拉他一把。”水鲤义愤填膺。

“我该帮他吗？”赵义伦反问，“照姑娘的意思，我必须帮他，否则就是错？”

水鲤愣了一下。

赵义伦又道：“因我的无视，因我的发展日益好起来遭到报复就是对的？我没有义务帮他，他更不该因此指责我。”

水鲤不知道该说什么，想想也确实是这样。换句话说，赵义伦只是孙志鹏的假想敌而已，而在赵义伦看来，孙志鹏只是他生命中的过客，两人没有那么好的交情。

“我十三岁那年捡了一条小鱼。我悉心为它治疗，却告诉它它的救命恩人是孙志鹏，让孙志鹏将它放归河中，也算是为他积德，可是他从不曾为我做什么。如果按照你的说法，这也是罪过的话，他百死难赎。”

水鲤记得赵义伦是这么告诉她的，以至于她震惊得忘了言语，等回过神的时候，却见黑血从他口中不断涌出。

“喀喀，喀喀喀……”他擦了擦嘴，笑容很是诡异，“那些痛恨我的、伤害我的，他日也会遭到像我的下场一样的惩罚。你不要以这样的眼神看着我，因为你来晚了，若是想救，也该在我喝下那鸩酒之前……喀喀喀……”

水鲤慌了，大叫起来：“你不可以死！我就是那条鱼，我就是那条鱼！”

但是，她怎么喊叫都是徒劳无功的。

“大人，你说这样的孙志鹏不该杀吗？”水鲤厉声道。

孙志鹏听罢却大笑起来：“原来是这样，原来是这样！他果然是临安第一鬼才，睚眦必报！”

将芜困惑：“大人，怎么刚疯了一个，又疯一个？”

“你知道赵义伦最大的毛病是什么吗？”孙志鹏忽然抓着将芜的肩膀，神经质地道，“他喜欢捉弄人！无论是小时候还是长大后，他说出口的话总是真假参半，你根本不知道该不该信他。他为什么要多问那一句‘孙志鹏孙尚书’？说明他在确认到底是谁将他一步步推下深渊的。他要报复我，就算是死也要报复我！”

他的眼睛似在喷火。

“他故意说一些奇怪的话诱导水鲤，让水鲤以为自己杀死了救命恩人！”

这下别说将芜，连时缨都有点脑仁疼。

这到底是一个男人跟另一个男人的纠葛，还是一个女人跟两个男人的纠葛？

“如果本君没有理解错误的话，事情是这么回事——孙大人是水鲤的救命恩人，依靠水鲤的帮助慢慢地坐到了如今的位子。赵义伦临死之前得知自己是被孙大人所害，所以巧言让水鲤与你孙大人反目，以报家破人亡之仇。”

孙志鹏连连点头：“魔君深知我心。”

“那你是喜欢婉泠夫人多一些，还是喜欢这水鲤多一些？”

孙志鹏忽然脸红：“如果……如果不是她后来突然想杀我，自然是……”

“那你何必娶婉泠夫人，还闹出水鲤因爱生恨的笑话来？”

孙志鹏脸更红：“我也不是不喜欢婉泠。”

“还是料理好你的家务事再说吧！”时缨揉了揉山根，转向另一边，“那水鲤，你是为了报恩还是因为喜欢孙大人才待在他身边的？”

水鲤梗着脖子道：“自然是为了报恩。”

“既然有误会，你们也没有到那难舍难分、相爱相杀的地步，不如由本君做主，你们就此别过，以后谁也不见谁，如何？”

水鲤急道：“这怎么行！我不能确信他是不是在说谎。”

“其实这件事情也没那么难办。你可知猎妖阁前任阁主舒墨大人？他能吐雾成云，看过去未来，你随我去找他求证，只需一两天的工夫。如果孙志鹏说了谎，本君许你第一个杀他。”

水鲤咬牙，瞟了眼那孙志鹏。

时缨笑道：“怎么，还不敢了？”

“有什么不敢的？”水鲤一跺脚，“我今日便立誓，如果孙志鹏骗了我，我一定回来取其狗命。如果只是误会，我恩也报了，以后便老死不相往来。”

“好。”时缨搓了搓鼻子，“若这只是一场误会，本君便会消除孙大人与你相识的记忆，了却这段缘分。”

日子一天天向前，直至三个月后。

孙府已非往日光景。

虽然时间并没过去很长，然而这孙府已门庭萧索，黄叶满地。

时缨和将芜裹着冬衣路过，一个手里拿着一袋冰糖腌渍过的果儿，“吧唧吧唧”吃得不亦乐乎，一个习惯性地搓了搓鼻子。

他们不约而同地停住了脚步。

孙志鹏所言不虚，的确是那赵义伦死前摆了他一道，活活将一个救命恩人说成了一个阴险小人。时缨摘取了他的记忆，仿佛也将他的运势摘走了。

一夜之间，婉泠夫人的病好了，自请落发出家，与孙志鹏和离。而孙志鹏的靠山一朝倾倒，他也遭到贬谪，被外放远地。

一人得道，鸡犬升天；一人失道，满门株连。

总而言之，孙志鹏靠歪门邪道坐上的高位已经不复存在，他的后半生大概都要在远地过清苦日子，年逾三十，无妻无子，可怜得很。

孙志鹏收拾好行囊，雇了一辆马车，先送二老离开，接着又给自己叫了辆车。他爬上车，却见那车夫眼生，细皮嫩肉的，不是自己请的那个。

“你是哪家的？”孙志鹏好奇地问。

别说，那张脸可美了，美得毫无瑕疵，像个女人。

“小的水鲤，是长柏兄让我来的，他今儿有事不来了。”

“水鲤？我好像在哪儿听过这名字。”

“全临安姓水的人多了，也许以前小的和大人见过面呢。”

“也许吧。”孙志鹏挠挠头，上了车。

车子很快开动，水鲤的声音从外面悠悠传过来：“大人，我听说您跟夫人已经和离了，有没有兴趣续弦呢？不如娶一个身体好还不会老的……”

第五幕

将芜篇

— 1 —

山雨欲来风满楼。

自上次水鲤事件之后，时缨与将芜的关系一直不远不近。忽然有一日，时缨不知怎么得罪了将芜，气得她搬出了柳氏妖宅。

时缨搓了搓鼻子，也不好拉下脸去求她回来，姑且晾着她，让她自己住在临安府尹闫颇安排的院子里凉快凉快。

他恰好忙着猎妖。

他执掌临安的一大要紧事就是把名册上出逃的妖物一一捉回去，旁的还好，就是那双身蛇肥遗至今还下落不明。

而最近，临安又出现了连环杀人案。

被害者精魄散尽，一瞧就是被那妖物当成了提高修为的美餐。

时缨和府尹闫颇急坏了。时缨嗅不出肥遗的下落，闫颇等一众凡人也帮不上忙，除了给时缨送来一批又一批的死士，别无他法。

将芜一个人在小院子里住了几日，闷得慌。其实她还在为上次孙志鹏家宴上的事情怄气。

为什么时缨老是这样，刚刚撩得她心旌摇曳就没有下一步了？

撩而不娶是为有罪，时缨罪过大了。

当然，身为被追求的一方，将芜心中是百转愁肠，对时缨也是半推半就。她也有罪，故而躲在这院子里不肯见人。

将芜闷着闷着，觉得这样下去不是事，便想着出去找点事做。

她住在御街西侧，与时缨东西相隔。晚上这御街上的多数人都将回到东侧安眠，整个西侧就像是堕入了冰窖鬼窟，冷清阴森。

她只敢白日出门，去清芳斋买点心，去王氏绸缎庄买布匹，去李家买肉，去孙家买菜。

她穿了一身粉白的袄裙，上面绣着海棠杜鹃，飞针走线之活十分精巧，衬得她甜美可人。她撑着骨伞，发髻上插着玉簪子，银色的花坠子晃眼睛，容易被地痞流氓看上。

果然，她刚出院门三百步，立刻就有猥琐的流氓上来调戏她："哟，姑娘这是要去哪儿呀？"

将芜后退两步，瞪他："关你什么事？"

平时她总是和时缨一起上街，因为有男人在，别人不敢对她胡言乱语，现在她一个人，那些人便什么下贱话都敢说了。

"没想到性子还挺烈，小爷喜欢。"领头的对身后人笑了笑，"还愣着干什么，给我上啊。"

一干人等扑上来就要抓将芜。

将芜惊道："大人救我！"

她下意识喊时缨，可惜时缨不曾出现。

幸运的是，一把折扇飞了过来，将跑在最前面的人的脸都给打歪了。接着，一个身穿月白色长袍的公子踏步飞起，踏着那些猥琐男人的肩膀一脚踹飞一个，最后旋转落地，稳稳接住了抛出的扇子，对将芜露出清风朗月般的笑容。

"姑娘，你没事吧？"

好烂俗的出场。

将芜摇摇头："谢谢你，我没事。"

那些被踹飞的人还想发难，疯了似的冲上来报仇，公子眼睛眨也不眨，手握折扇一阵拳打脚踢，很快，那些人就趴在地上哼哼唧唧。

眼见人渐渐围了过来，将芜连忙把这公子拉到偏僻的一角，小声道：

“公子，可别让那些人记住你的脸，要不然会被报复的。”

“怎么，姑娘你还担心我被报复？”公子顺势向将芜行礼，微微一笑，“在下齐国公府齐岚，若是姑娘担心，可以常常来看我。我来到临安是为了求学，大概会在这里待上一年半载。”

乘虚而入，自报家门。

好套路。

将芜绞了绞手帕：“齐岚公子，若非你今日出手相救，恐怕将芜已经被那群登徒子祸害了。公子的大恩大德，将芜没齿难忘。”

“原来是将芜姑娘。”齐岚微微一笑，“介不介意我称呼你将芜？”

将芜吓了一跳。这人好生自来熟。

将芜匆匆告辞。

如果大人在这里就好了，如果大人在……她不知怎么又想起和时缨在一起的时候，那人虽然大大咧咧，却没做过什么过分的事情。

不过她就是气他这一点，嘴上吹牛吹得厉害，实际上特别容易害羞，好面子。不然这么多天过去了，他怎么不曾来看望她？

将芜路过瓦肆的时候看到上面写着晚上要表演的节目，有耍猴戏的、胸口碎大石的、唱戏的、抛火圈的……她摸了摸口袋，尚且有余钱，反正没有事情做，不如买几张票去看一看。

将芜看中了一场马戏表演，掏出钱：“我——”

一个男人的手也伸过来，和她同时出声。

“我要买这场马戏的票。”

将芜转头，发现又是那齐岚。

齐岚与她一样惊讶：“将芜姑娘？”

“齐公子。”将芜脸红，“好巧。”

“是啊，好巧。我早就听说汴梁的庞氏杂耍班子最近来临安了，一直想来看看。”

“是吗？”将芜尴尬地搓了搓手。

那卖票的分别给了两人各一张票，齐岚喜道：“既然是看的同一场，不如到时候坐在一起如何？”

将芜不好意思道：“齐公子出身于公侯之家，和什么女子在一起都会被人说闲话，公子难道一点也不担心？”

“无妨。”齐岚笑道，“等我高中，就能自己掌管家事了，谁也管不着。”

将芜沉默，暗暗吐槽，这不是八字还没一撇吗？

她冥冥中有一种奇怪的感觉——她的桃花运来了，而且并不是时缨带给她的。

不过齐岚此人，还需要交往一段时间才能知其品性。

要不要给他一个机会？

将芜烦躁，却还是把票给了齐岚：“我们的位置是在一起的吗？”

齐岚莞尔：“到时候报上我的名，让小厮给姑娘挑一个最好的位置。”

因为这次巧遇，齐岚又给她买了些点心糕饼，装了满满一盒子，还雇了马车送她回去。

马车缓行到闫颇买的宅院外，只见一只乌鸦栖在干枯的梧桐树上，眼睛金黄金黄的，盯着马车。梧桐树上还卧着一个男人，乌发红衣，正懒洋洋地假寐。

齐岚撩起帘子，让将芜先下车，还嘱咐道：“姑娘，莫忘了晚上的约定。”

将芜刚下车便瞧见树上的时缨，脸色一变。

“怎么了？”齐岚顺着她的视线看去，只见那树上卧着一个面容妖艳的美男子，眉尾高挑，正一瞬不瞬地盯着他。

齐岚也对时缨笑了笑，而后转向将芜，问道：“姑娘，他是？”

“他……他就是个无赖。”将芜急道。

“无赖？”齐岚笑，“我差点以为姑娘已经嫁作人妇了。”

“才没有呢，是那个不知羞耻的整天觍着脸上门来。”

一番话说得齐岚脸上一阵红一阵白。虽然他知道将芜说的不是自己，但未免有“伤及无辜”的嫌疑。

“抱歉，我不是在说公子。”将芜很快就意识到自己一语双关了。

齐岚大度道：“没关系。想来将芜姑娘和这位兄台关系应该很好，不然也不会当着外人的面说真心话。”

时缨远远地便听见了，从树上跳下来，搓了搓鼻子，一把将将芜揽到身边：“本君与将芜自是难舍难分，你又是从哪儿冒出来的？”

将芜臊得推开他：“你别装作一副跟我很亲密的样子，别叫人误会了。还有，说话注意些，这是齐国公府的公子齐岚，不是无名小辈。”

时缨不屑道：“本君在乎这些？”

“听起来兄台不是凡人？”齐岚微笑。

在时缨说漏嘴之前，将芜及时用糕点封住了他的嘴巴，将他拽回了宅院。关门之前，她扬手道：“晚上我会去的！”

“砰！”

门合上了。将芜看着时缨的唇，时缨的目光极冷，只听他道：“怎么？你还与他有约？什么约定需要晚上执行？”

“你管得着吗？我将芜是大人的什么人？丫鬟？婢女？抑或是你买的奴隶？以前也就罢了，如今我与闫颇大人关系不错，不愁没钱花，可以搬出府住，已经不必受你的管制了。”她吃了火药似的，语气一开口就那么冲。

时缨怒，手上火苗晃动：“就算当你是本君买的奴隶又如何？你别忘了，在金丝巷你只是个做杂务的丫头，本君要了你，供你吃喝，哪曾半分亏待于你！”

“终于说实话了是吧？你觉得自己高人一等，又会妖术，所以我一定不会离开你。”将芜柳眉倒竖，“可你错了，我再不济也是个人，不像你那样喜欢捉弄人，也不喜欢一直被人捉弄。”

她的眼神恶狠狠的，时缨愣了。

“你厌烦我？”

“我现在不想看见你！”

时缨难以置信，威胁道：“你知道本君现在就可以把你捉回妖宅，让那些一直觊觎你的喽啰将你吃干抹净！”

“你自然做得，何苦护着我？不如现在就把我扔进妖怪堆，眼不见心不烦。”将芜梗着脖子。

时缨从她的表情里看到了真正的怒意，也许自己此刻的表情也无比狰狞。

他们的关系已变得这么差了？不是说陪伴比非要把爱宣之于口更重要吗？他那样小心翼翼地约束自己不越雷池半步，就是希望有一天她能够打开心结，真正接纳他。

半晌，时缨淡淡道：“本君近日忙着猎妖，不能时常来看望你，就先走了。”

见他又偃旗息鼓了，将芜愈加烦躁，口吻冷淡道：“既然你公务繁忙，以后便不用来了。我这儿庙小，容不下你这尊大佛。”

时缨挠了挠头——好气呀，他们今天是怎么了？最终他还是不知道应该说什么，只好直接腾空飞起，倏尔便不见了踪影。

屋子里静下来，将芜环顾四周，蓦地发狠将周遭的茶盏全部打碎。

浑蛋，浑蛋，你这个浑蛋！

她气得浑身发抖。

时缨一点也不清楚他千方百计想尽阴谋阳谋都是为了捉拿她，可她心知肚明。

枯坐了一个下午后，将芜算了算，发现时间差不多了，便对着镜子重新梳妆，换了一身衣裳出门。

她撑着骨伞在清冷的长街上慢慢地走，走着走着，竟然走到了金丝巷。

那时时缨就是在这里出价买下她的，十两银子加一文钱，把老鸨噎得够呛。那是她第一次近距离与他对视。后来，她渐渐知晓，原来鼎鼎大名的魔城魔君、妖界战神竟然是一个吊儿郎当的羸弱男子，行事作风浪荡不羁，内心却异乎寻常的正直善良。

那一天，如果他没有伸手拥抱她，如果他的声音不是那么温柔，如果他的身体不是那么温暖，她一定会杀了他，像对待其他男人一样，吃了他的内丹，吸食他的精魂。

偏偏他坦荡赤诚，让她下不了手。自那以后她的内心便划分为阴阳二道，阴之黑蛇躲在暗处，阳之白蛇活在明处。

直到近来，黑白二蛇的力量互相交融，她才感觉自己已经将之前吸食的力量彻底消化，并且能运用自如了。

她打算离开时缨，做回自己。

将芜来到了瓦肆门口。

齐岚和书童的马车就在瓦肆外。雪落了下来，将芜撑着伞走在银色的夜色之中，五官虽称不上精致，却十分耐看。

尤其是她眼角眉梢的风流韵致，勾魂摄魄。

齐岚连忙下车，撑着伞走到将芜身边，将自己的披风解下来给将芜披上。

厚厚的狐裘让将芜身上的雪化了一些，脸也变得暖融融的。她不禁道："公子，你这是……"

"你一个女儿家穿得未免太薄了。你也不要拘泥陈礼，且披上御寒。"齐岚自然而然地接过她的伞，伞骨冰凉，他用手指抚摸了一阵，更觉得冰冷刺骨。

将芜轻轻一笑："谢谢公子。"

齐岚和将芜并排走着，一朵梅花压在将芜鬓角，沾染了脂粉香，香气浓郁扑鼻，齐岚不觉心旌摇曳。

他们入了瓦肆，场馆门外的小厮一看到齐岚，立刻笑逐颜开，将两人引到内场上座。

齐岚请将芜坐下，将芜拜谢入座，齐岚坐在她身边，目光时不时落在她身上。

"将芜姑娘，今天来找你的红衣男子究竟是谁？"

他这纯属没话找话。

将芜抱歉道："他是我原来的主人。我现在有了闲钱，恢复了自由身，谁知他还缠着我不放，让公子见笑了。"

原来以前是下贱女子。齐岚这么想着，不动声色地端起茶盏，吹了吹茶沫，微微一笑：“姑娘不必道歉，这件事原不是你的错。对了，我初到临安，不知道这临安最近可有什么趣事？”

将芜斟酌了会儿，才道：“临安的妖好像又开始兴风作浪，到处杀人了……”

齐岚：“……”

他一愣，随后笑道：“哈哈，将芜姑娘真会开玩笑，这青天白日，朗朗乾坤，哪有什么妖怪？我以为世上原本没有妖，只是人们心里有鬼。”

“是吗？”将芜惊讶道，“公子真是高见，比我那旧主人强了不止百倍。”

“将芜姑娘过誉了。”齐岚自得，又飘飘然道，“姑娘嘴上说自己出身低微，但在我看来倒像是大家闺秀。不知道你那旧主人以前在临安哪儿高就，改日我也去拜会一番。”

将芜喝了一口茶，语气淡淡的：“他呀，是专门负责猎妖的。”

齐岚：“……”

尴尬了小一阵子，他干笑两声：“哈哈，是吗，真是份好差事。”

大概是因为今晚的夜色太美，不适合聊天。齐岚如此安慰自己，然后转过脸，开始心不在焉地吃瓜子。

马戏很快便开始了。

齐岚心道，现下总算有话题了，忙笑道：“将芜姑娘，那马说是能够过火圈，是不是很有意思？”

“经过训练的马自然能过火圈，不如赛马有意思。”将芜又喝了一口茶。

齐岚觉得这天是聊不下去了。

看完了马戏，两人离开瓦肆。

齐岚想寻一个由头让将芜留下，他在临安购置了一个外宅，素日里专门用来做一些见不得人的事情。

他撑着伞，与将芜走到了马车前，斟酌再三，不知该如何开口，将芜却说话了：“公子还不上车？”

齐岚关切道："夜深了，你一个女儿家，独自回去可以吗？"

将芜天真地道："那公子打算怎么办？"

"不如……不如我送你回去？"

将芜轻轻一笑："还是说公子的意思是——让我随你回去？"

齐岚一愣——话说得这么明白，难道没戏？

"我们今日刚刚认识，我贸然去公子府上怕是不好吧。"将芜低头，"如果我这么主动，公子该怀疑我是不是那专门勾引男人的夜行妖精了。"

"怎么会？姑娘如此容貌，怎么看都只是个娇滴滴的弱女子，何况我始终觉得那所谓的妖精之谈都只因人心中有鬼。"齐岚凛然道，"依在下愚见，天生万物皆有感情，就算是精魅鬼怪，也都是有灵性的。如果我被恶鬼所吃，同样化为厉鬼，那我便还存在于这个世上，也没什么可怕的。"

将芜暗惊，忽然笑起来："公子这番见解倒是让我意外，我从来没有听人这么说过。"

好像除了时缨之外，她也是会对旁人有感觉的，是不是因为以前见识太短浅了？

齐岚嗅到了一丝希望的味道，殷勤道："姑娘，夜深寒气重，我送你回去吧。"

这次将芜没有拒绝："有劳公子。"

马车缓缓行在御街上。

"这是这个月第几起了？"闫颇忧心地看着地上的尸体，又是精魂被吸干，小指被砍断。

时缨摆了张凳子在一边随意坐着，手中抓了一把瓜子，百无聊赖地吃着。

"第八起。"他嘴上在回答，心里却想着今天去找将芜时的情景。他特意吩咐黑乌鸦在将芜的宅院门前把风，没想到会撞见将芜与一个陌生男人一起回来。

将芜难道移情别恋了？

不可能，她已经遇上了他这般完美的魔君，还有凡人能入她的眼?

“都第八起了！到底是什么妖？吸干了精魂还不成，非要砍断他们的小指？”闫颇徘徊着，满脸焦虑。

时缨搓了搓鼻子，把思绪拉了回来——世上的确没有喜欢这么做的妖物，所以砍断被害者手指纯粹是凶手的个人喜好吧。

“死者有什么共同特征？”

“哎呀，都说了是清一色的三十岁左右的男人，高的、矮的、胖的、瘦的、好看的、不好看的都有，姓王的、姓赵的都有！”闫颇激动地跳了起来。

时缨示意他少安毋躁。

“再细致一些，第一个名叫王全友，是一个三十五岁左右的走商，家里上有老下有小，妻子的绣活不错，经常靠给别人绣东西补贴家用。这王全友的生意一开始不错，但还是穷到妻子必须出去给人干活才够养家，因为他好赌……

“第二个名叫刘付，三十二岁，单身汉，赌场混混……

“任圭，好赌。

“何有，好赌。

“孙坚，好赌。

“所有人都有一个特征——经常出入赌场，而且是临安最大的钱氏赌坊。”时缨将一粒瓜子去壳，扔进口中，“如果去这钱氏赌坊搜查，一定会有所发现。”

“时缨公子果然高明，我这就安排人去赌坊，公子也一同去，看看里面有没有妖怪吧。”

“我只需在外面转一转便知道了。”时缨决定暂时把将芜的事情抛开。

他本来以为是肥遗作案，但是肥遗素来没有断人小指的喜好。

也许这就是舒墨不愿意当猎妖阁阁主的缘故——办案好累。

不一会儿，时缨与闫颇等人来到了钱氏赌坊的门口。因是夜晚，门前灯笼高挂，影影绰绰透出“钱氏”二字。

据说这赌坊的幕后老板很久以前也是一个赌徒，因为逢赌必赢，成了当之无愧的赌神。积累了足够的资产，他便做起了生意，之后生意越做越大，如今富得流油。

众人在门前站了一会儿，闫颇斟酌着道："公子，您可嗅出什么妖味儿没有？"

时缨搓了搓鼻子："确有几只，黄鼠狼精，或是老鼠精，或是三头鸡……还有一只，与我是旧识，我不便出面。"

"旧识？到底什么来头？"

时缨为难道："妖王座下有八大魔君，本君是其中之一，本君的死对头是那涂山影，这里头有只妖怪曾是涂山影的得力属下。"

闫颇听得云里雾里，但瞧时缨的意思是他不能出面对付那只妖物。而那只妖物也是嫌疑最大的。

闫颇正为难，时缨忽然附耳低语道："本君有一个主意，你且派人进去冒充赌客，一批赢钱，一批输钱，我自有盘算。"

"这……"让公家人进赌坊，不光彩。

"听我的！"时缨一脚把闫颇踢进赌坊。

"公子，您只说让我的属下……"闫颇稀里糊涂的，怎么自己先进来了呢？

时缨笑，招呼了几个闫颇的属下跟着闫颇进去，很快，哥儿几个就被人推搡进了赌坊。

这钱氏赌坊分几个赌场，赌客也分三六九等。

上等的王公贵族素日里只赌些竞技类的比赛，例如赛马、蹴鞠等，偶尔比斗鸡、斗蛐蛐、推牌九，但也是少数。

中等的便是稍微赌得大一些的，专门和大商人赌。

下等的在第一层，乌压压挤了一群人，一个个正为了押大押小争得面红耳赤，骰子在骰盅里"哒哒哒"滚动，整个场子喧嚣无比。

非高端玩家或者常驻贵宾，不可入中等赌场与上等赌场。

闫颇和属下入的是下等赌场，那场面实在是热闹。闫颇也不好意思说自己素日里只去中等赌场，在这里生怕被谁认出来，只好用小妾的帕子蒙住脸，吩咐左右各去一个赌桌，按照时缨的吩咐，有的负责赢钱，有的负责输钱。

说是这么说，但他也没本事控制这帮人的输赢，只好等时缨帮忙。

— 2 —

时缨气定神闲地步入赌场。

他只是游客，并不参与。这里面各桌上的庄家都会作弊出千，以控制赌桌上众人的赢面和输面。

不过……有他在，那些凡人再怎么出千也是徒劳。

三号桌混入了两个闫颇的属下，输三十金为宜。八号桌混入了一个，赢八十金为宜。

他从中搅局，等到了后半夜，那些属下有的输得只剩条裤衩，有的赢得嘴巴都笑裂了。

众人各自出来，发现闫颇正光着膀子缩在寒风中瑟瑟发抖，脸色铁青。

看来时缨没让他赢。

于是一群输钱的府兵和闫颇聚在一起取暖，一面流鼻涕一面问时缨：“公子您到底想干什么？”

“你们且各自回家去，赢钱的装出喜笑颜开的模样，输钱的装出丧气模样。”时缨道，“我想看看那妖物会不会出手。”

他指的是尔顺，也就是涂山影曾经的小弟。

闫颇冻得脸都垮了：“公子好歹赏我们几件衣服穿，这寒冬腊月的，鼻涕都冻成冰锥子了！”

时缨笑道：“这才像嘛。去吧，本君保证你们不会被冻死。”

众人哭叫着离开了。

王辛今年三十三岁，他十三岁便在宫里当差了。临安和下辖的县城不一样，所以衙门里断案掌事的也不是不入流的捕快，而是像他们这样有头有脸的护卫，但现在，他竟然成了一个大冬天里只穿着一条裤衩在街上走的暴露狂。

他恨得牙痒痒，恨不能把时缨放进油锅里炸，炸到两面金黄、皮肤酥脆为止。

刘成今年二十六岁，有着与王辛差不多的人生履历，以后也是能去边关做大事的人才。他的待遇极好，今日赢了三百金，只可惜这笔钱要填那帮赔钱的亏空。

时缨十分公平，他们这些人里没有一个人赢得多，没有一个人输得多。

闫颇想趁机赚一笔都不可能。

那两人背向而行，时缨先是跟着刘成。只见刘成大摇大摆地捧着金子，似乎生怕别人不知晓他今日赚得多一般。

刘成哼着歌，走着走着便觉得身后有一双眼睛盯着他，转头瞧了几次，没发现端倪。他继续走，很快，他发现自己方才并不是做梦，真的有人在跟踪他。

接着，一群人从黑暗中蹿了出来，将他团团围住。

为首的是一个冷面男人，他穿着一身黑色圆领袍，抱着一把弯刀，不参战，只等人将刘成制服了，他再下个命令，将刘成赢的钱抢走。

"有些钱不属于你，别整天在那儿痴心妄想。"男人拍了拍刘成的脸。

原来这就是钱氏赌坊惯用的伎俩，不仅出千让人输钱，就连你赢了的也给抢回来。当然，就算赌坊的人不把钱要回来，那些穷凶极恶的赌徒也不会放过一直赢钱的肥牛。

没点本事背景别进钱氏赌坊，否则下场就不是输得只剩裤衩那么简单了。总而言之，赌坊就是靠上等人养着，而这些下等人又没办法获利，还一直源源不断地送钱，若说那老板不是个富得流油的胖子，时缨委实不相信。

在所有人将要回去的时候，时缨将人拦下。

"尔顺，什么时候你也帮凡人做生意了？难道是涂山影那家伙苛待你了？"

尔顺就是涂山影身边第一打手，也就是那个冷面的弯刀男，他负责管理钱氏赌坊里下等人的银钱流水。

“我当是谁，原来是时缨大人。怎么，我就不能为凡人做事吗？”尔顺笑道，“在涂山影身边哪有在钱老板身边舒坦。”

“但你不觉得你们这样做生意昧良心？”时缨搓了搓鼻子，“这样是要遭报应的。”

“无商不奸。”尔顺无所谓地耸耸肩，“你要将我抓起来，也得问过涂山影的意思。”

“好了，我今天不是来抓你的。你知不知道最近你们赌坊的赌客总是被杀？”

这件事，尔顺有所耳闻。他皱眉：“你怀疑是我做的？”

“非也，我原来怀疑过你，但是你没有斩断人小指的癖好。”

“那你怀疑谁？”

“这正是我好奇的，什么妖物喜欢斩断人的小指？难道不是你们这些放债的？”

是了，赌坊除了做赌这一项生意，还兼放债——小额放债，高利息收债。若是欠债人还不起，赌坊便要派人持刀上门讨要，有的给不起钱，便斩断他的小指为戒，再宽限他几日，逼得他使尽浑身解数凑钱还债。

“未必。我若是要催债，不会只斩断对方一根小指。”尔顺笑道，“何况以我如今的修为，根本看不上那些三十几岁的人的精气。”

时缨搓了搓鼻子，他也是如此认为的。原本他还思忖着是不是那些喜欢吸食壮男精气的狐妖做的，但想来也没什么狐妖口味如此独特，会专门挑选一些年逾三十的赌徒下嘴。

“那又是为什么？”时缨疑惑，“会不会是厌恶赌徒的妇人所为？”

尔顺笑：“我虽不是什么断案高手，但如果你能在涂山影大人面前隐瞒我在人间所为，我可以帮你一次。”

“稀奇稀奇，我的冤家对头竟然要帮我。”时缨也笑，“罢了，你有什么想法，说与本君听。”

“断死者小指是一种报复行为，而且那妖物下手的都是三十多岁的男子，说明此妖应当十分痛恨那些沉溺于赌博的人，也许是这些人之中的某一人的妻室，又或者是认识这些人的妻室的妖，不论是女妖也好，男妖也好，总归是和这些死者的家里人有关的。”

“你说得不错。”时缨陷入了沉思。

他今日之所以撒网，就是打算看看那妖物是否会有所行动，另外就是想抓这尔顺的把柄，好让他回妖界后能本分一些。

要确认嫌犯，自是要一家家走访，但只因时缨之前一味地想直接找出那妖来，反而不曾细细审问那些死者的家属。

也有女妖会专门为女人出气？时缨搓了搓鼻子。

门前的乌鸦睁着金色的眼睛。

马车停在宅院门前后，齐岚先下车，张开怀抱：“将芜姑娘，下来吧。”

将芜探出个脑袋。

他的意思是要抱我下去呢。将芜想着，犹豫了一下，随后还是搭上了他的肩膀。

齐岚将将芜整个儿抱了下来。

温香软玉，诚不我欺。齐岚的手已经松开，却还意犹未尽。

将芜与齐岚说了声谢谢，转身入了院子。那齐岚还像个傻子一样，在原地站了许久。他虽是大家之子，阅人无数，但不知道为什么，别人都入不了他的眼，唯有这将芜，他瞧过一眼便觉得有根丝在勾着他的魂儿，剪不断，理还乱。

也许擅长媚术的女子不一定是最美的，却一定是最招桃花的。他更加好奇，将芜在他之前真的不认识什么男人吗？

坐上车，齐岚吩咐道：“回去后叫两个人守着这里，看看那红衣男人会不会来，还有，去附近打听打听那姑娘的来历。”

马车再次缓缓开动。

时缨别了尔顺，飞跃上屋檐。

那些输钱的还在各自回家的路上，王辛一边咒骂一边瑟缩着走，时缨不知道那妖今日会不会又来作案，且慢慢跟着。

子时，御街上忽然卷起一阵青烟，青烟之中，薄纱飘飘，黑发飞扬，不知道是什么妖物。

时缨皱眉，祭出玲珑珠。那妖物似乎察觉到自己被算计了，吹起了一阵妖风，时缨的玲珑珠也开始忽明忽暗。

时缨伸手挡吹向双眸的风，再回神时，长街上已经空无人影。

果然猜得不错，那妖物会专门挑赌输了的三十几岁的男人下手。

时缨暗怪自己大意，以后想引她出面可不好办了。

他觉得自己心底是有恶趣味的，不然怎么总喜欢整这肥头大耳、大腹便便的闫颇？他搓了搓鼻子，心道，算了，今日之事到此为止。

他腾空而起，在云间穿梭，很快就回到了柳氏妖宅。

乌鸦从枝头飞起，落在他的肩膀上，说了一通鸟语。

“你说那男人抱着将芜下的马车？”时缨脸色一沉。

若只是伸出咸猪手也就罢了，将芜竟然没有拒绝。

时缨火大——怎么回事，才半天工夫，她已经豪放到可以跟陌生男人回家，发生肌肤之亲的地步了？

感到头上隐隐发绿，时缨不思睡眠，又转向那将芜住的宅院飞去。赶明儿就让闫颇将将芜轰出来，真是越来越没规矩。

时缨怒气冲冲地来到了将芜的偏院，却见室内一灯如豆，将芜的影子作看书状。

时缨停下，想，他素日里并不关心将芜在做什么，大抵是因为生活在同一个屋檐下，将芜总是在眼前蹦跶，所以他认为她不会走。

这是她生气的原因吗？如果他现在上前质问她，她会不会反驳——我和你是什么关系，你凭什么干涉我的生活？

其实他很想说的是，天底下除了互相喜欢的男女，谁会允许一个陌生异性与自己住在同一个屋檐下？

他顾忌，只不过是因为迟迟没有将妖怪肥遗捉拿归案，生怕自己爱错了人。但就算他怀疑她，他自问对她也是不错的。

算了，算了。

时缨搓了搓鼻子。她见过自己这么好的郎君，怎么会看得上齐岚那个凡人？

他应该有这份自信。

时缨想了想，来到了屋前，敲了敲门："小妮子，是我。"

影子动了动，接着，有声音传出来："大人又来干什么？我不是说了我这儿庙小，容不下你这尊大佛吗？"

"你与我这样的情分，还说什么见外话。"时缨搓了搓鼻子，"我知道我白日里说的话伤着你了，我认错。你开门，我有话跟你说。"

沉默了一会儿后，将芜还是道："有什么话，隔着门也可以说。"

"你怎么能这样？"时缨恼了，"本君好心好意向你求和，你非要让本君难堪？本来你生气就生得莫名其妙，倒像是本君做得不对了。"

"是啊，是我无理取闹。"门忽然打开，将芜还是怒气冲冲的样子，"我无理取闹，所以我知趣不找你，你为什么不肯放过我？"

"好赖是借着我的关系你才能住在这里，却反倒与我生分了。"时缨也生气，"信不信我明天就让那闫颇把你轰出去？"

将芜愣了一下，继而笑了："你是可以让闫颇大人赶我走，不过我也不是没有去处。我可以去齐岚公子的府上，可以再骗其他男人，你以为我没本事离开你吗？"

时缨被气得眼睛瞪大，青筋暴突，却说不出一个字。

其实那不是问题的关键，关键是，他为什么非要她留在身边？她又为什么非要离开？

"你也不必拿眼珠子瞪我。我近日想通了，你总是怀疑我，所以你虽然喜欢我却不肯全心接纳我，嘴里说着亲密话，却始终与我有隔阂。我虽然不是什么富贵人家养的大小姐，却也是有尊严的。我不需要低声下气求你喜欢，我也会喜欢别的男人。”

“所以，你要放弃我？”时缨难以置信。

“什么事情都可能发生。”将芜关门，背靠着门，淡淡道，“也许我真的爱上了齐公子。”

时缨冷笑。

荒谬，太荒谬了。

“你一个无心之人，怎么可能喜欢谁？你连自己是谁都不清楚，又怎么能奢望别人接纳你？”

屋内沉默了一会儿，将芜似乎已经哭了。

半晌，她才沉声道：“是，你一直都是这么看待我的。”擦了把脸，她又说，“夜深了，我要休息了。”

话音刚落，屋子里的灯便熄灭了。

不可以，这不是他想要的结果！

时缨恼怒，一脚踢开屋门，不悦地问：“到底是谁在拒绝谁？”

他的举动吓了将芜一跳。

将芜背手撑着桌角，时缨俯下身来，捏着她的下巴：“在澡堂不曾做的，本君现在就做了。”

他要吻她，结果，被她扇了一巴掌。

“你疯了！”时缨愣了一下。

火龙就是火龙，一时间急火攻心，他不知道自己究竟在干什么，一切都糟糕透了。

将芜跑了出去。

时缨颓丧地蹲下，以手掩面。他不想当劳什子柳氏妖宅的主人，也不想当劳什子魔君，更不想捉那什么肥遗了。

将芜离开了偏院，却见齐岚的小厮还在门口守着，瞧她出门很是惊讶，跟着跑过来：“姑娘！这半夜三更的，您怎么一个人出来了？”

将芜眼底闪过一丝微红的色泽，她擦了擦脸：“你家公子可方便？我旧主人又来寻我事，我不敢一个人待着了。”

小厮乍一听，以为自己最近没洗耳朵，被耳屎塞住了，不曾听清楚。

“什么？姑娘的意思是要去我家公子府上？”

将芜笑：“怎么，齐公子特意派你守在这里，不正希望如此？”

“瞧您说的。”小厮不好意思地挠挠头，“姑娘您上车吧，我家公子若是知道了，可得高兴坏了。”

小厮跪下，将芜踩着他的背部上了马车。

金色瞳孔的乌鸦扑棱着翅膀飞起来，一下子飞到了院子中。时缨正坐在屋前的台阶上，脸色阴郁。

乌鸦化作一男子，着急道：“魔君大人，将芜姑娘登上了去齐家的马车，您还不快去看看？”

时缨闻言，只是搓了搓鼻子。

“魔君大人！”乌鸦不明白他到底在想什么。

时缨忽然抬头，笑了笑：“本君养她三年又三十六天，如今她倒出息了，可以跟别的男人在一起了。”

“您就不说她一说？”

“本君有什么好说的？左不过是本君三番五次说喜欢她，她却不肯接受罢了，说什么冠冕堂皇的鬼话？说本君介意她是通缉犯，其实她内心也不肯接受本君，只想逃开。”

他以前听过许多故事，其中有一个讲的是有一只竹子精爱上了一只梅花鹿，可是几百年的陪伴比不上半路杀出的一个秀才。他现在成了那竹子精，齐岚成了那秀才。

“罢了，随她去，本君只管捉妖。等本君把妖物都召回妖界，这位置就空了，本君就回去睡觉，睡他个千百年再说。”

马车上，将芜从兜里取出一面小镜子，细细端详自己的眉眼。

眼睛很肿，得用妆面盖过，粉斑驳了，胭脂味过于浓郁，也得盖一盖。她倒是有心思这么做，却越描越烦躁。

时缨的面容在眼前挥之不去。

将芜把镜子扔在车内，一脸愤愤。

很快，马车到了一个三进三出的院落的角门前。将芜下了马车，纤纤素手搭在小厮的手上，小厮不禁惊叹这姑娘果然柔若无骨。

将芜跟着小厮款款前行，步入内院，好似没有脚一般。小厮偶尔回头，只见她笑靥如花，说不出的诡异。

“姑娘是紧张了？”小厮忍不住想找个话题。

将芜掩唇一笑：“何出此言？”

她不笑便罢，一笑便恍若仙子，小厮的魂儿都没了。

“我……我只是觉得姑娘走路的姿势很是奇怪。”

将芜掩着嘴唇，舌头分明是蛇的芯子，时不时吐出，一双眼睛也变成了梭子形，瓦蓝瓦蓝的。

“可能是因为天气严寒，所以走路也娇柔无力了。”将芜笑，被掩盖在月白色裙裾下的双足已经软得没了骨头。

小厮越发觉得脊背生寒，很快，那齐岚便出现了，惊讶道：“将芜姑娘如何深夜来访？”

“我的旧主人将我骂了一顿，又说要赶我走，我无处可去，只好来投奔公子。”

“竟有此事！”齐岚义愤填膺，“我早就知道你那旧主人不是什么善良之徒，他今日看到你我之事，一定怀恨在心。你不要再回去了，便在我这里歇下吧。来福，去安排一间上等客房给将芜姑娘。”

将芜盈盈一拜：“多谢公子。”

齐岚和将芜去看屋子，小厮来福介绍了一圈，齐岚便让他去吩咐厨房烧水，给将芜洗漱。

很快，屋子里只剩下齐岚与将芜。

将芜忽然挑唇一笑，呼一口气，那门便合上了。齐岚听到关门声，笑道：“夜里风大，我待会儿再让人给姑娘多送两床被子。”

将芜款款走到床边坐下，手抚摸着锦被。

“我深夜来投奔公子，公子却处处守礼。不知道这青天白日里做英雄，阒静月夜里做君子是什么感受？”

将芜忽然转换的语气让齐岚微微一愣。

“青天白日里做英雄”，说的是他白日里英雄救美之事。那时候主动的是他。

“阒静月夜里做君子”，说的是他现在与她共处一室还恪守礼节，与白日里的作风不符。

将芜侧脸微抬，眼波流转：“我如今已投怀送抱，公子难道忍心让我一个人独守空闺？”

那撩人模样让人心痒难耐。

齐岚索性反锁了门，如狼似虎地扑上去：“当然不！姑娘前来自是让我心旌摇曳，只是担心行动太快会吓着姑娘。”

将芜笑，伸手钩着齐岚身后的发带把玩，时不时吐出芯子。

“我只说了一句话，公子便现了原形，果然是不经挑逗。”

齐岚不知道她的意思，却见嘴下想要吻的人忽然变了模样——蓝睛白面，眼尾上挑，一条舌头长而细，时不时吐出。

“啊！”齐岚吓得面无人色，向后跌坐，却觉得身下软而滑腻，一低头，才发现自己坐在了一条蛇尾上。

齐岚两眼翻白，晕了过去。

将芜摇摇头，蛇头凑近晕倒的齐岚，身体一分为二，头也变成了两颗。她有两具身体，一条尾巴，正是时缨一直以来想要捉拿的双身蛇肥遗。

她伸手，拍了拍齐岚的脸，齐岚睁眼，发现她有两具身体两颗头，登时又晕过去。

将芜扶额，一巴掌再次把他扇醒了。

齐岚吓得面无人色，哆哆嗦嗦道：“大王饶命，大王饶命，是小的有眼无珠……”

“你莫要在这里丢人现眼了。”将芜冷笑，“我算什么大王，你就这么称呼我？”

齐岚还是磕头如捣蒜：“小的有眼无珠，有眼无珠……”

“我有那么可怕吗？怎么人人见了我真正的模样都吓得半死？”将芜收了尾巴，恢复人类模样。

“我原来以为你能说出那番话，说明你和别人是不一样的，却原来还是凡夫俗子。”

什么鬼怪精魅也有灵性，什么即便被恶鬼所伤化为厉鬼，也依然存于天地间。

她还以为他与时缨不一样，却原来比时缨差多了。

“我错了，大王我错了，我原不知这世上真的有妖，不然绝对不会在您面前唐突，请您看在我不曾对您做任何坏事的分上，饶了我吧……”

齐岚只顾着告饶，没有一点贵公子应有的气派风度。

将芜越发失望，冷淡道：“八岁孩童仍能临死不惧，说出‘覆巢之下，复有完卵乎’这等千古绝唱。我如今既不是来吃你的也不是来收你的，你却如此失态，真教我失望。”

“失望”两字如有千钧，一下子压得齐岚喘不过气。他止不住地发抖，不停地发抖。

将芜慢慢地走过去。越近，他的头越低。

将芜忽然生出了杀人的心思，吐出芯子，露出利齿，便要咬他的脖子……忽然，她又止住了动作。

一个没意思的人，吃起来都没意思。他若是有一分他嘴上说出的胆色，她便不会伤他。他若是知道她的身份之后疯狂地溜走，或是打算攻击她，她就会毫不犹豫地杀死他。

可他已经被恐惧支配，完全不知道自己应该干什么。

将芜的指甲划过他的颈项，离开了。

— 3 —

第二日，闫颇把宿醉的时缨叫到了知府衙门。

时缨一直睡到申时方醒，一醒来便满世界找缸吐。闫颇忙命人把痰盂找来，时缨差点一头栽在痰盂里。

闫颇擦了擦汗："平日里也没瞧着公子您这么爱喝酒啊，这会子怎么醉成了这样？"

时缨喝了两口茶，又悉数吐出，揉了揉额头道："本君喜欢哪天喝就哪天喝。你找我有什么事？"

闫颇不敢得罪他，只道："公子不是吩咐我去调查死者的家属吗？我找到了几个可疑的，正想约公子去瞧瞧。"

"哦？"时缨搓了搓鼻子，"成吧，先说说有几人。"

"第一人是任圭的妻子刘氏。任圭家资颇丰，家中养着一个正妻刘氏，一个小妾何氏。刘氏刘凤儿是个生得很不错，但是一直不得宠的正室，因为时常劝阻任圭不要沉迷于赌博而遭到任圭厌弃。不过……"

凡事总有个不过。

"在任圭死前，刘凤儿不知道为什么突然又得宠起来，越来越有了主母的意思。任圭死后，财产也顺理成章地落到了刘凤儿手中。"闫颇神秘兮兮地道，"更蹊跷的是，众人都说刘氏那些日子仿佛换了一张脸，变得十分美貌。"

"没想到大人还会说书，"时缨笑了笑，"真是小看你了。你的意思是说，任圭死之前便立了遗嘱，交代了死后财产归刘凤儿所生的嫡子所有？"

"是这么回事。但公子，这世上哪有这么巧合的事情？前脚刚立了对刘凤儿有利的遗嘱，后脚人就死了。"

"你这脑子也有派上用场的时候。"时缨笑了笑。

"这第二人便是那何有的妻子王氏。何有与那一众赌鬼不同，他这些年赢面大于输面，并且在赢钱之后也不曾遭到痛打。他和妻子王氏开了绸缎庄和酒楼，虽然生意红火，却不曾纳妾。"闫颇顿了顿，又狐疑道，"但他的兄弟说他并不喜欢王氏，且王氏来历不明。"

"是吗？"时缨搓了搓鼻子，"两个都是因为钱，来点别的。"

"第三个跟女人没什么关系。有一个死者叫孙坚，他的弟弟名为孙代善。这孙代善是个极其重情义的人，为哥哥孙坚劳心劳力不在话下。"

闫颇自然而然地顿了顿——时缨搓了搓鼻子，意思是“你丫再卖关子，本君削了你”。

闫颇见状，咽了咽口水。

“我的意思便是说这孙代善十分关心他那个不成器的哥哥，岂料他哥哥沉溺于赌博。而他是个风流客，身边常常跟着个神秘女子。”

“神秘女子……”时缨不怀好意地笑了笑，“难道你觉得这是情杀？”

闫颇将目光转向别处。

他可不曾这么说。

“你的推论倒是有意思。过来，告诉本君如何一一去拜访他们。”

闫颇不知道时缨这似笑非笑的表情背后藏着什么猫腻，依言走过去，对时缨说了一遍。听罢，时缨忽然拎起他颈后的衣领，腾空飞起：“走了。”

眨眼之间，两人便来到了任圭的宅院前。

黄昏时分，任家宅院的人仍在忙里忙外，院里人头攒动，烟火气十足，仿佛家主之死是发生在十几年前的事情。

时缨把闫颇扔在院门口，拍拍他冻僵了的脸，道：“大人，你且在这里分散他们的注意力，本君去院里搜搜。”

“哎！公子别走呀！”闫颇还未回过神，“这院里如果没有妖怪，我们这样，岂不是瞎折腾？”

“你倒是好本事！这院里骚味重得很，想来是有狐狸精了。”时缨一溜烟便没了影子，只剩闫颇在那儿干站着。

换作以前，他定然要大喊大叫，但熟悉时缨的作风以后他就淡然了。他气定神闲地拍了拍身上的衣衫，装作上门拜访的样子，用铜环叩了叩门。

时缨隐匿气息后，潜入了宅子内。

时缨能够屏蔽自身气息，这也是别的小妖精没有的本事。换句话说，本事越大的妖物，越擅长隐匿自己的气息。

这院内藏着一只狐狸精。他隐约记得，那夜突然出现的妖是个女的，因此这狐狸精嫌疑很大。

时缨认为自己是个有原则的魔君，若是恐吓这帮小喽啰，逼他们说出实情，那得到的未必是实情。他要找证据。

狐狸精专门靠吸食男人的精魂来提高自己的修为，是不入流的小精魅，至于她是否喜欢断指，就另当别论了。

时缨搓了搓鼻子，蹲在屋顶上打量院子里的人。

此刻刘凤儿正在院子里和小儿子玩耍。刘凤儿的确是半老徐娘，皮肤白皙细腻，身段窈窕婀娜，看不出有三十岁的样子。

她在任圭死前生了儿子，如今那孩子尚未学会走路，正穿着棉袄，戴着虎头帽，穿着虎头鞋，在院子里一步一步地挪，脚软得仿佛没有骨头。

“顺儿，来，到娘这里来。”刘凤儿笑得比那小孩还甜，夕阳照在她脸上，温暖极了。

时缨坐在屋脊上，从兜里翻出块芝麻糖塞进嘴里，思索着这刘凤儿和狐狸精的事情。

狐狸精是女的，却不是刘凤儿。难道这狐狸精转了性子，喜欢上女人了？

画面太美，时缨不敢看。

他听了会儿墙根，摸清楚了刘凤儿的房间位置，自屋顶跃下，钻进主母屋中。他对闺阁并无兴趣，也不碰，只是祭出玲珑珠，窥看那些匣子柜子里藏着的东西。

还真让他发现了一个小人儿，藏在那神龛之内。

神龛内供奉的是一只狐狸精，手执几枝桃花。时缨顿时明了，原来这是刘凤儿招来的妖。

时缨搓了搓鼻子，与那狐狸精脸对脸。果然，不消半刻钟，一个身段婀娜的女子便从小人儿里幻化出来，参拜道：“见过魔君大人。”

妖寻妖便有这等坏处——根本兜不住身份，也掩盖不了气息。

时缨摆摆手，示意不必多礼。

他随手拽了一张凳子过来，大马金刀地坐下，问道：“你与那刘凤儿是什么关系？”

“什么关系？”狐狸精微微一愣，继而笑了，“不过是卖家和买家的关系。她日日虔诚地拜我供奉我，我替她夺回男人的心不为过吧？”

“嗯？”时缨不知道她在说什么。

“那大人又是为什么事情来的？”狐狸精询问道。

时缨想了想，决定开门见山：“临安城钱氏赌坊死了许多赌客，都是精气被吸干，小指被斩断，本君怀疑是你杀的。”

狐狸精闻言，无比震惊：“真是六月飞霜——冤死我了，我小小一只狐狸精吃那么多人做什么？就算是为了提高修为，我再怎么提高，能有魔君大人您那么高吗？明知道妖王大人已命大人来临安猎妖，我这不是自讨没趣？”

她言辞恳切，说得毫无破绽，时缨搓了搓鼻子，淡淡道：“但是，总有一些小妖想铤而走险。”

“大人这么说我就没辙了，只是大人为什么偏偏怀疑到我的头上？”

“任圭是死去的赌客之一，我去赌坊查过，犯案的一定对这群赌客深恶痛绝。当然，也不乏像你和刘凤儿这样图财害命的。”

“我图财害命？”狐狸精声音陡然提高。

“我可是清清白白的，大人。”狐狸精不服气地道，“先时我一直在洞中休息，偶尔让属下去宣传一下我的生意，恰好这刘凤儿就付钱了。我……我这不拿也不好意思嘛……”

时缨满脸疑惑：“你好好的妖精做生意？”

“有什么不可以的？”狐狸精妩媚一笑，“我这张脸倾国倾城，不向人传授媚术实在浪费。我初初见到刘凤儿的时候就想帮她，因她本身模样不差，却处处被那狐媚子小妾压着，这不顺心的日子过久了，模样也不好看了。”

“你的意思是，刘凤儿之所以在这段时间内忽然得到了任圭的宠爱，成了一家真正的主母，全是因为你教得好。”

“可不是。”狐狸精笑得花枝招展。

“像这样，我是这样教她飞媚眼的。”狐狸精对时缨暗送秋波，顾盼生姿，“还有这身段，这说话的方式，这穿着打扮，还有欲拒还迎……”

“好了。”时缨揉了揉额角。他是来找凶手的，不是来找这狐狸精谈生意的。

不过……

时缨搓了搓鼻子，试探道：“本君问你，你除了教女人，会不会教男人？”

狐狸精微微一愣，疑惑道：“男人？男人学媚术做什么？”

“让……让他更有魅力，能够追到心爱的女子。”时缨耳根通红。

“那我教不了，你得去找雄狐狸。”狐狸精扫兴道，“若是我教男人，岂不是把他教得娘娘气了？”

“你说得也是。”时缨暗叹，差点把想要学媚术的想法抖出来，幸好那狐狸精不知道想学的是他。

“本君还有一个问题要问你。”时缨搓了搓鼻子，“你来任家只是为了做生意，那你可清楚为什么恰好在任圭死的前一天，他立了遗嘱要将家产传给刘凤儿的儿子？”

狐狸精被噎了一下，眼神瞟向别处：“或许……或许是因为凑巧……再说了，死了那么多的赌客，也不止任圭一个……”

时缨皱眉，她分明隐瞒了什么，不过看样子不会说了。时缨想了想，祭出玲珑珠：“你若有所隐瞒，信不信本君现在就杀了你？”

狐狸精面无人色，跪下来磕头道：“大人，我真的没有说谎，这件事就是凑巧了……”

“嗯？”时缨皱眉。

狐狸精颤抖得更加厉害了：“真的，千万莫要冤死我！要说嫌疑，那只老鼠精不是更有嫌疑？她不仅贪财，而且喜欢吃人小指……”

“老鼠精？”时缨搓了搓鼻子。如果他没有猜错，这狐狸精说的就是何有的妻子。

罢了，今日应该什么也问不出来了。

时缨收起玲珑珠，淡淡道：“本君先去会会那老鼠精。”

他倏尔没了影子。

狐狸精一下子瘫软在地上，拍着胸口叹道：“吓死了，吓死了！”

时缨飞到屋顶上，却见那闫颇还在和任家正主刘凤儿寒暄。刘凤儿有二子，年纪都不大，因此这家产几乎就把持在她这个妇人手里。

孤儿寡母应该是备受欺凌的，但那些叔叔伯伯竟然没有出面抢钱。

奇迹，奇迹。

时缨吹了个口哨就消失了。

他在门口落地，气定神闲地等那闫颇。刘凤儿一人在滔滔不绝，只要闫颇把话语截断，随便找个理由就能溜出来。

时缨已经暗示过他了。他应该懂。

不消片刻，那闫颇果然提着裤子就飞奔出来了，差点一个趔趄摔在地上。

时缨笑道：“你这个肥球倒也有趣。”

闫颇擦了擦脸：“魔君查出什么了？”

“没什么，只问了些没意思的。”时缨搓了搓鼻子，“那何有家如今如何了？”

“只剩他妻子一人经营店铺，这几天经常有人闹事，但王氏都摆平了。”

“这本君不奇怪，毕竟她是只妖精。”时缨想了想，“走吧，去会会那只老鼠精。”

将芜在酒楼里沽酒。这酒楼是一只老鼠精王紫与丈夫何有开的。他们还开了一家绸缎庄，生意同样红火。

王紫给自己取了个奇怪的名字，大概是因为不通人间事，自以为这名字多有文化。

是王紫招呼将芜进来的。王紫穿着绫罗绸缎，披着斗篷，抱着暖炉，一副贵妇派头。而将芜的脸脏兮兮的，被王紫当成了可怜的乞丐。

“你一个姑娘家家的为何大半夜在街上闲逛，还穿得那么单薄？是被家里人赶出来了还是从哪儿逃难过来的？”

将芜没照镜子，但怎么想也不觉得自己看起来会有多可怜。

难道是因为没有上妆，所以对方认为自己穷得底儿都掉了？她下意识地摸了摸自己的口袋，果然一分钱都没有。于是，她干脆伪装成了无家可归的流浪儿。

将芜端着暖暖的茶杯，小声说了“谢谢”后就不再说话。

那一声“谢谢”说得王紫更觉得她可怜，便劝她道：“没事，你还年轻，大不了在我这里做个酒博士，每日里烹茶煮酒，好不自在。我呢，就当行善了，度你一度。”

“夫人是这酒楼的老板娘？”将芜怯怯道。

“我何止是老板娘？我现在可是酒楼和绸缎庄的老板。”王紫得意地笑了。

“一般当老板的不都是男人吗？”将芜好奇。

“我男人没用，这店还得我来开。今天有几个人以为我男人没了，我一个人守不住店，便来寻事，我三两下就料理了。”王紫抬着下巴，趾高气扬地道，“对，你没听错，我男人前段时间没了，在赌博回来的半路上被什么妖物杀了。”

将芜低头喝茶，心想，这夫人似乎没有半点悲伤之意，想来用不着她安慰。

“夫人真是能干呢。”她喝完一口茶才悠悠道。

王紫笑了：“我自然是能干的。我和老伴儿刚刚认识的时候，他还是个一穷二白的光棍，若非我，他死了也没人给铺张草席。”

“呵呵。”将芜附和着笑了两声，却不知道该说什么。

“夫人，”半晌，她才道，“你好像并不喜欢他，当初是怎么看上他的？”

王紫白了她一眼：“你这没眼力见儿的，别人家的私事跟你这小妮子有什么关系？”

听到“小妮子”三个字，将芜愣了一下。时缨也常常如此称呼她。她有些失神，低头喝茶，又匆匆认错：“是我多嘴。”

沉默了一会儿，王紫瞧她好像并不关心自己的事，忍不住又道："你怎么就不问了？"

刚才不是夫人你自己说的，要旁人少管闲事？将芜莫名其妙。

"让你不说你就不说，你这孩子就是太实诚。"王紫憋不住道，"其实我一开始也瞧不上他，你别看我现在二十七八岁的样子，其实我已经三百多岁了，是一只老鼠精。"

将芜呛了一下，她第一次听到妖自报家门。

"那何有不是穷吗？他穷得家里只剩下一个米缸，也没遮挡的盖子，我便整天溜进去吃米，吃着吃着就见底了。换作我的小辈们肯定出不去，我呢，也只有变作人的样子才能爬出去。"

巧合的是，那次她刚刚爬出米缸，就被起夜的何有逮个正着。

他家里有四口人都死于一场大瘟疫，如今剩下他一个光棍自己搭了一个茅草屋，晚上睡在稻草堆里，白天就去卖草鞋。

男人没那么讲究，何有穷惯了，一个人自得其乐。他时年二十三，已经是大龄光棍，因此那几日都在思考要怎么攒钱买一个媳妇回来传宗接代。

偏偏就撞见了刚爬出米缸的美人王紫。

何有以为家里闹贼，抄起一根棍子就要打人："你是哪里来的小偷？信不信我捉你去报官？"

王紫不经吓，眨眼的工夫就变成了老鼠，落在了米缸里。

何有愣了半日，才知道自己撞鬼了。他也有趣，只是点燃煤油灯，头伸进米缸里悠悠地打量这只美丽的老鼠。

"他看了我很久，算了一笔账。为了省钱，他就逼我嫁给他。我嫌弃他穷，所以嫁给他之后一直在教他做生意，他却好赌，一天不赌浑身发痒，实在是气人。"

将芜喝完茶，不经意道："那他现在死了，夫人是不是得偿所愿了？"

王紫表情一僵。

这时小厮从楼下把两位客人引了上来："二位来得正是时候，靠窗边还有上好的位置，俯可看临安街景，回过头还可以放个火锅喝酒吃肉，简直再没有比这更好的位置了……”

将芜和王紫转过头，看见时缨和闫颇有说有笑地踏上二楼。

将芜连忙挡着脸：“夫……夫人，我忽然肚子疼。”

“怎么了？难道是今天阿九他们又用剩饭剩菜招待客人了？”王紫把扇子撂在桌子上，“来，我带你去茅厕。”

听到“茅厕”二字，将芜一个趔趄，差点把隔夜茶水吐了出来。

她们从后厨去往茅厕。

时缨搓了搓鼻子，目光落在那厚厚的帘幕上。

闫颇多嘴道：“公子想去后厨？”

“没有，只是好像看见……”时缨说到一半停住，不确定的事情，说了也没意思。他拉开椅子坐下，目光飘向窗外。

没有猜错的话，是将芜吧?

她怎么会在这里？难道她和这些赌客的死有关系?

时缨是只多心的妖，将芜的怪异行径让他不免思考，也许她也是妖，而且修为在他之上，因为只有这样才能解释为什么她在他身边如此之久，他却毫无觉察。

可是他又悲观地想，为何偏偏要将将芜当成坏人，是不是因为他在潜意识里从来都不信任将芜?

他的不信任是将芜生气的缘由。

“公子。”闫颇叫了他一声。

时缨回头看他：“什么事？”

“这酒楼有没有妖啊？”闫颇擦了擦肥脸上的汗，虽是冬日，他却走得满头大汗。

时缨笑了：“当然。楼下有两只兔子精，楼上刚刚进去一只老鼠精。”

“这么多！”闫颇惊讶道。

“还好。”时缨搓了搓鼻子，拿了块酥饼吃，“让那小厮把老板娘叫来，本君有事找她。”

“已经叫了。本府的话，他还是听的。”闫颇给自己扇风，他想吃肉，不喜欢这么清淡的食物。

过了好一会儿，王紫才款款过来，盈盈一拜道：“参见魔君大人。”

“大庭广众的，不必拘礼。”时缨示意她也坐，“本君想问你一些事情，你只消把知道的都告诉本君，至于是对是错，本君自有裁断。”

忽然就来了大阵仗，老鼠精王紫咽了咽口水，生怕他是来收自己的。

“这第一件本君要问的事，是关于你之前叫进厨房的那名女子的，她生得什么模样，与你是什么关系？”

“她？”王紫一愣，“魔君大人说的是那个可怜的小乞丐？”

“乞丐？”时缨差点把茶喷出来。

— 4 —

“可不是乞丐吗？昨天晚上我正准备打烊，她就跟孤魂野鬼似的在街上游荡，来来回回经过了我的店门好几次，我问她怎么了，她说她饿了，我这才善心大发将她叫进来。”

“你做得不错。”时缨赞了一句。

昨天晚上，时缨去偏院和将芜摊牌，闹了个不欢而散。接着，将芜离开了偏院，据金眼乌鸦所言，她上了齐岚家的马车。时缨暗叹自己头顶发绿，于是买醉，今日申时才醒。

可按照这王紫的说法，将芜并没有在齐家留宿，而是又离开了。

将芜为什么离开仍是谜团，她与齐公子是否发生过什么也是未知数。

“那她有没有告诉你，她为什么会大半夜在街上徘徊？”

“她？能有什么原因，不就是像我男人那样逃难过来的？看那小脸脏得，估计好几天没吃东西了。”王紫笃定道。

得，看来是个逗哏。

时缨喝了口茶，心思略定，道：“这事先按下不表，我且问你，你知不知道你丈夫是因何而死？”

王紫脸色一变：“大人是为了这件事来的？”

“准确来说，这才是正经事。”

王紫犹豫道：“这事也蹊跷，那天晚上我跟他刚好吵了架，然后他说要去散心。散心当然是幌子，以我对他的了解，十有八九是去赌了。结果他竖着出的门，却横着回来了，我看是被什么精怪吸了魂，连我也救不了。”

时缨问完便觉得不用问了，王紫心直口快，根本不像是杀人犯。

闫颇踢了踢时缨的脚，凑近他耳边小声道：“这老鼠精有吃人手指的怪癖。”

“哦？”时缨挑了挑眉，似在装傻。

“老鼠精，本君现在即刻要去查看你的家宅，你可愿意？”

王紫笑道：“大人说要搜，我有什么不能给你搜的？”

她一副坦坦荡荡的模样。

时缨搓了搓鼻子，说什么搜查其实也只是做做样子，王紫这么大大咧咧的妖，他实在是不相信她会为了何有做出这么奇怪的事情。

只用了一盏茶的工夫，时缨一众就来到了何宅。临安寸土寸金，能在这里安置一座宅院，可见如今的何家人是何等的财大气粗。

时缨在门口停下，设置了一个结界后方道：“你在外面等本君，本君和闫颇大人去去就来。”

王紫奇怪：“不让我带路了？”

“这就不必了。”

时缨和闫颇踏入院子，那结界是用来屏蔽王紫的。

“公子，您认为是这王夫人吗？”

“本君也不知道，但如果是她，这宅院内便很可能没有可搜之物。如果不是——当然，本君倾向于不是。”

“本府瞧着也不像，那么娇滴滴的一个美人，怎么可能杀那么多人？而且她完全没有理由嘛。”

“王夫人没有理由？你不是说她贪财吗？按你所说，她如果杀了何有，这些财富就是她一个人的了。”

“可回头想想，家里的开支一直是由她掌管的，就算不杀何有，酒楼和绸缎庄也在她名下。我现在又搞不清楚她的动机是什么了。”

“大人真是断案高手，能自己推翻自己的结论。”时缨搓了搓鼻子，“如果是这样，那之前的狐狸精更加没有理由杀人。”

“她不是还支支吾吾的，说不清楚为什么任圭死的前一天恰好立了遗嘱？”

“本君说的正是这一点。她这么做只能让刘凤儿一个人得利，所以她可能只杀了任圭一人，至于别人的死她并不知情。就算那些人不全是她杀的，她又怎敢在本君面前承认自己杀过人？”

“公子果然神机妙算。”闫颇连忙拍了一通马屁。

“好了，”时缨笑，“你当真以为本君喜欢听奉承话？”

看他顿时如霜打了的茄子一般蔫巴，时缨摇摇头，推开王紫闺房的门。屋子里香味扑鼻，不知道放了多少香料。

闫颇使劲闻：“好香。”

时缨环顾四周——墙上挂画，桌上摆花，香炉青烟袅袅。旁的倒好，只是枕头底下多了一把匕首。

“这对夫妻有意思，睡觉都睡在刀口上。”时缨摸了摸刀面，上面残留着血腥味。

“本君先收起来，到时候问问她，看她怎么说。”

“王家竟然如此富有，有这么多翡翠壶、白玉瓶。哟，这是汝窑烧制的，这是钧窑烧制的……都是上乘货色啊。”闫颇看着看着，逐渐偏离了主题。

时缨随便拿着一个瓶子摇了摇，什么都没有。

“如果她真的有鬼，也早在本君来之前便销毁了证据。”时缨摇摇头，“这倒让本君开始怀疑了，她为何如此坦然。”

闫颇不解，问：“怎么说？”

“本君假设，如果她没有杀人，那么她的正常表现应该是为自己辩解或者至少表现得很惊恐。但她既不害怕也不辩解，仿佛知道自己一定不会有把柄落到我手上。”

“不是找到了一把匕首？”闫颇恶狠狠道，“就拿它去问话，不信她会不说。”

“也罢。”

时缨和闫颇又搜了一圈，果然没什么发现，才把王紫叫进来。

时缨摇了摇匕首：“老鼠精，枕头下怎么会藏着这么奇怪的匕首？”

王紫擦了擦口水：“连何有都没发现这把匕首，早知道就收起来了。”

“不是，本君问你匕首的来历，你流什么口水？”

王紫挠挠头，不好意思道：“其实是我嘴馋，半夜里总想起来割点肉吃。”

“割什么肉？”

“就……就一些内脏啊……”

“内脏？”时缨和闫颇对视一眼。

王紫深知，这件事兜不住了，咬咬嘴唇，老实道：“大人请跟我来。”

她把时缨和闫颇带到了小厨房，从隐蔽的凹槽内取出了一个瓦罐。打开瓦罐，闫颇往里一瞧，差点吐出来。

里面全都是一些动物的内脏、尾巴、耳朵之类的玩意儿，黑咕隆咚的一堆。

“闫颇，这就是你查出来的特殊癖好？”时缨笑了笑，“口味够重的。”

闫颇摆摆手：“我也只知道这些，就想着她一定喜欢小指。”

“老鼠精，你吃这些，你丈夫可知道？”

“我怎么敢让他看见嘛，怕他被吓出病来。”

“好了，本君和府尹先走了。”时缨搓了搓鼻子，笑了笑，“现在酒楼和绸缎庄都是你的，你该高兴了吧？”

“大人说的这是哪里的话呀？”王紫笑了笑，“相公死了，我哭还来不及呢。”

“是吗？”时缨只是意味深长地看了她一眼，点点头，“既然如此，本君先走了。”

说完，他转身回头，还叫了那闫颇一声：“别愣着。”

闫颇一个激灵，忙不迭跟了上去。

“没事了？”单从时缨的表情上看，闫颇看不出什么，也不知道时缨对王紫持几分怀疑态度。

时缨搓了搓鼻子，并不作答。

“第三户人家在哪儿？”他岔开话题，“本君宿醉之后，记性不大好。”

“姓孙的，孙代善家。”

“这孙家有什么蹊跷？”

“孙代善与他的兄长孙坚关系很好，”闫颇舔了舔嘴唇，同样的话他已经说过了，现下又得说一遍，不免口干，“但是孙坚沉迷赌博，导致孙家家道中落，欠的外债无数，孙代善的一门亲事也因此黄了。”

“称得上深仇大恨。”时缨点点头，“现在就去孙家看看。”

时缨拉着闫颇的袖子，一晃眼，两人已经在孙家门外了。

比起前两户，此处难以称为“家宅”，最多不过是一间茅草屋。

屋外有个赤着上身的男人正在打铁，汗流不止，莹白的脸被火光映得通红。

“就这身板，就这皮肤，啧啧啧，”时缨一副惋惜的模样，“就这样还在卖力打铁。明明是一个读书的料，偏偏要在这里做粗活。”

“他原来中了举人，偏偏在参加省试的时候家道中落，便只好含恨回家了。”

“竟有此事？”时缨搓了搓鼻子，走过去，笑眯眯地和孙代善打招呼，“请问是孙铁匠吗？”

孙代善“哐当”一锤下去，打得火花四溅，他随即把打好的铁过水，只听“刺啦”一声，白烟直冒。做完这些，他才用挂在脖子上的毛巾擦了擦脸，道：“我是。公子要买点什么或者定做什么吗？”

他微微泛红的脸分外动人，时缨又“啧啧”两声。

“本君不是来照顾你家生意的，只是来问话的。”他用眼神示意闫颇，闫颇立刻滚过来，亮出身份：“本府就是临安府尹，近日有一桩连环杀人案与你有关。这位是时缨，协助本府破案的大人。”

孙代善上下打量了闫颇一番，才不卑不亢地拜道：“草民参见府尹大人。”

“虚礼就不必了。”时缨摆摆手，“你这儿环境不好，本君只问几个问题便走。孙坚死的时候你在干什么？”

或许是不愿意听到这个人的名字，孙代善皱了一下眉头：“我正在给王员外送剑。回来时奢香茶铺的小厮还送了我两杯茶喝。”

“那时候你不在家？”时缨搓了搓鼻子，“王员外……倒是有不在场证明。”

“草民所言句句属实，不信您可以问王员外。”

“如果本府没有记错的话，王员外是你的岳父吧？”闫颇冷不丁来了一句。

孙代善又皱了皱眉。明知道提到这些，他心口的伤疤会被再次揭开，他却还是不得不咬牙道：“是，以前是。”

“哦？”时缨忽然不识趣地笑了笑，“听起来蛮有意思的，能不能将详情告知本君？”

孙代善不满道：“和案子有关系吗？”

“怎么跟时缨大人说话的！”闫颇声色俱厉道。

时缨也笑：“你认为现在有跟我谈条件的资格吗？”

孙代善皱眉，攥紧了拳头。他为何如此倒霉，要在一日之间被人连番羞辱？

“王员外知道我家道中落后，便不再同意把女儿嫁给我。那日他给燕儿安排了一场相亲，还特意让我过去给……总而言之，我当时不知道兄长出事了。”

“是吗？”时缨搓了搓鼻子，“真是可怜。兄长滥赌，卖妻抛子，害得你家道中落，仕途不顺，连好好的亲事也黄了，你不恨他吗？”

“够了！士可杀，不可辱。我已经如此悲惨，你凭什么还一副高高在上的样子批评我？”孙代善激动道，“我是恨他，但是我除了恨还有什么办法？”

时缨的眼睛一眨不眨地盯着他道：“杀了他，以及把怨气发到那些引诱他滥赌的人身上。”

孙代善一愣，继而哈哈大笑起来：“那你还真是抬举我了，我连饭都吃不饱，明知道去王宅是去受辱，但我为了那一把剑的钱还是去了。这些年我饱读圣贤书，除了一身毫无用处的傲气，什么也没有。什么都没有！”

甚至，生活还要将他身上的傲气也磨得干干净净。

“反、反了你了！”闫颇被他过激的言论吓着，下意识用更高的声调去镇压他。

时缨摆摆手，道：“行了，你杀不了，但你可以指挥别人杀他。虽然你的亲事黄了，但你不是还有一位红颜知己吗？”

时缨态度之漫不经心，不免让人怀疑他铁石心肠。

孙代善被气得够呛，嘴唇抖了几抖，才拔出刚刚打好的那把刀，大声叫道：“你们又要玩屈打成招的把戏是不是？阿菁是好妖，不可能做那些杀生的事情！她连一只蚂蚁都舍不得杀死，怎么会杀人！”

“阿菁？”时缨咂了咂嘴，想来是一只花妖。

世上连一只蚂蚁都舍不得踩死的妖物太少了，不是装的，就是稀世宝贝。

“好了，本君要问的都问完了，你继续打铁吧。”时缨索然无味地转身。

孙代善喊道：“慢着！你根本没问出什么却要走了，是不是已经认定阿菁就是凶手？！”

“本君可不知道。”时缨回眸一笑，“不过，如果你想证实你的阿菁不是凶手，何不跟本君一起调查？”

孙代善和闫颇俱是一愣。

什么玩意儿？

“本君可没跟你开玩笑，我听说衙门里缺一名画师，如果你不嫌弃的话，找一份官差还是不错的。”

孙代善和闫颇对视一眼。

闫颇一副“怎么没跟我商量”的表情。

“闫颇大人，想必你也是这么想的吧？”时缨搓了搓鼻子，笑道，“科考具有不确定性，但是大人惜才，恰好衙门里缺人手。他最近老是和本君抱怨，就算把自己的一部分俸禄捐出来招募画师也招募不到称心如意的。这不，本君觉得你正合适。”

闫颇脑门冒汗，他什么时候说过愿意捐出部分俸禄了？

孙代善不明所以，嘴皮子抖了又抖，才憋出一句：“你并不怀疑我是杀人凶手？”

时缨摇摇头：“本君宿醉，现在脑子乱得很。”

孙代善：“……”

闫颇：“……”

“如果先生不嫌弃，”孙代善补充道，“我愿意为先生出谋划策，为阿菁洗脱嫌疑。”

“换句话说，”时缨挑了挑眉，“你去王员外家时，阿菁姑娘并不在你身边？”

孙代善皱眉，没否认。

“好了，出谋划策一事还轮不到你。”时缨摆摆手，“本君还有事，先走了。闫颇大人，你领着孙铁匠去衙门报到吧。”

他一个闪身便消失在两人眼前，闫颇头上几根稀疏的头发随风晃了一下。

时缨在空中漫无目的地飞着，心中总似有一块大石头压着，沉甸甸的。他不知不觉就停在了王紫的酒楼屋顶上。

将芜和王紫正在聊天。时缨想，他与将芜也已冷战了好几日，得知她夜会齐岚之事后，他心中很不是滋味。但王紫如果没有说谎，那将芜那夜并未留宿，反而出于什么原因离开了齐府。

这是否意味着，他还有机会？

时缨恨不能扇自己一巴掌。他真是输不起呢，明明牵肠挂肚，还装什么陌生人。

时缨从屋顶上绕到了窗棂外。王紫的声音清晰地传入了他的耳中。

“怎么又吃上了？刚才不是肚子不舒服吗？”

“我没事。”将芜的声音软软糯糯的，“其实刚才也没什么事，就是见到了不想见的人，想躲起来。”

“咯，我以为你真的拉肚子了，原来是装的。刚才只来了两个人，难道你不想见到的是那脑满肠肥的府尹？”

“不是……是另一个。”

“另一个……啊，是魔君大人！你跟魔君大人还很熟？了不起啊，妹妹，魔君大人的脾气一向难以捉摸，没想到你还认识他。”

“他的脾气难以捉摸吗？”

“那可不！他看起来吊儿郎当的，对谁都疏离得很。你不会是惹到他了，所以不敢见他吧？”

将芜把头埋得低低的：“也……也不是。”

“那到底是什么？你快说啊，可急死我了。”

“是我们闹矛盾了，他追求我，但是我没有答应。”

“噗——你说你跟魔君是……是那种关系？”

“暧昧。”

王紫顺了半天气才缓过来：“我还以为你是小乞丐，没想到你摇身一变，要成魔君夫人了。难得，这么多年也没见魔君和谁亲近过，别说女人了，连男人都没有。他总是独来独往的。”

“他一直都独来独往？”

“我只是听说的。以前魔君也不是这样的，但他原是妖王麾下掌管刑狱的妖，如果爱上了谁，对他而言并不是什么好事。也许就是因为这样，他才变得不敢交朋友。”

“他也有旧事啊……”将芜似有感叹，“其实他不是我第一个男人，对我也不算好，却总是说喜欢我，有时候我也很矛盾，为什么就是放不开。”

王紫不免陪着感慨：“男人的心也是海底针，看不透。当初立下海誓山盟，说要对你如何如何好，后来还不是变了心？”

“夫人在说自己吗？”

王紫自觉失态，笑了笑：“咯，我一个妇人可不像你们这些小年轻，我和相公的感情好着呢！”

“可我听说何老板滥赌。”将芜压低声音，“而且在外面说你的坏话。”

王紫的表情一变：“那都是那些人乱嚼舌根！何有对我好着呢！不管怎么说，他生是我的人，死是我的鬼，他一辈子都是我的。”

“抱歉，我不该说些让你不高兴的话。”将芜歉疚道。

“你啊，就是太年轻，两个人在一起才是真的，男人能够时时刻刻陪在自己身边才是真的。妖寿岁千年，但是凡人能有几年人生？别等到你容颜不再了，再去后悔。”

将芜小声反驳：“我也是一只妖。”

“你要是犯倔，我可不管你。”王紫起身，“不过呢，如果你想留在我这酒楼却是不方便了，我原来不知道你认识魔君大人，还想给你介绍一份酒博士的工作。谁料你们关系那么好，保不齐你是来这里打听事情的，我为这酒楼忙前忙后已经够了，不想节外生枝。”

“夫人应该很难过吧。”将芜忽然道，“何老板死了，夫人好像一滴眼泪也没有流过，但我知道夫人很伤心。”

“呵呵，你才多大。”王紫哂笑，“我与何有的感情早已经超越生死，他再也没有机会辜负我了。”

将芜愣了愣。就是因为这一句多余的话，她对王紫产生了强烈的怀疑。

虽然破案不是她分内之事。

王紫在后厨吩咐了一通，在丫鬟、家丁的陪伴下回了宅院。她遣散了仆人，一个人提着一盏灯笼慢慢地朝厢房走去，披风在夜里被风吹得猎猎作响。

王紫推开屋门，又合上了。

今天这间屋子被时缨搜过了，除了一把匕首，他们什么也没有搜出来。

王紫把匕首放回枕头下。桌子上摆着一个坛子——骨灰坛，但打开坛盖，里面空空如也。她诡异地笑了笑，把坛子摆回书柜内，然后吹熄灯，和衣而睡。

屋外映出一个人影，一双眼睛冷冷地看着屋中。

将芜呵一口气，屋门无风自开。

她走进屋中，屋中弥漫着一股难以形容的香气，浓烈得好像要掩盖什么。

明摆着是欲盖弥彰。

— 5 —

王紫还没有睡着，听到声音，坐起身，正要开口，但将芜一拂袖，她便僵在了床上，只剩两颗眼珠子和一张嘴还能动弹。

“谁？”王紫厉声问道。

将芜点燃灯盏，声音柔软：“是我啊，姐姐。”

王紫瞪眼，惊道：“将芜？”

“是不是想问我为什么来这里，你明明帮了我，我为何却不念恩情？”将芜淡淡道，“有些时候，现实就是如此——不讲情面，不讲道理。在我看来，其实你根本没有帮我，只是在上演一场自我感动的戏码而已。”

将芜柔软的声音和冰冷的话语形成了强烈的反差，令人难以辨别哪一副面孔才是真的她。这样的矛盾出现在一个人身上，诡异极了。

“能够被魔君看上的果然不是一般人，”王紫冷笑，“是我自作多情了。你想找什么？为什么大半夜偷袭我？”

将芜举着灯盏来到床边，坐在王紫身边，笑容在橘色的光中显得十分温暖：“其实我知道连环杀人案的凶手就是你，但我希望你能亲口承认。”

“无凭无据的事，我为什么要承认？”

“并不是无凭无据，我刚刚进来就闻到了，掩盖在这香气之下的，”将芜压低声音，宛如吐芯子的毒蛇，“尸臭。”

王紫一怔。

“你放心，我不会把真相告诉任何人。很奇怪，因为你心地不坏，所以我也不愿意伤害你。”将芜把灯盏挂在床沿，声音又柔又甜腻，“如果我没有猜错的话，摆在书柜那里的骨灰坛里没有骨灰，尸体被你藏在了床底下。你爱何有爱到痴狂，接受不了他突然死去吧？所以你把他的尸体藏在床下，这样他便永远也不会离开你了。”

王紫难以置信：“你怎么知道？”

“因为我一眼就看穿了你。你不坏，却很蠢。你以为何有真的爱你，其实他只是怕你。他在外面说你的坏话，夜不归宿，拈花惹草，滥赌成性。你一再宽容他，欺骗自己，直到最后你忍不了了，所以你杀了他。”

“不，我没有杀他，我只是想让他做一个守承诺的男人。他说过今生非我不娶的，他说过只爱我一个人的！我凭自己的本事让他过上了优越的日子，他却变心了。他跟那群狐朋狗友厮混在一起，也不顾酒楼生意，也不管我，我劝他，他就跟我吵架。他知道打不过我，就不回家了。”

“所以，你所说的他不会再辜负你，说的就是他已经被你杀死，藏在床底下了，所以没有机会辜负你了吧？为什么？”将芜恶狠狠道，“为什么要为一个男人变得这么愚蠢？”

“你知道喜欢一个人的感觉吗？”王紫哀哀道，“我是那么爱他，虽然他原来家徒四壁，但是他性子可爱。他一开始很怕我，后来熟悉了以后，就开始抱着我在空旷的院子里打转，带着我一起去看戏，人太多了，他就把我抱起来，举过头，还给我买很多好吃的东西……”

“后来才变了？”

“是，我也不知道为什么后来他变了！一定是那群赌棍引诱他的！他认识那群人以后，整天混迹于赌场，也不管我了，还逛花楼……我知道，他跟别人说我是妖怪，别人告诉他跟一只妖怪在一起是没有好结果的，还怂恿他找人把我抓起来……他变了，他背弃了他的承诺……”

将芜的眸光在灯影下跃动。

“所以何有、任圭那些人都是你杀的？你认为是他们害了你？”

“那些人都该死！如果没有他们，何有不会这样对待我！我这么做只是为了让他不违背承诺而已！”

将芜叹了一口气，从床底下拉出了一个硕大的棺材，棺材用钉子封死了。她掀开棺材盖，赫然看到一具尸体。

如果这是王紫挽留爱的方式，未免过于惨烈。

“为了一个这样的人变成现在这副样子，值得吗？”将芜问。

“你没有体会过爱情，你根本不知道！对我来说，只要他能够留在我身边，一切都值得！”王紫凄然道。

将芜合上了棺材盖，轻叹了一口气，正不知如何安慰之时，她闻到一股熟悉的气息，嘴角当即生出一丝外人无法察觉的笑，缓缓道：“不是的，不是这样的。我也经历过一段刻骨铭心的爱情。那时大家都很讨厌我，只有他愿意陪我、夸我、养我。我没本事，被人欺负，他就教我怎么躲避那些人。他是我见过的最善良的人，可是算起来，我失去他快一千年了。一千年来，我对他念念不忘，我甚至努力寻找过他是否有来生，但是他连元神都碎了，我知道我做什么都是枉然的，只好这么遗憾着。”

“你最喜欢的不是魔君大人吗？”王紫惊讶道。

“时缨身上有他的影子，一袭红衣，眉目若画……可惜气质和他的很不一样，而且对我的态度也是天差地别。我常常在想，如果我不曾失去他就好了，或许我就不会变成现在这样。没想到世上和我一样傻的人那么多。”

“那当初为什么不和他一起死？”

“我不能死。”将芜眸光一凛，“那些人打击我，蹂躏我，践踏我，不过都是想让我自己了断，是他救了我。他告诉我要活下去，他的死也是为了我能活下去，我若死了，才是真正辜负了他。”

顿了顿，将芜惋惜道：“他是一个很好很好的人，我不像你，爱上了一个根本不值得喜欢的人。”

“喜欢本来就是主观的，”王紫无所谓地道，“也许在旁人眼里他什么都不是，在我眼里却是最好的。”

“那你的口味真的很奇怪，也难怪对方会离你而去。”将芜又呵了一口气，灯熄了，她化成一缕烟消失了。

等烟彻底散去，王紫的手脚才能动弹。

将芜离开了何宅，百无聊赖地在月色下漫步，走着走着，却见眼前站了一个人，黑发红衣，衣袍无风自动。

他眼尾上挑，剪水双瞳甚是动人。

“将芜姑娘，本君和你认识三年又三十多天，怎么从未听你说过，你以前跟别的男人在一起过？”

将芜停在原地，两人之间隔着一条街的距离。

她从未隔着这样的距离，安静地凝视过时缨。

“他叫江花。”半晌，她淡淡开口，“‘江水’的‘江’，‘浪花’的‘花’，是一只花妖。在见到我之前，他已经修炼了六千多年。他有慧根，终有一日会成仙，是我害了他。后来我才知道大家为什么讨厌我，因为我不仅会克死陌生人，我还会克死自己喜欢的人。”

“江花？”时缨搓了搓鼻子，“本君的确没有听说过此人名讳。怎么，和我长得像？”

“魔君像他，但没有他温柔。”

“呵，原来地位是反过来的。”时缨自嘲，用左脚蹭了蹭右脚，“还有吗？还有什么想告诉本君的？比如为什么大家都讨厌你？”

将芜动了动唇。

这时，一顶轿子从街道尽头匆匆而来。是府尹闫颇的轿子，正要去往柳氏妖宅。

途中，轿夫一个匆忙止步，一团肉从轿子里滚了出来。

闫颇拍了拍身上的泥土，正要开骂，看到时缨，连忙激动道：“大人！出事了！齐公子来报案，说你府上那将芜姑娘原来是一只双头蛇妖，真身十分可怕，还擅长勾引男人！”

时缨搓了搓鼻子。

将芜就站在他对面。

“知道了。双身蛇——肥遗。修为在本君之上的双身蛇肥遗，原来就一直在本君身边扮猪吃虎……”时缨自嘲地笑了笑，“肥遗一出现便可令天下大旱，是出了名的恶妖。”

闫颇愣了，才发现将芜就站在两人面前，昔日清纯的容貌慢慢变化，变得异常妖媚，下身的双腿也幻化成了一条长长的尾巴，在地面上摇摆。

“不错，我一直在骗你。”她冷淡道，“江花才是我的爱人。我三百岁那年，便因为自己不能控制炎气而被各类妖族追杀。我就像人人谈之色变的毒药，无论是见过我的还是没有见过我的，都想杀了我。”

时缨定定地望着她。

“江花是第一个不讨厌我的。他那时候正在野外修炼，一身红衣醉卧花海之中，漂亮极了。我误入花丛，惊扰了他的美梦。”

江花自出生起便被称为最有慧根的花妖，大家都说他将来一定能够离开污浊的凡世，去往仙界。他自由自在，在忘忧花谷活了数千年，将芜是第一只闯入他的世界的妖。

他站在花海之中，手心上飞舞着两只蝴蝶，一笑，世上的春光悉数落在他的眼角眉梢。

“你是谁？”

“有、有人要杀我！”将芜怔了一下便立刻反应过来，连忙找了个地方躲起来。

她一头扎进花海之中，还做了一个“帮我挡挡”的表情。

江花不明所以，却见不久后一群奇形怪状的妖跟了过来。他连忙披上外衫，把头发拢在耳后，冷冷道：“来者何人？”

那群妖里有识得他的，窃窃私语：“这是花神大人的小儿子，为避免纷争，自小养在这忘忧花谷之中，我们惹不起的。”

“那恶妖就不追了吗？”

“反正她躲到了这里，也没有办法活下去了。这位可不是什么好惹的主……”

话已至此，其中一只妖立刻牛气哄哄道：“我们正在抓一只犯了罪的蛇妖，仙家若是知道她的下落，万望告知。”

“犯罪？蛇妖？”江花笑，“不知道她犯了什么罪？”

“她身上的炎气极毒，所过之处必定大旱。我们要将她抓起来，以免她到处伤人。”

“原来如此。我方才见她朝东南方跑去了。”

“多谢仙家帮忙，多有叨扰，告辞了！”

一群妖声势浩大地离开，折了一地花枝。

江花淡淡看着，沉默了一会儿，才回眸笑道：“小友，你要去哪里啊？”

将芜正打算开溜，却被抓了一个正着。她灰溜溜地起身，吐掉了嘴里的一根草：“我要跑啦！”因为她的炎气，地上有许多花已经枯萎了。

江花不疾不徐地走了过来，抬手。将芜以为他要打自己，连忙瑟缩着后退一步，失声道：“你要干什么？”

江花动作一顿，又继续。他的手碰上她的发，轻轻一拂，把她头上的海棠花拂了下来，笑道：“海棠花已经枯萎了，那些人没有骗我。你叫什么名字？”

他的声音何其温柔。

“你要把我交给他们吗？”将芜露出尖牙，“我可不会随便投降的，我会跑的。”

“我只问你，你叫什么名字？”

“我没有名字！我就是一条双身蛇！妖怪要什么名字！”

“没有名字？你这么有本事，我便称呼你为叶蓁可好？‘桃之夭夭，其叶蓁蓁’。只要努力，终有一日你也可以让脚下的土地生机盎然。”

他笑的时候很好看，好似融了春光在眼角眉梢。尤其是，将芜从未见过肯对她笑的人。

“你……”将芜咽了咽口水，“你不讨厌我？”

江花摇了摇头：“我们刚刚认识不到半炷香的时间，我为什么讨厌你？”

江花是忘忧谷的主人，身上浸染了花草之香。他的灵魂高洁，自然万物都是他的朋友。

在忘忧花谷的时光，是将芜最快乐的时光。

江花有慧根，可是她那时根本不知道，再有慧根的人也不能与她这样的恶妖厮混在一起。

江花从来不生气，一直都是高蹈出尘的模样，于她而言，他是父亲，是兄长，是师父。

江花很喜欢睡觉，没事的时候能睡一整天。

他枕着手臂倒在花海中时，她常常拿着一根草去逗他，撩他的眼睛，撩他的耳朵，撩他的鼻子。

在她三百一十一岁生日那天，江花还在花海之中睡觉。她希望他能有点什么表示，便跑到他身边，不停地用花瓣撩拨他的脸。

在她玩得不亦乐乎的时候，江花忽然睁开了眼睛。

他的眼睛很漂亮，晶莹晃动。他的眼尾微微上挑，似含笑一般。

将芜忍不住发出“呀”的一声。她还从来没有这么近距离地和江花对视过，他的眼神因为宿醉含着一种别样的情愫。

将芜正要跑，却被他伸手抓住了手腕。

他稍稍用力，将芜便跌倒了，跌入了他的怀中。她的耳边传来他低低的悦耳的笑声：“阿蓁，你有没有爱过一个人？”

将芜吓得动也不敢动。她被他翻过来，被迫和他对视。靠得越近，她越发觉得他是个帅气的男人，他的身上缭绕着温暖的香气。

他不自然地抚摸将芜的头发，把将芜的一缕头发别到了耳后，还轻声问：“那滋味，你知道吗？”

将芜摇摇头。

江花愣了愣，继而笑了：“希望你永远也不要知道，否则太痛苦了。”说完，他又叹息，“为什么连我都懂了，你却还不懂……”

父神大人曾说，若想成为神，都需要历劫。他一直在想，自己的劫在哪儿，直到将芜出现，他才知道，有些劫是渡不过去的。

“抱抱我吧。”他像个孩子那样，央求道。

将芜愣怔，不确定地伸手，抱住江花。江花也抱着她，抱得很紧很紧。

“你要记住，我送你的礼物只有我这一颗心而已。你要记得，无论将来发生什么，都不要辜负了我为你所做的一切。阿蓁，”他握住她的手，将它放在自己的心口上，“感觉到了吗？它在跳。如果有一天，你的心也会跳了，你就会理解我。它是为你而跳的。”

他的怀抱又暖又香，将芜有些醺醺然。

“江花，我们不会分开吧？我们这辈子都不会分开吧？”

江花没有回答，过了很久，他才似是而非地道：“我的心会永远为你而跳动。从这一刻开始，我将堕入魔道，甘愿承受任何惩罚。你只要好好活下去，连我那一份也活得精彩。”

将芜懵懂，不知道他究竟在说什么。

将芜的那次生日之后，他们又过了几年太平日子，在忘忧花谷之中弹琴、跳舞、唱歌、酿酒、烹茶、看书……

江花很宠她，含在嘴里怕化了，捧在手心里怕摔了。直到失去他以后，她才后知后觉，在那天以后，他已经把她当成恋人。

不久之后，将芜藏匿于忘忧花谷的消息不胫而走。

群妖聚集于花谷之外，身为花神之子，江花无所畏惧，他将她藏了起来，独自迎敌。

将芜清楚地听到了众妖责问他的声音，以及他铿锵有力的回答——

“我已堕魔，此生愿意为保护阿蓁付出一切，哪怕流干最后一滴血。”

江花发了狂，大杀四方。

一夜之间，花谷的花全部枯萎了。

江花的恶劣行径传到了仙界，他的父神与妖王出面了，父神让他认错，他誓死不从。

在惨烈的对抗中，江花元神散尽，灰飞烟灭。

他至死都不曾说出将芜的下落，等到将芜离开的时候，他已经彻彻底底消失了，连香气也没留，连一片衣角也没留。

他什么也没有留下，就像他从来不曾出现在她的生命之中。

她站在满目疮痍中，哭得声嘶力竭。她终于理解了江花的话——他是为她而死的，无论如何，他希望她知道世上有一个人曾这样炽热地爱过她，希望她不要放弃活下去的希望。

入魔也好，成仙也罢。

要记得他曾那样不顾一切地爱过她。

他来世间一趟，死在了情劫上。

叶蓁自此改名为将芫。自他死后，她的世界里，所有花儿都枯萎了。

“这就是我和江花的故事。大人，换作是你，你会不会忘记他？”将芫淡淡地笑，“你是会答应一个想要将你抓起来的喜怒无常的魔君，还是会缅怀心底的白月光？”

“如果是本君……本君会选择后者。”时缨的心沉了下去。

“所以，我不会甘心任你摆布。哪怕你费几世心机也抓不到我，以后也不可能抓到。你的修为在我之下，昨天也罢，今夜也罢，明晚也罢，你抓不了我。”

将芫的三千青丝无风自动，手化成利爪，一时间风云变幻，乌云翻涌，狂风大作。

“好！”时缨也祭出玲珑珠，“既然是敌人，本君自然要全力一搏！”

“闪开！”

一声吼吓得闫颇和轿子里的齐岚都滚到了远处。

两人身上都缭绕着炎气，经过一番招式往来，周遭的烈火绵延开来，时缨担心会殃及无辜，越战越畏缩。

将芫招招要命，利爪一下子封住了时缨的咽喉。

她只要稍微一用力，时缨的脖子便会断了。实际上，陪在他身边那么多年，她有无数个机会可以杀死他。

“就算本君不及江花，却也待你不薄……”时缨悲哀地问她，“你真的要杀我？”

“你的玲珑珠不是连舒墨也能镇压吗？为什么不拼尽全力！”

“因为……本君舍不得。舍不得怀疑你，更舍不得杀了你。”

“事到如今为什么还要动摇我的心神！”

“如果你相信我，我也可以做到像江花那样！”

“你们不可能是一类人！我已经有江花了！我不会爱时缨的！”

“他舍生为你，不是希望你堕入魔道……相信我，我会救你的，就算粉身碎骨，我也会救你！”

“啊啊啊——”将芜嘶吼一声，白发如同长练舞动，一掌把时缨打趴在地上，“你若真的爱我，为什么要抓我？”顿了顿，她瞪圆了眼：“你若想做到像江花那样，现在就做给我看！”

“我不是江花，也不想成为江花。他看不开，所以甘愿赴死，但是我相信我可以救你。”

“别说这些道貌岸然的话。人和妖都是一样的，他们根本不了解我，却觉得我是坏人。从来没有人问过我是不是愿意让天下大旱，却都像看怪物那样看待我！”

“好！”时缨收起玲珑珠，“以前是我的错。我现在收起所有的武器，希望你相信我。我对你的喜欢不比江花对你的少。”

将芜愣愣地看着他。

时缨张开双臂。

“你若要杀我，现在就可以动手。若不杀我，请相信我，比起一起牺牲，我更希望我们能够一起活下去。”

将芜扬手，一爪子抓伤了时缨，时缨忍着疼，还是笑道：“相信我，我是魔城的城主，从不滥杀无辜，妖王池绣视我为左膀右臂……舒墨大人也喜欢我……”

“话说得漂亮，你真的不怕死吗？”将芜尾巴一扫，时缨被掀起来，又重重跌在地上。

他呕了一口血：“怕，却更怕无聊。猎妖师我已经做倦了，我只想把握一次机会。我希望你能给我一个机会。”

“你不过仗着自以为我喜欢你！”将芜依然暴躁道，又一尾巴扫过去。

第六幕

时缨篇

— 1 —

时缨再一次重重跌在地上。

他又呕了一口血，挣扎着爬起来。将芜站在他面前，尾巴不耐烦地摆着。

他起来，她扫一尾巴。

他再起来，她再扫一尾巴。

直到时缨站不起来了，撑在血泊中的手不住地颤抖，她才停歇。血顺着他的脸滑落，糊住了眼睛。

“你还手啊！”将芜暴躁道。

那个男人好似没有耳朵，仍然坚持道：“相……相信我……”

将芜快要疯了。她大叫一声，幻化成人形，飞奔而去。时缨朝她的方向伸手，却什么也抓不到。

时缨晕倒了。

方才跑得不知所终的闫颇和齐岚这会子才提着衣袍匆匆跑回来，围着时缨转了又转。

闫颇心中有恨，平时时缨站在他的头上，一点面子也不留，现在可是他踩对方一脚的好机会。

不知道是不是夜晚给人壮了胆，闫颇发出“啊”的一声，扬手就想给时缨一点颜色看看。可是，烟雾之中竟忽然走出了一位白衣男子。

他面孔俊美，眼角下一颗欲滴的泪痣为他平添了两分忧郁，虽生得妖，却自有一股谪仙气质，让人不敢造次。

闫颇连忙装作手痛的样子，抖了抖手，将手背到身后，咳嗽一声后道：“来者何人？”

“舒墨。”舒墨文雅地笑了笑，“你虽不认识我，但这个名字你该听说过。”

“舒墨？”闫颇绞尽脑汁想了半天，才想起来这舒墨是把烂摊子留给时缨的前辈。

惹不起，惹不起。

“我这位兄弟看起来吊儿郎当，实际上死板得很。他身居要职，一直想不明白该如何圆融，才落得现在的下场。”

闫颇满脸疑惑，挠了挠头。他无法理解舒墨的话，也不奢望自己可以理解。

“好了，是时候把他带回去了。”舒墨取出一根中空的木棍，轻轻一吹，四周登时白雾升腾，将闫颇和齐岚的视线彻底遮挡，等白雾散去，舒墨和时缨都已经不见了。

奢香茶铺中，空气中弥漫着一缕淡淡的香。时缨在一片茶香之中醒来，隐约看见门外有两个人影。

听声音，是舒墨和他的妻子许然亭。

从前他负责捉他们，虽然知道那也许会酿成难以挽回的悲剧，但他可以置身事外。如今那两人恩恩爱爱，反倒让形单影只的他看起来像个笑话。

“舒墨，你说我这头上簪什么花好看？”许然亭的声音带着娇嗔，“不要告诉我什么花都可以，我不认，你不许敷衍我。”

“海棠。莲花太高洁，牡丹太雍容，桂花太小气，梅花太孤傲……都不像夫人。唯有海棠，色浓而不艳，味香而不俗，最是衬你。”

舒墨低沉的声音宛如呓语，听得时缨鸡皮疙瘩一阵一阵地掉。

喜怒无常的魔尊大人什么时候也变成妻管严了？说句话都咬文嚼字的，变着花样夸。

时缨穿了靴子，披上外衣，推门而出，舒墨和许然亭双双转过脸。

许然亭比时缨初见她时圆润了许多，想来被养得极好。她笑得眼角弯弯，越发有慈母相了："我听说昨儿你被一只蛇妖打得满地找牙，真的假的？"

"魔尊是这么跟你描述的？"时缨没好气道。

"他一向不喜欢在背后说人闲话，只是我看到了你满身血污的样子，猜的。"许然亭似笑非笑地道。

在时缨看来，她分明笑得意味深长。

时缨搓了搓鼻子。她那娇嗔样，他并不喜欢。他分明记得许然亭演了好些年男人。

如果爱与时光能够改变一个人，他想，他愿意给予对方足够的爱，和足够的时间。

"我是被一条蛇打了，那又如何？"时缨嘴硬。

"你当初抓我和舒墨的时候眉头也没皱一下，现在怎么变得弱不禁风了？"

"我何时弱不禁风了？"

"不是弱不禁风那怎么连一条蛇都打不过？你不是火龙吗？"

时缨闭嘴了。

舒墨笑了笑，道："你也别逗他了，他现在已经被那蛇妖迷了魂，让他下手杀心爱之人，不如让他就此死了。"

"啧啧啧，想不到掌管刑狱的魔君也会坠入情网。时缨，你喜欢的人似乎很清楚你与她的立场，你想过该怎么办吗？"许然亭有许多问题要问。

"不曾，只是希望她不要把我当成敌人。"

"什么也没有想过，却甘心被对方打死？"许然亭露出看白痴的眼神。

“我以为她不会下手。”

他只是在赌，赌这一份感情究竟有多深。

“双身蛇肥遗，自出生之日起便自带炎气，会给人带来灾祸，所以妖王决定将她困于囚笼之中，永生不得见天日。但是她一而再再而三地越狱，并以凡人的魂魄为食，靠歪门邪道来提高自身修为，是猎妖榜单上头号逃犯。”舒墨漫不经心地笑了笑，“你为何会看上她？以你的身份，这世上什么类型的美人都可以收入囊中。”

时缨想了想，才淡淡道：“那大人你呢？为什么非夫人不可？”

许然亭愣了一下，叫起来：“你是不是在挑拨我们夫妻关系！舒墨，打他！”

“的确欠打。”舒墨象征性地给了时缨一拳。

时缨呕血，后退三步：“你们又合伙欺负我！”

“感情之事怎可勉强，既然不合适，不妨放手。”舒墨微微一笑，“但我舒墨喜欢的，从来都不肯拱手让人。”

“只许州官放火，不许百姓点灯！”时缨气得够呛。

他们是一样的，他喜欢的，又怎么肯轻易放手！

舒墨欣赏了一番他气急败坏的样子，才笑了笑，正色道：“时缨，你知不知道在妖界有一块无罪碑。如果想要得到众妖的原谅，你们只要在无罪碑前虔诚忏悔即可。如果你真的喜欢那条蛇，应该知道怎么做吧？”

“无罪碑？”

“不错。如果忏悔不是诚心的，你们将受到地狱般的惩罚。如果她能经受住这份考验，你们就可以名正言顺地在一起了。”

“我动了情，办事不力，你不是应该审判我……吗？为什么要这么帮我？”

“我不想让自己再陷入危险的境地，”舒墨懒洋洋道，“也不想让夫人担心。所以以后我不想再跟打打杀杀的事情牵扯上任何关系。”

时缨鄙夷地瞟了他一眼。

想当甩手掌柜也能找到一个这么冠冕堂皇的理由，不愧是魔尊。

“机会只有一次，”舒墨笑笑，“看你们如何选择。骗人是容易的，但是要在欺骗之后重新建立信任是很难的。”

时缨知道他的意思。

将芜伤人是容易的，想要在伤害他人之后重新建立他人对自己的信任却是难的。

“我会陪她。”时缨淡淡道。

时缨离开了奢香茶铺，他认为自己应该做点什么。

他想最后努力一次。

将芜缩在城中的破庙之中，独自面对着三千神佛。她以为在这里小憩一会儿可以帮助她忘记。

当她不愿意想起的时候，她最想做到的就是忘记。

她编造了一个所谓的江花的故事，只是希望告诉时缨，自己喜欢的是无条件支持她的人，甚至不是他。

纵然如此，他还是那样坦荡地让她跟自己走。

如果从来不曾认识他就好了，她便还是那个神挡杀神，佛挡杀佛的魔头。

她的双腿慢慢化成了一条长长的尾巴，盘踞在柱子边。而她，垂着头。

夜晚，周围响起窸窸窣窣的声音。她在轻轻的脚步声中惊醒，将蛇尾缩到角落中，目光幽幽地看着来人。

那是一个小乞丐，头发乱七八糟的，想躲到这庙中避雨。大抵是太饿了，他蜷缩在稻草堆里，肚子在“咕噜咕噜”叫。

将芜拍了拍他的肩膀，他转过身，眼中映出将芜温柔美丽的面容。

“你是……仙女吗？”

将芜从怀中取出几块芝麻糖：“这是别人送我的，你要不要吃？”

“要！”小乞丐径直抢过芝麻糖，塞进嘴里。他不偷不抢就能得到吃的，怎么可能知道“谦让”两个字该怎么写？

将芜笑了。她以前也是如此待人的，但她这么待人的时候，没有人以平等的姿态对待她，他们只会驱赶她，或者围攻她。

小乞丐忘我地舔舐着芝麻糖，塞得两个腮帮子鼓鼓的。他的余光忽然看到将芜隐藏在黑暗中的一条蛇尾，在夜色下，蛇尾上的鳞片闪着诡异的光。

他捧着糖的手开始发抖了，身体开始朝着门口的方向退：“你……你到底是谁啊？”

“将芜，我的名字叫将芜。”将芜温柔道，“我有两个名字，以前叫叶蓁，现在叫将芜。”

“为什么取两个名字？”

“因为……”将芜无法解释。她有两具身体，一具洁如青莲，一具腐如妖魔。两具身体左右着她的思想，让她在正与邪之间难以抉择。

但这些年，主宰恶的叶蓁一直沉睡着，只剩下纯洁的将芜仍在活动。

“姐姐……”小乞丐已经摆好了逃跑的姿势，“我现在渴了，想出去找点水喝……”

将芜抬眸，屋外还下着瓢泼的大雨，这破庙自是难以遮挡的。他找水喝是借口？

将芜慢慢靠近他：“你渴了？”

小乞丐吓了一跳，手上的芝麻糖掉在地上，又连忙捡起来，失声道：“渴……渴了……”话没说完，他忽然抓起旁边的稻草砸向将芜，又大叫一声，“你……你这只妖怪！”

他一跃而起，头也不回地朝庙外跑。

将芜被激怒，蛇身腾飞而起，撑破了破庙顶。她就知道会是这个结果，她向善也罢，为恶也罢，都不受人待见。

区别在于，她作恶多端的时候，至少还能得到为恶的快感。

不是她先背叛这个世界，是这个世界先深深辜负了她。

小乞丐癫狂地跑入雨中，身后忽然传来了房屋倒塌的声音。他惊吓之余被一块顽石绊住，摔倒了。但是他不敢耽误，马上就爬了起来。

他的眼前，忽然出现了那妙龄女子的面容。

她的身体也变成了蛇身，只有一颗头仍保持着美人的模样，吓得小乞丐“哇”的一声哭了出来。

他本能的哭声让将芜微微一愣。她似乎已经忘记了哭泣，原来恐惧无助的哭声如此打动人心。如果她当初也像小乞丐一样学会示弱，那些人会放过她吗？

“将芜！”时缨以一个伟岸的英雄姿态赶到这里，不分青红皂白地劝说道，“不要再杀人了！”

小乞丐哭得更大声：“救我！救我！救命啊！”

将芜百口莫辩，抖了抖唇，最后只是愤怒道：“时缨，你又来干什么？抓我吗？以你的本事恐怕不行。”

时缨踏着雨水跑过来，把小乞丐抱起，后退数步：“我不是来抓你的，我是来救你的。”

“救我？”将芜哂笑，“身负缉妖重任的魔君，竟然说要救我？”

“我没有开玩笑，只要你现在肯停止杀戮，跟我走，我会救你的！”

“停止杀戮？”将芜眼中噙着泪。是了，只要看到她与弱小的一方站在一起，大家就会默认她要杀人，不论她的初衷是不是只想给对方一块糖。

“我停止了，你们会放过我吗？你有没有听过这么一句话——‘人一旦踏入地狱，就很难回头了’。”

“很难，却还有希望。”时缨动容道，“相信我，我愿意陪你一起离开炼狱。粉身碎骨也罢，死不旋踵也罢，我都会陪在你身边。”

“还有什么办法？能尝试的我都已经尝试了！逃避、躲藏、示好、示弱……不论我怎么做，怎么躲，总有一天会被找到，总要来到人前，被推上审判台。”

“以后不用躲，我会站在你身边。我会让你光明正大地站在人前，做我的妻子。”

妻子。

将芜的蛇尾慢慢化成人腿，无力地坐在地上。她被大雨浇得像个傻瓜，她觉得现在被大雨淋湿的时缨也是一个傻瓜。

她本能地想出声拒绝，内心却有一个声音在不断提醒她，如果他是真心的，这或许是唯一的机会。她可以牵着心爱之人的手，和他正大光明地站在阳光下，得到祝福，得到爱情。

她颤抖地伸手——她身后不是空无一人了？她可以相信他吗？

时缨也伸手。

她的手被他紧紧握住了。

时缨将她拉起来，眼神坚定："相信我，只要我们在无罪碑的见证下忏悔，一定能得到所有妖族的原谅。"

"无罪碑？"将芜有所耳闻，但是她从不认为自己做错了事。

如果要忏悔，她需要问时缨一个问题——"为什么是我？你抓过那么多的妖，为什么选择和我站在一起？"

"很奇怪吗？"时缨笑，"我也觉得奇怪，站在我的位置上，有很多做不到的事情，有很多不得不去做的事情，也有很多……不敢做的事情。我不知道从什么时候开始，已经变得非你不可了。"

"如果你连原因都无法告诉我，那说明你自己也没有想清楚。不是吗？"

"如果非要说，那就是因为你是你，而不是其他任何一个人。"

将芜愣了一下。

时缨的眼睛亮亮的。

将芜投降了，她想自己应该是幸运的，如果不抓住这份幸运，它就要远离自己了。

"好，我相信你。"

无罪碑在诸妖洞穴的中心点，那是一个从远古时代留下来的修罗场，当年第一任妖王曾在此为了整个妖族偿罪，最终灰飞烟灭而死。

所以如今诸妖才能在妖界得享太平，无罪碑在妖界具有难以撼动的威严性。

时缨和将芜一起走进妖界的时候，将芜露出了小女生的怯弱。

所有妖怪都在怒视她，以及盯着她与时缨相握的手。她认为这样太高调了，下意识想要抽回手，时缨却坦荡地笑了，把她的手握得更紧，十指紧扣。

“没关系，看在我的面子上，他们不敢奈你何。”

妖王麾下的八大魔君各自掌管着一方领土。时缨如今掌管的领土名为魔城，在魔城的地域，他的地位比妖王还高。

时缨回到宫殿的时候，诸妖皆列队下跪欢迎，排场极大。

将芜抬头看着眼前雕梁画栋的宫殿，只觉柳氏妖宅只是一间茅草屋。但就是那样的茅草屋，时缨待了足足三年。

他见过繁花，所以能宠辱不惊。将芜心中涌起一丝甜蜜，突然更加确定，他说那些话时一定是认真的。

“你要习惯才好。”时缨甚至没有让属下起身，直接牵着将芜的手昂首走了进去。

时缨的龙宫宛若仙境，平日里吊儿郎当的时缨身处其中竟然没有丝毫违和感。

但是很快，唱反调的人便来了。

将芜只觉那进言献策的妖怪像一只癞蛤蟆，他跪在时缨面前沉痛陈词道：“魔君大人，属下对于您与这魔女相爱的传言一直是不相信的，不承想真有其事！大人，您何时这么糊涂了，此女一日不除，我妖界的名声便要扫地……”

那一张大嘴巴开开合合，字字诛心。

时缨用宽大的袍子遮住半张脸，揉了揉山根。

这癞蛤蟆只是一个开始，之后还不知道会有多少忠臣前来劝说。

“都不必再言，本君已决意与此女在无罪碑面前悔过，本君希望你们能尊重本君的选择。”

“无……罪……碑？”

癞蛤蟆难以置信地张开嘴。

时缨摸出一根香蕉塞进他的嘴巴里，淡淡道：“滚。”

自此，大家便都知道了，时缨已走火入魔。

这么过了几日，将芜熟悉了龙宫里的日子。

她一个人在院子里休息，荡着秋千，轻轻地摇。她鲜少能够如此自由自在地沐浴在阳光下，虽则她的前路一片迷茫，但是她知道，自己不该抱怨。

时缨现在承受的比她承受的更多。

时缨把自己的决定昭告天下了，妖界沸腾起来。不少妖咒骂将芜，骂她是红颜祸水。

这让将芜感到迷茫——通过无罪碑的考验，真的能得到所有人的原谅吗？

时缨回来时藏了一杯琼浆。他像是戏弄将芜一般，从背后蒙着她的眼睛，把酒壶放在她鼻子前，诱惑道：“闻闻，这是什么？”

“蜜？还是花？人间少有的滋味……”

将芜左猜右猜，却还是猜不出，着急地掰开了时缨的手指，只见眼前有一个精巧的琉璃瓶。

“特意送给你的。明天就要当着所有人的面忏悔了，听起来是一件很傻的事情，却与在人前出丑而忍受奚落一样，滋味并不好受。”

“一起面对吧。我会坚定我的选择，希望你也一样。”时缨笑了笑。

将芜打开瓶盖，喝了一口，口舌生香，心也有些暖：“我们会在一起的，长长久久。”

时缨点点头：“会。我们不老不死，不伤不灭。”

时缨将琉璃瓶放在她手上便离开了。他一回到自己的领土，便有忙不完的事情。

将芜端详着那杯琼浆，色泽鲜艳，晶莹剔透。不知为何，她竟有些怅然。

耳边传来女子的声音："为什么偏偏是你！"

将芜一惊，环顾四周，空无一人。

那女子继续发问："我陪伴君主三百载，为什么他偏偏选择了你？"

将芜这才确定自己不曾发癔症。树上的一只百灵鸟渐渐幻化成了人类的模样，她柳眉倒竖，指着将芜的鼻子骂道："那琼浆玉液可是神仙才能享用的宝贝，他想也不想就送给了你。身为掌管司法刑狱的魔君，他却放过了你这十恶不赦的魔头，我真为时缨大人感到不值！"

"你是谁？"将芜头疼，她对那些围绕在时缨身边的虾兵蟹将一无所知。

"我叫百灵，是时缨大人的妹妹。"

"为何我从不曾听说？"

"那是他懒。他的臣子、朋友、爱人那么多，他平时也不怎么提起大家，包括我。"百灵气鼓鼓地道，"但是怎么也轮不到你吧？我听说你经常杀人，是逃犯，魔君哥哥怎么会喜欢你？你是不是对他施了什么妖法？"

"究竟是什么妖法能让时缨臣服于我？"将芜漫不经心，喝了一口琼浆，"我也很想知道。"

"你！你无赖！"百灵嘴里最后只蹦出这几个字。

将芜并不怪百灵，低看她的，诋毁她的，她可以忍。只是希望那些人不要觉得她好欺负，也不要觉得时缨没有品位。

她为了能正大光明地告诉所有人时缨的选择没有错，一直忍着。

伤人容易，让人爱自己却是难的。

她现在已经觉得头顶千钧，只能咬紧牙关了。她相信那个男人承诺的一切，她也希望自己不辜负他。

"随你怎么说，"将芜离开了院子，"但说到底，他选择了我，而不是你们之中的任何一个。"

百灵气得跺了一下脚。

— 2 —

第二天终于到了，将芜睁眼，发现自己正躺在时缨的怀中。

他揉了揉她的头发，声音又慵懒又温柔：“醒了？”

将芜笑：“嗯。”

时缨握着她的手：“该走了。”

将芜点点头。他们一起离开了龙宫，前往无罪碑。将芜走在时缨的身后，他的手掌宽大，骨节分明，每一次摩擦与触碰，都能让她心旌摇曳。

这次一定要做好。

无罪碑的四周已经围满了妖。妖王和魔尊舒墨兄弟俩坐在两张藤椅上聊天，时不时心照不宣地笑一笑。

池绣是只话很少的妖怪，据说他也爱慕过一个凡间女子，但他的爱恋以悲剧收场，自那以后他便不爱说话了。

不过池绣在舒墨面前喜欢笑。

“来了。”属下小声道。

时缨和将芜牵着手来了，站在了无罪碑前。时缨刚刚到场，所有妖精便都安静了下来。

时缨先向妖王行礼，继而朗声道：“以前我是一只铁面无私的妖，作为妖界执掌刑狱的火龙，我不能以身试法，包庇亲友，甚至要大义灭亲，否则我难以服众。那些被我伤害的亲、仇、怨都会以此挑衅我。这是我犯下的最大过错，因为今日我要包庇一个人，她便是我未来的妻子——将芜。”

时缨举起将芜的手，与她十指紧扣。

“在认识她以前，我只知道她是一名逃犯。她身上带着自己无法掌控的炎气，她的体内藏着一个邪恶丑陋的灵魂，她以杀人为乐，靠着他人的魂魄来提高自己的修为。但在我认识她以后，我才发现她只是一个普通的女子。她温柔、娇弱、可爱、俏丽……所以，我希望大家给她一个机会改过自新。”

周围响起嘘声。

“杀人就是杀人，怎么给机会？！”

“妖女，祸国殃民！”

“不让她碎尸万段，难消我心头之恨！”

“……”

将芜不自信地低头。

时缨始终握着她的手：“上天看得见，这是先祖留下的无罪碑，所有的罪行在碑前都可以得到原谅——只要我们心诚，只要我们能通过考验。”

“时缨，”将芜被感染了，“我愿意相信你可以给我带来新生。无论要付出什么，我都在所不惜。”

“嗯。”时缨点头，无比坚定。

无罪碑前有一个墓室，穿过墓室，视为得到了第一代妖王的认可。

墓室门缓缓开启，时缨和将芜对视一眼，走了进去。

他们眼前是一片黑暗。

等到光线落在眼前的时候，将芜发现，时缨已经不见了。

她的脚下皆是碎冰，碎冰里埋着许多人，人头露在外面冒着寒气。他们伸出手，想抓住她的脚踝，求她拯救。

气温骤降，将芜也感到了刺骨的冷，她艰难地在碎冰上跋涉。

那都是被她杀死的人，他们在诅咒她下地狱，诅咒她不得好死。

越过冰山，便是火海，走过火海，还有刀山。那些都不是将芜所惧怕的，她惧怕的，是面前那个人对她说的话。

妖王池绣不知何时也进入了墓中，他一脸严肃地向她道：“若想和时缨长久地在一起，你只有一个选择——废去妖法，散尽修为，终日为你所伤害的人超度，直到所有人都有了一个好归宿，你的孽债才算偿还完。”

她吃过的人何止千万，这意味着这一生她都要在诅咒之中度过，意味着她会变成一只只能任人欺负的小白兔。

“时缨呢？”将芜胆怯了，“时缨在哪儿？”

“他一直在你身边，在你犹豫的过程中，他会承受比方才你承受的要痛苦千倍万倍的惩罚。你听——”

空洞的四周传来了时缨撕心裂肺的叫声。将芜狠狠咬住自己的下嘴唇。

池绣脸上并无表情：“你知道时缨是多么坚强的一只妖，当年随我出征收复魔都的时候，他无论受了多大的伤都不曾喊一个字。但此刻他的声音是多么悲凉无助。这就是对你们的考验——你要尽快做出决定，这里的伤害都是真实的，拖延越久，时缨就越危险。”

“对了，”池绣意味深长道，“无论你做的是什么选择，都可以离开这里，时缨也会得到救赎。不过机会只有一次，希望你们不要辜负了无罪碑。所有人都在等一个结果。”

将芜追问道：“假如我不愿意废去修为呢？”

“那你今日便会成为众矢之的，没有人会再给你第二次选择的机会，你与时缨的缘分也到头了。”说完，池绣如幻影般消失了。

将芜呆呆地看着眼前的几根冰锥。

当冰锥扎进她的几大要穴后，她便会成为一个废人，同时忍受彻骨之痛。

她不得不犹豫。她害怕被辜负，被伤害，害怕选择孤注一掷之后被最喜欢的人抛弃，却再没了可以反抗的能力。

时缨的惨叫声越发大了。

“时缨！”将芜忍不住大喊，“你听得到我说话吗？”

惨叫之后，时缨隐忍地咬着牙齿说话的声音传了过来：“听得到……”

“时缨！你绝不会辜负我的对不对？！”

时缨再次惨叫起来——“绝！绝对……啊！不会……”

他似乎已经疼到痉挛了，很快，惨叫声消失了。将芜知道，他一定疼极了。

将芜咬牙，握住眼前的冰锥。寒气将她的手冻伤了，她很想确认时缨是不是还在，忍不住又喊道：“时缨！你还在吗？！”

过了好一会儿，时缨才断断续续地虚弱地回答道：“……我……在……”

将芜狠下心，一锥子扎入要穴。

“你还在吗？”

“……我在……”

“你喜欢我吗？”又一锥子扎进了她的身体。

“喜……喜欢……”

将芜的眼泪簌簌扑落，她知道，自己所承受的痛苦会在时缨身上放大千倍万倍，但是他还是忍着痛和自己说话。

“时缨，如果你喜欢我，请你牢牢记住，我也喜欢你。从今以后，那些伤害我的，被我伤害的，我都会忘记，我只记得你一个人。你不能辜负我。”

最后一根冰锥扎进将芜的身体，她倒在了地上。

时缨承受的痛苦也停止了，幻觉消失，他扶着一旁的冰柱喘着气。

将芜倒在他脚边，流着血。

半炷香后，众人看到时缨抱着将芜走了出来。他虽身受重伤，但眼神仍然是坚定的，态度仍然是坚决的。

池绣和舒墨对视一眼，看得出对方心里想的和自己想的大致相同——男人何苦为难男人。

想不到又是一个情种。

“既然已经得到了吾王的原谅，本王便撤销了对将芜的追杀，以后但凡主动挑衅伤害将芜的，本王绝不轻饶。”

众妖窃窃私语，却不敢挑衅。

众妖慢慢散去，池绣也走了，舒墨快步走到时缨和将芜面前。他看着憔悴的时缨，摇了摇头。

“你受了很重的伤，随我回去休息吧。”

他取出横木，轻轻一吹，四周大雾升腾。时缨跪下来，倒在地上。

很快，三只妖随着白雾一起消失了。

舒墨是在第三天早晨听说时缨打算结婚的。时缨和将芜出来拜谢舒墨，正儿八经得都不像他了。而且，两人甜腻腻的程度不亚于他与许然亭。

将芜和许然亭面对面坐着，一边玩翻花绳，一边有一搭没一搭地聊男人。

“嫂子，我听说你以前是个男的，是不是真的？”

许然亭喷出一口茶：“谁跟你瞎说呢？我若是男的，那舒墨的口味也太奇怪了吧！”

“那临安府尹不是男人才能当吗？而且你还娶过妻子。”

“喀喀喀，都什么时候的陈年旧事了！我没有名字，也不是许然亭，只是借着那男人的身份生活了一段时间罢了。”

“借身份？不怕被认识许然亭的人认出来吗？”

“看见我这张脸没有？我现在刚三十岁，但脸上一丝皱纹也没有，因为这张脸就是一张皮而已。我把他的皮嫁接在自己身上，就算是他妻子死而复生，也看不出我不是他。这可是杀手组织的绝密换皮之术，我不能教你。”

“去你的，我什么时候说要学你换人家的脸了？”

将芜嫌弃完，掰了一块芝麻糖放进嘴里：“那可真奇怪了，你以前是什么样，你还记得吗？换人家的脸生活，不会害怕吗？”

“我都戴着面具活了这么多年，哪里还会怕。”许然亭也掰了一块绿豆糕塞进嘴里，“倒是你，我听说你是通缉犯，从小到大都是妖族和人族的公敌，杀人不眨眼的……”

将芜染上了许然亭的市井气息，抱拳害羞道：“过奖过奖，好汉不提当年勇，我现在就是个手无缚鸡之力的娇柔女子。”

“可不是，谁没有个过去？”许然亭“吧唧吧唧”吃着糕点，“就算我再怎么丑，舒墨不也非我不可？”

“嫂子说得在理，时缨为了我的事情，差点跟妖族闹翻了。”

话音一落，两个女人都从对方的眼中读出了惺惺相惜、同病相怜的意思。

“将芜，你们在说什么？”

时缨和舒墨一起过来，各自认领了自家媳妇。

许然亭一边说一边喷绿豆糕：“说你们眼瞎呢。”

舒墨捏了捏许然亭的脸，笑了：“你什么时候能读书识字，让我在外人面前不那么丢人？”

“你嫌弃我？你敢嫌弃我？晚上给我多做几盘绿豆糕来！”

舒墨摇摇头，无奈笑道：“养得一身膘。”

时缨道：“我与将芜去看看婚服，晚上在外面吃。”

“去吧去吧，”许然亭不耐烦道，“明天也不必回来了。”

时缨与将芜十指紧扣，笑了笑，应道：“嗯。”复又对将芜笑道，“本君的龙宫够大，不必缩在挤在这繁华市井中的弹丸之地。”

“呵！”许然亭气鼓鼓地踢了一下凳子，“茶铺怎么了！茶铺有人情味！”

舒墨摇摇头。这么大的人了，还像个小孩子一样。

时缨的宫中自有会缝制衣衫的仆人，两人只需要去绸缎庄选最好的布料即可。

“这绸缎庄的老板是我的旧识，我让他给我留了几匹极品鲛绡，想必披在你身上一定漂亮极了。”

时缨正儿八经的样子倒是让将芜不太习惯，不过她也忍不住笑了笑——时缨成熟了，有了作为丈夫的觉悟。

时缨在看布料的时候，将芜四处走了走，想着用些边角料再做点什么。

树上一只百灵鸟目光幽幽地看着将芜。

将芜注意到它了，抬头，皮笑肉不笑地道：“你怎么又跟着我们？”

百灵鸟不服气道："看到你们挑选布料我就生气。"

将芜笑了："不跟着不就不生气了吗？"

"想到你们要结婚了更生气！"百灵鸟激动道，"而且现在魔君大人身受重伤，那些觊觎他君位的宵小之辈不知道什么时候就要篡位了呢！"

"篡位？"

"魔君可不是谁都能做的，有人做得，自然就有人觊觎，有什么好奇怪的！我听说这次为了你，魔君大人元气大伤，如果有人趁机伤害他，我是不会袖手旁观的！"

将芜皱眉："你认为谁会伤害时缨？"

"跟你说了又能怎么样？你现在只是一只一无是处的废妖。"

"废妖"二字深深刺痛了将芜。

她眸光暗淡，也不再理会百灵鸟，径直入了店铺。不一会儿，她与时缨双双出来，乘上白云入了妖界。

刺一旦扎进心里，视而不见便成了一件难事。将芜能感受到时缨的衰弱，尽管他努力瞒着她。

晚上，她炖了滋补汤，端去给正在批阅折子的时缨。时缨以手支颌，百无聊赖地翻阅着册子，时不时抓一两颗枣子吃。

抓着抓着，抓到一只手，他抬眸，发现是将芜，当即笑了："你怎么来了？"

"我不知道原来你勤勉起来是这副模样。不是受伤了吗？为什么不把魔城的大小事交给下人办？"

时缨挑了挑眉，坐起来，把将芜圈进怀中，继续翻折子："这就是本君不愿意回来的原因——他们喜欢用这些无聊的事情打发本君，比如张三管理的地域遭遇了大水，李四和王五的婚事要不要出席……可是本君不能坐视不理，因为这是本君管辖的地方，底下有人看着，等着抓本君的错处。"

"抓到了错处又如何？"

时缨眸光一凛："弹劾本君，然后取而代之。"说到这里，他忽然压抑地咳嗽了两声。

将芜皱眉。

凡事都不可能空穴来风，尤其是百灵的话，她不得不在意。

时缨经无罪碑一劫，元气大不如前。如果有人趁此机会发难，时缨未必有能力招架，而她手无缚鸡之力，只能眼睁睁看着时缨被人欺侮。

她常听人说，攻城容易守城难，本以为无罪碑已经是他们最后的劫，没想到那只是劫的开始。

时缨倒是无所谓地笑了笑："你怎么了？"

他眼尖，看见了她给他炖的汤，连忙用勺子搅了搅："还没过门就这么贤惠，本君以后可有福了。"

"我一直都如此贤惠。"将芜温婉一笑，"又不是今日才开始服侍你。"

"甚好。今日、明日、明日的明日……你都待在本君身边，如何？"时缨喝了口参汤，声音温温柔柔。

"怎么不说要我服侍你呢？"将芜笑了。

时缨搓了搓鼻子，思忖道："以前只是玩闹，以后你便是本君的妻子，自然要与本君一同享受尊荣。你既然是本君的心爱之人，为何要把自己贬低成婢女？"

将芜一怔。

她赌对了，也许以后再也不会有一个男人能如此尊重爱护她了。

守城是难的，但她愿意为此付出努力。

时缨喝完了汤，咂巴了一下："其实本君还没有想好要如何做一个丈夫。本君老大不小了，却只喜欢过一只妖。"

"凡事都有第一次。"将芜宽慰道，"以前我以为自己会一直孤独下去，但如今我也要学着如何做一个好妻子。"

她自然是要学的，学如何享受时缨的爱护，学如何让时缨长久地爱护她，以及——如何适应平凡的感觉，如何守城。

时缨捏了捏她的脸："你平时看着可爱，爱耍小性子，但是时常板着一张脸，眼神也让本君捉摸不透，似乎怀着许多心事。"

"你凭空将我说老了许多。"将芜嗔他一句，推开他，端起食案，离开了。

她朝小厨房走，身后跟着不少仆从。

将芜把小瓦罐放在厨房中，转身，一板一眼吩咐道："这几天魔君身体虚，你们要勤给他炖些补品。"

那些下人却左右乱瞟，或低头玩弄手指甲，或抬头看天花板。

将芜端着姿态，不悦道："你们这是什么态度？"

一个婢女小声嘟囔道："不就是个狐媚子吗？当真以为自己就是魔君夫人了？"

将芜皱眉。

原来龙宫上下不喜欢她的大有人在，虽然他们不会明面儿上攻击她，但是私底下尽使绊子，让她过得心力交瘁。

将芜冷哼一声，拂袖而去。

她知晓杀鸡儆猴的道理，虽然她不是睚眦必报的小人，但第一个不服她的，她必须予以警告。

尽管如此，将芜仍旧心事重重。她开始害怕，时缨一开始可以惩罚这个小人，但如果小人越来越多，招数也五花八门，她又是否能够招架？

时缨会不会仍像以前那样袒护她？

守城难。方才她其实想一巴掌把那婢女扇倒在地，伸手了才发现自己腰肢无力。

她废了。

将芜每念及此便悲从中来。

屋前的百灵眼珠儿滴溜滴溜转，看着她从回廊的尽头走到这一端。

百灵盯着她。

将芜知道她有话要说，遣散了仆从，冷淡道："你有什么话便说了吧，不用阴魂不散地跟着我。”

百灵是一只憋不住事的妖精，开口道：“你现在只是一只没用的废妖，凭什么保护时缨哥哥？我要是你，当初就不该纠缠他。”

将芜习惯了她的尖锐，哂笑道：“所以你的意思是我应该退位让贤，让比我有本事的妖做魔君夫人，比如你？”

“你知道就好，最近那帮人蠢蠢欲动，只有我才有资格站在时缨哥哥身边。”

“你知道谁想加害时缨？”将芜扬起唇角，“告诉我，是谁！”

不是疑问句，而是肯定句。

百灵眼神闪躲，将芜偶尔露出的神色让她忌惮，也许是因为将芜做惯了强者，所以如今还是一副高高在上的姿态。

但很快，百灵就不服气了。

将芜如今连一个凡人都打不过，凭什么用这样的口吻和她说话？

“我才不告诉你。”百灵气鼓鼓道。

“你说不说？”将芜走向她，眼神冷漠，释放着无形的威压。

“我不说！”百灵跳起来，“你是谁，让我说我就说？你少摆出一副所有人都得臣服于你的表情，你现在在我眼里根本就不算什么东西！”

将芜收住步子。她不得不承认，百灵的话戳中了她的软肋。

一针见血。

将芜终于没有逞强继续威胁她，而是转过了身。

她立刻小人得志起来，大叫道：“你怕了我吧！哈哈，你知道自己现在多么没用了吧！”

将芜对那尖细的声音十分反感，曾经被人无缘无故地讨厌和欺辱的感觉又回来了。

可她明明已经为了赎罪付出了所有的修为，为什么那些人还是不放过她？

为什么呢？将芜攥起拳头，深吸一口气。

愤怒是无济于事的，她太清楚了，所以知道不应该为此而生气。但正是这种清醒让她无法真正表达出自己的感情。

将芜终于舒了一口气，道："你不必激我，一如你之前所说，与时缨相配的应该是家世好、实力强劲的女子，但就算是那样，家世、才能比你更出众的人何其多，我退位让贤也轮不到你。何况时缨偏爱我，就算我一无是处，他还是爱我，就凭这一点，你们谁又配与我相争？"

百灵的脸色青了又黑，气得破口大骂："做狐媚子谁不会啊！我就不信论外貌我会比你差！你等着吧，迟早有一天时缨会厌弃你！"

百灵化作一只叽叽喳喳的鸟儿飞走了。

将芜揉了揉山根。到底还是没问出谁会对时缨不利。

她一个人独宿在小屋子中，躺在床上辗转反侧。她想采取行动，为时缨排忧解难。可是知道了谁要害时缨之后呢?

之后该做什么?

以她的本事是不可能给那些人颜色瞧瞧的。不如告诉时缨，让他早做防备吧。

守城不易，在于四方人虎视眈眈。而她要跨出第一步，便不得不牵着时缨的手。

— 3 —

将芜这么想着，却找不到合适的开口机会。转眼，时缨便被支去处理黑河妖怪暴乱的事务了。

时缨走的时候还一再道歉，表示自己马上就会回来。等他回来，就是他们大婚的日子。

"等我，我马上回来。"时缨乘坐龙辇，乘着祥云，前呼后拥地离去。

将芜挥着帕子与他道别，独自沿着高高的烽火长城追着他的队伍跑，一直到所有人都看不见了，才怅然若失地停下脚步。

心怦怦跳，右眼皮也跟着跳，将芜手缠着帕子，眉头深蹙。

时缨这一去就是十天，将芜遥遥看着那龙宫，只觉头疼。她不愿意待在那个是非之地，又割舍不了时缨。

将芜满腹怨念地回到龙宫。树上的百灵鸟眼珠儿一眨不眨地盯着她，脖子和目光一起转动着，躯体却十分僵硬，宛如什么木头玩意儿。

百灵喜欢盯着她，这龙宫里的妖都喜欢盯着她。

“到底发生了什么事，让你着急把本君叫到此处？”时缨刚刚抵达黑河龙宫，就被眼前声势浩大的欢迎仪式吓着了。

一点暴乱的迹象也没有。

黑河的水龙白狡是鬼城相柳的属下，也是时缨的好兄弟。若不是听说黑河情势危急，时缨断然不会在筹备婚礼期间摆驾而来。

白狡姓白，脸却黑得跟炭似的。他一笑，时缨只能看见他那一排白净的牙齿。

“怪我怪我，不用这办法，你压根不可能来。”

时缨瞬间反应过来：“你玩我？”

眼见魔君发火，白狡连忙解释道：“这事实在不好以正常的方式把你请过来，但也需得你出面才可以解决。”

时缨拿他一点办法也没有。

“你知道我三千多岁才得了一女月姣，一直视若珍宝，平日里都依着她顺着她，现如今她却得了癔症，我也很难办。”

“癔症？”时缨讶异，“怎么就疯了？”

“还不是因为想你想的。”白狡耸耸肩。

时缨的心脏一时不大好。

“这事也怪你，我女儿自见过你之后就再也忘不了了。”白狡对自己的厚脸皮没有丝毫觉悟，一本正经道，“前些日子你不是在无罪碑前昭告天下，要与那妖女将芜结为夫妻吗？我女儿听了立刻就疯了，这些天一直不见好，所以我特意把你叫过来。”

“她喜欢本君和本君有什么关系？”时缨搓了搓鼻子，“又不是本君故意勾引她。”

“见外了啊，你我兄弟一场，你若是对我的心肝宝贝置之不理，这兄弟可没得做。”白狻幽幽道。

时缨想了想，这么多年的交情岂是说没就能没的，既然如此，那他还是留下来静观其变为好。

“既然事出有因，我又已经到了这里，就权当叙旧了。”时缨大袖一挥，步入黑河龙宫。

白狻也不着急让时缨看女儿，只是让仆人置备了好酒好菜、瓜果点心，招呼时缨吃。

“这个呢，是终南山竹林里挖出的第一棵冬笋，加上风干了三百年的可以生吃的腊肉，以及我特意让人从西南边陲送来的辣椒，和我珍藏了数百年的米醋，从我出生时起便酿造好的陈酒……一起炒成的一盘人间三色腊肉笋干……”

时缨夹起一片肉对着阳光一照，油花分布均匀，肉质晶莹剔透，他又放到鼻子边闻了闻，什么气味也没有。

他尝不出味道。

于是时缨干干笑了一下：“不过是一盘冬笋炒腊肉，说得天花乱坠。”

白狻又指着另外一盘菜，道：“越是普通的菜色越是难做，既要做得新鲜，又要把味道做到极致，所以在选材上需要非常用心。喏，你看看这道蜜蒸熊掌，跟一般的熊掌也不一样，选的是极北苦寒之地肉质最肥厚鲜美的白熊熊掌，以及西边极乐山上的仙蜂三百年方能酿出一滴的蜂王浆……”

“行了，”时缨搓了搓鼻子，放下筷子，“你再说下去，饭就没法吃了。做这么好的人间美味，不如给本君两颗新鲜的人心。”

“人心也是有的。”白狻一笑，拍拍手就要让下人端一盘人心上来，时缨当即便阻止了。

“慢着——你也不笨，何必拐弯抹角地与我说话？到底让我来干什么的？不说，这顿饭我也不吃了。做妖的这么讲究吃做什么，你用鼻子闻闻，闻得出什么味吗？”

白狡眼珠儿转了转，这才切入正题：“唉，毕竟是求人的事情，总不能你刚来就让你干活吧？我拿我那女儿已经没辙了，全靠兄弟你了，劝也好骂也罢，只要能让她断了念想别再疯了。”

“就这么简单？”时缨狐疑。他原以为白狡会让他娶月姣。

“就这么简单。”白狡的眼底有一丝狡诈，再多的，他也不肯说了。他一面让人去准备上房，一面和时缨继续扯些有的没的。

就在时缨被灌了几杯酒以后，一阵香气袭来，接着，便见一妙龄女子软若无骨、屁颠屁颠地从帘子后走了出来。

“魔君哥哥！真的是魔君哥哥！”

眼见对方就要扑上来，时缨身子一侧，那月姣扑了空，径直在他面前摔了个狗啃泥。

时缨搓了搓鼻子，视线转向白狡：“不怪我，我不是有意的。”

月姣“哎哟”一声后，撑着身子爬起来，连忙害羞地摸了摸鬓角的牡丹，浅浅一笑。

又是一声让人骨头发酥的“魔君哥哥”，时缨差点把方才喝的酒吐出来。

他并不是不认识月姣，相反，他对月姣印象深刻。

早在数千年前，他就认识月姣了，那时的月姣更小更美，完全不似现在的疯模样。

那时与她纠缠不清的也不是他，而是他的亲弟弟卫靖。

这也是时缨最不愿意揭开的伤疤。

时缨以前是出了名的铁面无私，一张脸冰山似的，生人看了不敢靠近半步。

他不是没有感情，他自小便很喜欢自己的弟弟卫靖，然父神神降得早，母神随父神去了，刑狱司的担子就扔给了尚未成年的他。

如果他不立刻装出一副大人模样，底下人自然不服。所以他在人前显得冷冰冰的，回到家中才会露出一丝温情。

卫靖是个让人省心的弟弟，自小就不活泼，也不优秀，常常独自闷在院子里，一坐就是一整天。

他很听话，时缨让他干什么，他就干什么。

不同于时缨生得一张雌雄莫辨的妖精脸，卫靖只是清秀，身材并不高大，一千多岁了，却仍旧像未成年的忧郁孩童。

时缨自问没有亏待过他，吃穿用度都是给他最好的，还变着法子给他解闷。

因为太闲了，时缨担心他闷出病，甚至让他装成人类去私塾上学。

卫靖不好学，却学会了烤地瓜。他会用砖头搭建一个临时的灶台，把地瓜放进炭火里，熟了之后，香气四溢。

人人都说刑狱司大人的弟弟一点也没有贵公子的气度，虽然身穿华贵的衣衫，却只是个不成器的俗人。

时缨不知道弟弟整天在想些什么，卫靖仿佛泯灭了灵性，从来没有主动与时缨说过话。

因为办事雷厉风行，时缨在妖界的名声越来越响，事情也越来越多，便顾不上思考弟弟的奇怪之处了。

卫靖再一次成为他关注的对象，已经是千年之后的事情了。

卫靖说，他爱上了水龙族的公主月姣，求兄长替他说媒，让他娶月姣为妻。

这是好事，时缨二话不说就答应了。

时缨感慨，身为兄长的自己都不曾谈恋爱，弟弟却要成家了，真是造化弄人。

为了促成这门亲事，时缨推掉了一切事务，第二日便带着卫靖及一众属下浩浩荡荡前往黑河。

卫靖害羞，在水龙的龙宫之中，也不敢问月姣在哪儿，只是低着头红着脸与白狡说话。他斯文秀气，宛如一个姑娘。

“我一把年纪了，只这么一个女儿，”白狡说着说着，就开始和时缨虚与委蛇，“平日里都跟宝贝一样供着，这婚姻大事，就算我点头了也没什么用，一切还得看我女儿的意思……”

白狡是宠女狂魔，时缨对此有所耳闻，自然欢喜道：“既然你没什么意见，这件事就有戏。卫靖，你与那月姣可熟？”

那时时缨正直得连人话都听不懂，更别说区分话面与话里的意思了。

白狡脸色微微一变，却听那卫靖害羞道：“我们是在人间认识的，但她不知道我的真实身份，我们也算不上相熟。”

“那也好办，给你们一点时间，互相熟悉熟悉便是。”时缨琢磨道，“论门第，我们也不输人。”

卫靖点头：“嗯。”

白狡的脸色更差了，连忙把时缨拉到边上，悄声道：“时缨，不是我说，你怎么不懂变通呢？虽说你我两家门当户对，但大户人家也出败儿，如果是你想娶我女儿则罢了，你弟弟那是万万不可。他的妖法、地位皆不如你，又生得矮小秀气，一点男儿样都没有，我都看不上眼，我那心比天高的女儿怎么可能看得上眼？”

时缨不满道：“白狡，我平时觉得你挺忠厚老实的，怎么脑子里那么多弯弯绕绕？卫靖怎么了？他是我弟弟，火龙王二太子，如果你嫌弃他还没有差事，大不了我把我的位子让给他……”

“你啊你，”白狡叹息道，“我好心劝你，你却指责我。我便跟你明说了吧，我女儿不会喜欢你弟弟的，勉强凑合只是徒增麻烦而已，你若执迷不悟，小心酿成大错。”

时缨哂笑：“什么时候轮到你们嫌弃我弟弟了？虽说我们的职位是一样的，但你这黑河占地只不过是我魔城的三分之一，我弟弟能看上你女儿，那是纡尊降贵在迁就她，换了别人高兴还来不及，你最好不要给脸不要脸！”

时缨骂完，甩袖便走。

他回到花厅，见卫靖仍旧坐在座位上，正安静地喝着水。他脸色平静，仿佛什么也不曾察觉。

时缨心眼大，便当真这么认为了，宽慰道：“这些天你便跟那月姣玩在一处，她是豆蔻少女，见过什么世面？若是得你这样善良可亲的男人陪着，我想她一定高兴还来不及。”

卫靖的笑容很苍白：“我知道了。”

时缨提了亲，把卫靖留在黑河，自己回火龙宫处理政务了。

半个月后，卫靖从黑河回来，便让他取消婚约。

“发生什么事了？”时缨眼皮一跳。他总感觉眼前的卫靖与以前不一样了，却说不清楚哪里不一样了。

“月姣不喜欢我，”卫靖淡淡道，“我不想勉强。”

“她凭什么不喜欢你？”时缨鼓励道，“你是火龙王二太子，那些妖界的姑娘哪一个不是上赶着想攀个高门大户？你态度强硬一些……”

“她们是喜欢高门大户！”卫靖忽然大声道，“是，她们是踏破门槛都想进我们的火龙宫，但不是因为我，是因为你！就算我是火龙王二太子，但我没有实权，也没本事，模样更差！兄长现在待我好，但有朝一日若翻了脸，我岂不是就要被扫地出门？”

时缨满脸的惊讶。

他在那一刻忽然意识到，自己从来也不了解卫靖。

卫靖转身跑了，他并不是喜欢安静，只是害怕。他记得很清楚，自己刚生下来时天生异象，被司命断定为灾星，所以父神并不喜欢他。

他知道，在神降那一晚，父神单独把时缨叫进屋中秘密谈话，送了时缨一把宝剑，命时缨发誓，若有朝一日他犯了错，便用这把宝剑斩杀他。

于是卫靖一直很安静，哥哥让他起床便起床，让他吃饭就吃饭，让他读书便读书。

有时候他照着镜子，怎么也想不通自己与灾星有什么关系，镜中明明只是一张放在人群中乍看一点也不起眼的普通的脸，不常笑，笑的时候反而有一丝诡异。

他不仅生得不起眼，行事也足够低调。

但即使做了这么多，别人依然不放过他，总是嘲笑他一无是处，嘲笑他生活在兄长的庇护之下，尤其是月姣。

月姣那日曾躲在帘子后悄悄向外看了一眼，只见神采奕奕的时缨在和父亲白狡说话，那流水似的彩礼不断地被搬入家里，她还以为是时缨要向自己提亲，欢喜得脸都红了。

她完全没有看见坐在时缨身边的卫靖。接下来的几天，卫靖留在黑河，她热络地与卫靖说话，却端着嫂子的姿态。

从黑河回来后，一连几天，卫靖都深居简出。时缨担心误会变深，第五日，他便请卫靖一同外出游玩。

“为兄听说前些日子他们发现天上有一个好去处，得够运气才能碰上。你总是在宫里闷着，不如跟为兄去瞧瞧。”

卫靖点点头，与时缨一起化作火龙腾空，往三十三重天飞去。

兄弟俩一直朝西边飞，穿过了云海，远远地，可以看见一片浮云上飘荡着翠绿的岛屿，四周金光灿灿的。

“天上的散仙喜欢到处安家落户，以至于留下了很多废弃的仙岛，找岛屿便成了大伙的乐趣。”时缨欢快道，“你猜猜，那岛屿上有什么？”

卫靖摇头：“我不知道。”

“猜猜看。”

说话的时候，他们已经落在了岛屿上。

“你知道吗，今日你能碰上它，明日可不一定了。这些岛会飘的。”时缨化作人的模样，深深吸了一口清新的空气。

卫靖只是看着周围缥缈的仙山碧水、彩蝶飞蜂，淡淡道：“我们运气好，以后一定还能再见。”

时缨瞟了他一眼，有意无意地提起了之前的话题：“我瞧你这几日闷闷不乐的，是不是还在为月姣的事情伤神？你说的我也认真想过了，如果你担心我对你不好，不如我把一部分封地让出来，我们一起统治这片魔域，如何？”

“兄长说的是真心话？”卫靖认真道。

“我何时骗过你？”时缨笑，“自家兄弟，怎么还说这些见外话？我原来一直觉得你还小，不必理会那些污浊事，但一直拘着你未免不公平。所以以后我们分治魇城，就再也没有人说你无所事事了。而且，那月姣既然嫌弃你的门第，以后你只需找一个比她好千百倍的姑娘便是，男子汉大丈夫，何必为这点小事闭门不出？”

卫靖的眼睛有了神采，他点头，应道：“嗯，兄长说得是，先前是我做得不对。”

兄弟二人的手握在一起，颇有冰释前嫌的意味。

回到火龙宫，时缨便召集所有人，宣布了自己的决定。为了给卫靖扬威，他还生祭了一只猪妖。

那些说闲话的立刻闭嘴了，纷纷叩首拜卫靖。

又过了些时日，卫靖领着一队人马去往自己的封地，兄弟两人暂时断了联系。

几年后，一些不好的声音便传回了王都，说卫靖在封地招兵买马，卫靖的军队日益扩张，卫靖的拥趸不断变多，恐有反叛嫌疑。

去年，卫靖千里迢迢回王都给时缨过生日，除了看起来开朗精神了，旁的并无什么变化。他甚至送了时缨许多难得一见的礼物，比如奇珍异兽的标本，闻之便可延寿的神木……

时缨对大臣们的谏言很是反感，只道：“王弟与本君兄弟情深，岂容你们置喙？再乱说话，本君绝不轻饶！”

饶是如此，他仍然挡不住雪花一样的参卫靖的奏折。

时缨担心如此下去，魇城会分崩离析，给妖界带来战火。于是他特意放话，说自己打算去人间游历一番，好改善一下魔城的生活水平。

这无疑是荒天下之大谬的理由，所有人都劝他此时万万不可离开，值此内忧外患之际，魔君应当坐镇王都，以应对突发状况。

时缨表现昏庸，虽不饮酒作乐，但只会一味说卫靖的好话，对卫靖可能谋反之事不置可否。

三月初五，大雨，时缨离开魔城王都时，带了浩浩荡荡的一群随从，吹吹打打的礼乐响彻魔城。时缨就这样招摇地离开了。

傍晚，烽火台逐一亮起，喽啰们屁滚尿流地奔走相告，二公子已起兵谋反，势如破竹。

卫靖率领妖界精兵，一路杀到了魔城王都。他身穿金甲圣衣，脚踏橙红火云，手持生威缨枪，在阵前叫嚣："顺我者昌，逆我者亡，还不速速开城门投降！"

守城的是时缨手下的得力干将莫岐，他凛凛立于城楼之上，睥睨四方，大喝道："魔君如此厚待你，为何你还要行此大逆不道之事？"

"你是王兄的人，自然觉得他厚待我。但一山不容二虎，你怎知他今日厚待我，明日不会想杀我？"

"真是以小人之心度君子之腹，你们兄弟一场，你还不知魔君为人？"

"随便你怎么说。这些年他因为铁面无私得罪了不少人，如此不知变通，只会成为众矢之的，我接替他的位置，重新缔造一个和和气气的清平世界，有何不可？"

"一派胡言！"莫岐冷冷道，"无信何以立？无威何以震慑众人？若是让你这样的宵小之辈执掌魔城，别说缔造清平盛世，不变得乌烟瘴气已经是上天施恩了！"

莫岐大手一挥，妖兵就位，发动了对卫靖大军的攻击。

卫靖率众八十余万，自是不怕莫岐的守城之队。于他而言，不论城中人如何抵抗都只是垂死挣扎，怪只怪时缨平日里疏于防备，在此情势危急之时还去人间游历，心大。

但很快，反军的身后便传来了喊杀声。

时缨不知何时已率着妖王分派的大军回援，与莫岐里应外合，将卫靖大军团团围住。

如今卫靖的八十余万大军就像肉夹馍的馅儿，进也不是，退也不是。不到三个时辰，除了卫靖，大家都缴械投降了。

时缨没管求饶的俘虏，只是让人把卫靖押入王都，之后审问。

入夜，时缨与莫岐来到王宫的偏殿，这里里三层外三层地围满了护卫。

时缨顾念旧情，没有把卫靖送去阴冷的水牢。捆妖索捆着卫靖的手足，将他吊在天花板下。

时缨隔着帘子与他说话。

“你以为我真的去人间游历了？我以为过了几年的时间，你至少应该有所长进，但无论从哪一点来看，你都完全不了解我。”时缨感慨道，“可你是我在这个世界上最亲的弟弟。”

“我既然败了，又有什么话好说。”卫靖恨恨道，“你也不必卖弄自己的小聪明，我听了也不会佩服你，更不会认为自己有过错。”

“事到如今还嘴硬。”时缨怒道，“你认为是为兄害了你吗？你扪心自问，这些年我对你可有半分亏欠？你自小就不爱说话，为了让你不孤单，我将你放到人间游玩；你想娶妻，我第一时间挑着彩礼上门为你说媒；你要地位，我让出半座魔城……哪一桩哪一件值得你带着大军杀我？”

“是，你是自小就对我好，但你别忘了，你可是在父神面前发过誓的，如若我有异心，你便会用屠龙宝剑杀了我。”卫靖哂笑，“父神母神视我为灾星，想必清高如你也在暗中防备我吧？不然我率军而来时你怎么准备得那么充分？究竟你是太聪明还是你根本就一直在等着我发兵？”

时缨噎了一下。

他忽然发现彼此之间很难建立绝对的信任。

“你为何会知道父神让我立的誓言？”

“我虽然没本事，却不聋，也没瞎。”卫靖阴险道，“我一直跟在你后面，你每天做什么、说什么、吃什么、穿什么，我都看在眼里，这世上不会有比我更了解你的人了。”

“那我倒要感谢你这些年不遗余力地找我的错了。”时缨笑了笑，“我原想告诉你事实，但现在不必了。不论我说什么，做什么，你还是会这么看待我。其实父神说得没有错，你的内心如此黑暗，根本不可能成为一个善良之辈，可我妄想你是好的。你仔细想想，如果你不在意灾星的言论，谁会知道父神曾说你是灾星？我可曾对他人言及此事？”

时缨起身离开。

等他走到门口的时候，里面才传出卫靖撕心裂肺的叫声——

“少在这里道貌岸然地教训我，你与父神都是一样的——”

有时候时缨真的怨恨过早化为天地的父神母神，就算司命算准了卫靖是恶妖，那又如何？他甚至觉得卫靖正是因为过于在乎这个论断，才会走上这条路。

事实上，父神让他发誓的时候，他拒绝了。但他想，他拒绝时说的话，卫靖一定没有听到。

卫靖在看见父神叮嘱他的时候就走了，并且把自己看到的片段埋于心中，按照自己的想法坚定不移地相信他时缨有朝一日会用屠龙宝剑斩了他。

可屠龙宝剑已经被时缨扔进海中，如今早已腐朽。

哪怕是现在，时缨依然无法对卫靖下杀手，四方声音很多，尤其是因为他有铁面名声在外，人们巴不得他大义灭亲。

时缨觉得疲惫。

时缨命人将卫靖秘密运出来，打算让卫靖隐居于飘荡的仙岛上。

他亲自筹划了这一切。

押送卫靖的马车停在东门外，卫靖以为自己要死了，一路上骂骂咧咧，非得堵上他的嘴才能继续行动。

好不容易将卫靖送上马车，车子刚走了三里地，不知道从哪儿射出了许多利箭，时缨来不及救人，等掀开帘子时，卫靖已经咽气了。

莫岐从墙后翻出来，抱歉道：“如果不杀令弟，恐难以服众。我知道魔君大人已经做好万全准备，但是凡事总有万一。既然魔君大人下不了手，不如由属下代劳。”

时缨又惊又气，拔出长剑想刺死莫岐，手抖了半天仍是作罢。

他知道自己其实是只善良软弱的妖，之所以伪装成铁面无私的样子，是因为他无从选择。

唯有如此，他才能保住魔城，守护四方将士，以及在这片土地上生活的妖。

时缨看着歪倒在华丽马车内的卫靖，他还睁着大大的眼睛，似乎不肯就此死去。

不知道他刚刚中箭时是否仍挣扎了一番，又或者是在想原来自己的兄长表面上要放自己，其实暗中还是放了箭。

不过那又有什么要紧，反正时缨在他眼里已经假仁假义了一辈子。

自那以后，时缨就不理政事了，把挑子全部撂下，开始做闲散大王。

可能是因为守城需要宽松的氛围，加上莫岐作为他的左膀右臂忠心耿耿，沿袭了他雷厉风行的做派，魔城这些年一直风平浪静。

后来他被派往临安，也不过三五年的时间。

时缨收回思绪，却见白狡仍然含着笑，不断给自己夹菜。

“我这些年琢磨出一个新玩法。我们妖不是吃不出人间美味嘛，我就请了四方大厨天天研究怎么样才能让我们妖的舌头也吃出人间美味，你猜怎么着，还真让我给找着了。我估摸着只要我把这宝贝拿出来，在妖界开间店，就算不做这黑河龙王，我也能赚得盆满钵满。”

“你少来，做生意做到自家人身上，无聊不无聊。”时缨笑道。老实说，他想笑，又有点嫌弃白狡的想法。

“咱们寿岁那么长，不找点乐子我真不想活了。你说咱们又吃不出味儿又不用睡觉又没情欲的，整天看同样的风景有什么意思？”

时缨被噎了一下。

“白狡，你是闷坏了，闷坏了就去人间走走，我不是来跟你叙旧的。你看看月姣，现在疯疯癫癫的，我训她一顿试试，好了我便走了。”随后，时缨转身，道，“月姣，你靠近些。”

月姣软软地挪过去：“魔君哥哥，什么事呀？”

“你叫我魔君便好。我与你父亲是旧识，以兄弟相称，我一直把你当作侄女，如今我已经有喜欢的人，你还是不要执迷不悟了。”

月姣眨了眨眼睛：“你在说什么呀，魔君哥哥。”

时缨搓了搓鼻子，事情没有他想象的好办。

白狡抱歉道：“不如先去客房住下吧，只不过小住几日，不耽误工夫。你是要成亲的人，我也不能多留你。”

“那我便明说了，看在你的分上，我只待三日。我那新妇看着温柔，其实骨子里十分傲气，我若惹了她，往后的日子就不好过了。”

“不会不会，只小住三日，耽误不了多少工夫。”

时缨露出微醺之意，扶着桌沿起身，仍有些昏沉。

他不明白自己为何如此，明明已隐约觉得这是一个圈套，却还是不自觉地陷了进去。

时缨的脑袋昏昏沉沉的，他感觉自己是被人搀扶着走的。

那女人温香软玉，时缨的脚步轻飘飘的。

“魔君哥哥，你真的喜欢那个叫作将芜的妖吗？”

“嗯？”时缨有些醉了，听不清楚问题。

“魔君哥哥，你是不是故意这么做的呀？你假装和那女人在无罪碑前忏悔，实际上只是为了让她心甘情愿废去一身修为？”

时缨揉了揉额头，一种沉重感让他只想即刻睡去。

“你根本不喜欢将芜，对不对？你只是想用这个办法捉拿她……”

时缨渐渐听不清楚那女人的话了，只是发出“嗯嗯”的声音。

— 4 —

魇城王都，火龙宫。

将芜刚刚得知了一个惊人的消息——时缨原有一个弟弟，名叫卫靖。

当时卫靖起兵造反，时缨不忍杀之，便将其流放于仙岛了。如今时缨元气大伤，卫靖旧部隐隐有了救旧主，向时缨发难之意。

原来这就是百灵口中的威胁。

将芜打算尽早把消息告知时缨，于是连夜借了匹快马，离开了王都。

没有了妖术的将芜只得骑着快马飞奔。

她借不到更快的猎鹰，只能一个劲儿地抽打马屁股，让马儿发了疯似的狂奔。路过一片地面泥泞的森林时，马儿因为呼吸受阻而前蹄跪地，将芜直接从马背上被甩了出去，狠狠地摔在了地上。

她的身体疼得犹如撕裂了一般。

将芜挣扎了一下，一时爬不起来。

无力的感觉让她既生气又焦躁，甚至有些委屈。当她的一侧脸还贴在泥泞上的时候，她的眼前出现了一双皂靴。

那人先是用脚看她，随后一脚踩在了她的头上，阴阳怪气道：“你就是我兄长扬言要娶的女人，我未来的嫂嫂？”

将芜脸皮破了，倒吸了一口气。虽然有些不对味，但她也只能想——这男的一定是故事里的卫靖。

不论是从声音还是举止上看，他似乎都没有任何贵公子的气度涵养，反而像一个给钱就能跟着叫大爷的混混。

“哟呵，还挺倔的嘛。”那人假惺惺赞了一句，便立刻回头吆喝道，“给我打！”

接着，密如雨点的拳头立刻下来了。将芜来不及思考是怎么回事，胸口、小腹、腰侧便已经挂了彩，没有一处他们殴打不着的，连她拼命护着头的手臂也被打折了。

“我也不想这样，”那人的嘴脸无耻得很，他拍了拍将芜的脸，“嫂嫂，实在是我憋得太久了，我必须想一个办法把我失去的全部要回来。本来我是没有办法的，可是你出现了……你说，若用你来和时缨的王座交换，他是要王座呢，还是要你呢？”

将芜从未见过如此厚颜无耻的妖，恨得不知道要说什么。

如果时缨不答应，她可以理解却会心痛。如果时缨妥协，并被要求废去修为，到时候若这帮人出尔反尔，时缨便也会落得跟自己一样尴尬的境地。

她无法接受事情这么发展下去，徘徊在她体内的黑炎气蠢蠢欲动。

“什么？”

将芜的耳边又传来烦人的声音，声音的主人想必也很焦躁。

“时缨去找月姣了？瞒着这女人？他不是去处理黑河暴乱的事务了吗？我真是看走眼了，还以为他真的用情专一……”

将芜的领口被人揪了起来，这也让她看清楚了方才下令殴打她的卫靖的模样。

一种诡异的感觉蔓延开来。

将芜盯着这个面色惨白、瘦弱阴鸷的男人，盯得他眼神躲闪。

“看什么看？信不信我把你的眼珠抠下来！”

“你不是卫靖。”将芜忽然道，“你到底是谁？”

“我不是卫靖，难道你是？”卫靖叫嚣道，“本来我还指望靠你来跟时缨谈条件，但现在没这机会了，时缨根本不喜欢你，他做这一切不过是为了让你变成废妖……”

“你胡说！”将芜阴狠道，“他如果不爱我，怎么会与我站在无罪碑前？！”

“我骗你干什么？”卫靖无奈道，“探子都看见了，昨天晚上他留宿在了月姣的房间……”

不知从哪升起一股寒气，将芜浑身的骨头都在战栗。

“本来没有用的人我是要杀死的，不过既然你是我嫂嫂，我就让你死个明白吧。”

卫靖从袖口中取出一面水镜：“这可是我的宝贝，从里面可以看到远在几千里之外的场景。”

卫靖擦了擦镜面，很快，镜面上便出现了黑河龙宫之景。

画面慢慢移动，将芜看到了一地散落的衣衫。

水晶床上，时缨的呢喃声撩人心弦。

“好香……你真的好闻……”

接着是女人的声音：“魔君哥哥，你喜欢我吗？”

“喜欢……”

“你为什么要和那妖女一起站在无罪碑前接受惩罚？是不是一个苦肉计？那妖女现在没了妖术，你可以轻而易举地收了她……”

“无罪碑……她没了妖法，只能受我摆布……”时缨的声音沙哑，充满魅惑，“是的，这只是我的一个计策，我不想娶她，以我的身份、地位，要什么样的女人没有？”

将芜愣愣地看着这一切，摇头，痛苦道：“那不是真的，你妄想挑拨我们的关系，他不是时缨……”

“你不信也罢，不如现在就跟我去黑河龙宫一探究竟。”卫靖没有丝毫慌乱，只是将她抓上一朵流云，“此地距离黑河不过三千里，我现在也不叫你嫂嫂了，只管让你做个明白鬼。”

将芜挣扎道：“为什么让我看这些？”

“此一时，彼一时，我相信时缨一直在瞒着你，不过谎言迟早会被揭穿的，我比较想看到时缨那张懊丧、震惊的脸……”

将芜并不想去，却被卫靖强拉着去了。

到了黑河，将芜竟当真看见时缨与那月姣似在颠鸾倒凤，登时眼前一黑。

卫靖添油加醋道：“啧啧啧，你用一身妖术换来的良人也不过如此嘛。”

将芜低着头。虽觉得对方的言语刺耳，但她无能为力。是了，她现在确实无能为力了，她什么也做不了。

“世上就没有不偷腥的男人，何况你们天生就不是一路人。”卫靖极尽讥讽，仿佛要把自己这位兄长贬低到尘埃里。

将芜攥紧了拳头，邪念疯狂滋长。为什么，为什么呢，为什么她要信他？她舍弃了一身引以为傲的妖术，怀着即将嫁作人妇的欣喜金盆洗手，得到的却是这样的结果。

她不想再这样下去了。

如果还能重来一次的话，她会放弃时缨，选择做被万人唾弃的女妖，就算是孤身一人，倒也自在潇洒。

卫靖嘲笑完了，又神经质地道：“时间差不多了，我便替天行道，收了你这妖女吧。”

他掐住将芜的脖子，抬臂举起她，笑容极为猖狂，下一刻，却见手中的她低着头，长发遮住了脸，有黑气从她的天灵盖溢出，十分诡异。

卫靖诧异道：“妖女，你在玩什么花样？”

话音刚落，卫靖只觉有一股巨大的吸力要将他吸入眼前的黑气之中。他慌了神，挣扎着道：“你！你快松手！”

越是喊叫，越是挣扎，越是陷得深。卫靖的身体抖着抖着，幻化成了百灵的模样。她哭喊道：“我不是卫靖，求求你放过我吧……我只是想假装成卫靖收了你……”

将芜置若罔闻。

她在缭绕的黑气中睁开眼睛，眼底流动着紫色的光华。既然有妖甘愿当出头鸟，她不介意将其当成开胃菜。

黑气在百灵的哀号之中渐渐散去，待将芜露出全貌时，百灵已经消失不见，只剩一团似有若无的烟气流入将芜乌黑的口中。

她身体内的邪恶灵魂叶蓁在漫长的休眠后终于苏醒，得到了身体的掌控权。

与其说是叶蓁得到了掌控权，不若说是她的两具身体合二为一了。

将芜即叶蓁，叶蓁即将芜。

新生的将芜舔了舔唇，嫣然一笑。她果然更喜欢充满力量的感觉，此时的她捏死别人就像捏死一只蚂蚁一般容易。

其实她知道，也许卫靖是假的，但有些事情是真的。她感到屈辱，而通常她的处世原则是别人欠她十分，她要还二十分，甚至更多。

将芜幻化出长长的尾巴，蛇行前往火龙宫而去。

火龙宫，她本将成为这里的女主人。

一群虾兵蟹将乍然看到她的真身，表情皆是十二万分的惊恐。

“妖女！妖女又现出原形了！”

话里的意思是，他们从来没有将她当成正常的妖看待，至少在无罪碑的考验后，他们并没有认可她。

将芜冷笑。她之前多傻啊，以为妥协真的能换来新生，换来平等，换来喜欢。可那些人对她做了什么？他们巴不得她成为时缨手中软弱无力的小鸡，可以踩之，欺侮之。

黑色的炎气包围了整个火龙宫，将芜张开双臂，狂笑不止。

“是，我就是这天底下最十恶不赦的妖女，你们这些卑贱的蝼蚁，不是自诩高高在上、品格高贵吗？我真的很想剖开你们的灵魂一一查看，看是不是果真如你们所言，是比我强。”

她伸手，一只雉鸡精飞了过来，脖子恰好卡在她的虎口处。

将芜邪狞地勾起唇角，欣赏她那哀惧的脸。

“害怕吗？你在诅咒我的时候可有想过我会不会难过？”

将芜稍稍用力，那雉鸡精连哀号也没有发出，便顷刻间断了脖子。她嫌恶地拍拍手，将其尸体扔在一边。

“你的灵魂何其肮脏，有什么资格质疑我？”

大家瞧着态势不对，聚集起来纷纷咒骂将芜，有的则发起了攻击，但都被将芜轻而易举地化解了。

她飞至半空，翻手为云，覆手为雨，搅弄得风云变幻。

半晌，一道惊雷落下，将底下逃窜的妖劈得外焦里嫩。

将芜畅快地笑起来，似乎玩得起了兴致，地上横尸越来越多，不一会儿，便已血流成河。

次日，远在千里之外的黑河龙宫中，时缨迷迷糊糊地苏醒之后，便见身边有一婉约美人和衣而卧，香肩半露。时缨的酒顿时醒了三分，他仔细一看，竟是昨日里疯疯癫癫的月姣。

时缨揉了揉山根，确认自己的确是中了白狡的圈套，故而千杯不醉的自己竟然喝醉了。

时缨迅速跳到地上，穿好衣衫。以他的本事，要记起前尘旧梦不用花什么力气。

他想起来了，喝倒之后，他在摄魂术的作用下做了一些不该做的事情……

时缨勃然大怒，从来都是他算计别人，却没有敢算计他半分的。若不是他在无罪碑前伤了根本，白狡那样的跳梁小丑如何能让他狼狈至此。

月姣也睡眼蒙眬地醒来了，但仍沉浸在昨夜酣梦之中，声音娇柔婉转："魔君哥哥，你怎么就起来了……"

若非她是女子，时缨一巴掌能拍死十个。

时缨冷哼一声，转身欲走，却被那月姣抓住了手腕。

她娇滴滴道："魔君哥哥，你莫要走呀，你可是……那个我了，你要对我负责呀……"

时缨身子一僵。

差点忘了他们的最终目的是什么。

想了想，时缨才扳开对方的手，一字一句道："昨夜你对我用妖术，逼我与你同房，不过本君本性使然，偏偏不肯从你，你今日却没皮没脸地要挟我，不觉得羞耻吗？你认为我会因此高看你，还是因此喜欢你？"

一番话说得床上的月姣脸色一阵青一阵白，她也不再装疯卖傻，噘嘴赌气道：“那妖女有什么好，身份卑贱，生得又瘦小，还作恶多端，也就只有你会看上她！”

时缨瞪着她，半晌，朗声笑了：“你说得不错，我时缨看得上她，看不上你。”

他甩袖便走，气得月姣暴跳如雷：“你这么走了，不怕爹爹跟你翻脸吗？！”

“从今日起，我时缨与他不再是兄弟！”言罢，时缨跃到云端之上，正要回去，却怔了怔。空气中残留着将芜身上的香气，想必她是来过的。

时缨也顾不得自己的千万下属，径直拨开云雾飞驰而去。

他的心猛然跳得厉害，有一种不好的预感。

飞行约半炷香的时间后，他隐约看到前方黑云聚拢。他加快速度，还未到近前，便闻到了一股浓郁的血腥味。

在黑云之中，妖王池绣与一身白衣的舒墨都蹙眉看着云下。

用“满目疮痍”尚且不能完全形容下方情形之惨烈，应当用“人神共愤、惨绝人寰、流血漂橹”方能形容其一二。

舒墨先抬起头。

他看向时缨的眼神很复杂，但时缨在顷刻间便读懂了。那是一种看到结局后的悲悯，舒墨似乎已经看到了他的结局，却不忍心。

时缨飞到他们面前，向池绣行礼。

池绣只淡淡道：“时缨，你掌下的魔城，在一夜间被将芜摧毁了。”

时缨虽然已有心理准备，可是听到这个消息时，还是愣了许久。

他才离开多久，为什么她失约了？

“时缨……”舒墨忍不住开口。

时缨立刻打断他：“你没有错。无罪碑是我们唯一的一次机会，我曾得到，只是又很快失去了。”

时缨隐隐觉得自己被人算计了。

只可惜如今已血流成河，死无对证。

池绣的语气依然淡淡的："我已经下令捉拿妖女，你不得阻拦。"

时缨沉默了一会儿，道："属下不仅不会阻拦，甚至愿当捉妖先锋。"

"你？"池绣斟酌了一会儿，"若让你来，恐难以服众。"

"让我来吧。"舒墨道，"我破例一次。"

池绣这才笑了："破例？你与你娘子怕是过了太久醉生梦死的二人世界了，不过是重操旧业而已。"

"我并不想重操旧业，"舒墨文雅地笑了笑，"妖怪捉妖怪，世上从来没有的事。"

池绣挠了挠寸长的胡楂。他知道舒墨话里有话，以前舒墨捉妖不也是捉一只放一只，现在还是那副德行。

他看到了结局，却想改写结局。

"就由你去办，给兄弟我长长脸，别老是让我帮你擦屁股。"

"这不难。"舒墨似笑非笑。话落间，他的周身升腾起大雾，大雾弥漫，包裹了时缨。倏尔间，他们消失在云端。

悠悠的云雾之中，舒墨手持横木，淡淡笑道："时缨，你知道昨夜发生了什么吗？"

时缨知道他能看到过去，却不想听细节。

他只是有些感慨，几年前，他在人界冷眼看舒墨和许然亭要死要活，如今冷眼看的人变成舒墨了。

舒墨也识趣，不再揭他的伤疤，转移话题道："前些天然亭的脚伤了，疼了半个月下不了床。人间有一句话——'伤筋动骨一百天'。我看着小小的她在床上，盖着被子，心中便觉得难过。她现在只是受伤了，未来还会生病，还会老去。我虽是魔尊，却对一个人无可奈何。"

时缨诧异："我以为你们如今已经修成正果了。"

"让美好停留在一瞬间，那一瞬间才是永恒。你知道，我抓不住时间，它在不断地溜走，所以属于我们的瞬间已经越来越少了。"舒墨淡淡笑，"她脾气大，经常闹笑话，我很害怕思考一个问题——如果有一天她离我而去了，我的生活该变得多无趣。”

舒墨的声音略带忧郁：“这世上，从来只有她一个人能逗我真心笑。”

时缨搓了搓鼻子。

他想开口劝说，告诉舒墨——不一定，这世上比许然亭好看百倍千倍者有之，比许然亭博学、有趣千倍万倍者有之。

可舒墨只要那一个。

“还会有以后的，我们还有很多个以后。”时缨还是开口道。

舒墨沉默一会儿，意味深长地看着时缨：“时缨，记住你现在说的话，千万不要为了一个走火入魔的女人断送了自己。”

他们歇在青城山上，将芜不知躲去了哪里。舒墨手中有一条白蛇，缠着他乌黑的发，待闻到将芜逗留的气息，白蛇便会发出骨骼被敲打的声响。

一路上，他们见到了不少尸体，皆是将芜所为。在舒墨即将找到将芜的时候，将芜主动约他们到青城山顶会面。

虽然只过了短短几天，但将芜变化之大，已让人认不出她了。

时缨站在舒墨身边，只是看着她，也不说话。

将芜拖着长长的青黑色的尾巴，焦躁地徘徊着。她周身不断燃着黑色炎火，此火遇水不灭，可熔金炼骨。

“妖女，你可知罪？”舒墨淡淡道。

将芜冷笑：“知罪？我何罪之有？”

“滥杀无辜，其罪一；背弃承诺，其罪二；不知悔改，其罪三。桩桩件件，皆是大罪，你还敢说自己无罪？”

“滥杀无辜？”将芜媚眼放光，笑容妖娆，“你是如何划分什么是无辜什么是有罪的？你们一开始就觉得我有罪，我不过是按照你们的想法做了，这下你们如愿以偿了吧？”

“还有你。”将芜冷冷道，“时缨，你负我在先，与妖女苟且，却让我在火龙宫之中等你回来娶我。我为你付出了所有，你却如此对我，简直荒天下之大谬。”

时缨动了动唇，没说话。

舒墨瞟了时缨一眼。他本想告诉将芜实情，却被时缨拦住了。

舒墨不得不改口：“为此你屠戮了整个魇城的百姓？”

“他们无辜吗？！我不杀伯仁，伯仁却处处针对我，欺骗我，侮辱我甚至想要杀死我！你们口口声声说只要经历了无罪碑的劫难，我就会得到原谅，骗人的不是你们吗！一个人曾经踏入地狱，就不可能反身回头了，是我太天真！”

舒墨取出横木：“这就是现实。如果你可以，就连我也杀了，如果不能，等待你的仍然是地狱。”

“你又如何？池绣加上你，又能奈我何？！”将芜狂妄道，“这世上根本没有人奈何得了我，你还是回临安跟你的娘子过小日子去吧，杀了你她也活不了。”

舒墨笑了：“她是个好女人，会理解我。”

大雾汹涌而出，霎时间四周飞沙走石，云烟缭绕，迷了他们的眼。

将芜的发与衣摆被雾气吹起。她知道舒墨即使耗尽妖气也无法重伤自己，不知道为什么他却仍然如此执着。

舒墨只用了一招，一招之后，如果将芜不死，他也不得生。

将芜哂笑，破招太容易了，以至于她忍不住开始轻视舒墨。

她并不了解舒墨，只是隐约听说他超凡脱俗，喜怒无常，与一向冷口冷面的池绣是至交好友，喜欢上了一个其貌不扬甚至有点发福的人间女子。

大抵脱俗的人口味都比较奇特。

将芜也运功，与舒墨声势巨大的力量撞击，霎时间浓烟滚滚，她确信这次舒墨必死无疑。自信异常的她，正要开口嘲讽他蚍蜉撼大树，却发现烟雾散开后，站在她面前呕血的是时缨。

他因支撑不住半跪在地，脸色白如敷粉。

“为什么……”时缨抬眸，眼底尽是晶莹泪水，“为什么你不信我？”

将芜愣了一下。

他如今的样子触及她的灵魂了。

“信你？我亲眼看到的，还能有假？”

“其实你的心也不诚对不对，只觉得人人都在算计你……我也一样……我也被人算计……”

“你说谎！我亲眼看到你跟一只女妖在屋子里苟且，你说你与我一起过无罪碑考验是为了让我变成废妖，好抓住我！”

时缨陡然笑了，笑得血从他口中淌下。

“没想到我与你相识三年……抵不过一个假象……一直一直，一直都是我在拼命靠近你，可是你的心冷如冰铁……也好，将我杀了吧，是我错了，请你以后高抬贵手，放过其他妖吧……”

时缨的身体轰然倒在地上。

将芜慌了神，全然忘了之前嘴硬的话，只是向他奔去，摇着他：“谁允许你死的，你还欠我的，你凭什么死！”

舒墨一直在旁远观。

舒墨似乎算计好了一切，所以之前才会珍重地叮嘱时缨，离开一个姑娘，以后还会有千万种可能。可是时缨还是这么选择了，他可以要很多个，可只愿得这一个。

舒墨缥缈的声音传入崩溃的将芜耳中：“他被水龙王白狡下了药，又被月姣用摄魂术摄了魂。他不曾负你，可惜你们没有从头再来的机会了。”舒墨一字一顿道，“你把路走绝了。”

将芜一下子坐在地上，软得仿佛没有了骨头。

他是真心喜欢她的，可她一直患得患失，半推半就。现在她终于杀死他，也永远得到他了。可是守着一具尸体有什么意义？

舒墨徐步而来，淡淡问道：“白狡与月姣让你们产生了误会，你是否还要杀死他们解恨？百灵故意变成卫靖的模样欺骗你，说明她已经与月姣联手了，你不是喜欢复仇吗，如今没有人可以左右你了。”

将芜抬头。她不知道为什么自己哭了，流下的眼泪也是黑色的。

当时缨倒在她面前时，她才发现自己要夺走一个人的性命可以不费吹灰之力，可是这并不能让她产生快感。

"我杀了他们，又怎么换回时缨？"

舒墨冷淡道："你无法换回时缨。"

"那你为什么……你明知道他会替你的，对不对？但你还是故意挑衅我，是你害死时缨的。他们说得不错，你的狡诈深藏不露。"

"你可以这么认为，但最终下杀手的还是你。其实这件事没有第二种选择，因为他早就决定了。他知道你已经铸成大错，却无法面对，只能以死明志。"

"以死明志？"将芜颤抖了一下。

什么样的深情，必得以死来句读。

她曾经拥有，又轻易抛弃了。

将芜跪在时缨的尸体旁，口中也涌出黑血。

失去了时缨，她这一生也了无生趣。

"我不想再杀人了，丑陋的人那么多，我杀了一个还有一个，可是时缨只有这一个。他没有对不起我，是我对不起他。如果有一天我会死，那一定是我自己的选择，绝不假手于人。"

舒墨深深地凝视她。

时缨还是这么做了，他选择了用死来换将芜的死。舒墨甚至不知道这么做的时缨对将芜是否有恨。

他的爱意如此浓烈，以至于他的恨一点也不显山露水。他只是把说服将芜自杀的任务交给了舒墨。

舒墨吹起横木，大雾升腾，遮住了一对璧人。很快，他们便化作了莹莹光点，散在风里。

世间的许多爱情，以美好开始，以悲剧结尾。舒墨不得不承认，他有时候不得不成为悲剧的见证者。

番外

舒墨篇

许然亭又发福了，舒墨瞧着她一天天胖起来，心中充满忧愁。

“然亭，我初初见你，你就这么一小只，到底是哪家的油水养了你这一身肥膘？”

许然亭“吧唧吧唧”吃着五花肉：“还不是舒墨家的油水。”

她又要去抓鸡腿，舒墨连忙用横木拦着：“你腿还伤着，不能吃。”

许然亭眼馋，噘嘴道：“我只吃一口，只吃一口那腿儿上的肉成吧？”

“你若不怕自己瘸了，就吃吧。”舒墨佯装同意，移开横木。

哪知许然亭当真伸手去抓鸡腿，舒墨眼明手快，一把将鸡腿端到自己面前。

“你、你你你！”许然亭一连说了几个“你”字，眼角噙着泪花。

舒墨以为她要数落自己不许她吃东西了，她却“哇哇”地哭起来：“你以前肯定会先抱我而不是把鸡腿端走的，舒墨你变了，你是不是不爱我了……”

妇人家是喜欢念叨的，许然亭近来也特别喜欢念叨，诸如“你嫌弃我了”“你个……”“你不爱我了”。

大抵许然亭以前对自己的脸尚且有些信心，但她已经四十来岁，过了徐娘半老的年纪，皮肤的褶皱也肉眼可见地多了起来，最近又伤了腿，她更是害怕自己会变得又老又残疾，被舒墨甩手送人。

舒墨长着一张招桃花的脸，但可耻的是他不曾对许然亭之外的女人心动过。

在某点上，时缨与他是一样的。

舒墨表面上云淡风轻，内心却开始不断地回想自己以前不在意的事情。

他隐约记得，姜氏医女与当朝太师之间有过一段纠葛，想要成为人的失败了，想要成为妖的也失败了。

以前有人反对人妖之恋，想来也是有原因的。因为到了一定年岁，为妖的若是舍不得为人的，一定会生坏心思，也许会希望自己能变成人，也许会希望能把伴侣变成妖。

他如今的歪心思在于想把喜欢的人变成妖。

这样两人便可以长长久久，至少许然亭不会因为外貌问题而自卑了。

但他也想当一次人，尝一尝人间的美味，闻一闻人间的花香。

这样蹉跎着过了几个月，舒墨依然无法抉择。他知道自己终归有一日需要去找巫咸，可是他又害怕面对巫咸的眼睛。

那双苍老的眼看尽了过去未来，一瞧就能知道他能否成功。如果巫咸稍微露出一点点悲悯的目光，他便会不敢继续下去了。

在许然亭又一次摔伤了手之后，舒墨郑重地把她拉至自己的面前："然亭，为夫且有一件事想与你商量，希望你听了以后不要骂为夫。"

许然亭狐疑道："那你先说。"

"事情是这样的……"舒墨清了清嗓子，"现在有一个问题摆在你我夫妻二人面前。然亭，如果是你，你会选择自己成为妖还是让为夫成为人？"

许然亭想也不想就开口："舒墨你食屎啦！"

"为夫没有吃屎，只是在和夫人商量。"舒墨认真道，"你我风雨同舟那么多年，年纪越大，情意越深厚。为夫知道人命有尽时，所以希望能够做一个选择——你想选择让为夫陪你死去还是你跟为夫一起做只无趣的妖？"

她再一次大叫："舒墨你食屎啦！"但这次她没有给舒墨解释的机会，又急急道，"当然是我做妖啦，又可以拥有美貌又可以和你一样与天地同寿！"

"真的？"舒墨劝她斟酌一番，"不过做妖精也很无趣。你知道为夫的厨艺，便是熊掌也能给你炖成野鸡，你若成了妖，便再也不能吃美味的东西了。你也知道为夫那鼻子，通常除了血腥味、妖臭味便再闻不到别的，你若变得跟为夫一样，便闻不出胭脂香了。"

“没关系。”许然亭不假思索道。

舒墨又斟酌道：“你不再考虑一下？”

许然亭笑眯眯道：“不考虑，不考虑，毕竟变美变年轻可是我的梦想。”

“别贫嘴。”舒墨戳破她的谎言，“你舍不得我陪你死，只是为了能够多看两眼我的美貌，对不对？”

许然亭委屈地撇撇嘴：“这都被你发现了。”

舒墨捏了一下她的脸：“你呀你，那明天我们就去巫咸那里求一颗转妖丹。”

许然亭点头如小鸡啄米：“我忽然间好兴奋呀，舒墨。”

舒墨温柔道：“那今晚为夫陪你睡，你会更兴奋的。如果你也成为妖，我们就可以交……”

说到一半，舒墨被许然亭一把捂住嘴巴：“让人听到我会害羞的啦！”

舒墨微微笑，打横抱起许然亭，径直把她扔到床上。

午夜，舒墨半梦半醒之时，发现自己拥抱着的许然亭不见了。

他未起身，只听屋外小厨房里传来窸窸窣窣的声音。

舒墨自问防护严密，贼人不敢入内。于是他打着灯笼去找人，却见月色下，许然亭一个人背对着自己，在小厨房里不停地吃东西。

舒墨讶然出声：“然亭？”

许然亭脊背一僵，转过身，手中的桂花糖糕便掉了。她像极了一只偷吃的大老鼠，养得一身肥膘，满嘴零食渣子，无辜地看着舒墨。

舒墨没有说话。他知道许然亭在干什么，仿佛有什么东西深深触及了他的软肋，让他很想拥抱眼前的女子。

她只是害怕他变成人要承担风险，害怕他变成人后变得虚弱无力，会后悔而已。她害怕以后再也吃不到好吃的了，便躲起来偷吃。

舒墨扔了灯笼，快步跑过去：“你真傻，让我……”

“我不要！我不要！”许然亭大声叫，糖糕渣子不停往外喷，“我只是肚子饿，我根本不想记住它们的味道！还有，如果你执意变成人，我就不喜欢你了！我讨厌看见你又老又丑又无力的样子！”

她把舒墨能说的话全部堵死了。

舒墨顿了半晌，只是带着泪光笑道：“然亭，你现在是不是很撑了？要不过段时间我们再商量一下？”

许然亭连忙点头：“我很撑很撑了……”

她推开舒墨，跑到露天的井口边，“哇”的一下把吃的全部吐了出来。末了，她又急急接一句：“明天就明天，我好不容易下定决心，我没有勇气再做第二次选择了！”

第二日，舒墨把两瓶晶莹的魂魄放在窗台处晒阳光。

那是时缨与将芜的精魂，虽然已经无法聚成人形，却是有灵性的。

他实在不忍面对悲伤的事物，于是总想着把悲剧扭转为喜剧。

他希望上天厚待他，如果许然亭出了意外，世上也不会再有舒墨。

他们一起在神庙前拜了又拜，将对方的名字写在签上，挂在树上。

他们最终还是要去面对巫咸的。

巫咸更加老了，再老下去，那些转妖丹、转人丹也会消失殆尽，以后便真的是人妖殊途，妖界与人界的矛盾会更为激烈。

舒墨与许然亭拜见她，足足喊了三声，她才掀起眼皮。

她的身体已经与树同秋，也将和这棵古老的望岁木一起腐朽。

在她睁开眼睛那一瞬间，舒墨下意识地别开了视线，末了，才恭敬道：“巫咸婆婆，我可以让我的妻子变成妖吗？”

巫咸很久以前便反对过他们在一起，舒墨心中发怵。

“小舒？”巫咸认了半天才认出他来，从兜里取出一颗转妖丹，“你为什么如此执着？”

舒墨恭敬道：“我只是觉得很快乐。”

“快乐？”巫咸“扑哧”一笑，“小舒嘴里也会说出这两个字，难得，难得，我这个糟老婆子第一次听，喜欢。”

她把转妖丹交给许然亭：“傻姑娘，你若是出了事，他也不可能独活。

你把担子交给他，不也是一种残忍？”

许然亭笑嘻嘻道：“他是舒墨，他跟别人不一样。”

巫咸嘴巴动了动，似有赞许之意。

“好了，我老婆子又要休息了，晒晒太阳，睡睡觉，养养虫……”话没说完，巫咸便睡着了。

许然亭感慨道：“你们妖族也会老的，你瞧瞧她。”

“没有什么物种是可以永生的，但在人类眼里，妖族便是永生的。”

“那舒墨，你已经多少岁了？”

“一……万……”舒墨斟酌着是否应该告诉她实情，却听她“啊”一声就往后倒去。

舒墨扶着她，关切地问：“怎么了，是不是转妖丹出问题了？”

“不是不是，”许然亭心慌道，“你都一万岁了，会不会也快老死了？”

舒墨若有所思：“凡神皆会陨灭，妖也一样，但我还尚未到达寿岁终结那一天。”

“你知道自己的寿岁？”许然亭惊讶道。

“修为达到一定境界后，这不是什么奇怪的事情。你只需要知道，为夫还能年轻许多年。”

许然亭连忙把那颗转妖丹吞下肚子：“太好了，我也想知道自己能活多少年！”才吃进肚子，许然亭脸色便变了。

舒墨紧张道：“然亭，你没事吧？”

足足过去了半炷香的时间，许然亭才跳了跳，甚是懊丧，道：“原来由人变成妖，不会变漂亮的！”

舒墨小心翼翼道：“成功了？”

许然亭转身，一条短短的尾巴露了出来：“好像……好像……我已经变成妖精了。”